新典社研究叢書
285

山鹿文庫本発心集

——影印と翻刻　付解題——

神田　邦彦　著

新典社刊行

序にかえて ―― 山鹿文庫本『発心集』のこと ――

鴨長明の仏教説話集である『発心集』の諸本は、流布本と異本とに大別され、前者には慶安四年版本と寛文十年版本とがあり、後者には神宮文庫本と山鹿文庫本という写本があるが、ここに述べるのは、後者異本の山鹿本である。

山鹿本は、一九六三年、島津忠夫氏により初めて紹介され[1]、一九七二年には簗瀬一雄氏が、古典文庫第三〇一冊『異本発心集』に神宮文庫本との校異を掲出されていた[2]。また、一九八四年には、山内益次郎氏が神宮文庫本の影印の解説において[3]、二〇一二年には、新間水緒氏が国文学研究資料館の展示図録において、それぞれ言及されていた[4]。

しかし、これまで影印や翻刻はなかったから、全容を窺うことはむずかしかった。いや、そもそも前述の簗瀬氏掲出の校異には、じつは非常に多くの誤りや遺漏が認められ[5]、その校異から山鹿本の状態を窺うことも困難だったのである。原本は長く山鹿家の所蔵であり、調査や撮影も当時はごく一部に限られていたと思われる。

ところが、二〇〇九年、この山鹿本を含む山鹿家所蔵の資料が、国文学研究資料館に寄託され（約一〇四〇点）[6]、調査・研究は開かれたものになった。二〇一四年には同館に寄贈され（約一三二一点）[7]、撮影・翻刻などの許可・申請が容易になった。

そこで、このたび原本の調査と全文の翻刻とを行い、神宮文庫本との比較・検討を試みたところ、前述のように、簗瀬氏掲出の山鹿本の校異には非常に多くの誤りや漏れがあり、これまでは山鹿本の状態が誤って伝わっていたと思われることのほか、筆跡に照らして山鹿素行自筆の写本であり、江戸初期の書写本と見られること、神宮文庫本に比して誤写・誤脱が少なく、概して優れた本文を有すること、山鹿本の方が片仮名宣命書きの体裁を留め、文体・表記の点においては、神宮文庫本より古態を存すること等の結果を得た。これらのことから、山鹿本は、神宮文庫本とともに異本系統を代表する伝本として重視されるべきものと考えられた。そこで、影印と翻刻に解題を付して発表することとしたのである。

そもそも、『発心集』の流布本と異本とは収録説話数に大きな違いがあり、流布本は百二話、異本は六十二話で、これには説話の区切り方にも若干の相違があるほか、異本には流布本の巻七・八収録の説話がまったく見られない。また、異本には流布本にない独自話が四話あり、流布本にも異本に見えない独自話が十二話あるなどの相違もある。また、説話配列も巻二以降が異なっている。この配列については、永積安明氏以来、流布本の方に妥当性があり、異本の配列は混乱をきたしたものとする見方が一般的であるが、(8) 流布本にのみ存する巻七・八の説話については後人の増補とする見方もある。(9) 他方、異本には、各説話の末尾に「南無阿弥陀仏」とか、「十念可有」などといった、説教者的言辞が散見することから、説教用のテキストとして改変の手も加えられているとされる。(10) こうしたことから、『発心集』の本文校訂にあたっては、説話配列が妥当とされる流布本を底本とすることが常識となっているが、異本には流布本の誤写・脱落を訂しうる部分もあり、(11) 異本を校本として用いることもまた慣例になっている。『発心集』の研究においては、上記のように、諸本間に大きな相違があることから、『発心集』の原態がどのようなものであったのかが、長く論争になっている。『発心集』諸本の研究は、本文批判の問題のみならず成立論においても、また解釈においても、重要な課題である。

最後に、山鹿本に取り組むきっかけについて一言しておく。それは、恩師磯水絵先生が、二〇一二年の『方丈記』成立八百年以来、大学院の研究会で、『発心集』を取り上げられ、そこで本文の翻刻、校合、注釈と一連の作業にあたったことにあった。当初は、慶安版本と神宮文庫本とを翻刻し、両者の対照本文を作成して、本文異同を確認し、注釈を施して本文を校訂し、口語訳をするという作業が参加者には課されていたのであるが、いざ自分の発表の番になると、こういうことには欲が出て、史料編纂所所蔵の寛文版本と、国文学研究資料館所蔵の山鹿本も加えて発表し、未翻刻であった山鹿本を全文翻刻して発表するよう、ご指導をいただいたのであった。そうして、それが新典社の田代幸子さんの知るところとなり、出版をご快諾くださったので、こうしてかたちにすることができた。しかも、今年は鴨長明の没後八百年という節目の年にあたる。そうした機会に、この書を上梓することができたことは感謝に堪えない。

末筆ながら、原本の閲覧等にご高配をいただいた国文学研究資料館、並びに神宮文庫に対し、この場を借りてあらためて厚く御礼申し上げる。

二〇一六年五月

著者識

注

（1）「素行文庫本「発心集」」、「説話文学会会報」第六号、説話文学会、一九六三年九月、一一頁。

（2）古典文庫刊、一九七二年六月、二八二～二八五頁。

（3）神宮古典籍影印叢刊『西公談抄・発心集・和歌色葉集抄書』神宮古典影印叢刊編集委員会編、皇學館大學、一九八四年五月、九・一〇頁。

（4）創立四〇周年特別展示『鴨長明とその時代　方丈記八〇〇年記念』国文学研究資料館、二〇一二年五月、三六頁。

（5）簗瀬氏掲出の校異は、凡例によると、「表記が漢字と仮名の相違にすぎず、意味上に変りがあらわれないものは、校異の掲出を省略した」とあるが、送り仮名・捨て仮名の有無、仮名遣いの相違は掲出している。この方針に従って校異を検証すると、全体に亘って多くの脱誤が認められるほか、神宮文庫本の翻刻にも問題があることがわかる。

（6）「国文学研究資料館年報」平成二十年度（二〇〇八）、三八・三九頁。

（7）「国文研ニューズ」第三十六号、二〇一四年八月、八頁、及び「(同)」第三十九号、二〇一五年五月、一〇頁。

（8）永積安明「異本「長明発心集」について」（岩波講座日本文学付録「文学」第二十号、岩波書店、一九三三年四月。のちに永積『中世文学論 鎌倉時代篇』日本評論社、一九四四年十一月に収録）、簗瀬一雄「発心集研究序説」（簗瀬『鴨長明の新研究』中文館書店、一九三八年四月。のち簗瀬『発心集研究』簗瀬一雄著作集三、加藤中道館、一九七五年五月に補訂、再録）、同「解説」（角川文庫『発心集』角川書店、一九七五年四月）、貴志正造「ひじりと説話文学――『発心集』の世界――」（永井義憲・貴志正造編『日本の説話』第三巻・中世、東京美術、一九七三年十一月）、同「〈発心集〉総説」（西尾光一・貴志正造編『中世説話集』鑑賞日本古典文学第二十三巻、角川書店、一九七七年五月）等で指摘されている。

しかし、筆者は、異本の説話配列は、流布本と同じような配列であったものが、説草に書写されるなどして分解、「乱れ」たのち、後人によって、再編（再配列）されたものである可能性を考えている。

（9）永積安明「長明発心集考」（『国語と国文学』第十巻第六・第八号、東京帝国大学国語国文学会、一九三三年六月・八月。のち、永積『中世文学論 鎌倉時代篇』日本評論社、一九四四年十一月に収録）、簗瀬一雄（注8の論文と解説）、廣田哲通「発心集本文をめぐる諸問題」（『説話文学研究』第十四号、説話文学会、一九七九年六月。のち同『中世仏教説話の研究』勉誠社、一九八七年五月に収録）、浅見和彦「発心集の原態と増補」（『中世文学』第二十二号、中世文学会、一九七七年十月、のち同『説話と伝承の中世圏』若草書房、一九九七年四月に改訂、収録）、千本英史「偽書と説話――鴨長明の場合」（『国文学――解釈と教材の研究――』学燈社、二〇〇一年八月）ほか。

（10）注（8）に同じ。

（11）このことを最初に指摘されたのは、注（8）に引いた永積氏の「異本「長明発心集」について」で、当該論文で神宮文庫本を紹介されるまでは、『発心集』には偽作説も行われていた。たとえば、流布本巻二第八話「助重依一声念仏往生事」は、説話の事件年次を「承久二年」（一二二〇）とし、長明の没後であることから、後人の偽作であるとするものであったが、神宮文庫本や同話を収める『後拾遺往生伝』『本朝新修往生伝』が当該箇所を「永久二年」（一一一四）とすることから、「承」は「永」の誤写であって、長明の没後とする指摘は覆された（山鹿本も「永久」）。異本の意義はまずこうした流布本の誤りをただすことができる点にある。

目 次

影印篇

翻刻篇

考証篇

収録説話総目次

「二―一12」は巻二第一話、通算第十二話であることを示す。＊は異本独自説話。

発心集巻第三

発心集巻第四

発心集巻第五

影印篇

表紙

表紙見返し

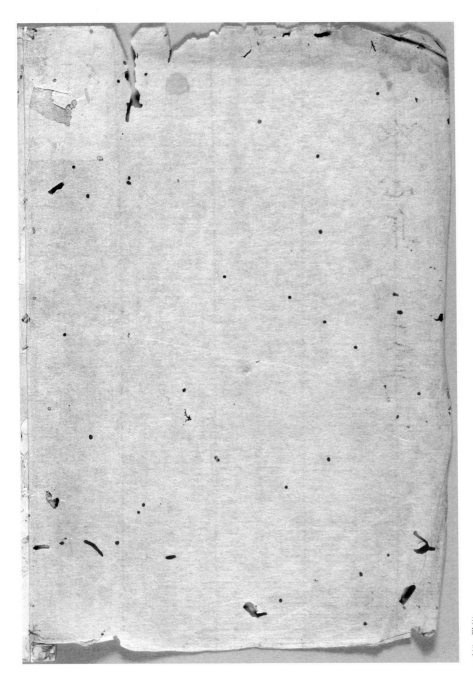

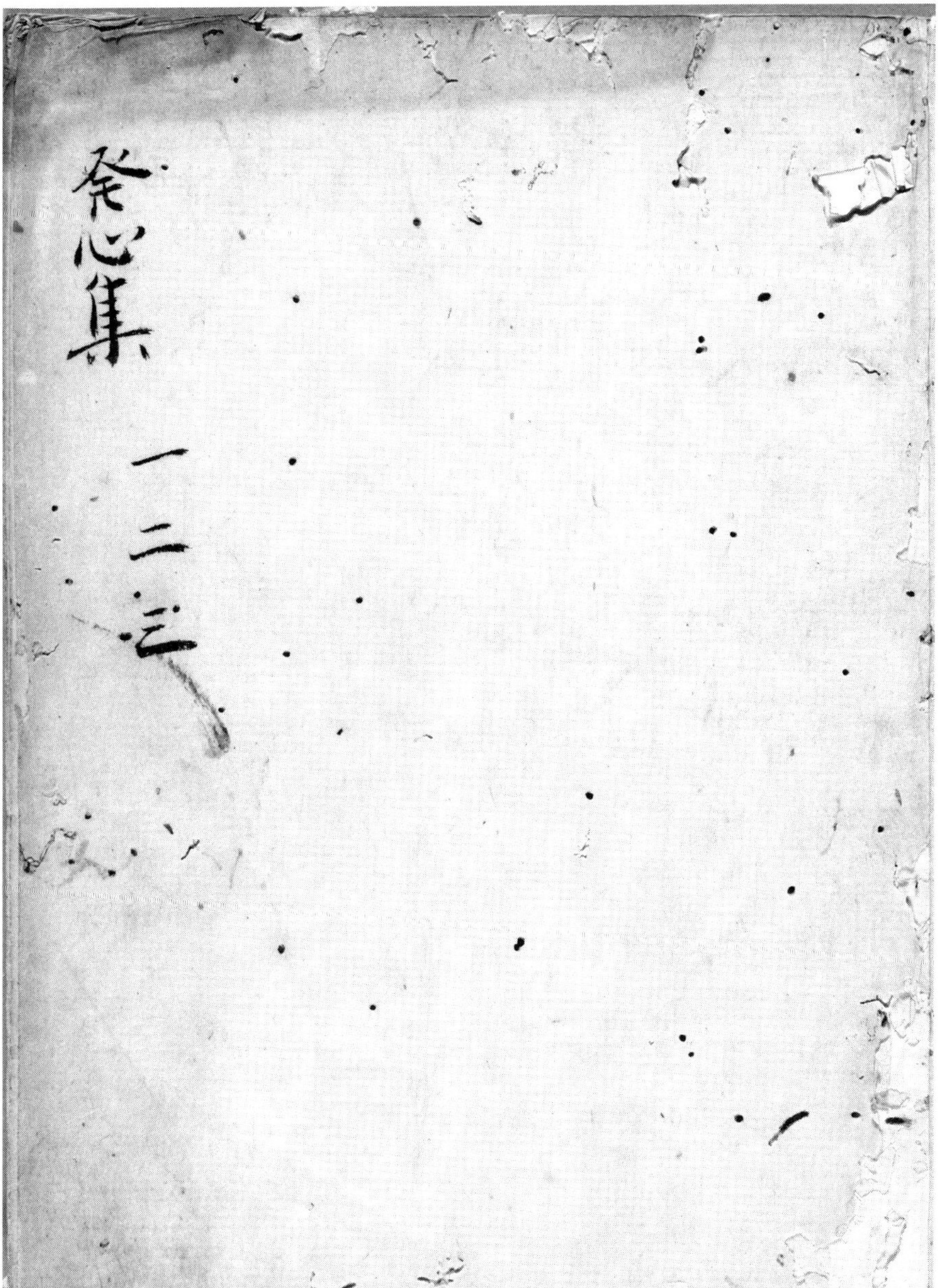

旧表紙

旧表紙見返し

白丁（表）

白丁（裏）

発心集巻第一

止水谷上人魚食事
天王寺瑠璃上人事　付　佛性聖事
高野ノ邊ニ上人偽ニ妻ヲ娶事

発心集序

鴨長明撰

佛ノ教ヘ給ヘル事アリ心ノ師ト成ルトモ心ヲ師トスル事无レト此ノ事真ナル哉人一期過ル間ニ思ヒト思フ態サ罪業ニ非ズト云事无シ若《モシ》像ヲ窶《ヤツシ》衣ヲ染テ世ノ塵ニ汚サレサル人スラ野ノ鹿《カセキ》繋《ツナキ》ヤソメ家ノ犬ニ常ニ馴タリ何ニ況ヤ因果ノ理ヲ不知名利ノ謗ニ沈ルヲヤ空ノ五欲ノ纒ニ引レテ終リニ奈落ノ底ニ入ナントスル心有ン人誰カ此事ヲ恐レサラン終然レハ事ニフレツヽ我カ心ノハカナク愚カナラン事ヲ思リミテ彼ノ仏ノ教ノ如ク心ニ心ヲ不メ許サ此ノ度生死ヲ離レトメ浄土ニ生レン事喩ヘハ牧士ノ荒ル馬ヲ随ヘテ遠キ境ニ至ルカ如クスヘシ但シ心ニ強弱

有リ浅深アリ且ハ自心ヲ謀カルニ善ヲ背《ソム》ケルモ非ス悪ヲ離ルヽニモ非ス風ノ前ノ草ノ靡《ナビキ》
安カ如シ又波ノ上ノ月ノ静マリ難キニ似タリ如何ニシテカ加ク愚ナル心ヲ教ヘント為ルニ仏ハ衆生ノ心
カソ様々ナルヲ鑑ミ給テ因縁譬喩ヲ以テ拵《コシラヘ》教ヘ給フ我等仏ニ遇ヒ奉ラ
マシカハ如何ナル法ニツケテカ勧メ給ハン今ニ智者ノ云フ事ヲ聞ケトモ
彼ノ宿命智モ他心智モ不得ハ只我カ分ニノミ理《ハカリ》テ愚カナル
ヲ教ル方便ハ欠ケタリ説ク所ハ鈍ヘナレモ得所ハ益少シキヤ是ニ依リ
短キ心ヲ顧リミテ殊更深キ法ヲ求メスハカナク見ル事聞ク事ヲ注シ
集メツヽ忍ヒヽニ座ノ右ニ置ケル事有リ則賢キヲ見テハ及ヒ難クトモ愚カナルヲ見テハ
自ラ科ヲ道ノ媒《ヤカテオホメ》トモセンドナリ今マ是ヲ云ニ天竺震旦ノ傳ヘ聞

事ハ多ケレハ不書ス佛菩薩ノ因縁ハ妙ナレハ是ヲモ残シ只タ我カ国ノ人ノ耳ミ近キヲ
先キトシテ書言コト葉ヲノミ注セハ定テ誤リハ多ク真ハ少カラン若又ハ
二度ニ向便フニヨリ先キヲハ取ノ名モ人ノ名モ不注サス雲ヲ取リ風ヲ結フカ如シ誰
人カ是ヲ用ン哉然レハ人信ニモ非スサレハ必シモ慥カナラス跡ヲ
尋ネス道遏リアタ事ノ中モ我レ一念ノ發心ヲ願ハカリ也ト云ヘリ

3ウ

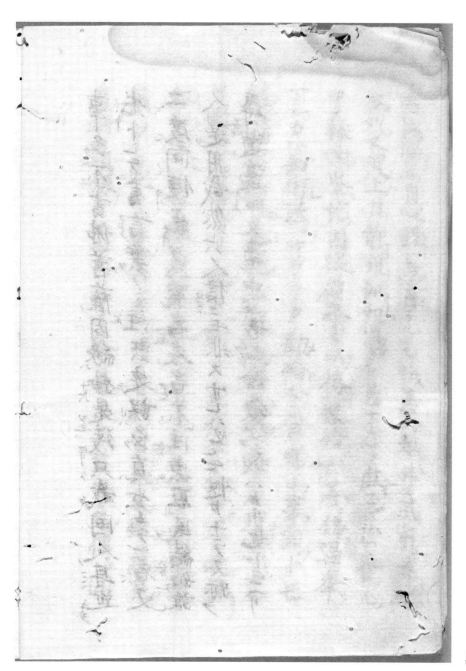

玄賓僧都遁世逐電事

昔玄賓僧都ト云人有ケリ山科寺ノヤコト无キ智者
也ケレト世ヲ道心深クテ更ニ寺ノ交リヲ好マス三輪河ノ
邊リニ僅カナル草ノ庵ヲ結テ思ヒツヽ住ミケリ桓武ノ御
門ノ御時《キ》此事ヲ聞食テアナカチニ召出サレケレハ可遁ル
方ソ无クテソ恐ヽイリニケルナレドホ井ナラズ覚エケルニヤ
奈良ノ御門ノ御代ニ大僧都ニ成シ給ヒケルヲ辞申上テヨメル
三輪河ノ清キ流レニスヽキテシ衣ノ袖ヲ又ハ汚《ケカ》サシ
トテ奉リケルカヽリケル程ニ弟子ニモ不《ス》告《ツ》人ニモ不《ス》知レテ何尾

ナク失ニケリサアルヘキ所々尋求レトモ更ニ先ト云甲
斐无テ日来経ニケレハ彼ノアタリノ人ハ云ニ不及ハ都《スヘテ》世ノ歎キニテ
ゾ有ケル其ノ後チ年来経テ弟子ナリケル人ト事ノ便ヨリ有リテ
越《コシ》方ニ行ケル道ニ在所ニ大キナル河ハアリ渡シ舩待チ得テ渡ル
程ニ此ノ渡シ守リヲ見髪《ヒカミラハ》ソツツカミニユウ計リ生《スイ》タル法師ノキタ
ナゲナル布《ヌノ》衣モキタルニテナシアリ惟ノ者様ヘト見ル程ニサス
ガニ見馴《ナレ》タル様ニ覚ルソ誰カ是ニ似タラレト思ヒメクラス程
ニ失テ年来ニ成ナル我カ師ノ僧都ニ見ナシツヽシガ目ト
見レトモ露程モ不遠《カカハ》寂ト悲クテ涙ノコホルヽシ押エツヽ

サラヌテイニゾモテナシケル彼モ見知リケル氣色ナカラ殊更ラ
目モ見カケズ只走リ寄テ争ラカクトイハヘホシケレドモ
イタクノ人殷繁中々性シカリヌヘシ上リ様ニ立寄リテ居給ヘシ
一形ヲ尋テ閑ニ聞ヘシト思ヒテ過ニケリカクテカヘリサヘニ
此ノ渡ニ到リテ見レハアラヌ渡守也先ツ目モクレ胸モ塞リテ
コ一カニ尋ヌレハ去ル法師侍リ年来此渡ニ守リニテ侍
リシ也常ニ心ヲ澄シツヽ念佛シノミ申テ船賃取ル事モ
无ク只タ今ヘ食スル物外ハ物ヲ貪スル心モ侍ラサリシカハ
此里人イトヲシクシ侍ル也如何ナリケル事ニカ有ケル過キニ

シ心《コロ》書キケス様ニ失テ行方モ知ラスト語タルニ悲ク覺
ヘテ其ノ月ト日シ算レハ我カ見合ヒタリシ所ニテゾ有リケル
身ノ有様ヲミラレヌトテ又去ニケルナルヘシ此ノ事ハ物語ニナ
シ書テ侍ルト人ホノ語タル計リヲ書ケル也　又古今ノ
歌ニ云ク
　山田守僧都ノ身コソ悲シケレ秋ハテヌレハ向人モ无シト云テ
是モ彼玄賓ノ歌ト申傳エタリ雲風ノ如クサスライ
アリキケレハ田ナト守ル時モ侍リケルニコソ
近比ロ三井寺ニ道顕僧都ト聞エタル人侍リキ彼ノ

一—二2 同人宮ニ仕フ伊賀ノ郡司ニ事

玄賓物語リシ聞テ渡ヲ流シツヽ渡シ守リコツゲニ罷
无クテ世ヲ渡ル道ナリケレトテ湖方《ミツウミ》ニ舩一ツ儲ケテコ
キアリキケルトカヤ此ノ事有ラ増シ計リニテ空ク石山ノ
河ノ岸ニ朽ニケリ墓志《コヽロサシ》ハ猶ヲ有リガタクゾ侍リシ
同人宮仕フ伊賀ノ郡司ニ事
伊賀ノ国ニアル郡司ノ許ニ恠ゲナル法師ノ人ヤ仕給フトテ
スヽロニ入リタル有リケリ主シ此ヲ見テワ僧カ様ナル者ヲ
置テハ何ニカセン无用ナリトヽ云フ法師ノ云フ様我等ハ
法師ナリトモ男ニハカワル事不可有ル如何ナル態ナリトモ

一―二―2　同人宮二仕フ伊賀ノ郡司一ニ事

モ身ニ堪エ事ヲハ仕ラントエヘハサヤウナラバヨシト天
留《ト》メ置ケリ此ノ法師悦テイミシウ仕ハルレハ誠ニ痛《イタハ》馬ヲ
ゾ預ケテカワセケルカクテ三年《ミトセ》経ル程ニ此主国ノ守ノ
為メニ便ヨリナキ事聞テ境《サカヒ》ノ内ヲ追ル親ヲウヂノ時
ヨリ居付タル者ナレハ一所領モ多ク奴《ヤツコ》トモ其数有リ人ノ国
エ行カン事傍《カタヘ》イミシキ歎キナレド可キ道ル方モ无クテ泣
々出立ツ間此ノ法師有ル者ニ合テ云フ様ハ此殿《トノ》ニハ如何
ナル御歎ノ出来テ侍ヘルニカト向フ我等カ涯ノ者ハ聞テ
モ如何ト事ノ外ニイラウルシナドカ身ノ賤《イヤ》キニ依テシ憑

奉テモ尋来ニ成リ又隔《ヘタテ》可《キ》給フ事カト子シゴロニ向ヘハ事ノ
起リ有リテヽニ語タル時キ法師云フ様是ハ用ヒ給フヘキ
事ナラ子ド何トテ忽ニ急キ去リ給フゾ物ハ思モワズ成ル
事モ侍ル物也先ツ京ヘ上リ給ヒテ我慶モ事ノ心シ申シ
入テ猶シ不《ラ》叶《ハ》時コソ何ツ方ヘモシワシ一サンメ已《ツ》レカ大方《タ》知《リ》
タル者国司ノアタリニ侍リ尋テ申サント云フ思ヒノ外ニ人々
数モ云物哉ト覚テ主ニ此由申ケレハ近ク喚ヒ寄テ自ラ
尋子聞テヒタスラ是ヒ憑ムトハ无ケレドモ又思ヒ得ヘキ方
モ无キテヽニ此法師ト打具シテ京エ上リニケリ其時成

此国ハ大納言ナニガシノ賜《タマハリ》ナシ有ケル京ニ到リ著テ彼
在所近ク行キ寄テ法師申ス様人ヲ尋ネント存ル
ガ此姿ノ恠シク思ヒ侍ルニ衣モ袈裟尋子給ヒテンヤト
云フ則借リテキセツ主ノ男ヲ具シテ門ノ外ニ置テ法
師差《サシ》入リテ物申サント云フ侍ヒニ集リタル者共恠シケ
ニ見ケルガ縁ヨリ下《ヲリヌ》伊賀ノ男ニ門ノ外ヨリ是ヲ見テ
愚ニ思ハンヤワアサマシト守リ立チタリ則チカクト聞テ大
納言急キ出テ合テモテナシ騒《サワ》ガルヽ事限リ无シサ
テモ如何ニ成リ給エルニカト思フ計リニテ過キ侍リシニ

一―二―2　同人宮ニ仕《ツカフ》伊賀ノ郡司ニ事

サダカニシワシタルコソナドカキクヅシ宜ヘト其ソハ詞ハ女ニ
アイシラヒテサヤウノ事ハ静ニ申シ兼ワルベシ今マ先ツ
尾キツテ申スヘキ事有テ参リタル也伊賀ノ国ニ年来
相憑ミテ侍ル者不計《ル》外ニ思ヲ蒙テ国ノ中《チ》ヨリ追ルヽトテ
歎キ侍ルナリトフシク侍ルニ深キ犯《ヲカ》ナラズハ此ノ法師ニ
許シ給ヒテンヤト聞エ其《ノ》時キ大納言兎角可ニ申スアラ
ズ御房兼ル事ナレハトテ本ヨリ猶ソヘサル様ノ聽《チヤウ》宜給
ハリケレバ悦テ出テ又此由ヲ主男ニ申タリケレハアキレ
惑ル様理ハリ也餘《リ》ノ事ニハ中々心ヤウレシキモ色ソハ得

一—三3　平燈供奉晦《クラクシテ》跡趣《ムク》ニ与州《エ》事

モウテ出テス宿ニ帰リ閑カニ聞ヘムト思フ程ニ衣袈裟ヲ
ト差置《キテ》テト立出タル躰ニシテ何クトモナク隠ニケリ是
モ玄賓僧都ノシ態ニナシ有リ難タカリケル人ナリ

平燈供奉晦《クラクシテ》跡《ツ》趣《ムクノ》ニ与州《エ》事

中比山ニ平燈供奉ト云テヤゴトナキ人有リケリ則
天台真言ノ祖師也有ル時キ隠所ニ有リケルガ俄ニ世ノ
无常ヲ悟ル心起テ何トシテカタハカナキ世ニハ名利ニ
ノミ羈馱《ホダサセテ》ヘキ身ヲ惜ミツヽ空シク明シ暮スソト思フニ過
ニシ方モクヤシク年来ノ住家モウトマシク覚エケレハ實ニ

一―三3　平燈供奉晦《クラクシテ》レ跡《ヲ》趣《ムク》二与州《エ》一事

立チ帰ルヘキ心地モセス白衣《エ》ニテ足《アシ》駄《ダ》サシハキ西坂本ヲ
下テ京ノ方エ下《クダ》リ又何ツニ行キ留ルヘシトモ覚エサリケ
レハ行ルヽニ任セテ淀ノ方エ迷ヒ行テ下リ船ノ有ニ乗ラント
スレハ姿モ尋常ナラス寂ト怪シト云ヘトモ強ニ云テ乗リヌ
サテモ御房ハ如何ナル人ソ何ニ事ニヨリテ何クヘヲワスルゾ
ト向ヘハ更ニ何事ヲ何ト思ヒ分テル事モ无シ又尾テ行
クヘキ方モ无シ何方ヘモシワセン方エ我モ罷ラント答フ寂ト
心得ヌ様哉ト云ナガラ自ラ此ノ船ノ便ヨリニ伊与ノ国エ
下ニケリサテ彼ノ国ニ何トモ无ク惑ヒアリキテ乞食シテ

ケレバ国ノ者共モ乞食トソ名付ケヽル山ノ房ニハ白地《アカラサマニ》立
テ出給ヒシニ程経ヌレハ怪シトハ思ヘトモ争カ思ヒ依ラン
自其《ヲノツカラ》ノ謂コソアルラメト思ヒケレトモ月数タチケレハ驚テ
彼方此方ヲ尋ケレトモ更ニ其ノ行ノ末モ无シ今ハ只ヘタ偏ニ
无キ人ニナシツヽ泣々跡ノ態シツヽ営《イトナミ》アリケルカヽル間ニ彼
ノ国ノ守ナリケル人供奉ノ弟子ニ静真阿闍梨ト云フ人
ヲ年来相憑ミテ祈リナトサセケレバ国ヘ下タルトテ具
シテ下ニケリ此ノ門乞食ハカクトモ知ラテ彼ノ舘《タチ》ノ内ニ入リテ
物ヲ乞フ間ニ例ノ童部《ワラベ》ノイクラトモナク前後ニ立テ笑ヒナンド

一―三3　平燈供奉晦《クラクシテ》レ跡《ヲ》趣《ムク》二与州《エ》一事

スソコラ集ル国者共異様躰哉罷リ出テヨトハシタナク
云ヒケレハ此ノ阿闍梨慊シニ思ヒテ物ノトラセントテ喚ブ彼ノ
乞食忍《シノヒ》ムヽ縁ノ際《キワ》ヘ来ルヲ見レハ人像《ナ》モ不見瘦《エ》衰
タル者ノワラヽヽト有ル綴《ツヾリ》バカリ着《キ》テ誠ニ怪シケナリサス
ガニ又見タル者様ナレハ心ヲツケテ能ヽ思フニ失セニシ叔カ
師ニテソ有リケル餘リニ悲クテ簾《スタレ》ノ中ヨリ一ヽロビ出テヽ
縁ノ上ニ引キ上ヌ是ヲ見テ上下皆ナ驚キ怪メケリ
阿闍梨泣ヽ様ヽニ語ラヒケレトモ詞少《スク》ナニモテナシテ
強《シイテ》請《コウテ》去リニケリカラ无クテ麻ノ衣モ様ノ物ノ共モ用意

一―三3　平燈供奉晦《クラクシテ》レ跡趣《ヲムク》二与州《エ》一事

メ有リ所ヲ尋レ共モ更ニ不《ス》會《ゴウ》後ニハ国ノ者共ニ仰テ山
林ヲ不《ス》漏《モラサ》求レトモ其ノ時ノ〻〻跡ヲ晦《クモラ》終《ニ》行末モ知ラス成ニ
ケリ其ノ後チ遥ニ程ヲ經テ人モ通《カヨハ》ス深山ノ奥ノ清キ水ノ
有《ル》所ニ死人《ヒト》ノ有ルト山人ノ語ケレハ恠ク覚ヘテ尋子行テ
見レハ此ノ師西ニ向テ掌ヲ合テ居タリケリ阿闍梨憐ニ
モ尊クモ覚ヘテ泣々兎角態トモ営《ナミ》ニケリ今モ昔モ誠
ニ心ヲ起セル人ハ故郷ヲ離テ不《ス》見不《ノ》知《ラ》所ニテ潔《イサギヨク》名利
ヲハ捨《スツ》終ルナリ菩薩ノ无生忍ヲ得タルスラ本見タル人ノ前ニ
ハ神通ヲ現スル事難シト云ヘリ況ヤ今ノ人起セル心ハヤゴト无シト

イマダ不退ノ位ニ到ラヌ子ハ事ニ觸シテ乱《ミダ》安ニ故郷ニ住ミ和ル人ニ交リテハ争カ一念ノ安心起ラサラン

千観内供遁世事

千観内供ト云ハ智證大師ノ流ノヤゴトナキ智者也元ヨリ道心深カリケレド如何《イカ》様ニ身ヲ持テ行フベシトモ思ヒ定ヌオドニ自カラ月《キ》日ヲ送リケル間ニ在ル時《キ》公請《シヤウ》勤メテ帰リケルニ四条河原ニテ空也上人ニ會ヒ奉リケレハ車ヨリ下《ヲリ》テ對面シテ其ノ次ニサテモ後世助カル事ハ如何カ可仕《キト》問フ即チ関テ如何ニ遂《オホセ》事ヲハ宣フソ左様ノ事ヲハ郷房ニコソ尋奉ル

ヘケルカルアヤシノ身ニハ更ニ思ヒ得ヌ事侍ラス只迷ヒアル
ク計リ也ト云テ去リナムトシ給ヒケルヲ袖ヲヒカヘテ強《シヒテ》向ケレハ
如何ニモ身ヲ捨テヽコソト計リ答ヘテ離レテ足ヲ早ニ行キ
過キ給ヒニケリ其時キ内供河原ニテ装束脱キ捨テ車ニ
入レテ伴ノ人ヲハトク房ニ帰ヘリイケ子我ハ是レヨリ外ヘイナ
ンスルソト云テ皆ナ返シヤリテ只一人箕《ミノ》面《ヲト》云所ニ籠リケリ
猶ツカシコモ心ニ不叶有ケレ居所ヲ思ヒ煩ヒケル処ニ東ノ
方ニ金色ノ雲ノ立タリケレハ其ノ所ヲ尋テソコニ如形ノ庵ヲ
結テ跡ヲ隠セリ則今ノ金龍寺ト云フハ是也カシコニ尋来ロ

行ヒ給テ終ニ往生ヲ遂ケタル由ニ委ハ傳ニ注セリ此内供ハ
人ノ夢ニ千手観音化身ト見タリケルトカヤ千観ト云
名ハ彼菩薩御名ノ一字ヲ略シタルニナン有リケルト云々

此人ノ興疫時ノ奇瑞ハ叡書ノ十ニ出タリ

僧賀上人遁世事

僧賀上人ハ經平ノ宰相子息慈恵僧正ノ弟子也此ノ
人ハ若クテ碩徳人ニ勝タリケレハ行末ハヤコトナキ人ナラン
ド普ク誉合ケレハ心ノ中ニハ深ク世ヲ猒ヒテ名利ニ羈《ホタサレ》ス
只極樂ニ生レントノミゾ願ヒケル思フ計リ道心起ラヌ事
ヲ歎キテ根本中堂ニ千夜詣テ夜毎ニ千度拜ヲシテ

道心ヲ祈リ申ケリ餘ノ間御ヤモ聲ヲ立ル事モ无リ危
ヲ六七百夜ニ成リテハ付テタヘヽト忍ヒヤカニ云テ拜《ヲガミ》ケレ
ハ聞ク人ト此ノ僧ハ何事ヲ祈ルゾ天狗付ケ給ヘト云カナド
且ハ恠ミ且ハ笑ヒケル程ニ終リツカタニ成リテ道心付ケ給ヘ
ト定《サダカ》ニ聞エケル時ゾカタヱハ哀レ也ナンド云ヒケルカクシツヽ千
夜満テ後チナルヘキニヤ有リケン世ヲ猒フ心イト深ク成リテ
撰集抄ニ伊勢大神宮御示現ノヿアリ
角テ身ヲ徒ラニナサント次テヲ待ツ程ニ其比内論議ト云事
有リケリ定マレル事ニテ論議スル人ノ饗庭ニナゲ捨ツレハ諸ノ
乞食傍人ヤウノ者諍《アラソ》ヒ取テ食ヿ習ヒニナリケルニ此宰相ノ

禅師俄ニ大衆ノ中ヨリ走リ出テ、是ヲ取テ食フ見ル人是
ハ物ニ狂フカト訇騒《ノヽシリサワク》聞テ我レハ物ニハ狂ヌナリカク云ハル、大
衆達コソ物ニハ狂ヒ侍ルメレトテ更ニ不驚カアサマシト云ヒケル
程ニ是ヲ次テニシテ大和国多武峯ト云フ所ニ籠リ居テ
思フハカリ勤メ行テナン年月ヲゾ送リケル後ニハ尊キ聞ヘ有
テ時ノ后宮《キサキノミヤ》戒師ニ召シケレハ憖《ナマシイニ》ニ参リテ南殿ノ高欄ノキ
ワニ寄テ様々見苦キ由ヲ云テ空ク出テヌ又仏供養
セントテ喚人ノ許ヘ行ク向タニ法ヲ説ヘキ様ナド道スカラ
案ズトテハ是ハ名利ヲ思ニコソ魔縁便ヨリヲ得テゲリ

ト思ヒテ行キ付ヤシツキトスギケキ事トモシ咎《トガ》メテ施
主ト肉供養モ遂ズシテ帰《カヘ》リ又是レ等有リ様ハ人ニウト
マレテ二度ヒ加様ノ事ヲ云ヒカケラレジト也ヘシ又師ノ僧正
悦ヒ申シ給ヒケル時ニセヒグウノ数ニ入レ又其時モカラザケ
ト云物ヲ太刀ニハキテ骨ノ限リナル女《メ》牛ニ乗テヤカタクチ
ニオツ人驚テ様々ニ諫《イサメ》ケレトモ更ニ不《ズ》用ニ我シコソサナク
ヨリノ御弟子ナレ誰カ今日ノヤカタクチ仕ラントテ面白ク子
リマゾリケレバ見ル物ノ恠シミ驚カヌハ无カリケリカクテ名聞コソ
苦シカリケレカタイノ身ヲ楽カリケルト歌《ウタ》ヒテオ離レニケリ

一—五5　僧賀上人遁世事

僧正モロ〳〵人ナラ子バ我レコソヤカタクチウタメト諍フ聲ノ僧正
ノ耳ニハ悲キ哉我カ師悪道ニ入ランストト聞エケレバ車ノ中《ウチ》
ニテ是レハ利益衆生ノ為メ也ト答エラレケル此ノ聖命チ終ラ（一条院長保五年六月）
（年八十七歳入滅）シトスル時キ先ヅ碁盤ヲ取リ寄テ獨リ碁ヲ打ツ又次ニ冠《カムリ》ヲ
トリヨセテ是ヲカヅキテ小蝶ト云舞ノ一手ヲス弟子共モ恠
ニテ向フ聖リ答幼ナカリシ時《キ》此ノ二ツノ事ヲ制セラレテ思
ヒナガラセズ然ル間タ心ニカヽリ侍リ若生死ノ執心留ル事モ
ヤ有ルト思ヒテトゾ云レケル已ニ聖殁ノ近ヘヲ見テ悦テ歌ヲ
ヨム

水ニ立ツ八十アマリノ老浪クラゲノ骨ニ合ニケル哉ト
讀テ終リニケリ此ノ人ノ振舞世ノ末ニハ物狂《クルヒ》トモ云ツ《イツ》ヘケレ
ドモ妄執ヲタヽンシ為メ也ケリサレハ人ニ交ル習ヒ高キニ随ヒ下レ
ルヲ哀《アハレ》ムニ付テモ身ハ他人ノ物ニナリ心ハ恩愛為ニツカワル
是レ此ノ世苦ミノミニ非ス則チ出離ノ障リナルヘシ境界
ヲ離レシヨリ外ニハ何ニトシテカ乱レ安キ心ヲ静《シツ》カシト云ヘリ

高野南筑紫ノ上人ノ發心事

高野ニ南ヅクシト云テ貴キ上人有ケリ筑紫ノ者ニテ知ル
所ナトアマタ有リケル中ニ彼ノ国ノ例ト〆門田多ク持チタルヲ

イミシキ事ト思ヘル習ヒナルヲ此ノ男ハ我カ前ヘニ五十丁
計リナシ持タリケル八月ノ比《コロ》ニヤ有リケシ朝ニ立出テ見ルニ穂《ホ》
次《ナミ》ユラノヘト出テ調ホリ露枝結ホワタシテハルヾヽ見エワタ
ルニ思様此ノ国ニカナヘル間ヘ有ル人多カリ然ド門田五十
丁持タル人ハ堅クコソアラメゲニウアラヌ身哉ト心ニシミテ
思立テル程ニサルヘキ宿善ヤ催ニケン又思様抑モ是ハ何
ニ事ソ此ノ世ノアリ様昨日有ト見シ人ハ今日ハ无シ朝ニ栄
ヘタル家ヘ夕ヘニハ滅シヌ一度ヒ眼ヲ閉テ後ナ惜ミ資《タクハヘ》タル物
ノ何ニノ詮カ有ルハカナキ執心ニ羈テ長ク三途ニ沉ミナシ

事コソ悲シケレト忽ニ无常ヲ悟ル心ツヨク起リテ又我カ
家ニ帰リナハ妻子モ有リ眷属モ多カリケレハ定メテ妨ケ
ラレント思ニテ只是ヨリ此ノ衣ヲ離レテ知ヌ世界ニ行テ仏
道ヲ行ント思ニテ白地ナル姿ニテ京ノ方ヘ逃テ行ク其時
キサスガ物ノ気色ヤシラレケン行キ来ノ人々恠ミテ彼家ニ
急キ告ケタリケレバ驚キ騒ク様理ハリ也其中ニ悲ミ深カリ
ケル女《ムスメ》ノ十二三計リナル有リケリ泣々追付テナウサテ我ヲ
ハ捨テヽ何クヘゾハスルゾトテ袖ヲ引ヘタリケレバイデヤヲノレ
ニハ妨ケラルマジキゾトテ刀ヲ抜テ髪ヲ押サヘ切女《ムスメ》恐レヲノヽ

キテ袖ヲハヅシテ帰リニケリカクシツヽ是ヨリ直《スクニ》高野ヘ登テ
髪ヲシロシ本意ノ如クナレトテ行シケリ彼女メ恐レテトヽリタ
リケレド猶ヲ跡ヲ尋テ京ニ来リテ尼ニ成リツヽ彼山ノ麓ニ尋
行キテ住ニケリ又父死スルニテ着《キ》物《モノ》ヲスヽギ裁《タチ》縫《ヌイ》ナドシテ
孝養シケル此上人ハ徳高ク成テ高モ賤モ帰セ又人死シ高
野辺ノ所ニ堂ヲ作リテ供養セントシケル時キ道師ヲ思ヒ煩ヒ
ケル處ニ夢ニ見ケル様此ノ堂ハ其日其時ニ浄名居士ノ
来テ供養シ可キ給セト人告ル由シ見エタリケレバ則チ枕ラノ障
子ノ紙ニ書キ付テ寂恠ミケレドサル様コソアラメト思ヒテ

一一六6　高野南筑紫上人発心事

自《カラ》日ヲ送クル正キ其ノ日ニ成テ堂荘厳メ心元无クテ待ヌ
朝《メ》ヨリ雨サヘ降テ更ニ外ヨリ人亮入リ无シ漸ク時《キ》到テイ
ト恠ケナル法師蓑笠《カサ》着タルガ詣テ来リテ拝ミアリク
有リケリ則《チ》是ヲ因《ヨテ》テ待チ奉リツ世トテ此ノ堂ヲ供養シ給フ
ヘシト云フ法師大ニ驚テイラヤ我レハサヤウノ物ニ詠ス自《カ》ラ
事ノ使ヨリ有テ詣リテ侍ヘル計リ也ト事ノ外ニモテナシテ離レシ
トス覚テ夢ノ告有リシ様ナトト語テ書キ付タリシ月日ノ懐ニ令
日ニ相ニ叶ヘル事ヲ見セタリケレハ道ルヘキ方モ无クテサラバ如ク
形ノ中ニ侍ト云テ蓑笠《カサ》脱《ヌキ》捨《ステ》忽ニ礼盤ニ登テ佛天モ驚キ

給フ計リ目出クソ説法シタリケル此導師ハ天台明賢阿闍
梨ニテナン有リケル然ルニ彼ノ山ヲ拜セントテ忍ヒツヽ様ヲヤツシテ
詣ラツ此世ト聞エ是ヨリ高野ニハ浄名化身也ト此阿闍梨
ヲ云ナルヘシサテ此ノ上人ハ殊ニ貴キ聞ヘ有テ白河院帰依シ
給ヒケレハ高野ハ此上人ノ時ヨリソ殊ニ繁昌シ給ケル終ニハ臨
終正念ニテ大往生ヲ遂ケタル由シ委ク傳ニ見エタリ惜ムヘ
キ寶ニ付テツヨク厭フヘキ心ヲ起シケン㝡ト有リ難キ悟ナ
リト云々或ル人ノ云ク二世ノ苦ミヲ源トスル人ハモトヨリ是ニフ
ケリ我モ是ニ深ク着スルガ故ニ諂《ソヒ》媚テ貪欲モ弥《イヨ》々増《サリ》

一―七7　教懐上人水瓶破リタル事　付陽範事

瞋恚モ殊ニ盛シ世人ノ命ヲモ絶世ノ理ヲモ忘ルヽ家ノ滅国ノ
傾ヘテモ皆是ヨリ起ル故也此ノ故ニ経ニ云ク欲深カケレバ禍
重シトモ説キ或ハ又欲ノ因縁ヲ以テ三悪道ニ堕ツトモ説キ
給ヘリ故ニ弥勒ノ世ニハ宝ヲ見テハ深ク恐レ猒フヘシト見エ
タリ然ルニ釈迦遺法ノ弟子ヲ是カ為ニ戒ヲ破リ罪ヲ作テ地獄ニ
堕ケルモ理リ也トテ弥勒ノ世ニハ毒蛇ヲ捨ルカ如ク宝ヲハ道
ノ邊リニ捨ツヘシト云ヘリ

教懐上人水瓶破リタル事　付陽範事

小田原ト云山寺ニ教懐上人ト云フ人有リケリ後ニハ高野

山ニ住ミケル新シキ吉キ水瓶《カメ》ヲ儲ケテ殊ニ愛シケルヲ縁ニ打
置テ奥院ニ参リニケリ念佛十ト申シテ一心ニ佛神三宝ヲ
信仰シケル時ニ彼水瓶ノ事ヲ思ヒ出シテ脆《アヤウ》置《ヲキシ》向人ヤ取リ
ツランシトンボツカナク思フ程ニ一向ニ所作モ身ニシマザリケレバ
由シ无ク覚テ帰リ付クヤ遅ク雨《アマ》タリノ石ダヽミノ上ニ置テ打
砕《キ》テ捨《ステヽ》ケリ
又横河ニ尊勝ノ阿闍梨陽《ヤウ》範《ハム》ト云テ貴キ僧有リケリ目
出タキ紅梅ヲ植テ又ナキ物ニシテ花ノ盛リニナレバアカラ目
モセズ人ノ折ツモイリタヲ惜ミケルガ何トカ思ヒケン人ノ无キ向ニ

一一八8　佐《サ》国《コク》花ヲ愛シテ蝶ト成事

心モ无キ小法師一人有ルヲ喚テ鉗《ヨキ》ヲモテコヨト云テ此ノ梅木
ヲ太キワヨリ伐《キリ》テ上ニ沙ラウヲ散シテ跡ト影ヲモ无ク成シテ居
タリケリ弟子帰ヘリテ驚キ怪ミテ故ヲ向ケレバ只由ヒナケ
レバトゾ答ヘケル是等ハ皆ナ執心ノトマラン事ヲ恐レケルニコソ此人
目出度往生シタル人也誠ニ假ノ色ニフケリ長キ闇《ヤミ》ニ迷ハン
事誰カ愚カナルト思ハザル然レハ世々生々ニ煩悩ノ奴《ヤツコ》ト成リニ
ケル習モノ悲シサハ知リナガラ我モ人モヱ思捨ヌナルベシ

佐《サ》国《コク》花ヲ愛シテ蝶ト成事

或ル人ト四宗寺ノ八講ト云フ事ニ詣リタリケル時ニ待程ト

一一八8　佐国《サコク》花ヲ愛シテ蝶ト成事

良久シカリケレバ其ノアタリ近キ人ノ家ヲナシ借《カリ》テ其家ヲ見レハ
廿モアルヘキ様ニ作レル家ノ寂ト廣クモアラヌ庭ニ前栽ヲエ
モイハズ植テカリ屋ノ構ヘヲミツヽ聊カ籠《カコ》ヲ組《クミ》カケタリ色々
ノ花数ヲ盡メ錦《ニシキ》ヲウチシクヱルガ如ク見ル枝ニ様々ナル
蝶イクラトモ无ク遊ビアヘリ其ノ様有リ難ク覚エケレバ態ト
主ヲ喚出メ向フ主ニ云様是等閑ノ事ニモ侍ス思フ所有リ
テ今ニ植テ侍ル我ハ佐国ト申シテ人ニ知レタリシ博士《ハカセ》ノ子ニテ侍リ
シガ父世ニ侍シ時《キ》花ヲ興《ケウ》シテ時ニツクツク是ヲ玩《モテ》アソブヨリ外
ノ事ハ侍スシカレバ其ノ詩モ作レリ年六十餘歳見レトモ未《タ》

一八8　佐国《サコク》花ヲ愛シテ蝶ト成事

飽《アク》他生ニモ定《メテ》花ヲ愛スル人タランナド作リ置テ侍レハ
自ラ生死ノ餘執ニモヤ罷リ成リケレト疑レシ程ニ在ル者夢ニ
蝶ニ成テ侍リシ由ヲ見ヘタルト語リ侍シカバ罪ミ深ク覚テ
然レハ若シ是レ等ニモヤ迷ヒ侍ラントテ心ノ及フ程植ヘテ侍ル
也其レニトリテ花討ハ猶ヲ不飽カヤ思ヒ給ハンストヲモヒテ毎セシ
麗《ジヤ》蜜《ミツ》ナトヲ朝毎ニ洒キ侍ルトゾ語リケル
又六波羅寺ニ住僧アリ佛性房ト云ヒケル者年来道
心深カリケレド橘《タチバナノ》木ヲ愛シケル餘カ執心ニヨリテ蛇《クチナハト》成テ
彼ノ木ノ本ニ住ミケル委クハ傳ニ有リ加様ニ人ニ知ラルヽ

一―九9　𠀋水谷《シミヅノ》上人魚食事

ホトノ執心ハ希ナリ都ヘテ一念ノ妄執ニヨリテ悪身ヲ受
ケシ事ハ果《ハタシ》テ疑ヒ无シ誠ニ恐レテモ怖ルヘキ事也

止《シ》水谷《ミヅ》ノ上人魚食事

神樂岡ノ方ニシミヅ谷ト云所ニ佛種房ト云テ貴キ上人
有對面シタリシ事ハナカリシカ共近キ世ノ人ナレハ終ニ往生ノ人
トテ人ト皆ナ貴ミ合ヒタリシヲバ傳ヘ聞キ侍ヘリキ此上人
當初《ソノカミ》水ノミトヽ云フ所ニ住ミケル比木拾《ヒロヒ》ニ谷ヘ下《ヲリ》タリケル間ニ
盗人入リケリ僅カナル物共ヲ皆ナ取テ遠ク逃《ゲヌ》ト思テ歸
ヘリ見レバ猶本ノ所也家ト怪シクテ猶ヲ行ツト思フ程ニ

一一九 9 止水谷《シミツノ》上人魚食事

時《キ》計《リ》ハ水ノ三ノユヤヲ廻リテ更ニ外ニハ不《ス》去《ラ》其時聖リ
帰リ来テ牲ニ向フ答テ云フ様我ハ盗人也然ルニ遠ク
逃ケ去リヌト思ヘハ都ヘテ行ク事ヲ得ス是レタヽ事ニ非ス
今ニ至テハ物ヲ返シ侍ラン願クハ許シ給ヘ帰ラント云聖ノ
云ク何ニシニカハ罪ニ深クカヽル分ケ无キ物ヲハ取ラントハスル
但シホシイト思ヒテコソ取リツラメ実ニ返スヿ得ヘカラズ其レ
无クトテモ我レ事欠《カク》マジト云フ盗人猶ヲ怨シテ物ヲ捨テ
行《キ》ケレハ袖ヲヒカヘテナシトラセテヤリケリ大方心ニ哀ニ深
クテ毎事《コト〳〵》ニ无相ニゾ有リケル年ヲ経テ後チ止水谷ニ住ミ

一一九
9　卄水谷《シミツノ》上人魚食事

ケル時相憑タル檀越有リケリ深ク帰依メ折節ニハ贈リ
物ヲシ事ニフレテ志シヲ運ヒツヽ過シケル程ニ此上人態ト
出来メ云様ハ思ヒカケズ思《おこ》メスベケレドモ年来志ニ奉タレハ
申侍セ此程如《モ》形ノ庵室ヲ作ルトテ工《タクミヲ》ツカヒ侍リシガ魚ヲ
快ゲニ食侍シ事ウラヤマシク侍レハ是ニハ魚多ク侍下思ヒテ
参リテ候セ主ノ愚ナル女ノ心ニアサマシク思外ナリケレドヨキ
様ニシテ取リ出シタリケレバ能々食テ残リヲハ土器ヲ蓋ニメ
紙ニツヽミテ是ヲハ庵室ニテクワントテ懐《フトコロ》ニ入テ出テニケリ
其ノ後チ檀越ホイナクハ思ヒナガラサスガニ思ヒヤリテ一月ノ

一一〇10　天王寺瑠璃上人事　付仏性聖事

御家ツトハ夢カマシク有シカバ重テ奉リケルトテ様々ニ調ヘテ送リタリケレバ此ノ度ニハ不留ス御志ハウレシク侍リナレトモ一日ニタベ飽《キテ》今ハホシクモ侍ラ子ハ是ヲハ返シ奉ルト云テ返テケリ是モ此ノ世ニ執心ヲ留メント思ヘルハカリ事ニヤ

天王寺瑠璃上人事　付佛性聖事

近來天王寺聖有リケリ言葉ノ末每ニ必スルリト云ニ文字ヲ加テ云ヒケレバヤガテ其ノ言ヲ名ニ付テ瑠璃聖トゾ云ケル其ノ姿ハ布ノツヾリ紙衣ナドヤレワラメキタルシイクツトモ无ノ着テ布ノ袋ノキタナゲナルニ何トモナク乞集メ

タル物共ヲ一ツニ取リ入テアリキ〳〵是ヲ食ス童部《ワラヘ》イク
ラトモ無ク笑ヒアナヅリケレドモ更ニトガメズシテ腹立ル事
无シ痛ミセタムレバ袋ヨリ物ヲ取リ出シテトラスレバ童部共
キタナガリテノキ去リヌ常ニハ様々ソゾロ事ヲウチ云ヒテ
物狂ヒニナシ有リケルサニテ何クニ跡ヲ留タリト見エタル所无
シ垣根《ヌリカ子》木《キノ》木本《コノモト》次ニ随テ夜ヲ明ス其比大塚《ツカ》ト云所ニヤゴ
ト无キ智者御座ケリ此聖リ雨ノイタク降ル夜大塚ニ
行《キ》テ云様今夜ハ雨降テ罷リ寄ヘキ所モ无シ此ノ縁ノ
傍《カタワラ》ニアラシト云ヒケレバ便ヒナラズ怖シク思ヒナガラ許シ置ツ

夜深テ彼聖リ云様ハカクタヘヘ参リ寄テ侍ル時与来
シホツカ死ク思ヒ侍ヘル事トモヲハラケハヤト云フ寂ト事ノ
外ニ覚レドヨノ常ノ人様ニアイシラウ程ニ漸ク天台宗ノ法
門ノヱモイワヌ理リ共ヲ尋テゾ主ニアサマシクメヅラカニ覚ヘテ
夜モスガラ様々ニ向ニ答ヘテ明ヌレハ今ハ暇申シ侍ラント与来
床敷思ヒ侍ヘル事共ヲ賢ノ今夜候《サウ》ラヒテハルケ侍ヘリヌト云
テ去リヌ此ノ事ノ有リ難ク貴ク覚エケルママニ其ノアタリノ人ニ
語リケレハ聴シメシ心ヲ改メテ傍ヘハ権者ノ疑ヲナシテ貴ミケ
リサレトモ其ノ有リ様ハ先ナ々ニ露モ不《ス》覺有ケルナル事ヤ有リ

ケルト人ノ向フ時ハ手笑ヒテス、口事ニソ云ヒナシケル人ニ知レヌ事
ヲウルサクヤ思ヒケン終ニハ行方モ不知ラ成リニケリ年ヲ経テ後
人ノ語リケルハ和泉ノ国ニ乞食シアリキケルカ其ノ後ハ人モ通《カヨワヌ》所
ノ大木ノ本ノ上ニ下枝ニ佛ヲカケ奉ツテ西ニ向テ掌ヲ合テ居ナカラ
眼ヲ閉《トチテ》有リケルトナン其ノ時ハ知ル人モ无クテ後ニ見付ケタリケ
ルトゾ聞ヘケル
又近キ世ニ佛性ト云フ乞食有リケリ其モ彼ノルリ上人ノ
如ク物狂《クルヒ》ノ様ニテ食物ハ魚鳥ヲモ不嫌《キラハ》着物《キル》ハ莚薦《コモ》重
子キテ人ノ姿ニモアラサリケリ逢人毎ニ必ス海士人法師人

男人女人佛性〳〵トモテ拜ム態ヲシケレバ其名ニ付テ
世ニ見ルト見ル人ト拙キユヽシキ者トノミ思ヒケレハ真ニハ様
有リケル者ニヤ阿柔房ト云シ上人ヲ得意ニシテ思ヒカケヌ
經論ナドヲ借リテ人ニモ知ラレス懐ニ引キ入レテモテ行テ日
來經テ返ス事ヲシナシ常ニハシケル終リニハ切レ堤《ツヽ》ノ上ニ西ニ向
テ合掌端座シテ終リニケリ是レ等ハ勝レタル後世者ノ一ツノ有リ
様也大隱ハ朝市ニ有リト云ヘルハ則チ是レ世カクスコソ心ハ賢キ
人ノ世ヲ背ク習ヒ我カ身ハ市中ニ有レトモ其ノ徳ヲヨク隠クシ
テ人ニ知ラレヌ也山林ニ跡ヲ交ヘ跡ヲ閑クスルハ人ノ中ニ有テ徳ヲ

一－二－11　高野ノ麓ニ上人偽ニ妻ヲ娶《メトリ》タル事

得隠サヌ人ノ振舞ナル

高野ノ麓ニ上人偽ニ妻ヲ娶《メトリ》タル事

高野山ノ麓ニ年来行フ上人有リケリ本ハ伊勢ノ国ノ人也ケル
ガ身ヲカシコニ出来ニタリケル也行徳有ルノミナラズ人ノ帰依
ニテ寂ト貪モアラザリケレバ弟子ナドモアマタ有リケリ歳
漸ク闌テ後チ殊ニ相ヒ憑ミタル弟子ヲ喚テ云ヒケル様聞
ヘバヤト思フ事ノ日来侍ルヲ其ノ心ノ中ヲ測ナンタメライ侍リツ
ル世ノ応賢ク々々違ヘ給フナド云フ何ニ事ナリトモ宜ヘ給ハン
事ヲ争カ違ヘ侍ラン死ヲ隔フ来ランド云ヘハカク人ヲ憑ミタ

一―一11　高野麓ノニ上人偽ニ妻ヲ娶《メトリ》タル事

ル様ニテスグル身ニハサヤウノ振舞ハ思ヒ寄ルヘキ事ナラ
子ド年タケク成リ行ク儘ニ傍モサヒシク事ニ觸テ便无ク
覚レハサモ有ラン人ヲ語ヒテ夜ルノ友ニセバヤトナン思フ也其
レニトリテ歳イタク若ヤカラン人ハ悪シカリナン物ノ思ヒ遣リ
有ラン人ヲ忍ヒテ尋テ我カトギニセサセ給ヘサテ世間ノ事
ヲバソコニ譲《ユヅリ》只ダ我レ有リツル様ニ此房ノ主ニテ人ノ祈リナドヲモ
沙汰メ我レヲバ奥ノ屋ニスヱテ二人カ食物ヲ如形ニシテ送リ給
ヘサヤウニナリナン後ハソコノ心ノ中モハヅカシカリヌヘケレハ對面ナ
ドモ得スマジキ也況ヤ其外ノ人ニハ都ヘテ世ニ有ル者トモ知ラ

スヘカラス死ニ失セタル者ノ如クニ思ヒ成シテ僅ニ命ヲ續ク事計ソ
沙汰シ給ヘ是ヲ違ヘ給ハサラン計リゾ年来ノ本意ナルヘキトカ
キクドキツヽ去テ世ニ浅サマシク思ハスニ思ヒナガラ加様ニ心ヲ
不置カ宣ヘ給ヘル事ナレハ急キ尋子侍ラント思ヒテ近遠ノ
聞キアリキケル程ニ男ニヲクレタリケル人ノ歳四十計ナル女房
ノ有リケルヲ聞キ出メ隠ニ語テ便宜ヨキヤウニシテ去カ如ク
奥屋ニ沙汰シスヱテ人モ不《ス》通《ハ》我モ行ク事モ无ツテ過
クシケリシボツカ无キ事ナド有リテ向《ト》向《ハヾ》ホシキ事ナト
モ有レドモサレモ堅ク制ヘタル事ナレバイブセナガラスグス程

一—11　高野麓ノ上人偽ニ妻ヲ娶《メトリ》タル事

ニ六年ヲ経テ後チ彼ノ女房ウチ泣テ此ノ暁キ終リ給ヒヌ
トテ出テニケリ驚キテ行テ見レハ持佛堂内ニテ佛ノ御手ニ
五色ノ絲ヲカケテ其レヲヒカヘテ脇足《ケウソク》ニカヽリテ念佛申シタル
手持モ不ス替ラ念珠引キカケラレタル様只生タル人ノ眠リタル
様ニテ露モ例ヒニ不遠壇ニハ行具ウルハシク置テ鈴手ニ
ハ紙ヲソヲシカイタリケル哀レト悲シクテ事ノ有リ様ヲコマヤ
カニ向ヘハ女ノ云フ様年来カクテ侍レト例ヒノ妻《メ》男《ヲトコ》様ナル事
更ニ无シ夜ルハ疊ヲ並ヘテ乎ニ目ノ覚《サメ》タル時ハ生死ヲ厭フ
ベキ様浄土ヲ願フベキ様ナドヲコマ〳〵ト教ヘテ給ヒツヽ

由ヒ无キ事ヲバ云ハズ晝ハ阿弥陀ノ行法三度願《カン》ル
事无ク ヒマ〳〵ニハ偏ニ念佛ヲ申サレキ又我々ニモ勸メ
給ヒキ初ツカタ二ツ月キ三《ミ》月マデハ心ヲ置《シキ》テカノ世ノ常
ナラヌ有リ様ヲバワビヒシクモヤ思フ若ヒホモアラバ心ニマカ
スヘシ縦ヒウトクナル共加様ニ縁ヲ結ブモサルヘキ事也此ノ
有リ様ヲエメ〳〵人ニ語ルナ若シ又善知識トモ思ヒテ後世
ノ勤ヲシモ閑《シヅ》カニセントナラバ奥厭世ト直ヘ給ヒシカバ更々郷
心ヲ置キ給フヘカラス年来相ヒ見シ人ヲバハカナク見成
シ侍レバ争カ彼後世ヲ訪ヒ我ヲシモ又カヽル浮世ニ廻リ来シ

テ深ク歎ク心ナカラン サラモ世ニ立テ帰ルヘキ様モ无キ事
ニテ加様ニホイナラヌ形チニテ見奉レハナヘテノ女ノ様ニ
覚ヘズニヤ努々チギリノ无コソ不足トハ思ハズイミシキ
善知識カナト人ト知レヌ悦ヒテ過キ侍リシト申シ侍シ
カバ返々ウレシキ事ニテ今マテ隠シ給ヘルモノカナ兼テシリ給
ニテ終ラン時ナナアイカマヘテ人ニナ告ケソト有リシカバ殊ナ
更ラカクトモ不申トソ云ヒケル

發心集巻第二
守輔発願往生事
助重一言ノ念佛ニ依テ往生ノ事
讃州源大夫発心往生之事
江州ノ増テノ叟ノ事
伊与ノ僧都大童子事
伊与ノ入道往生事
参河入道遁世縁ナカラ往生事
内記入道事

母女妬《ネタミテ》手ノ指虵ニ成事

亡妻現身皈来夫家ニ事

乞食尼《アマ》単《ヒトヘ》衣ヲ得テ同寺ニ奉加事

母子三人賢者死罪ヲ遁事

上東門院女房深山ニ住事

或上人客人ニ不會事

末之二ヶ条雖有念佛之人勧信有之

二―12　守輔発願往生事

守輔発願往生事　秋書十七有傳

常盤《トキハ》橋《ハシ》大夫守輔ト云フ者アリケリ年八十ニ餘テ仏法ト云フ事ヲ不知齋日ト云ヘトモ精進モセス法師ヲ見トモ尊ブ心モナシ押ヘテ勸ムル人ト有レハ還テ是ヲ欺ムク都ハテ愚癡極レル人トソ見エケル然ルニ伊予ノ国ニシル由アリテ下タリケリ此永長元年ノ秋ノ比異ナル病モナクシテ臨終正念ニシテ忽ニ往生ス而ノアタリニ紫雲現《レ》カウハシキ香室内ニ充満《シテ》目出度瑞相顕レタリケリ是ヲ見ル人怖テ其ノ所作ニ如何ナルツトメヲセシト問フ妻ノ云心ハ本ヨリ邪見ニテ功德作ル事无シ但シ去々年ノ六月ヨリ夕ヘ毎ニ不浄ニシテモ不

願ニ衣服ヲモ不調西ニ向テ一枚キ斗リナル文《フミ》ノ掌ヲ合ツヽ拜
念事アリシカト云フソメシヲ尋子出〆見ルニ発願文シ其詞ニ曰ク
弟子敬テ白ス西方極楽化生阿弥陀如来観音勢至諸ノ
菩薩聖衆ヲ驚シ申ス我レ受ケ難キ人身ヲ受テタマ〳〵仏法ニ
遇ヘリト雖モ心本ヨリ愚ニシテ更ニツトメ行フ事ナシ徒ニ明シク
暮《ラ》シテハ空ク三途ニ皈リナントス然ルニ阿弥陀如来ハ我等ト縁フ
カク御シ座ニヨリテ濁レル末世ノ衆生ヲスクワンカ為ニ大願ヲ
起シ給ヘル事アリソノ趣キヲ尋子ヌレハ設ヒ四重五逆ヲツクル
罪人也トモ命チ終ラントキ我カ国ニ生レント願テ南无阿弥陀仏

ト十声ヘ申サバ必ズ迎ヘント誓ヒ給ヘリ今ノハ此本願ヲ憑ムガ故ニ今ノ日ヨリ後チ命ヲ限テメヘコトニ西ニ向テノ宝号ヲ唱フ願クハ危シ今夜マドロメル内ニモ命チ尽クル事アラバ是ヲ終リノ十念トシテ本願誤ズ極楽ニ迎ヘ給ヘ縦ヒ残ノ命チ有テ今夜ヲスギタリトモ終リ思ヒノ如ニシテ御名ヲ唱フルニ不能者ハ日来ノ念仏ノ功ヲ以テ終ノ十念トセン我レ罪ニ重ケレドモ未ダ五逆ニ不及功徳貴ケレバ深ク極楽ヲ願フ則チ本願ニ背ケル事ナシ必ズ引接シ給ヘト書ケリ是ヲ見ル人涙ヲ落シテ尊ブ昔ノ此文ヲ書取テ信シ行ヒテノ證拠ヲ見ル人多カリケリ

二―13　助重カ一声ノ念仏ニ依テ往生シケル事

又或ル聖リ発願ノ文ヲ讀コトモ无ケレドモ、マドロメル外ニハ時ノカワル
毎ニ最後ノ思ヒヲ成シテ十念ヲ唱ヘツヽ是斗リヲ行ヒテ又往生
シ遂ケタリトナン。勤ル事ハ少ナケレトモ常ニ无常ヲ思ヒ往生ヲ
心ニカケン事、要カ中ノ要也。若シ人心ニ不忘ス極楽ヲ思ヘハ命終
ル時キ必ス生《ウマ》ル。喩ヘハ植ヘ木ノ曲レル方ヘ顛ルヽカ如シトナン云ヘリ

助重カ一声ノ念佛ニ依テ往正《生》シケル事

永久ノ比ロ前ノ滝口助重《スケシゲ》ト云フ者アリケリ。近江国蒲生《カマフ》郡ノ人
ケルカ盗人ニ合ヒテ射殺サレケル時、向ニ其ノ矢背ニ中ルトキ一声
シ揚テ南无阿弥陀仏トヽ只一声ヘ申メ死ヌ。ソノ㕝ヘ多リテ人

二-二-13　助重カ一声ノ念仏ニ依テ往生シケル事

隣ノ里ニ聞エケリ人来テミレハ西ニ向テ居ナガラ眼ヲ閉テナ有
リケル其時キ入道寂因《シヤクイン》ト云者ノ有リケリ彼ノ助童《重》カ相ヒシレル
者ナレド其家近カヽラチバ此変ヲ不知則チ其ノ夜夢ニミル
様ハ広キ野ヲ行クニ傍ラニ死人有リ僧多ク集テ居吉テ云ク
爰ニ往生人有ナリ汝チ是ヲミベシト云則チ行テミレハ彼ノ助重也
ト見テ夢覚メヌ怪シト思フ所ニ有リシモ其ノ朝タ助重カ仕フ童
来リテ死ヌル由ヲ告ケヽリ又或ル僧近江国ヲ修行シケルニユ
メノ中ニ人告ケル様今往生ノ人アリ行テ縁ヲ結ブベシト云フ
其所助重カ家也月キ日ヽ不違ナシアリケル彼ノ鳥羽ノ僧正ノ年

末ノ行徳助童カ一世ノ念佛事外ノ事ナレド彼ノ僧正ハ悪道ニ留リ是レハ浄土ニ生ル事ニ知又凡姓夫愚カナル心ニモ人ノ徳ハ計リカタキ事也

讃州源大夫發心往生事

讃岐国ニ何ノ郡ニカ源大夫ト云フ者ノアリケリサウ様ノ者ノ習ヒナレバ佛法ノ名ヲダニモ不知然レハ生物《イキ》ヲ殺シ人ヲ滅スヨリ外ノ事ハ无カリケレバ近キモ遠キモヲヂ恐レタル事限リナシ或ル時ニ狩《カリ》シテ皈ル道ニ人ノ仏ヲ供養スル家ノ前ヘヲ通ルトテ聴聞ノ者ノ集レルヲミテ何ニ態ヲスレバ人ハ多ツマルゾト問フ郎等カ云フ

佛供養スルヲ持ツナリト云フイデヤ与マリイニメミヌ事ナレバ上ノ
馬ヨリ下テノ狩《カリ》装束ノマヽニテ分ケ入レバ庭モセキ居タル人々ハ是ヲ
情ロ无シトミル猶ヲ人ノ肩ヲコヘテ導師ノ説法ノ傍ヲ近ク居テ叓
心ヲ問フ僧ヲソロシナガラ説法ヲ留メテナン阿弥陀仏ノ御誓ヒノ
憑シキ叓極楽ノメデタキ事此世ノ苦シミ无常ノ有様ナトヲ
コマヤカニ云ヒキカス其ノトキ此男イトイミシキ叓ヤサアラハ我ヲ法
師ニナシテタベ其ノ佛ノ御座スラン方エ詣ヒランスト思ニミチヌ不知テ
心ヲ至シテノ喚ヒ奉ランニ出テ給ヒナンヤト問フ誠ニ深ク心ヲ起シ給
ハ必ズ出テ可給フト答フサラバ我ヲハ今ニ法師ニナセト云フ僧

案ズル様ニテトカクモ云ヒヤラズソノ時ニ郎等ヨリ来テ今日ハ物ノ具ハ
ガレノ侍ヒ達取リ給ヒテ静ニ其ノ用意メ出家シ給ハヾ宜シカラン
ト云ニ腹立テ已《シ》テ計リニテハ如何カ我ニ思ヒ立ツ事ヲバ妨ケン
トテ眼ヲ瞋ラカシケレバ怖《ヲソ》レテノ立チ退ヌ大方カメ今ノ日ノ領主
ヲ始トメ有トアラユル人ト皆色ヲ失ヘリ尚近ク居ヨリテ只今
髪ヲ剃レ不バレ剃アレカリナント頻ニ責レハ可遁方无クテ戦々《ワナヽク》
法師ニナシツ衣モ袈裟請テノ乎着テ是ヨリ西ニ向テ音
限リヲ出テ南无阿弥陀仏ト申テノ行ク是ヲ聞ナル人涙ヲ流
テ哀ミケリカクシツヽ日ヲ経テ遥ニ行々テ末ニ山寺アリケリ其ノ

寺ノ僧衆怪ミテ其ノ心ヲ問フニカクヽトアリノマヽニ云ヘハ貴ミ合事限
リ无シサテ物ノホシクヲワスラントテ糒《ホシヒ》ヲ裹《ツヽ》ミテトラセケレハ露ホト
モ物ノ食ヒ心更ニナシ只佛ノ出テ給シマテノ山林レ海ミ河シト房ラ
盡ナ命ノ絶ヱ限リニ行ント思フ心ノミ深クテ其外ニ何事モ不覚ヘ
ト云テ西ヲ指テ行ク彼ノ寺ニ一人ノ僧アリ此ノフカク貴ミテ跡ヲ尋
ナツヽ行テ見レハ遥ニ西ノ海ノ涯《キワ》ノ差テ出テタル山ノ崫ニ岩ホアリ
上ニ居タリ語テ云ク海ニ阿弥陀佛ノイマスヘ給ヘハ待奉ルト云テ声
ヲ揚テ喚ヒ奉ル誠ニ海ノ西ニ幽カニ御声聞ヘケリ彼ノ僧ニ云様ハ
今ハヤカヘリ給ヘサテ今イ七日斗リ過テ又ヲワシテシテ我カ様ヲモ

二—四15　江州《ワウミノ》増《マシテノ》叟《ヲキナノ》事

見給ヘト云ケレハ泣〻皈リケリ其後千云シカ如ク日数ヘテ加ノ寺
僧アマタイザナヒテ行テミル所ニ本ノ所ニ露モハタラカデ掌ヲ合テ
西ニ向テ眠ルカ如ク居タリ舌ノサキヨリ青蓮花一房生出《シイ》テタリケ
リ各ノ仏ノ如ニ拝ミテ此花ヲ取テ皈ヘリニケリサテ花ヲハソ国
守ニ奉リケルヲ持テ上洛シテ宇治殿ニゾ奉リケル功ヲ積ル事ハ
死レトモ一筋ニ憑ミ奉ル心深カリケレバ往生スル事也
江州《ワウミノ》増《マシテノ》叟《ヲキナノ》事
中比近江国ニ乞食シアリク叟アリケリ立テモ居テモミル事ナキ叟
ニ付ケテノ増《マシテ》トノミ云ヒケレバ国ノ者トモ増テノ叟トゾ名付タリケルサ

二—四15　江州《ワウミノ》増《マシテノ》叟《ヲキナノ》事

セル徳モナカリケレトモ年来諦ヒアリキケレハ人皆ナ知テ逢ニ随テ
哀レミケル其比大和国ニ有リケル聖人ノ夢ニ此叟必ス往生スヘキ
由シヲ見タリケレハ結縁ノ為ニ尋テ則此ノ叟カ草ノ菴ニヤトリニケリ
カクテ夜ル如何ナル行ヲカスルトキクニ更ニ勤ル事ナシ聖人アヤシク
思ヒテ朝ニ此ノ叟ニトフ叟ナ更ニ其ノ行ヒナキ由ヲ答フ聖人重テ云
様我真ニ其ノ月ノ其ノ日汝カ往生スヘキ夢ヲミテ態ト尋テ来タリ
タル也カクス事勿レト云フ其時叟カ云ク我レ真ニハ一ツノ行ヒ有リ則チ
増テノト云フ事ワザ是レ飢タル時ハ餓鬼ノ苦ミヲ思ヒヤリテアレテト云
フ寒ツ熱キニハ寒キ熱ツノ地獄ノ苦ヲ思フ事如此ノ諸ノ苦ミニ逢フゴトニハ

二—五16　伊与ノ僧都ノ大童子ノ事

イヨく悪道ヲ恐ル若シ甘キ味ニアユル時ハ天ノ甘露ヲ観メ執ノ
不留メ若シ妙ナル色ヲ見ニ勝ル色ヲ聞香バシキ香ヲカグ時モ是
シハ物数ニテモナシ彼ノ極楽浄土ノ荘ヒ物ニ触テハ増テイカニメデタメ
カランシト覚ヘテ此ノ世ノ楽ミニフケラズトゾ云ケル聖リ此ノ事ヲ聞テ涙
ヲ流シ掌ヲ合セツヽサリニケリ必ズシモ浄土ノ相ヲ観セズトモロ称ニ
触テハ理リヲ忍ビケルニモ往来《生》ノ業トナリニケリトナン

伊与ノ僧都大童子ノ事

奈良ニ伊与ノ僧都ト云フ人有リケリ白河院ノ末ノ頃ニヤアヒ奉
リタリケン近キ世ノ人ナルヘシ其ノ僧都ノ許ニ年来仕大童子アリケリ

朝夕念佛申ス事時ノ間モ不怠或ル時僧都夜深テ物ヘ行キケルニ此童ハ火ヲトモシテ車ノ前ニ行シ見レハ火ハ光リニ狭メ佛光顕レタリアヤシクメツラカニ覚ヘテ人ヲ喚テ此ノ火ヲ車ノ後ニトモサスカリテ又向テ是ヲミルニ猶ヲサキノ如ク明カリアリガタキ云ラキリ无クテ其ノ後于此童ヲ喚テ云様称モ年モ漸ク高クナリタリカク念佛申ス事イト貴シ今ハ宮仕ノ分バカリニテ閑ニ念仏シテ居ベシ然ラズハ食物ノ為ニハ聊カ田ヲ分ケテトラセント云フ童何ニ事ニ思シ食シテ仰セテカクノ給フゾト云フ也宮仕ヘツカウマツリテハ更ニ念仏ノ障リニナル事ヤ侍ス身ノ堪テ侍ランヲ限リハ事ツカ《ツカウ》

トコソハ思ヒ奉リケレ家ト寺ナレトテ其ノ躰ニハ非ストテ㕝ノ謂
ヲ委ク乞ヒ聞セケレハ然ラハ畏リ侍ルトテ給ハリケル此田ヲ二人侍タ
リケル子ニ分チ取セテナン食物ノ沙汰セサセケルカクテ猿沢ノ池ノ
傍ラニ一間ナル菴ヲ結ヒテツイトハ他念ナク念仏シテ居タリケレハ本
意ノ如ク臨終正念ニテ西ニ向ヒ掌ヲ合テ終リニケリ世ニ交ルニモ
ヨラス山林ニアトヲクラクスルニモヨラス只功ヲ積ヌル者ハ必ス大
往生遂ルヽ也トヲ云々

伊与ノ入道往生㕝

伊与守源頼義ハ若クシテヨリ罪ヲ作テ聊モ慙《ザン》愧ノ心无リケリ

殊更御門ノ仰ト云ヒナガラ陸奥国ニ下向テ十二年ノ間謀反ノ
輩ヲ滅シ其ノ諸ノ眷属ヲ失フ事数モ不知ラ因果ノ理ハリ
空ニカラチナバ地獄ノ報疑ヒナカラント見ヘケルヲノ郎等ノ中ニ先立
テノ世ヲ背ク者ノ有リケリ三ノワノ入道トゾ云ヒケル折節ニ付
テ此ノ世ノ常无キ事又罪ノ報ヒ怖ルヘキ様ナド云ヒケルヲキイテ忽ニ
発心ヲカミヲソラロメ一筋ニ往生極楽ヲ願ヒケリ彼ノ三ノワノ入道
カ作ル堂ハ伊与ノ入道ノ家ノ向ヒ佐目《サメ》牛《ウシ》西ノ洞《ト》院《イ》也ニノワ堂
ト云テ近来マテモ有キ彼堂ニテ行フ間昔ノ罪ヲ悔ヒ悲
ケル涙板敷ニ落チ積リテ大床ヨリ土ニ流トナン其後チ語リケルハ

今ハ往生ノ願ヒ疑ヒナク遂ナン勇猛強盛ナル心ヲ起レル事ハ昔シ
衣モ河ノ舘ヲ落トサントセシ時ニ異ナラズトナン云ヒケル誠ニ終リ
目出タクシテ往来《生》セル由傳ニ注リ多ク罪ヲ作レハトテヒゲスヘ
カラズ深ク心ヲ起テ勤メ行ヘハ往生スル事又如此ソノ子息ハ終ニ
善知識モナク懺悔ノ心ヲモ起サヽリケレバ罪ヲ滅スヘキ方モナク
テ重キ病ヲウケタリケル比向ニ住ミケル女房ノ夢ニミル様サヽく
ノ姿シタルヲソロシキ者共数モ不知ラソノアツメリテ手囲《ウチカコメリ》イカナル
事ゾト尋ヌレハ人ヲサヤラメントスルニト云申トハカリ有テ男ヲ入追
立テノ行ク前ニ大ナル札ヲ差シ揚タルヲミレハ无間地獄ノ罪人ト

カケリ夢覚テイトアサマシクヲホヘテ尋ケレハ彼ノ子息ニ暁
ハヤウセ給ヒヌト云ケリアサマシキ事共也

参河ノ入道逆縁ナカラ往生事

此ノ参河ノ聖ト云ハ大江ノ貞基《サダモト》ト云フ博士是也参河ノ守成リタリケル時モトノ妻ヲ捨テ類ヒナク覚ル女ヲ相具シタリケル程ニ国ニテ女病ヲシウケテ終ニハカナク成ニケリ歎キ悲ム事限リ無シ恋慕ノ餘ニスベキワザモセズ日来フルマヽニナリ行様ヲミルニイトヾウキ世ノ有様ニ思ヒシラレテ道心ヲ起シタル也髪ヲ下ロシテ後乞食シアリキケルニ我カ道心ハ真ニ起ルカト心ロミントテ元ノ妻ノ許ヘ行テ

二―七18　参河ノ入道逆縁ナカラ往生事

物ヲ乞ケレハ母コレヲ見テ我ニウキ目ヲミセン名報ヒニヤサル身ノ
ナレルハテヨトテ手ヲ扣テ向ヒ咲ヒタリケルカ更ニ何トモ覚ヘザリ
ケレバ御身ノ徳ニ佛ニナリナンズコソウレシケレトテ手ヲスリテ合セ
悦ヒツヽ出ニケリサテ彼ノ内記ノヒシリノ弟子ニ成テ東山如意輪寺ニ
スム其後于横河ニ登テ源信僧都ニ相ヒ奉テゾ深キ法ヲバ習ケ
ルカツテ唐ヘ渡テ云ヒス円通大師トゾ申シケル往生シケル時ハ佛ノ
御迎ヘノ楽《ガク》ヲ聞テ詩ヲ作リ哥ヲヨミタリケルヨシ唐ヨリ注シ送リ侍リ
ケルトナンサレバ其詩哥ニ云ク笙哥遥聞孤雲外聖衆来迎落日ノ
前雲ノ上ニ遥ニ楽ノ声(又)人ヤ聞ツランヒガミヽカソモ

盛衰記四十八之十枚佳見

内記ノ入道ノ事

村上院ノ御世ニヤ内記ノ入道ト云フ人有リケリソノカミ世ニ仕ヘケル時ヨリ心ロ一ニ佛道ヲ望ミテ事ニ触レテ憐レミフカクナンアリケリ大内記ニテノ注スベキ事有テ内ヘマイリケルニ左衛門ノ陣ノ方ニ女ノ涙ヲ流テ泣キ居タルアリ何ニ事ニ依テ泣ゾト問ケレバ主ノ使ニテ石ノ帯ヲ人ニ借テ持テマカリケルヲ路ニテ落テ侍ル主ノ重ク謙《イマシ》メラレンズサバカリ大事ノ物ヲ失ヒタル悲シサニカヘル空モ不覚ヘヤルカタナクテト云フ心ノ中ヲシハカルニ誠ニサゾ思フラントイトヲシクテ我カシメタル帯ヲトイテトラセテゲリ本ノ帯ニテハアラズナド空シク

失テ申方ナカランヨリモ是ヲ持テニカリタラバ自然ニ科《トガ》モ宜ナカラン
トテ悦ヒテニカリニケリサテノ・件ノ角《スミ》ニ帯モナクテアリシ居タルホトニ
事始リケレハ生シ先シ《生シ》ト催サレテ御倉《ミツラ》ノ小舎人カ帯ヲ借テツム事
フツトメケル中務カノ宮ノ御師匠ニテ文習ヒ給ヒシ時モ先シ敷奉
テハビ〻〻ニ目ヲフサナツ・常ニ佛ヲツツ念シ奉リケル或ル間時六八
茶ノ宮ヨリ逆ニ馬ヲ給リタリケレバイリテ参リケル道ノ間ニ堂塔ノ
類ヒハ云ニ不及《ス》、輙カノ卒都婆ノ一本アル所ニテモ必ス馬ヨリ下リテ
恭敬礼拝ス又草有ル所《ゾ》トニ馬ノ喰《ゴミ》トモル時モ馬ノ心ニマカセツヽ
コナシメカナシメヘヨルホトニ道ニテノ日闌《タケ》テノツトメテ家ヲ出タル人ノ乗申ノ

時ニテゾナシ成リニケル舎人ツキナク免テ馬ヲアラヒニヰイリケレハ涙
ヲナガシ悲ミテムクメツケル畜生ノ其中ニカク近付モ深キ宿縁
ニ悲《非》スヤ過去ノ父母ニテモヤアルラン何トテ罪ヲツクルゾ家トカナシ
キコトヽ驚キサワキケレハ舎人云斗リナクテゾヰケル加様ノ心ナレハ池
亭記トテ書置ケル文ニモ身ハ朝ニ有テ心ハ虚ニ有トゾ侍ヘル手
闌テ後チ髪ヲオロシテ横河ニ登テ法文ヲ習ヒケルニ僧賀聖リノ
未タ横川ニ住シ給ヒケル時是ヲ教フトテ止観ノ明静ナル事ハ前
代未聞トヨマレケルニ此入道ハ泣ニナリ聖リハ愛敬ナクソラ
道心ヤトテコブシヲニギリテ打給ヒケレハ我モ人モ事ニガリ

テ立テケリ程経テサテシモ侍ルベキカ此ノ文《フミ》請ケ奉ランニト云
フサテバト云テヨマルニ又先キノ如ク泣ハシタチクサイナマルヽ程ニ後
ノ剥モ闕カテ休ミニケリ日来経テ猶ツコリズ間ニ卿ニ気色ツ
取リツヽ忍ムヽ請ケ申スニモロハタ同キ様ニ泣キケレ時ゾ聖モ
共ニ涙ヲ流シテ誠ニ深キ御志ノ尊ツ覚ユルニコソトテ哀レニ
思ヒ給ヒテ閑カニゾ授ケラレケルカクシツヽヤゴト无キ徳至リニ
ケレバ御堂入道殿モ五戒ナド受ケ給ヒケリサテ聖リ
往生シケル時キハ御諷誦ナンドシ給ヒテサラシ布《ヌノ》百モヽ給セ
タリケル請文ニハ参河ノ聖秀句《シウク》書キトトメタリトテ昔ノ醉《スイ》

ノ煬《ヤウ》帝ノ智者ニ報セシ千僧一《ツ》モアルマジ今左座相寂ムヲ訪ノ
サテシ布《ヌ》ノ白《モ》ニテアリトゾ白衣トナリケル

母女妬《ハヽムスメヲネタフテ》手ノ指ヒ蛇成事

何ノ国トカヤ慥ニ聞キ侍リシカドモ忘キニケリ或ル所ニ身ノ
盛リナル男ノヲトナシキ妻ヲ相具シタルナン有リケリ然ルニ
此ノ妻ノ先キノ男ノ女《ムスメ》一人持タリケリ如何カ思ケン男ニ云フ様
我レニ暇《イトマ》タベ此ノ内ニ一間《ヒトマ》有ラン曹《ザウ》子ニ居テ閑カニ念仏ナド申
シテイタラン外ノ人ヲ語ラハンヨリハ是ニ有ル若キ人ヲ具シテ世ノ
中事ヲモ沙汰セサセヨサラバウトカラン人ヨリモ我カ為ニモヨカ

二―九
20　母女《ハヽムスメヲ》妬《ネタフテ》　手ノ指ヒ蛇成事

二—九20　母女《ハヽムスメヲ》妬《ネタフテ》　手ノ指ヒ蛇成事

テシ今ハ年闌《タケ》成テ加様ナル有リ様事ニ觸レテオ井ナラズト
思ヒケレバトヽ云フ男モ驚キ思ヘリ女《ムスメ》モ有何數キ様ニ云ヒケ
レバ等閑ナラズトモ云レバ一ノヤカニオクドテフヽ云フ事度々ニ成
リヌサボトニ思ヒシヽ事ナラバ集ケタニワリヌトテ云ガ如クシテ
奥ノ方ニスヱテ男ハマヽ女《ムスメ》ナシ相棲ケルカクテ時々ハザニ見ル
タゾキテ何ニ事カノワスルナシト云フ事ニ觸テ女《ムスメ》男モ不審
意悪カナラ又様ニテ年月ヲ送ル程ニ或時男ハ物エ行キ
タル間ニ此ノ由女母ノ方エ行テ物語ナトスル程ニ母ユヽシク物
人思ヘルヽ気色也ナルヲ心得ス覚エテ我ニハ何事カ爾テ給フ

二一九 20 母女妬《ハヽムスメヲネタフテ》手ノ指ヒ蛇成事

ギツソボサレシ事ヲ宣ヒ合セトモ更ニ思フコト无シ只ダ我レ此ノ程ト乱レ心地ノアシクテナド云ヒ二キテハス様ノタヽナフス惟シケレバ猶ヲムヽ発《シヅテ》向ヲ其ノ時キ母云様誠ニ何ヲカ隠シ申サンヨニ心ロウキ事ノ有ル也此ノ内ノ有様ハ我カ心ヨリ起テ申シ勧メシ事ゾカシ然レハ誰レヲモ恨ミ申スヘキ方无シ而レトモ夜ノ子ナメナヒニ傍《ソバ》サヒシキニモ手ヒ心ノハメラク事モ有リ又昼ナンゾカルニヲリモヨソノ人ノ振舞ヒナリタル猶ノ哉ト胸ノ中《ウチ》騒《サワギ》ノ是ハ人ノ科《トガ》カワアナ愚カノ身ヤト思ヒ返シツヽ過シケレドモ猶ヲ此ノ事ノ深キ罪ナレルニヤ呪

二ー九20　母《ハヽ》女《ムスメヲ》　妬《ネタフテ》　手ノ指ヒ蛇成事

アサマシキ事ナン有ルト云テ左右ノ手ヲ指出《サシ》シタルヲ見ハ
大指ヒ二ツガラ蛇成《クチナワニ》リテ目モヲソロシク舌ヲ指出シヒロク
ト人女是ヲ見ルニ目モクレ心モ惑ニテタヽ事ニ云ハス彼ノ女髪
ソラシ切ツテ尼ニ成リニケリ男ハ帰ヘリ来テ是ヲ見テ又
則《チ》髪ヲ切ツテ発心シテ元ノ妻モ尼ニナリニテ同ク行ヒテ
シテ居タリケレバ蛇モ漸ク本ノ指ニゾ成リニケリ後ニハ母ハ
京中ニ乞食シケルトナン正ク見タリトテ舊キ人ノ語リシ
ヤハ近キ世ノ事ニコソ女ノ習ヒ人ヲ猜ミ物ヲ妬ニシト思フ
ヨリ多クハ罪深キ報ヲ受クル也中《ナカ》ニモ如此様ニ顕ハレヌルヲ

二一〇21　執心ニ依テ亡妻現身ニ夫《トノ》家ニ皈リ来ル事

ハ悔シミ悲ミテ罪ヲ滅《ホロボス》ス方モ有リ又ヘシレ不簽ヲ発ク心内ニ
思ヒクヅラムテノ一生ヲクラス人殊ニ地獄ノ業ヲ作リカタノ
メヌル事コソ歎ト思ウケレ如何心ノ師ト成テ且ハ前キ
世ノ報トモ思ヒ且ハ夢ノ中ノスサミニトモ思ヒ成シテ一念ナリト
モ悔ル心ヲ起スヘキ也或ハ論ニ云人重キ罪ヲ作リタリ
トモ所カモ悔ル心有ラハ是業トナラズトコソ侍レツヘシ云々
シ後世ヲ欣スヘシ
執心ニ依テ亡妻現身ニ夫《ト》ノ家ニ皈リ来ル事
近カ来ロ作カ田舎男有リケリ年来志サシ深クシテ相具

二一〇21　執心ニ依テ亡妻現身ニ夫《トノ》家ニ皈リ来ル事

シタル妻ノ子ヲ産テ後チ重ク煩ヒケレバ男モ副《ソイ》テア
ツカイケリ限リナリケル時キ髪ノアツケニ乱レタリケル
ヲ結アゲントテ傍ニ文ノ有リケル片タ端ヲチン引キサキ
テモトイニシテヲ《ヅ》結ヒタリケルカクテ程無クテ息キ絶ヘテ
レハ鳴々一所ノ煙トナシツヽ其後ナ跡ノ事共モ営ムニ付テモ戀
ム方モ無クテ戀ク思フ事盡モセズ争カ今セメテ一度
有シ時ノ姿ヲモ見ント涙ニ咽《ムセ》ヒテ明シ暮ス程ニ或ル時キ
夜イタク更ケテ彼ノ亡者夫家ニ来リ夢カト思ヒシニ
バ現《ウツヽ》ニテゾ有リケルサテモ生ヲ隔テシ人ノ如何《イカニ》トシテ

二—一〇21　執心ニ依テ亡妻現身ニ夫《トノ》家ニ皈リ来ル事

来リ給フゾト向ヒケレハ然ナリ答テ云ク現《ウツヽ》ニテ加様ニ皈リ
タル事ハ程リヤムヽタメシモ无キ事ナレトモ今一度見ニホシク
覚《ヲホ》セル志シ深ニ依リテ難キ有リ事ヲワリ无クシテ来レル
也ト識ル其ノ程ノ心ノ中ナカヽ書キ不可盡ス梳ヲカワス事
迄モ有レトカクシテ暁キシノキテ歸ヘリケルニ物ヲ取リ落
シタル氣色ニテコヽカシコサグリ求ムレトモ何ニトモ思ヒワカズ
明ナハテヽ後チ跡ヲ見ケレバモトユイニテゾ有リケル取リテヨ
ヲカニ見ケレバ限リナリシ時キカミ結ワケタリシ返《ホン》故《ゴ》メニテゾ有
リケル燒タリシカバ留ルヘキ物ノミモ非スサレバアヤシク覚エテ

有リシヤブリ残リシ文ヲ續《キ》テ見ルニ露路バカリモ違《タガ》ワズ
近キ世ノ不思議也更ニ浮タル事ニ非ストテ叡山ノ澄憲
法印人ニ語《ラ》レケル也モロトモニ輪廻ノ業アサカラヌ事哉
又昔シ小野ノ篁《タカムラノ》妹《イモト》ウセテ後ナ夜ナく現《ウツヽ》ニ来《キタ》レリ是ハ
物ヲ云フ聲計リシテ探《サグレ》ハ手ニサワル物无リケリ志シノ
深ニヨリ不思議ヲ顕ス事此ニテ知ヌヘシ凡夫ノ愚ナルタ
ニモカヽル事有リ増テ佛菩薩ノ類ヒ心ヲ至テ見ント願
ハ其ノ人ノ前ニ現《アラハ》レント誓ヒ給ヘリ是ノアリ難キ御誓ノ
広法ヲ聞キナガラ行ヒアラワシテ見奉ヌハ我カ心ノ科カナ

二—一〇21　執心ニ依テ亡妻現身ニ夫《トノ》家ニ皈リ来ル事

リ妻子ヲ愛スルガ如ク念シ奉リ名利ヲ思カ如ク行ハヽ現シ
給ハン事カタカラジ心ヲ致ス事ハ先テ末世ナレハ叶ハジトテ空ク
退心スルハ只志シノ浅キヨリ起ル也或ル人云ク青蚨ト云フ
虫夫婦契深キ事諸ノ有情ニ勝レタリ其ノ證拠ヲ顕
サントスル時キ此虫ノ夫婦ヲ取リテ銭二文ニ別々ニテ付
テ市ニ出テ此ノ銭ヲ一ツ〳〵商人ノ物ニカヱヌレバトカクノ輾《テン》轉《テン》シヌル事
数モ不知《シラス》ノ然レモ其ノ契リ深ヨリテタニハ必ス本ノ如ク
ニ此銭并ヌカレテ行キ合フト云ヘリ此ノ故ニ銭ヲハ名ツ
青蚨ト云ゾト虫ノイモセノ契リヲ匡シテハ用ナケレドモ加

様ノ事ニ付ケテモ思フベシ我ラ志ヲ深ク致シテ佛法ニ
値遇シ奉ラント願バナドカ青月叔ノ契リニ異ナラン縦ヒ
業ニ引レテ思ハヌ道ニ到ルトモヲリ〳〵ニハ必ズ現ジテ救ヒ給
フベシアリガタキコトナリ。

二―一―22　乞食尼《アマノ》単衣《ヒトヘ》ヲ得《テ》同寺ニ奉加《タル》事

乞食尼《アマノ》単衣《ヒトヘ》ヲ得《テ》同寺ニ奉加《タル》事

或ル十二宮《ミヤ》仕人《ヅカイヒト》清水ニ籠リタリケル局《ツボネ》ノ前ニ色ハ三寸ト云
タル老尼《アマ》ノ影ノ如クノ痩《ヤセ》衰《オトロヘ》タルガ出来テ物ヲ乞フアリク有リ。
ケリ十月計ニヤレタル帷《カタビラ》一キタナゲナルヲ只一ツ着《キテ》上ニハ蓑《ミノ》着
タリケレバ見ル人アキイニシテ様ヤ雨モフラヌニナド蓑ヲバ

着タルヅト何ノ是ヨリ外ニ持タル物ノ无シ寒《サムサハ》ミムヽシレスベキ方
ナクテアト吞ファタヽニリ有ルベシトコソヲホヘ子ト云テ傍《カタヘハ》笑《ヒ》王
ヿリ菓物ノ十ドトラセタレバ打《ウチ》食《クヒテ》立ケルヲ如何ガ思ヒケン
喫返メ草《ヒトツ》一ツトラセケリ悦ヒテ取テ出テヌト思程ニヤ
ガテ同キ寺ニ奉加スル所ニ行テ硯ヲ乞テイトウツクシキ
手ニテ此ノ哥ヲ書キワヽ草ニヲ置テイツクトモ无ク隠レテ
ルトゾ
彼ノ岸ニ漕《コギ》ハナレニシ舟ナレバツレテワクベキウラモツ《モ》メラズ
母子三人賢者《カシコケレハ》死罪ヲ遁事《ル》

二―二23　母子三人賢者《カシコケレハ》死罪ヲ遁《タル》事

昔シ男有リケリ男子二人持チタリケルニ取リテ兄ハ
前ノ妻ノ腹ヲ弟ハ今ノ妻ノ腹ノ子ニテ有リケリカヽリケレド
兄ノ男ノ継母ノ為ニ露路程モ疎ナル事无シ過キニシ我カ母
ノ如クノ懇ニ孝養スレバ母又我カ子ニ思ヒヲトス事无リケ
リ二人ノ子漸ク人ニ成テ後チ父先キ立テ病ヲ受テ死ナン
トスル時キ母ニ云様ハ年来此兄ノ男ヲ憐ミニ顧事ハ事
ノ折節ニ皆ナ思ヒ知レリウシロメタカナルベキコトナラ子ド无
ラン跡ノ事ヲ思ニ猶カレガ事ヲイトヽウレシク覚ルナリ我ヲ
深ク思ハヽ我ガ形見ト思ヒテイトヽウレシクセヨト泣々ニ云置キ

二―二三23　母子三人賢者《カシコケレハ》死罪ヲ遁《タル》事

テ死ヌ其ノ後チ母此事ヲ不違《ス》イヨヽ弟ニモ勝《マサリテ》憐ミケルカ
ヽルホドニ共ニ男ト成テ兄ノ男ニ妻ヲ儲タリケル此ノ妻母ヲ悩チ
ヨクテ見ル人多ク心ヲ動ス其中ニ朝夕ノ厭事ニヨテ程ヨリ
モ奢レル者ノ有リケリ己カ身ノ君ニシテレ奉ル事ヲ悪ヤ
有ケンヲサエヽ男ニモ不憚《ス》ヲ勤ハ顧ニテ通フヲ見ニ弟ノ
男此ヲヤスカラズニ思ヒテ後ノ料カラノモ為ヘス走リ寄テ彼
ヲ殺シツ隠クサントスレド此ノ事世ニ聞ヘテ則弟ノ男ガ
ラメラレヌ死シタル者ノ親キ輩ラドモ早ク命ヲソメカルヘキ由
シ強《コワ》ク訴《ウッタヘ》申ス上ニモ御咎《トガ》メ軽カラザリケレバ搭撿非違

二―一―二―23　母子三人賢者《カシコケレハ》死罪ヲ遁《タル》事

使兼テ致サントス其ノ時キ兄ノ男ノ進ミ出テ申様弟ノ
男ハ更ニ以ノガ身ノ為ニ事ニ非ス此ノ事ハ我カ源ニテ侍ル也
早ク我レ罪ヲ蒙ルヘシト申ス弟申ス様ハ兄ハ彼ノ女ノ
男ト申ス計リニテコソ侍レ更ニ過シタル事ニ先シ我レコソ
罪ハ蒙ラメト申ス兄弟如此ク諍フ間上ニモ計ヒ煩ヒ給ヘリ
推リテ罪セラルヘキニ取リテ是レカ申シ事共ニイワレ无キ
ニ非スサラハ母ヲ召出シテ是カ申サンニ依ルヘシト定ラレヌ則チ
召シ出シテ此ノ事ヲ問ハルヽニ兎《トモ》角モ思ヒ煩ヒテ涙ヲ流シテ、
弟ヲ罪セラルヘキ由ヲ申ス其ノ時検非違使思ノ外ニ覚ヘ

二―二23　母子三人賢者《カシコケレハ》死罪ヲ遁《タル》事

ヲ謂《イハレ》シ向フ母ハ申ス様ハ兄ハ継子也弟ハ真ノ子也シカハ有レドモ幼カリシ時ヨリモ彼レ真ノ母ト慈ミ我モ子ニ思ヒシ上ハ大コト无シ其ノ上エ父ニカリ悪侍時キ忽ニ申シ置事侍リキ其詞ハ心ノ底ニ發テ苦ヲ思ヒ出ル事只今聞クカ如シ縦ヒイクタリノ我カ子ヲ失ヒナウ共彼レヲハ助ケント思フ都テハ父ニカリ悪レシヨリ後ナ是レ等ヲ左リ右キニスエツヽ兄ヲハ父ノ形見ト慈ミ弟ヲハ我カ身ト思テ諸ノ愁ヲ忍メツヽ月日ヲ過シ侍ルニ此ノ罪ヲ蒙レル事則チ我カ報ノ拙タナキ也ト云ヰヲ人皆ヽ涙ヲ流シメ憐レム彼ノ訴ヘ申ス者モ又是ヲ

憐レミケリ此ノ事上ニ聞食シテ三人共ニヤゴトナキ者共ハ世罪ヲ宥《ナダメ》許スヘシトナン作セラレケリ彼ノ山處ノ中納言ノ上ニハ等《トドク》先リケリ継母ノ心ワリナカリシ但シ是ハ昔ノ三賢トスフ物語リニ似タリ若シハ其ノ事ニテモ有ル也

上東門院ノ女房深山ニ住タル事

或ル聖リ都ノ遑リシ厭フ心深クテ人モ通《カ》ヌ山蔭クレナトニ住ムヘキ栞ヤ有ルト尋アリキケリナル程ニ北冊波トスフ方ニイタク人跡絶タル深山ノ奥ノ谷ニ河ヨリ切花ノ柄《カラ》流レ出ル所《トコロ》有リケリ最怪クテ如何ナル人ノ如何ニメ住ムラントソボツカナサ

三河ノ便リテ二尋ケリ遥ニ分ケ入テ見レハ形ノ様ナル柴ノ
庵ノ軒《ノキ》ヲ双ヘテ二ツアリメヅラカニ覚ヘ侍《テ》近ク歩ミテ寄ル程ニ
窓ヨリ其ノ像チトモ无ク黒ミ衰ヘタル人僅ニ指出タルガ人気
色ヲ見テ引キ入リヌ暫タヽズミテ聞ケレバアハレナカサヌ事
カ花柄《ヤウ》アダニ散シ給ヒテトナ云フモ現色女ノ聲也渭レル末ノ
世ニモカヽルスニイスル人ハ有物カワト有難ク覚ルニモ先ツ涙
ヌ落テ如何ナル人ノカクテハ御座スゾ身ニタヘタル我等ヌ
ニモ猶ソノ思ヒトリ侍《フラヘニ》イト有難キ御志サシカナト様ヽ
カタ《ラ》ヘドイラヘモセズ其ノ時キ聖リガ恨ミテ我カ身ハ山ガク

ノ者ニテ侍ル也并心ヲ起シテ世ヲ遁レ身ヲ捨テカヽル山林ニ
迷ヒアリキ侍レハ志シ同キ故ニ殊ニ随喜シ奉ル中ニモ女ノ
御身ニハ事ニフレテ障リアリカクヲボシ立ケン事ノ返々
ス台衣レニ類ヒ先ク且ハコニカラ美テ我カ心ヲモ殊ハゲミニシ侍ラン
ト思ヒ給フラカクノ碍テ給ヘハイトホ井ニ先クチトニメヤカニサク
ドキ恨ムレバトバカリタメラフイテムフ擬憑ヒ申シトモ思ヒ侍ス
年来マヽニ住ミ侍リツレドイニダメカクノ尋来タル人々《モ》ニ先ナニ
思ヒ懸ス来リ給ヘハ何ト先ク心サワギテ御イラヘモトド
コヲリ侍ル也此ノ上ハ我等カ有様申シ侍ラン昔シ[illegible]《ヨヘリ》

計ノ時二人同援ニテ上東門院ニツカヘ奉リ侍シカ世ノ有リサマヲ替リ行ヲ見テモ又高キモ賤キモ終ニ亡クナリヌルヲ聞ニモ都ヘテ此ノ世ニ心モ留ラスサレバ殊ニ優ナリシ翫習ヒナレバ色深キ心共ニテ事ニ觸レツヽ身ニ苦ク罪ヲ積テシ事モ恐ロシク侍シカバ二人申シ合テ行キ方知ズニ這隱レニキ其ノ後キ此ニ彼ニ謟侍シカド人ノアタリハ事ニフレテ任ニニクキ物也心ニ叶ヌ事ノミ侍リシニ依リテ思ヒ懸ズ此跡ヲ留メテ自ラ多ノ年ヲ経タリ散ル葉ノ色ヲアクラシ見テ春秋ノ過ヌル事ヲ算レバ四十餘年ニナリ侍ル也

住ミ初《ソメ》侍リシ比ハ嵐ノ音モケハシクハカナキ鳥獣モ、気
色ニデモヲソロシクテ堪ヘ忍フヘキ心地モアラザリシカドモ今
ハ住ミ馴テタメニサセモカミテユチ出テ侍ル時モ此ヲ栖カト急キ
帰ヘリニウデクレバサルヘカリケル事ト哀レニ侍セ何トナクワ
セル事ニカ生ル丶数トテ雲モ風ニ身ヲ任セテモ叶《ヒナ》ハリ独々暮
テ十五日ツヽ里ニ出テ乗ニ養ヘアル態ツナシレ侍ル此ノ奴ヘル庵
ノ中ニ窓ヲアケテ僅ニ訪ヒ侍ヲノ命トシテ念仏シ侍ヘル世
トキメカレツアリツ《テ》ナル気色ニテ語ル聖リモ不《ヌ》覚ヘ袖ヲシボ
リテ一仏浄土ノ契リヲ結テ帰リ又其ノ後麻ノ衣モ時《トキ》料ヤ

ウノ物ノナト用意シテコソ行キタリケレハ有シ庵ノ跡許リ
残テ行キ方モ不知ラナリニケレ向ベキ方モ无カリキ人ノ心同
シカラ子バ其取行モ又様々ナレドモ女ノ身ニテカヽル住居
思ヒ立チケン事タヾラボロケノ道心ニテ非ズ今此ノ事ヲ思ニ
汚《ケガラ》ワシク危《アタ》ナル身ヲ山林ノ間ニヤドシ命ヲ佛ニ任セ奉リテ只
不退ノ身ヲ得シ事ハゲニ心ロ賢《シコ》カルベキ行ヒ也閑《シツカ》ニ過スル方
シノ思ヘハ輪廻生死ノ有様量モ无ク邉リモ无シ一人カ一劫ヲ
経ル間ニ身ヲ捨タルガバ子ハ朽スシテツモラバ毘フラ山ノ如クナラ
シトニ云ヘリ一劫猶ヲ如《シ》此ノ況ヤ无量劫ヲヤ其ノ間ノ諸ノ有情

一トメ受ケザル身モ无ク若ト云モ（所ト云ヒ更トメヘサル事ナシ定テ仏菩薩ニモ）菩薩ノ教化ニモ預カリ
テシ然レトモ楽ヲ受タル時ハ楽ニフケリテ後世ヲワスレ若ニ
アヘル時ハ若ヲ愁《ウレ》ヘテ綴リシ故ニ今猶ツル丈ノ樹キ身トナ
出離ノ都ヲ不知者也過去ノ愚カナル事ヲ思フニ未来
モ又如此《シ》大方メ諸佛菩薩ト申スモ本ハ皆凡夫也其
因位ヲ思ヒヤレバ秦ナノ我等カ父母トモナリ妻子眷属ト
モ手ニ成リシ給ヒケシ然レトモ彼レハ賢ク勤メ行ヒテ三界ヲ
出テ給ヘリ我等ハ信心无ク行モ无リケレハ生死ノ巣守トシ
テ昔ノ縁ノ故ニ僅ニ佐名ヲ聞キ憶ヲ作ク事ヲ得タリ

今肩《カタ》ヲ雙ル人ノ勧メ行テ生死ヲ離レントスルニ又我等
不信ニシテラクシナントス是レカナシミノ中ノ愁ニテレフスヤ昨佛ニ
成ル事ハ釈尊ノ右ヘヲ聞ハ僧祇百大劫カ間タメ劫ヲ積ミ徳ヲ
重テ行シ給フトモ見エ或ハ无量阿僧祇劫信《ミス》之ゝ久ク修行
シ玉ヘトモ說キリ其時節《セツ》ノ遙ナルノミニ非ス尸毘大王トシテハ鴿ニ
替リミシ実スサテ薩埵王子ニテハ虎ニ身ヲナケ給フ如ッ此ノ難
行苦行シテ佛ノ身ヲハ得給ヘリトコソ云ヘリ此ノ事愚カナル我
等カ身ニハ成リカタシ所詮何ナル行ヲシ何レノ所ヲ願スヘ
キ今此ノ事ヲ思ニ過去ニテハスキニキ天上ノ楽モ何ニカセン

多生ヲ隔ツヘケレバ遠縁ヲ期スルモ又アチキナシ只此ノ度ヒ
如何ニモシテ不退ノ地ニ至リテ漸ク進ミテ終リニ菩提ニ
至テン事ヲ可勵者也然ルニ彼ノ極樂世界ハ欲生ベシ其ノ
故ハ阿弥陀佛ノ御本願ニ云ク我レ佛ヲ得ンニ十方ノ衆生心
ヲ至メ信樂シテ我カ國ニ生レント思ハンニ乃至十念セムニ若シ
不生セ云ハ正覚ヲ取ラシト誓ヒ給ヘリ又下品下生ノ人ヲ
説ニハ四重五逆ヲ作レル悪人命キ終ル時キニ臨テ忽ニ地獄
ノ果ヲ受クル時キ善知識ノ勸メニ依リテ南无阿弥陀佛ト十度
申セハ猛火變メ蓮臺ニ來スト説ケリ或ハ極重悪人ニ无他

方便唯稱弥陀得生極樂ト宣ヘ又ハ若有重業障无
生浄土因乗弥陀願力必生安樂国トモ説キ或ハ又其佛
本願力聞名欲往生皆悉到彼国自致不退轉トモ説キ
玉ヘリ是等ノ説ノ如シハ我等流轉生死ノ身ナリトテ忽ニ不
退ノ浄土ニ生セシ了難《カタシ》トハ卑下スヘカラズ娑婆ト極樂ト縁深ク
弥陀ト我等ト契《チギリ》アルガ故ニ佛ノ不思議神通方便ヲ
思ヘハ曠劫ノ修行ヲ一日ヨリ七日ノ行ヒ縮メ六度難行ヲ一
念ノ十念ノ稱名ニ摂ヘテ早ク不退ニ至リ安ク菩提ヲ
得ウヘキ道ヲ教ヘ給ヘル也誠ニ多ク百年ノ苦行ヲシテモ佛

ノ為ニハ何ノ用カ有ランヤ只タ此ノ事ノ念ノミコソ其本願ニ叶
ヘ其ノ上我レ佛ヲ念シ奉レハ佛我レヲ照シ給《我》等カ諸ノ
罪ニ消失シヌ罪亡ヌレバ必ス往生スル事ヲ得彼《ア》ノ光ヲ
見ス悪業ノ眼ノ科カセ大悲ヤンゴトナシ賊罪不可覚ヲ然ラ
ハ自ラノ勵ムニハ堅ク成リヤタケレバ佛ノ不思議ノ殊勝願
ヤニ楽スルカ故ニ速ニ至ル事ヲ得ル也是レモ任毘婆娑
論ニ云ヘル陸路《クガヂ》ト船路トノ辟ノ如シ何ニ況ヤ我等宿善已
ニ発ヌ遇ヒ難キ佛法ニ遇ヘリ有縁ノ悲願ヲ聞ニ又賤
縁ノ至ル事ヲ知《リ》又罪ニ深カケレ共ハイニタ五逆ヲハ不作《ス》ラ

信ハ浅ケレ共誰カワナ念シ唱ザラン特キ既ニ是レ弥陀ノ
利物盛リナリ処ハ又大乗流布ノ国也賢キ愚カラモ不知谷タ
道俗男女シモ不選《ス》ハ賤宝ヲ施セドモ不説カ身命ヲ投
ヨトモ宣ヘ王ケス只タ一筋ニ弥陀ノ誓ヲ憑ミ奉テ口ニ名号ヲ
唱ヘ心ニ往生ヲ願フ志深ツバ十人ハ十人ナカラ百人ハ百人ナカラ千人ハ
千人ナカラ必ズ極楽ニ生ルヘキ也夫レ諸ノ法ハ道理ヲ守リテ
是非ズレトモ有縁ノ我等カ為ニ起シ給ヘル大悲ノ願ナレハ
法ノ相ニモ違ヒ因果ノ理シモ背ケリ思ノ外ノ説也仍テ
信ズヘシ経ニ説カ如ク我等カ阿弥陀仏ヲ念メ仏ノ誓ニ

給フ願力ニ乗メ必ス極楽ニ生スヘキ事ヲハ六方恒沙ノ
諸ノ佛舌ヲ演ヘテ三千大千世界ニ覆ヒテ宣ヘ給フ
處其レ毎ニ言セト證成シ給フ然ニ佛ト佛トハ何ンノヲ
ボツカナキ事カ御座シマサン只我等カ疑ヒヲ断タシカ為ニ
此ノ相ヲ顕ハシ給ニ非スヤ然レトモ凡夫ノ習ヒ我モ人モ心ハ
此世ノ事ニノミ移テ更ニ厭フ心无シ殊ニ弥陀如来ノ誓ノ遇ヒ難
キニ遇ヒ諸テ易キ事ヲ聞ケトモ信ストモ无ク疑フトモ
无シ耳ニモ不入ラ心ニモ不留ニ願フ心ナケレハ又勧ル人モ无シ
朝ノ夢ノ如ク行過テ空ク終リニ臨ソミシ特キ身ヲウラ

ミ心ノカコチテモ何ニノ甲斐カ有ラン此ノ故ニ極楽浄土ニハ行キ易シテ行ク人无シトハ宣ヘ玉ヘリ都ヘテ生《イキ》トシ生ケル者ノ中ニ人間ニ勝レタルハ无シ然《サ》レバ空ヲシテ翔ル鳥共モ海ニ住ム鱗《ウロクヅ》其ヲ得ルニ堅タカラズ或ハ木ヲ敵テ海ヲ渡リ獣ヲ率テ道ヲ行キ蠶《カイコ》ヲ飼《カウ》テ絹《キヌ》ヲ織リ真金《カネヲ》吹テ器ヲ鑄《イル》ニテモ事ニ觸ム物ニ随タガッテ何カル丈ノワザニ非ズト云事アル皆ナ以テ勝タル工《タクミ》ナリ然レドモ目ノ前ニ无常ヲ見ナガラ日日ニ死期ノ近付ヲ恐ルヽ事ハ智有者モナシ賢者モナシ若知ラヌニ非ズ老タルモ又不覺ラ是レ

深ク无明ノ酒ニ醉テ長夜ノ闇ニ惑ヘル世ノイカニモノ早ク此ノ
理リヲ解《サトリ》テ危《アヤウ》ナル殘リノ命ヲ愚ス恩愛ノ繋《キツナ》ヲ
離テ此度ヒ頭《ヤウ》ヘノ火ヲ拂ハシガ如クニ淨キ世ヲ欣ヒ渇《ウヘ》タ
ルニ水ヲ求テ呑《ム》ガ如クニ可レ希《ネカウ》思ヘハムニヘハ受ケカタキ人身ヲ
受ケツヽ努《ユメ》々宝ノ山ニ入テ手ヲ空シテ帰ヘルガ如クニスル事
ナカレ但シ諸ノ行ハ皆ナ宿習ニヨリテ進ム自カノ勤メヲ信シ
他ノ上ノ行ヲ譏《ソシ》ルヘカラズ一花一香一偈一句ニテモ西方ニ廻向セ
ハ同ク往生ノ業トナルヘシ水ハ水ヲ尋テ流ル更ニ草ノ露木ノ
滴ヲ嫌フ事无シ善ハ皆ナ心ニ随テ回スル方エ趣ク何

二—一四25　或ル上人客人ニ不レ会事

ノ行カ廣大ノ願海ニ入ラザラン南无阿弥陀佛

一　或ル上人客人ニ不會事

身未道心深テ念佛怠ラヌ聖リ有リケリ相ヒ知タル人對面セントテ態ト尋テ来タリケレバ大門ニ眼ニ入ル事有リテ會ヒ奉ルニ遅キト云弟子怪《やし》ト思テ其ノ人帰リテ後チ何トホ井无ク帰リ給ヒツルゾノ悉ヒ合ノ事モ見ヘ侍ラヌツト云ヒケレバ受ケガタキ人身ヲ受ケ遇ヒ難キ佛教ニ遇ヘリ此ノ事度ヒ生死ヲ離レテ早ク極樂ニ生ント思フ是ノ身ニ取リテハ極《き》マリ无キ喜

也何ニ事カ是ニ過タル大事有ラントスヘケリ此ノ事ノ
餘リ稠《キヒ》シウ覚《ヲホ》ルハ我カ心ノ及バヌナル(ニ)仍テ坐禅三昧
經ニ云ク今日營此業明日造彼事樂着不觀苦不
覚死賊使ト説キ玉ヘリ世中ニ在ル人トカリスカニ後世ヲ思ヒ
放デルニハ非レトモ前ノ經文ノ如ク今日ハ此ノ事ヲセン明日ハ彼
ノ事ヲ営ント思フ程ニ无常ノ敵キ漸ク近付テ命ヲ
失ハン事ヲ知ラヌ也昔シ釋迦如来舎衛国ニ御座時
キ阿難尊者ト申ス弟子ヲ具メ都ノ邊リニ出給ヒシニ
ヤレケナル女ヲ二人具メ合ヒ奉ツレリ件嫗白ク面ノ皺《シ》タ

ヽミテ骨ト皮トニ黒ミ衰ヘタリ身ニハキタナキナル物ヲ僅ニ
結ヒ集メテ着タレドモ膚ヘモ不ﾚ隠レ身カ歩ミテハ太ニ喘《スダキ》イキ
ツキテハ隙無ク休ム仏是ヲ御覧シテ阿難是ヲ不ﾚ見ヤ此ノ
翁ウハ共ニ大キナル宿善有リ年盛リナリシ時キ勤メ行ヒテ
此ノ世ヲノ祈テアリシカバ舎衛国第一ノ長者トモ成リヌヘシ又出
離ノ為ニ勤メ侍ラマシカバ三明六通ノ羅漢トモ成ナマシ次ニ盛
リナリシ時キ勤メナバ第二ノ長者ト成ナリ得果ヲ思ヘ阿
那含ノ聖ト成ナマシ次ニ盛リナリシ時ニ勤メナバ第三ノ長者
トモ成リ斯陀含ノ聖トモ成リヌベシシカルヲ愚ニ物ノウクノ

二一四25　或ル上人客人ニ不レ会事

思ヒテ其ノ盛ヲスクシテ宿善ヲ持キナガラ顯ノ舟サリシガ故ニ
今ニ値キ身トシテ多生ニモ又タ受ケ難キ人界ノ生ヲ受ク
遇ヒキツル也ト披信セ偈タツ法華經ニ遇ヒ奉リ阿彌陀
佛ノ悲願ヲ聞キナガラ勤メ行ズシテ徒ニアタラ月日ヲスグス
歸モ不遠ハ凡者ノ翁ウハ也イタワシヤトヱ云　随而唐ノ善
導和尚ハ道綽禅師ノ弟子也然レトモ師ニモ越ヘテ定ノ中ニ向
彌陀佛ヲ見タテ奉リヲボツカナキ事共ハヲ問ヒ奉ル證ヲ
得ヘ玉ヘリキ師道綽禅師ノ弟子ノ善導和尚ニ遇テ
宣玉ハク我レ朝夕往生極樂ヲ願フ事ハ叶ヒナンヤヲボツ

二−一四25　或ル上人客人ニ不レ会事

カ無シ佛ニ向ヒ奉テ聞ヘサセ給ヘト宣タリケルレバ弟子ノ善
導ハ定ニ入テ此ノ事ヲ向ヒ奉ル佛宣ワク木ヲ伐キルニハ斧
ヲタツノ又家ニ帰ヘルニハ若ミヲ辞《じ》スル事無シト答ヘ給フ此ノ
御詞ヲ導師ニ語リ給ヒケリト云ヘリシカル心ノ木ヲ伐キ
ルニハ如何ナル大キナル木也ト云ヘトモ怠無ク是ヲキレバ終《ツイ》トメ
伐《ハツリ》ツクサズト云事無シ縦テ伐《キリ》止ムヘカラズ家ニ帰ヘルニ又
苦トモテ中途ニ留ル事無シ這《ハウ》ヽモ止カメハ必ス行キ付ク
ヘシ志深クメ不緩疑ヒ不可有ル由ヲ教ヘ給ヘリ此事ハ道
導禅師ニ限リニシニアラス諸ノ行者ニヲワタメルヘシ生身ノ弥

陁ノ御敵〔敎〕ハ有リカタシ深ク可信ス可敬ス可慎ム人々

云云南无阿弥陁佛

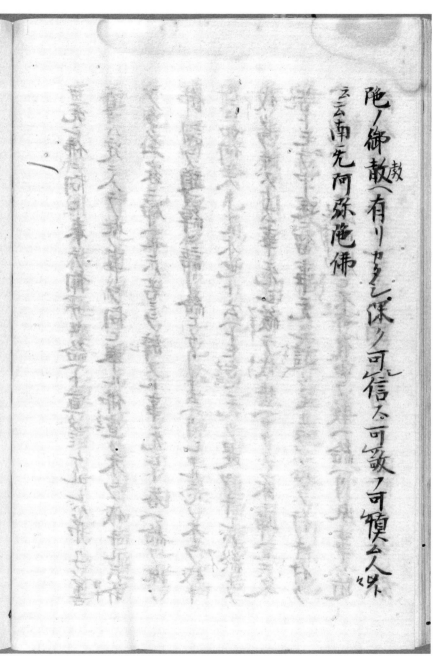

發心集巻第三

榮西上人事

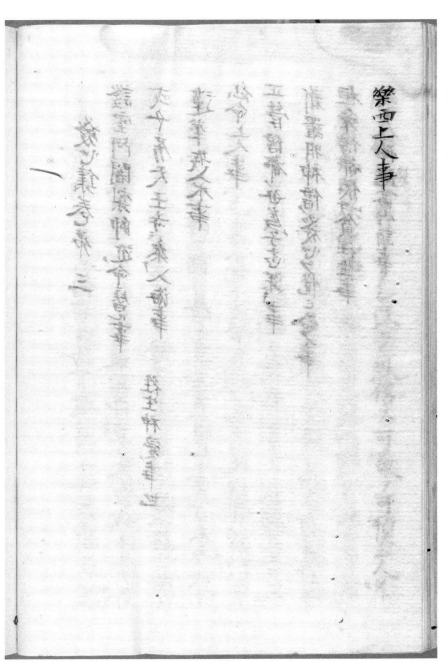

三ー26　証空阿闍梨師匠ノ命ニ替タル事

證空阿闍梨師匠ノ命ニ替タル事

中比三井寺ニ智空《興イ》内供ト云フ尊キ人有ケリ年闌《タケテ》如何ナル宿業
ニテカ有リケン世ノ心地ヲシテ限リナリケレバ弟子共モ集テ歎キ悲ム
其時晴明《セイメイ》ト云フ神ノ如クナル陰陽《ヲンヤウ》師有ケリ是ノ病ヲ見テ云フ
様ハ此度限リ有ル定業ナレバ如何ニモ不可叶ナリ但シ其ノ代ニ取リテ
志シ深カラン弟子ナドノ彼ノ命ニ替ラント思フ人ヤ有ラハ祭リ替
奉リテン其ノ外ハ力ヲ不及《オヨハ》ナント云ヒケル多クノ弟子共ハモ我レ云フト上
ル程《ホト》ニ此ノ事ヲ聞ク證空内供若ミシタヘガツキニハ若シ替《カハ》ラ
ニト云フ者ヤ有ルト雙ヒ居ツル弟子共少々気色シテ見レハ詞テソ

ムイツレ冥ニハ捨テ難キ命ナレバ皆々色ヲニサシテナシテノキモツ
ブラシ目ニ成テ一人トシテ我レ替ラント云フ人モ无シ爰ニ證空阿
闍梨ト云フ人トシ若ウテ弟子ノ中ニ有リ弟子ニ取リテモ末ノ
人也誰モ思ヒ寄ヌ所ニ進出テ内供ニ云フ様ヲ我レ替ハリ奉ラン
ト思フ其ノ謂ハ法ヲ重クシテ命ヲ軽ソスルハ師ニ仕フル習ヒ也弟
カ死ル事聞ナガラ身命ヲ惜ミ徒ニ捨ベキ身ヲ今三世ノ諸佛
ニ奉ツテ人界ノ思ヒ出セン但シ八十ニナル母侍リ我レヨリ外ニ子
无シ若シユルサレヅハ不孝ラ自身ヲ捨ルノミニ非ズ二人カ命ヲ盡ス
ベシ能々涯リノ申シ聞セテ暇ヲ請《コイ》テ帰参ラント云テ座ヲ起チヌ

三—26　証空阿闍梨師匠ノ命ニ替タル事

内供ヨリ始テ諸ノ弟子共涙ヲ流シテ悲ム證空母ノ許ニ至テ
此事ヲ語ル願ハ歎キ給フ无レ縦ヒ師跡ニ残リ居テ後世ヲ
訪ヒ奉ツルトモ是程ニ大キナル功徳ヲ作ツラン事ハ有難クシ
今ノ師ノ恩重クシテ其命ニ替ラン事ニ三世ノ諸佛モ哀ミ給ヒ
ナン天衆地類モ驚キ給フヘシ其功徳ヲ統《フサネ》テ母ノ後世菩提ニモ
シ奉ラン是レ誠ノ孝養ナレハ則チアヤシキ身一ヲ捨テ二人ノ
恩ヲ報シ奉ラン况ヤ老少不定ノ世界也若シ徒ニ命モ尽テ
母ヨリ先《サキタツ》事モヤ有ン其時キハ悔テモ何ノ甲斐カ有シ何ニヲカ
此世ノ思出ニセント泣々申ス母此事ヲ聞テ涙ヲ流ノ驚キ悲

ム我レ愚カナル心ニハ功徳ノ大キナル事モヲボエズ君ヨウチナリシ時
ハ我ニ育《ゴ》クマレキ我本園ケテハ君ヲ憑ム事天ノ如シ然ルヲ
殘ノ命今日トモ明日トモ知ズ将ニ至テ我ヲ捨テ先立ン事コ
ソ歎悲シケレ然レトモ其ノ志ノ深キ事《コト》ヲ思ニ師ノ命ニ替リナ
バ君カ後世ニ至リテモ疑フヘカラズ若シ此事ヲ免《ユルサズバ》佛モ愚カセト
見玉ヒ君カ心ニモ違《タ》ヌヘシ義ニハ老少不定ノ世也思ヘハ夢幻シノ前后
世早ク君カ心ニ任《マカス》トク浄土ニ生テ我ヲ助ヨトゾ涙ヲ押ヘテ云ケル
如何ニセン蓮ノ露トナルヘクハ別レノ涙ノ色深クトモ
其時キ證空泣々悦テ帰又則チ名乗ナト書キ付テ晴

三―26　証空阿闍梨師匠ノ命ニ替タル事

明ガ許ヘ進ツ今ニ夜命ニ替リ奉ルヘキ由ヲ云ヘリカクテ二夜
漸ク深ケ行ク程ニ此ノ證空頭痛ク心地悪ク身ホトヲリテ
堪ヘ難ク覚ケレバ我房ニ行テ見苦シカルヘキ物ナド取リ調ヘヌ
年来持チ奉リケル繪像ノ不動尊ニ向ヒ奉テ申ス様トシ若
ク身盛リナレバ命モ惜シカラヌニハアラザレドモ師ノ恩ノ深キ事ヲ
思ニ依リテ今ニ已ニ彼ノ命ニ替リナントス然ルニ勤ノ少ナケレバ極メ
テ後世恐ロシ願クハ大聖明王哀ヲ垂レ給テ悪道ニ落シ
給ナ十重ニ病已ニ身ヲ責テ一時モ堪ヘ忍フヘカラズ本尊ヲ拝ミ
奉ラン事只今許リ也ト泣々申ス其ノ時ニ繪像ノ御目ヨリ

血ノ涙ヲ流シ給ヒテ汝ハ師ニ替ル哉又汝ニ替ルヘシト宣ヘリ
此聲骨ニ通リ肝ニ深ウテナイミシ掌ヲ合テ念シ居タル向ノ
ニ汗流シタル身サメテ則チサワヤカニ成ニケリ内供ハ其夜ヨリ心
地ヨク成リケレハ此ノ事ヲ聞テナノメナラズニ覚テ後ニハ餘人
ヨリモ勝クレテ甚ソ思ヒタル弟子ニテ侍ル也サテ彼ノ本尊ハ
傳タワリテ後ニハ白河ノ院ニソ在ケリ常住院ノ泣不動ト
申ハ是也御目ヨリ涙ノコボレタル有ノアザヤカニ見ヘ給ケルトゾ
キコウサテ證空阿闍梨ト云ハ空也上人ノ臂ノ折レ給ヒタリ
ケルヲ餘慶僧正ノ祈リ直シ給タリケル時キ法器ノ者ナリケ

三―二27　或ル女房天王寺ェ参テ海ニ入リタル事

空也上人ノ奉テレタリケル證空ナリ

或ル女房天王寺エ参テ海ニ入リタル事

鳥羽ノ院ノ御時キ或ル宮原ラニ母ト女《ムスメ》ト同ク宮仕ヘスル女房
有リケリ年来經テ後キ此ノ女ヲ先キ立テハカナクナレニケリ
歎キ悲ムニ限リ無シ然レハ傍ヘノ女房ナドモサコソハ思フ
ラメ理リナリトムフ程ニ年セニタ年セ過ヌ又其後モ歎ラフ
更ニ不忘シ猶ヲ日ニ副テ弥増《イヤマサ》リケレバ折節シ悪キ時モ多
カリキ涙ヲ抑エツヽ明シ暮スヲ人々モ目ヤヽシク思フ終ニ是
コソ心得テ後前《シリサキ》様ノ今覚メサル事カナトロナヤスカラズサー

三ー二27　或ル女房天王寺ェ参テ海ニ入リタル事

メキ合ヘリカクシツヽ三ヶ年ト云フ年ニ或ル賤キ人ニモ不告ケ
白地《アカラサマ》ナル様ニテニキレ出ス衣《キヌ》一具ノ箱一ツ計ヲ袋ニ入テメノ
童ニ持セタリケル京ヲハ過テ鳥羽ノ方ェ行ケハ此ノメノ童ハ心エス
思フ程ニ猶ヲ行々テ日暮テ橋本ト云所ニ留テ明ヌレハ又出
又シカウシテ其ノ夕ヘ天王寺ヘ詣テ付ヌサテ人ノ家ヲ借リ
テ是ニ七日計リ念佛申ント思フニ京ヨリハ其ノ用意モセス
只我カ身トメノ童ニハ二人ソ侍ルトテ此ノ持タル衣ヌラ一ツトラ
セタリケレハ最安キ事トテ主シ其用意シケリカクテ日
毎トニ堂ニ詣リテ弁ミ廻ル外ハ又異ナル事ヲモ思ハス心ニ

三―二27　或ル女房天王寺ェ参テ海ニ入リタル事

念佛ヲゾ申シケル手箱ヲハ御舎利ニ奉リケリ一七日滿《テ》ナ
ハ京ヘ帰ルヘキカト思フニ云フヤウハ哀テノ思シヨリモイミシウ
心モ澄テ甚敷《ジモシ》侍ヘリ此次テ今七日ト云テ又衣ヲ一ツトラセ
テ二七日ニナリヌ又其後チ同ソハ三七日ニナシ侍ラントテ猶ヲ衣ヲ
シツトラセケレハ何《ナト》カハ度ヒ毎ニ御用意无クトモ暫クハ侍ヘル
ヘキト云ヘトモ此ノ局ニカクレシヲル物ヲ持テ散ルヘキナラストテ
強テトラセツ都テ三七日カ間念佛スル事ニタ心ロ无シ日
数滿テヽ後チ云様今ハ京ヘ上ルヘキ也音ニ聞ク難波ノ海ヘ
ノ床敷ニ見セ給ヒテンヤト云ヘハ主ノ男家《ト》ニ安キ事トテノシル

ベシテ出ツヽ則チ船ニ相乗リテ漕キアリクヽ最ト面白シトテ
今少シクトテ漕フ程ニ自ラ沖ニ遠リ出ニケリカクテト許リ西ニ
向テ掌ヲ合セ念仏スルト思フ処ニ海ニブブト落チ入リヌ
ナセウトテ取リアケントスレバ石ヲ投テ入ルガ如クニ沈ミ入ヌ
バアザニシトアヘキレサワクノ処ニ紫雲一林ラテ来テ船ニ打覆
了最香バシキ白ヒ有リ彼ノ主ヒ貴クモ哀ニ覚テ泣々漕
テ帰リニケリ其時キ濱ニ人トモ多ク集リテ物ヲ見ケルヲ怪
ミテ問ヒケレバ欠々沖ノ方ニ紫雲立タリナント云ヒケリサ
テ我カ家ニ帰ヘリテ跡ヲ見ルニ彼ノ女房ノ手ニテノ昊蔓ヲ

宿ニ寄キ付タリ初ノ七日ハ地蔵龍樹来リテ迎ヘ給フ二
七日ニハ普賢文殊迎ヘ給フ三七日ニハ阿弥陀仏諸菩薩
ト共ニ来リ給ヒテ迎ヘ給フト見タリケリ有リケル志シ
深ク弥陀ヲ憑ミ奉ル心ニテ心ロ充レハワツカニ七日ノ
念仏ノ行功ニ依テ大往生ヲ遂ク南无阿弥陀仏

蓮華城入水事　入水ノ時後悔ノ物怖成テ来事

近《チカ》キ比ロ蓮華城ト云人ニ知ラレタル聖リ有リ登蓮法
師相ヒ知テ事ニ觸テ情ヲカケツヽ過キケル程ニ年来
有テ彼聖リ云ケル様今ハ年ニ副ツヽ身モ弱ク成リ文

レバ死期ノ近付ク事不可疑ノ終リノ正念ニシテニカリ
隠レン事極ル望ミニテ侍ル心ノ澄スル時キ入水ヲシテ終
ラント思ヒ侍ルト云ヲ登蓮ト云人聞キ驚テ有ヘキ事ニ
非ズ今一日モ念佛ノ功ヲ積ミシトコソ願ルベキニサヤウノ
行ハ愚癡極レル人ノスル事也ト書〔詞〕葉ヲ盡ノ諫ケレ
ドモ更ニ不用ヒ思ヒ堅メタル躰ト見ヘケレバカホドニ思ヒ取ラ
レタランニ至リテハカラヒ留ルニ不及ハサルヘキニコソ有ラメ
云テ其用意ナドノカラ談合テ訪ヒケリ終ニ桂河ノ
深キ所ニ至テ念佛高ク聲唱ヘツヽ水ノ底ニ沈又其時キ

聞キ及フ人市ノ如ク集テ且ハ貴ミ且ハ悲ム事限リナシ登
蓮ハ殊ニ年来見馴タル物ナレハ哀ニ覚ヘテ涙ヲ押ヘテ帰ヘ
リケリカクテ日来ロ経ル程ニ登蓮物ノ怪ガマシキ病ヲ
スアタリノ人々怪ミテ祈リナンドシケル程ニ霊現テ蓮華
城ト名乗ル時ニ驚テ此ノ事サラ〳〵シリモ不覚年来相
知テ更ニウラムヘキ事无シ况ヤ発心ノ様ニタヘナリシサリナラ
ス貴クアリガタキ躰ニテ終リ給ヒシニハ非スヤ今更々何ノ故ニ
ハ思ハヌ様ニテ来レルゾト云フ物ノ怪云フ様ハ其ノ事ナリ度
々制シ給ヒシ物ヲ我カ心ノ程ヲ知ラテ云フ甲斐无死クモ覚ヘサ

リシヲ如何ナル天魔ノ態ニテカ有リケン正ク水ニ入ラントセ
シ時ハ忽ニクヤシク成テ侍リシカドモサバカリノ人中ニテハ争
カ思ヒ返サンアワレ只今制シ給ヘカシト思ヒテ目合ヲシ侍レドモ知
ズ顔ヲシテ今ハトクトクト進メ給ヒテ沈メ給ヒシウラメシサニ
何ノ往生ノ事モ覚ヘズスヾロナル道ニ入テ侍ル也此事ハ愚カ
ナル我カ科ナレバ人ヲ恨ミ申スヘキナラネドカリニ最後ニ口
惜ト思シ一念ニ寄テカ来レルナリトイフ是レコソケニ宿業ナ
トハ覚エ侍ヘレ且ハ又末ノ世ノ人ノ極ホメトモナリヌヘシ人ノ心ハ計
リ難キ物ナレバ必ズシモ清浄真実ノ心ヨリ起ラズトモ

三ー三28　蓮華城入水事

或ハ勝他名聞ニモ住シ或ハ憍慢嫉妬ヲ先トシ愚カニ身ヲ焼
キ入海スレハ浄土ニ生ルヽソト思ヒテ心ノハヤルマヽニ加様ノ行ヲ
思ヒ立ツ事モ有リ是レ則チ外道ノ苦行ニ同シ大ナル僻事
ト云ヘシ其ノ故ハ水火ニ容イル苦ニナノメナラズ其ノ志シノ深カラズ争
カ堪ヘ忍ヘン若患有レハ又心安カラズハ仏ノ助ケヨリ外ニハ正
念ナラン事極メテ堅シ中ニモ愚カナル人ノ語暫ニテ身ヲ焼クイ
ガエセシ入水ハ易クシテント申シ侍リキ以テノ外ナル先覚悟ナル
云事也或ル聖リノ語リ侍リシハ河水ニ溺レテ已ニ死セント
セシ時キ人ニ助ケラレテカラクシテ生キタル事侍キ其ノ時キ

鼻口ヨリ水入リテ息ヲセヌシ程ノ苦ミハ縁ニ地獄ノ苦ニ也トモ
サコソト覚ヘ侍リシ然テハ人ノ入水ヲ安キ事ト思ヘルハ未タ
水ノ人ヲ殺ス様ヲ知ヌ也ト申シ侍リシ或ル人ノ云ク諸ノ行
ニハ皆ナ我カ心ニ有リ自ラ勤メテ自ラ知ヌヘシ余所ヨリ計ラヒグ
ルヘキ事也都テ過去ノ業因モ未来ノ果報モ佛天ノ加護
モ推カタムキテ我カ心ノ程ヲ宗トセハ自ラフラシワカラスヘシ若シ
人ト佛道ヲ行ハン爲ニ山林ニモ交リ一人廣野ノ中ニモ終ラン
時キ猶シ身ノ恐レ命ヲ惜ム心有ンハ必スシモ佛ノ擁護シ
給ハントハ不《ス》可《ラ》憑《ム》屋垣ト井ヲモカコイ居ルヘキ擁シテ自身

ヲ守リ病ヒヲモ助ケテ漸ク進ミシ事ノ可願ク若シヒタ
スラニ佛ニ奉ルゾト思ヒテ縦ヒ虎《トラ》狼《ヲヽカミ》来テ犯ストモ命カ十ニ怖
ルヽ心モ無クアルイハ食ヒ物絶テ飢ニ飢死ヌルトモウルワシカ
ラズ覚ル程ニ成リナバ佛モ必ズ擁護シ給ヒ菩薩聖衆モ
来リ守リ給フヘシ諸ノ悪鬼モ毒蛇モ便リヲ不可得矣
ハ慎ミヲ起シテ去リ又病ハ佛力ニ依リテ愈ヘナン是ヲ深ク思
カ命ケズシテ心ハ心トシテ浅ク而モ佛天ノ護持ヲ憑ミシハアヤウキ
事也トシクヽソ人々ニ語リタリホシ侍リシハ尤モコトワリナリ

仙命上人事　是殊勝ノ物語也能可見

三―四29　仙命上人事

近来山ニ仙命聖リトテ尊キ人有リケリ其ノ勤ノ趣観
シテ宗トノ常ニ念仏ヲツ申シケル或ル時キ持仏堂ニ観念スル
間ニ空ニ聲ヘ有テアワハレ尊キ事ヲノミ観シ給フ物哉ト云フ
怪ミテ誰レカハサウ宣フゾト問ヒ給ヒケレバ我ハ両所三聖也旋
随喜シ給ヒシ時ヨリ日ニ三度ヒ天翔リテ寄リ奉ルトゾ答ヘ給ヒ
ケル此聖リ更ニ朝夕ノ事ヲモ思ハズ獨リ住ミケリ法師ノ
山ノ房毎ヲ廻リテ日ハ一度カレヲバカリヲ乞テ命ヲ養
ヒケル外ハ一向人ノ施ヲ受ケサリケリ時ノ后キノ宮願
ヲ起シ給ヒテ世ニ勝テ尊トカラン僧ヲ供養セント志ノ

昔ノ尋子給ヒケル二此ノ聖リヤコト无キ由ヲ聞キ給ヒ
テ則御自《ミ》ラ布ノ袈裟ヲ縫給テ有ノマヽニ云ワバ旦モ受
ケジトテボレノレテ兎角構ヘテ子小法師ニナシ心ヲ合セテ思ヒ
懸ケズ人ノ給セタリツルトテ奉リケレバ聖リ是ヲ
取テヨク〳〵見テ三世ノ諸佛得給ヘトテ谷ヘ投ケ捨テ
ケレバ甲斐无クテ休ニケリ大方人ノ几ヲ猶一モ有ル限
リ更ニ惜ム事无リケリ板敷ノ板ヲホシガル人有リタ
レバ我カ房ノ板ヲ二三枚取セケリ然ル間東谷ニ住ミケ
ル覚尊ト云聖得意ニテ夜ル来タリケルカ板敷ノ

无キ事ヲ不知シテ落入リテアナ悲キヤト云ヒケルヲ
聞テサテモ御房ハ不覚ノ人哉此ノニ、死セントテ堅カ
ルヘキ身カハアナ悲シト云ヘル終リノ言葉ヤハ有ルヘキ南
无阿弥陀佛トコソ申サメト云フ寂ト有難キ示シ也其
後此ノ仙命聖リ彼ノ覚尊カ住ム所ヘ行キタリケルニ
ヲリカタキ事有テ客人ノ有リナカラ外ヘ行クトテノ急キ
テ出テタル人ノ又内ヘ帰ヘリ入テ良久ク物ヲ調ウル気
色聞ヘタリ怪シク思ヒテ出タル後ニ跡ヲ見ケレハ万ツ
物ニ悉ク冠ヲ付ケタリケリ仙命聖人ノ思様フ寂ト

心ワロキ態哉裁ヲ疑フニコソト思ヒテアツ心トク帰レ
カヽル非ノ事ヲ恥シメント思ヒ居タル処ニ帰リ来レリ思ヒ
儲ケタル事ナレバ見付ルヤ遅キト此ノ事ヲ云ヨフ覚
尊聖リ云ク常ニカクノ調ルニモ非ズ又人ノ物取ランヲ惜
ムニモ非ズ御房ノ留守ニシハスレバカクノ取リ納メ侍ル也其ノ
故ハ是ニ若シ御房ノ物ヲモ失ヒテ不見ヘ凡夫心ロナレバ御房
ヲ若モ疑ヒ奉ル心モゾ起《ヲコ》ッテハト其ノ罪ヲ負レト思テ我思
ノ疑シサニコソ何カ計リノ物ヲカ惜ミ侍ランナトゾ云ヒケル年
カコロヲモシロキ覚悟也其ノ後覚尊隠レヌト聞テ姿
住

三—四29　仙命上人事

生ヲ遂ケヌラン物ニ着ヲ付シ程トノ工ミヲ有ナレバトゾ仙命
聖リ云ヒケル其後チ夢ニ見ヘケリ先ツ始ノ詞ニ何レノ
所ゾト問ヒケレハ覚尊実ノ云ク下品下生也其レダニモアヤウ
カリツルヲ御房ノ御徳ニ依リテ往生ヲ遂ケタル也日来
橋渡シ道ヲ作シ行ヒ計リニテハ叶ハザラマシ御勧ノ旨
リテ時々念佛セシカドゾ云ヒケル又云ク仙命ガ往生
叶ヒナンヤト問ヘハ疑ヒ无シ上品上生ニ定リ給ヘリトゾ見
タリケルサテ彼ノ覚尊上人存命ノ時キ用有テ山ヨリ京ヘ
出ル道ニテ鴨河原ニ飼《ガイ》馬ノホタシカキタルヲ見テ心ニ住テ

三―五
30　正管僧都ノ母為レ子ノ志シ深キ事

共事ヲ憐ミテナケサヤツノ振テ其ノ縄ヲ切ッ馬ノ主ニカ見
令テ馬盗人有トテ搦メテケリ時ノ検非違使ノ許ニ具メ
行ヌ聖ハトラヘツル始メヨリ兎角モ云フ事无シテモ
何ニ物ソト問ヒケル時キ鎌倉ノ覚尊ト申ス法師ナリト
云ヒケル事ノ外ニ驚ヒテ家トアサマシキ態ナリトテ急キ
解テ許シテ摂ムニ色代シテケレトウナアヒシラフイテ取リテニケル
トソ聞エケル

正管僧都ノ母為子ノ志シ深キ事

山ニ正管僧都ト云フ人有ケリ我カ身何ニモ貧クテ

三―五　30　正管僧都ノ母為レ子ノ志シ深キ事

西塔ノ北尾ト云フ所ニ住ミケリ年暮テ雪深ク有リケレ
トモ訪フ人モ无クテヒタスラニ煙リ絶エタル時アリケリ京ニ
母ナル人有レド是モ絶々シケレバ中々心苦リテ殊更ニ此
有様ヲ聞セジト思ヒケルニ雪ノ中ニシヤ萬ツヽシ計リケン若
シ文事ノ便リニヤ浅シ知《カ》レケン懇ナル消息アリキ都ゾニ
跡絶タル雪ノ中雲深キ峯ノ住居ノ心ボソサナド常ヨリモユ
ニヤカニテ聊カナル物ヲ送テレタリ思ハズ外ニイト有難ク
哀レニ覚ル中ニモ此使ノ男深キ雪ヲ分テ参リタルカ不便
也ケレバ先ヅ火ト焼テ則此持テ来リタル物ニテ食イ

三ー五
30　正管僧都ノ母為レ子ノ志シ深キ事

物ノニテソワス使此ヲ食ハシトシケルカニ箸ヲサシ置テタ
ゝト涙ヲ落テ食ハズナキヌルヲ最ト惜ク思ヒテ故ヲ
問フ答ヘテ云フ操此ノ奉ラセ給ヘル物ハ等閑《ナヲサリ》ニテ出来ル
物ニテハ侍ラズ方々尋子給ヒツレトモ叶ハズシテ御髪《グシ》ヲカ
ナ人ニタビテ其代ヲ奉リ給ヘルナリサル程ニ只今是ヲタ
ヘント仕カニツルニ彼ノワリ先キ御志シヲ思ヒ出シ奉テ下鳴
ニテ侍ドモ最悲シクテ胸フサガリテ更ニ喉ヘモ入リ侍ラ
ヌ也ト申ス是ヲ聞テ争カヲロカニ覚ヘンヤハトテ僧都モ良
久クゾナカレケル都テ志シノ深キ事ハ子ヲ思フ過キ

三ー五
30　正管僧都ノ母為レ子ニノ志シ深キ事

メル事无シ愚カナル鳥獣ニテモ其ノ恩ニ有ケリ田舎
ノ語シハ雉ノ子ヲ生ミテアタヽムル時キ野火ニ會ヌレバ一
度ハ驚キテ立ヌレド猶ヲ捨テ難クテ焰ノ中ニ飯リ入テ
終ニ焼ケ死ヌル類ヒ多カリケルトゾ云ヒケル又鷄ノ子ヲアタ
ヽムル様ハ誰レモ見ル事ゾカシ毛ノ衛ル事ヲアカズ思フ
ニヤ我レト胸ノ毛ヲスクイ抜キ臀ニ付テ晝モ夜モ是ヲアタヽメ
ム物ノ食シケル為ニヲノヅカラ立テ去テモ彼カサメヌ程ニ
急キ帰ヘリノルハ只ヲノボロケノ志シトハ見ヘズ又當初古
婦ニ世ヲ遁レケル人有キ事ノ興リハ鷹ヲ好ミ飼ヒケリ

三―六
31　新羅大明神僧ノ発心ヲ悦ヒ給フ事

其ノ餌《ヱ》ニカワントテ犬ヲ放レケルニ妊ミタル犬ノ腹ノ皮ヲ射切
リタリケルヨリ子一ツニツコボレ出テタリケルヲ走テ迯ケ
ル犬ノ立帰ヘリテ其子ヲクハヘテ行ヤントシテ其ソコニ倒
レテ死レタリケルヲ見テ道心ヲ起シケルトソ語リケル
鳥獣ノ心无キダニモ子ノ為ニハカク身ニ代ヘテ哀ミ深シ況
ヤ人ノ腹ノ中ニヤドレルヨリ人ト成マテ年々ニ哀ミ念シ
給ヒシ命ヲ捨テ孝謝《ジャ》スレトモ報シ盡ソサン事カタシ
南无阿弥陀佛　十念可有

新羅大明神僧ノ發心ヲ悦ヒ給フ事

三―六
31
新羅大明神僧ノ発心ヲ悦ヒ給フ事

中比山法師ノ為メ三井寺焼レタル事有リケリ堂舎
塔廟ハ悉ク塵リ灰トナリ仏像経巻ハ山林ノ中ニ捨テ
置テ昔ノ跡ト悉ク廣野トナリケレバ渡シ流ナス人ハナカリ
ケリ其中ニ一人ノ僧有リ悲ム心ロ人ニ勝レテ新羅ノ大明神
ニ詣テ通夜シテツクヅク思ヒツヽケテ其ノ事ヲクドキ申ス
サラモ遠カナル国ヨリ境ヒヲ離レテレタイテ御座タ
ルハ其ノ寺ノ仏法ヲ守リ給ハン為メニ非スヤ何ト寺護シ
給ヒテヤクノ処シノホロボシ戒等ヲシノモ悉ハシ給フゾ若
シ蔵土ノ縁モ尽キテ本国ヘ帰リ給ヘルカ又此ノ所ニ法

滅ノ時キ到リテ神ノ御力モ及ヒ給ハヌカ此ノ事ヲ示シ
給ヘ一方ニ思ヒ定メテ愁ヲナグサミ侍ラント泣々祈リ申ス
カクテマトロミタル夢ノ中ニ明神現レ給ヘリ何ニモイミシク
悦ヒタル御気色ニテ御座ヲウツヽニモ思フ事ナレハイト
心得ヘス覚ヘテ向ヒ奉ル此ノ所ノ有様凡夫ノ頑《ツタナキ》心ニテダ
ニモ目モアテラレズ侍リ何ノ故カ思ヒノ外ニ悦ヒ給ヘル御気
色顕レ給ヘルゾト向ヒ奉ル新羅大明神答ヘ給フ様汝チ
愁ル事无レ仏法ハ遂ニ滅スマジキ事ナレバ我レ此ノ事ヲ
歎カス只ハ深ク悦フ事有リ今度ノ僧侶ノ中ニ此ノ処ノ

ナレル撲ヲ見テ忽ニ法滅ノ菩提心ヲ起テ无極ノ道
心ヲ堅メタル僧一人有リ必ス往生ヲ遂テ早ク佛果
ニ到リナントス是レ大キナル悦ヒ也ト宣ヘ給フ僧又申ス
衆生ヲ救ヒ給フ御哀レミ深クハ今度ノ取リ合ニタノ
法師ノ逆羅ヲ作クリタル事ヲハ悲ミ給ハスや何ドカ只
一人ノ生死ヲ離レシ事ヲノミ悦ヒ給ヒテ自余ヲハヲロカニ
思ヒ食シスヤト申ス大明神宣ヘ給フ撲羅ヲ作クル事ハ
悲シカラヌニハアラネドモ濁レル末ノ世習ヒナレバダヅラシカラス
深ク道心起ス者ハ千万人カ中ニモ堅キカ故ニ我レ是ヲ

悦ト宣ヘラレケルト見テ夢覚ニケリ神ノ人ヲ化導シ給フ事
如シ是ノ諸仏ハ化縁尽キテ涅槃ニ入リ給ヒシカハ末ノ世ノ
我等カ為ニ更ニ神ト現シ給ヘリ然ルニ我カ国ハ昔ヨリ神ノ
国トシテ隣ノ国ヨリ傾ケル事モ无ク天魔モ犯ス事ヲ
得ス其徳有テ国土盛ンナル事天竺震旦ニモ越タリ爰
ニ知ヌ在世ノ当初ニハ遂ニ誓ヲ隔ツレトモ滅後ノ衆生ハ日本
殊ニ縁深ク有リケリ現世ニ安穏ノ徳ヲノミ仰クヘキニ非ス殊
ニ後生善処ノ益猶ノ勝レ給ヘリ諸神ノ御化導ノ手立
テ道心発心ノ至テ功徳ノ深ク殊勝ニ有リ難キ事人々

三—七
32　桓舜僧都依レ貧ニ往生シタル事

知テ其ノ覚悟有ルヘシ。南無阿弥陀仏、

桓舜僧都依貧ニ往生シタル事　釋書五有傳

中比ノ事ニヤ、山ニ貧シキ法師有ケリ。世ヲ渡ル路叶ハヌ事ヲ
愁テ年来朝夕ト云ハカリ无ク山王ニ詣テヽ泣ク祈
リ申シケレド、更ニ其ノ験シ无シ。最口惜覚ヘテ宿業限
リ有ラハ叶フマジキゾトモ示シ給ヘカシ。フツト聞キ入レ給ダ
物ノ哉トウラメシク思ヒテ、サテ如何様ニセント思フ程ニヲリ
シモ相知ル人ノ稲荷ニ籠リケレバ、其レト伴ナヒテ、七日参
籠ノ又社ノ事ヲノ二心ロ无ク祈リ申スカクテ七日ニ満ツル夜

三—七32　桓舜僧都依レ貧ニ往生シタル事

夢ニ見ル様、社ノ御戸ヲヲシアケテ、唐装束シタル女房
ノケ高ク目出度キ様シケルガ、出テ給ヒ、叶テ我ガ胸ヲ引
キアケテ、二寸計リナル紙切ヲシ付テ帰リ給ヌ。是ヲ
見レハ千石ト云文字有リ。イミシキ神徳ヲ蒙リヌト
思テ居タル程ニ、鳥居ノ方ヨリヤゴトナキ人ノ、キヽキラノ使人
ニ圍繞セラレテ入リ給フ有リ。催ク誰カハカバカリノ粧ニテ
クルラント見ル程ニ、宝殿ヨリ有リツル女房急キ出給
ヒテ、何事ニワタラセ給ヘルヤラン、最ト思ヒカケズト申シ給フ。
客人《ミラウト》宣フ様、若シ、桓舜ト申ス法師ノ、望ミ申ス事ヤ

侍ヘルト伺ヒ奉リ給フ時キナル事侍ヘリセ旨ノ伺候
法施ナドシテノ懇ニ祈リ申ツル程ニ只今望ミ申シツル
事叶ヘ侍ヘリヌト申シ給フ容入ユメ〳〵有ル間敷事
我レニモ年来難歎キ申シ侍リキ其ノ勤ノモ不残ラ侍ヘ
レバ給ハセシニハ如何ナル事ヲモ与ヘツベケレトモ態ト聞キ入ヌ
世乙ニタヒタテバ速カニ召シ返シタルニヘト宣フ女房驚キ給ヒ
テナル故ノ侍リケルヲ不知ライミシモ誤ナ仕リニケリ
但シ其ノ僧ハ未ダ侍ルカ召シ返ヘサン事ヤ安ク侍リトテ
寄リテハジメシテ胸ノ紙ヲ引キ剥キテ返ヘリ給ヌ僧悪

フ様此ノ客人ハ疑ヒ無ク山王ニコソヲハシマスラメナルニテハ
年来功ヲ入奉リシ間我レト恵ミ給ケル事コソ難カ
ラメ偶々外ノ示現ヲ蒙レルヲサヘ妨ケ給フハ何事ナル
ラントウラメシキ余リニ涙ヲ押ヘツヽ居タル程ニ女房サテ
モ如何ナル故ニテ能ハトテ渡リテカク妨ケ給ゾト向奉リ
給ノ客人答ヘ給フ様ハ此ノ僧順次ニ必ス生死ヲ離ルヘキ
者ニテ侍ルヲ若シ豊カニテ世ニ侍ラハ必ス余執深ク成テ
猶ヲ穢土ニ留ルヘキ也是ニ依リテ自ラヨキ様ナル事ヲ
ハ我カ兎モ角申遮ヘテ往生ヲ遂ケサセント構ヘ侍ル也ト

三―八
33　或ル上人補陀落山ニ詣タル事

宣ヘ玉フト見テ夢覚ニケリ哀ニ忝ケナク覚ヘケレバ出帰
ヘリ登リテ其後チハ此ノ世ノ望ミフツト思絶ヘテヒタスラ
ニ後世ノ勤メシテ終ニ目出度キ往生ヲシテケリ月
蔵房ノ僧都ト云是也カヽル時キハトニカクニ佛神ノ御
擁ヘホドニ有リカタク目出度キ事ハ尤カリケリ又貧モ
キモ善知識也愚カニシテ三宝ヲソシリ給フベカラズ

或ル上人補陀落山ニ詣タル事

近比ロ頭ノ三位ト聞エシ人有リ彼ノ乳人男ニ年来
往生ノ願ノ入道有ケリ心ニ思ヒケル様ハ此ノ身ノ有様

三―八
33　或ル上人補陀落山ニ詣タル事

萬ツノ事心ニ不叶ズハ若シ悪シキ病ナトシテ受テ終ハリ思フ様ナラズハ往生ノ本意ヲ遂ケン事堅シ病无テ死ナンバカリコソ臨終正念ナラメト思ヒテ身ヲ燈《トホ》ニサント思フサテモ絶ヘヌヘキ事カ試ミント思ヒテ鍬《クワ》ト云物ヲ二ツ赤メ焼キテ左右ノ脇ニ挾ミテ暫シ有リケルニ焼ケコカルヽ様目モアテラレズト計リ有テ事ニ有ラザリケルト云テ其痛ヘシケルガ身ヲ焼コトハ安クシツヘシ然レドモ此ノ生ヲ改メテ極楽ニ参ラン事詮モキヨクモ无シ又凡夫ナレバ若シテ如何ト疑フホドニ補陀落山コソ此ノ世界ノ内ニテ此ノ

三—八33　或ル上人補陀落山ニ詣タル事

身ナカラモ詣リヌヘキ所ナレバ一段證彼エ参ラント
思ヒ成シテ則チ晦ツツクロイヤメテ土佐ノ国ニ知処
有リケルニ行テ新キ小舩一艘ニウケテ朝夕是ニ
来リテ梶ヲ取リ習テ其後チ舩人ヲ語《カタ》ライテ亨
様少風ノタユミ无ク吹テツヨカリヌヘカランズ時分ヲ告ケヨ
ト契テ其ノ風ヲ待チ得テ彼ノ小船ニ帆ヲカケテ只一
人乗テ南ヲ指テ去リケルニ妻子有リケレド是レ程
ニ思ヒ立タル事ナレバ留ル事无シ只行キ隠レヌル方ヲ
見送リテ泣キ悲ミケリ是ヲ時ノ人志シノ至リ不浅

テ定テ詣リヌラントシカリケル一条院ノ御時ニ賀
東聖人ト云ヒケル人此ノ定ニシテゾ弟子一人具シテ
参ラレケル由シヲ人々語タリ傳ヘケル其跡ヲ追ヒケ
ルニヤ

樂西上人事

摂津国ニ渡邉ノ郡ニ妙法寺ト云フ山寺有リカシニ樂
西ト云聖リ住ミケリ本トハ出雲ノ国ノ人也當初ニ未タ
男ナリケル時キ人ノ田ヲ作ルトテ牛ノ堪ヘ難ケナルヲ打
セタメテ撥耕《ヤキ》ヒクヲ見テセクク有情ノ悩シケル、ウリナ

クレテ作リ立テタル物ヲハナス事悲ゾレテ思フウケ持
チタルコソ罪ニ深ケレト思ヒ取リケルヨリ道心ヲ起テ
軈テ出家シタル物也其後ナ居一所ヲ求ムトテ国々ヲ
見アリキケルニ宿縁ヤ有ケン北京ニ心ロ付テ覚ヘケレバコレ
ニスミシト思ヒテ或ル僧ノ庵ニ尋子テ行タルニ王シハ白地《アカラサマ》ニテ
立出タリケル跡ニホツタト云物ヲ指合セテ置キタルヲ見テ
此ノ聖リ内ヘ入テ木ヲタツノ処《ト》リクベツヽ皆《カ》アブリレテノ
有リケル処ニ主レテノ僧帰リ来テ云フ様ハ何ニモソチレ
バ人ノ許ヘ案内モ云ハス火ヲ焼キテハ居タルゾト腹ヲ

三―九　34　楽西上人事

立テ云ケレバ我ハ卿カ道心ヲ起ス志シアリク修行ノ
者也汝モ共ニ佛弟子ナニ非スヤ歴一ニ知ル不ル知ツ云人
キ事ガハ風ノ起テ悩ヤミレケレバ此ノ火ヲ見テ去リ離ヲ
テ居タルゾカレ木幾ク力燒キタル惜ク思ヘレハ態テ返シ
申サン又猶ヲモ此ノ火ニアテヒトナラバ慳貪ナル火ニハ
アタラデコソ有ラメ寒キ事蒐リ出テント云ヲ主シモ
道心有ル者ニテ一旦ハ申計セ云ハルヽ処モ又現リナリ
トテサラバ暫ク居給ヘトテ閑ニ事ノ心ヲ向フ彼ノ
僧志シノ程ヲ語リケレバヤガテ得意ニ成テ山中ニ人

三―九
34　楽西上人事

雛ナル在所ヲ切リ拂テ如形ノ庵ヲ結テ住ミ初
タリケルカクテ尊ク行ヒテ年来ニ成リケレバ近キ
程ニテ福原ノ清盛入道此ノ聖リノ事ヲ聞ヒ給ヒテ
真ニ尊キ人カ事ノ様ヲ見ントテ盛利ヲ使ニテ消息
シ給ヒケリ御近所ニ侍レハタノミ奉ラレン又ハ力无キ
事セトモ不憚宣ハセコト懇ニスヽセナントシテ送リ
物ノドモセラレタリケリ聖ノ云ク仰セ畏マリ侍ヘリ但シ
愚僧ハ行モ无ク徳モ无ケレバ加様ノ仰セ蒙ルヘキ身
ニテハ侍ラス不得ヲ如何様ニ聞シ食テ等閑ニモ御

使ナド給テ侍ルヤラン驚キ思ヒ給ヘリ只今名ビケル
物モ返シ奉ラント思ヒ侍レド恐ソレ難クテ此ノ度ビ計
リハ留メ侍リヌ今ヨリ後チハ有ルマジキ事也更ニ身ニ
取テ申スベキ用无ク侍ヘリ又知ラレ奉テ御用ニ叶ヘキ
事ハ露モ侍ラズト最ト事ノ外ニナン申タリ使ヒ帰
ヘリ参リテ此ノ由シ聞エケレバ誠ニ尊キ人ニコソサレド
モカヤウニモテハナレシヲバサテ如何ンガハセン猶ヲ兎角用ヰベ
心ニ違ヒナントテ又音信モ不絶ハ休ミニケリサテ此ノ贈リ
王ノ物僧共ニ分ケトラセテ我ハ露モ取ラズ或ル僧

ミテ何ナトカハ是ヲ受ケ給ヘヌ貧キ者ノワリ无クシテ
物ヲ奉ルコソ志ハ重ク侍ルヲ其ヲハ不歎ハ受ケ給ヒテ
是程ノ物ハ彼カ為ニハ物数ナラバトコソ云ヒケレバ宣フル様ハ
云レタリゲニ貧キ物ノ志ハ重キ信施ナレド我レ不受
ケ誰カハ乏キ物ヲ得テ思ヒ計リ其志ヲ報ジテン是ヲ
返ス物ナラバ我罪ミソノミ思シテ忽ニ人ヲ救フ也ハ爾
〔シ〕然シハ定メテ佛ノ御心ニモ背キナント思ヒテ受ケ侍ヒ
也トテ云オリテ彼ノ入道殿ハ功徳ヲ作クリ給ハンニハ何ノ
事カ心ニ叶ハザランニ善智識ヲ尋子給ハヽ行徳高キ

三—九34　楽西上人事

人多カリ誰カ参リテジト申辺《サン》乞法師カ知リ申サズトモ更
々事欠ツニシキ世威勢ムカノレテ座スレハ定メテ罪モ大キ
ニ御座スラン徳モ无キ身ニテ引キカヅキテ用ニ先ト思テ
進レ申スセトゾ云ヒケル此ニ彼ヨリ物ヲ得ル程ニ斯カモ
多クナレハ驚キテ手ノ僧ヲ喚ヒ集テ是ヲ施ス更ニ後
ノ料ト思ヘル事无シ彼ノ山里ノ近クナドニ寡《ヤモメ》ナドノ堪分
タルノ貧キ有リケレバ是ヲ肆ニテ常ニ物ナド取ラセケ
ルガ極月《シハス》ノ晦日ニ人ノ手ヨリ餅ヲ多ク得タリケル時ニ
彼ノ貧キ者共ノ事ヲ思ヒ出テ夜ニイタク深ケテ自モ

テ行ケル程ニ年来持タリケル念珠ヲ道ニテ落テ
ゲリ帰ヘリテ後ナ思出ケレド遥《ヒヒキ》山ヲ分ケ行ク道ナ
レバ何クニカ落ヌラン求ルニ不及ハ多クノ薫修《ジユ》積ミタル念
珠ヲト歎キナカラ念珠引キヲ語ラヒテ訛《アフ》ヱントスル処ニ
烏ノ物ヲクヒテ堂ノ上ニカラ〱ト鳴《ナクス》ヲ何ナルランド見レバ
落シタリシ念珠也ケリ家ト哀レ也トテ是ヲ取ツテ其ヨ
リ此ノ烏得意ニナリ人ノ物ヲ取テ来ルヘキ折リニ必ス
来テ鳴ク其ノ在一来ノ遠近ニ付テモ今ニ幾《イクバク》日計リトハ
カラ〱ニ鳴声モ不違誠ニ護法ナンドトモ云ツベキ様ニゾ

三―九
34　楽西上人事

有リケル又此ノ庵リノ前ニサシキ池ケ有リケリ蓮ス
多クテ花ノ盛リニハ木モ不見偏ヘニ紅梅ノ縮ヲ霞ヘルカ如
ク也或ル歳ノ夏ツ節カモ花ノサカサリケルヲ人惟ミチレバ戒
レ此ノ泉ヲ去ルヘキ年ナレバ行クベキ処ニ非カントテ此ニハサカヌ
世トゾコタヘケル誠ニソノトシ臨終正念ニシテ思ヒノ如クニ目出
度ク往生シケリ加様ノ不思議此ノ人ニハ多ク聞ヘ侍シカ
ト事繁ケケレバ中々シルサス

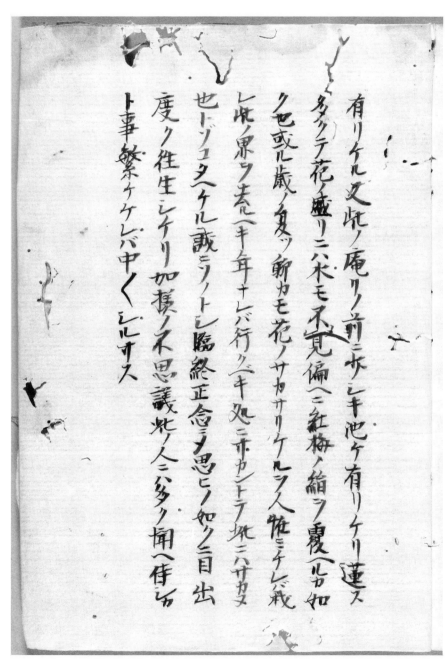

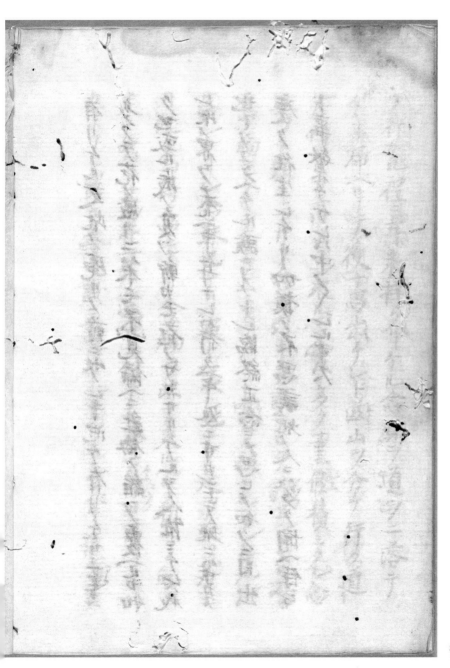

旧裏表紙見返し

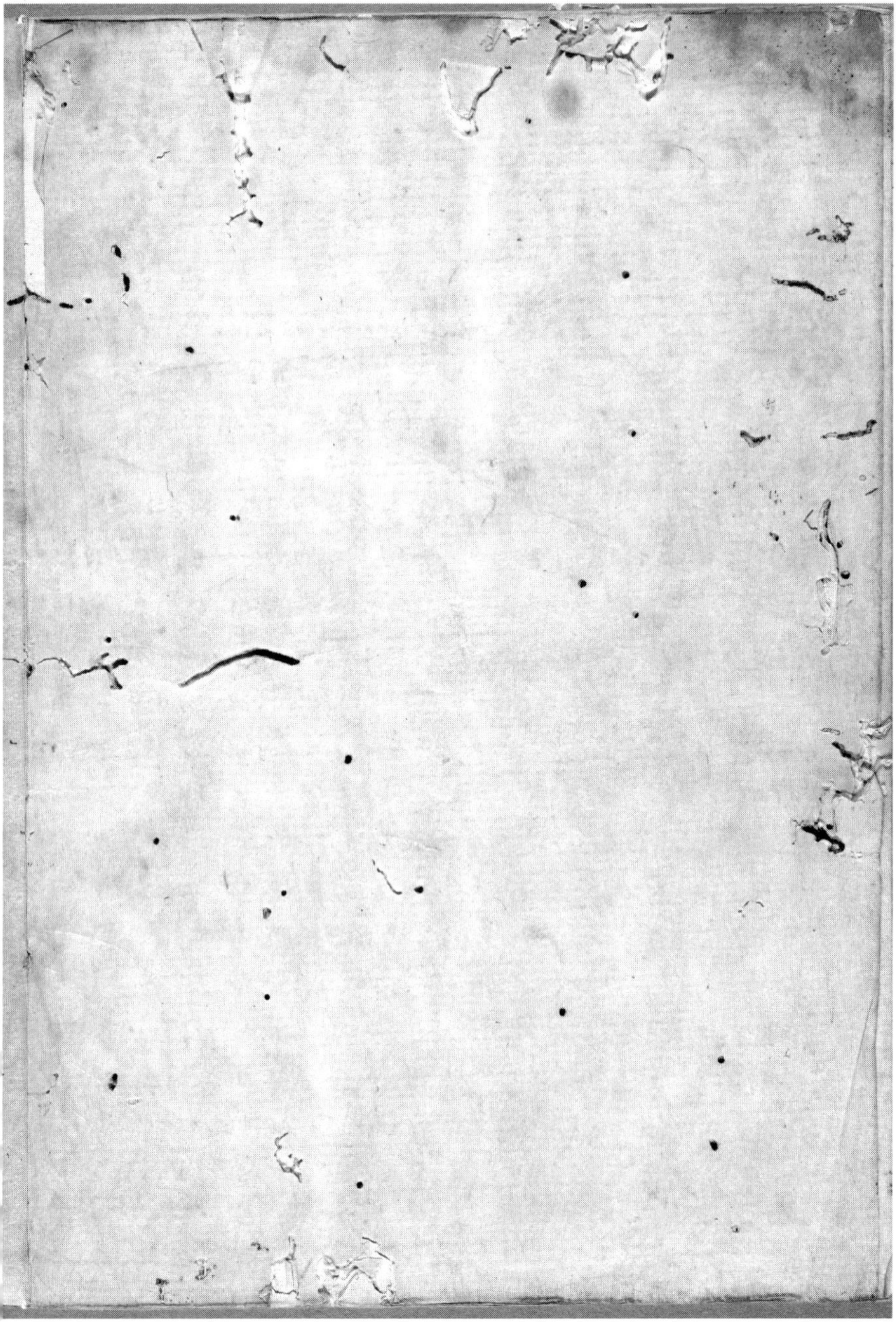

旧裏表紙

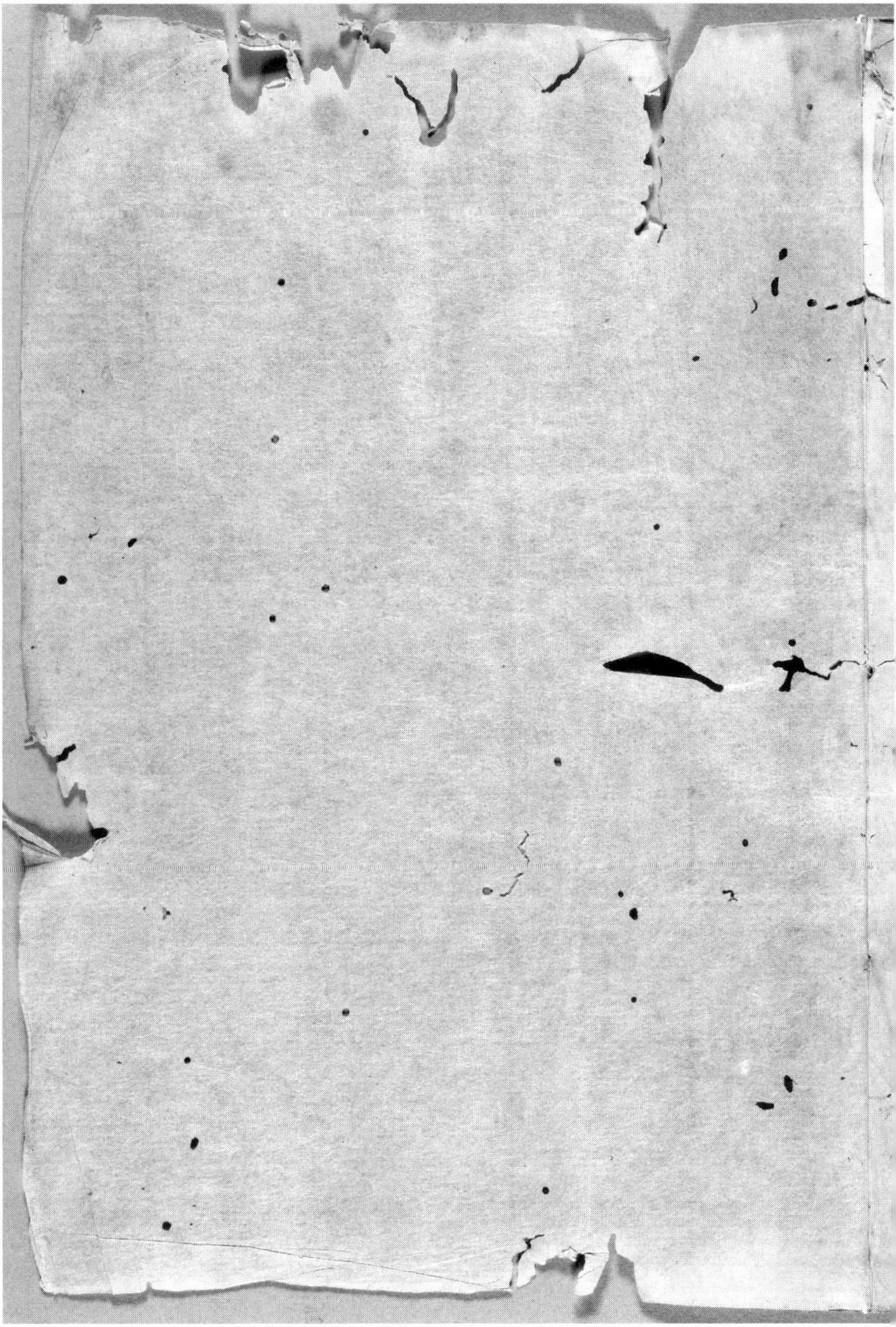

裏表紙見返し

裏表紙

表紙

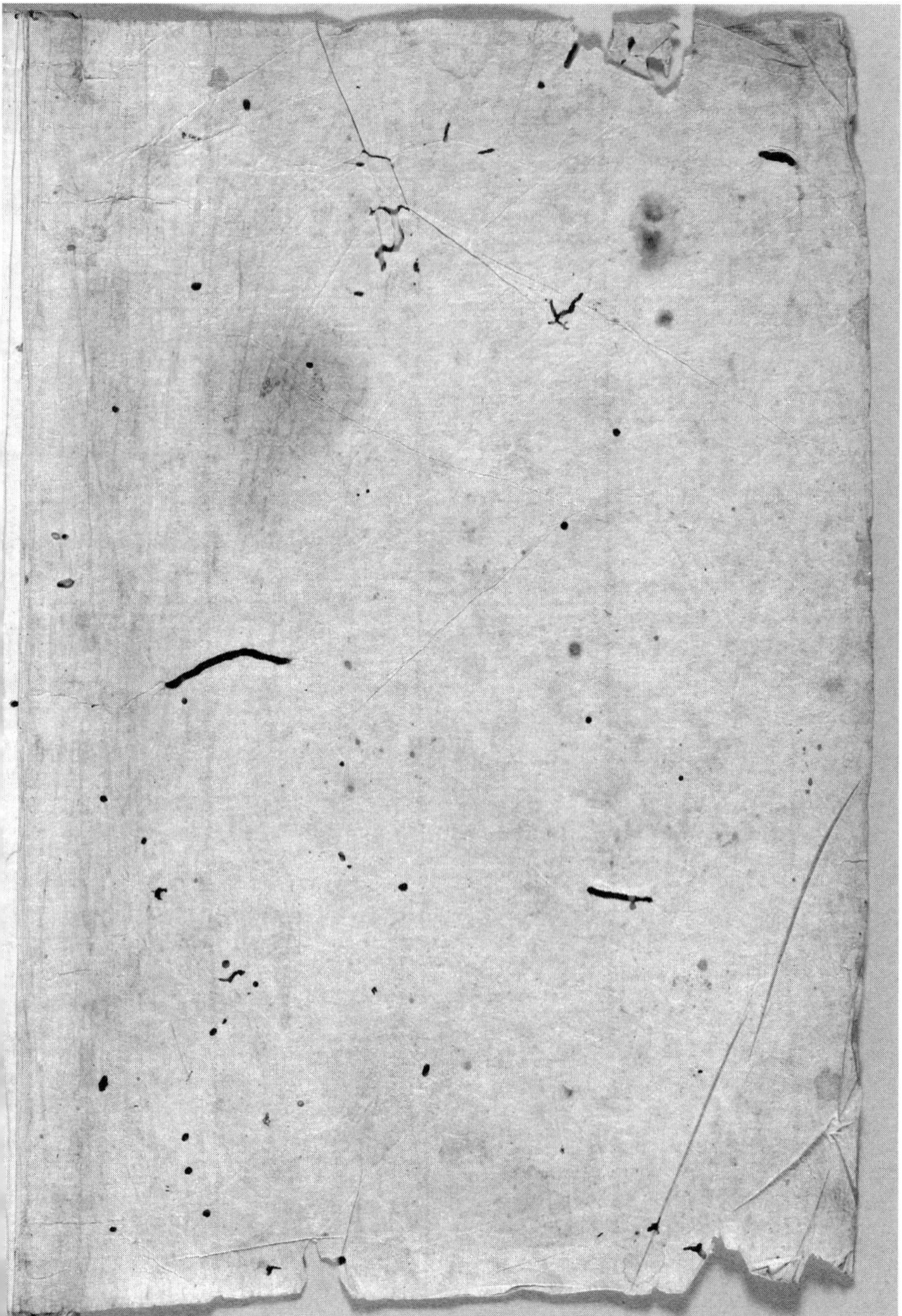

表紙見返し

旧表紙

旧表紙見返し

發心集巻第四

四―35　相真ト云フ僧没後ニ袈裟ヲ返シタル事

一相真ト云フ僧没後ニ袈裟ヲ返シタル事
渡《ワタ》邉《ナヘ》ト云一所ニ長柄別所ト云寺有ケリ此寺近所ニ還《ゲ》俗
ト云僧有リケリ若キ程ハ山ニ学文ナトシテ有リケルガ自ラ爰
ニ居付タリケリ此ノ僧何トカシテ傳ヘタリケン昔シ文殊ノ
法ヲ説キ給ヒケル時ノ御袈裟ヲ以テリ蓮スノ絲ニテ織タ
ル袈裟ヲ持タリケリ本ハ山ノ禅瑜僧都傳タリケルヲ池上ノ
皇慶阿闍梨ノ時キ護法トシテ死骸池ニテ洗セ給ケル
由シ云シ傳ヘタリケル袈裟也還俗八十計ニテ異ナル事
子死シ其ノアタリ近クミヤナイヅノ別所ト云フ所ニ相真トイ

四―一35　相真ト云フ僧没後ニ架裟ヲ返シタル事

云フ僧有リ此袈裟ノ傳ヘヤゴト无キ由ヲ聞テ是ヲ譲
テント思ヒテ還俊カ弟子ニ成ヌ還俊カ云様加袈裟ヲ傳
ヘンガ為ニ弟子ニ成リ給フ志シ不浅カラ然レハ三衣内一ツ
五条ヲハ當時ニ譲リ奉ラン残リヲハ死ナン後ニ取リ給ヘト
云フ相真悦テ是ヲ得テ帰リヌ其後于思外ニ相真先
キ立テ病ヲ受テ死ナントスル時我カ弟子共ニ云様此袈
裟ヲ我レ死ナハ必ス相具ノ埋メト云テ終リニケレハ弟子共
遺言ノ如クシテ日来ヲ過キニケリ其後還俊彼相真カ弟子ノ
中ニ云ヒ送リケルハ加袈裟ハ皆ナ亡者ニ譲リ申スヘキ契リ聞ヘ

シカ共ホ井ナラズシテ先キ立シケレバ具ニ離テ有心モシ侍ズ
然ルニ譲リ奉シ袈裟返シ給ハラント云フ彼弟子共乞者ゾ
乞シ置シ如ク沙汰シ侍リシト有ノ二三番ヘケレバ猶ヲ不信セ
重テ尋タリケレバ由シ先ニトテ彼弟子共誓言文ヲ書キ
テナシ送リタリケリ其ノ上ハ兎角云フヘキナラ子バ歎キナカ
ラ過ニケリ程ナク中一年ヲ經テ長寛二年ノ秋還俊
夢ニ見ル様乞者相真来テ云ク我レ彼袈裟ヲ預ケタリ
シ功徳ニヨリテ都率ノ内院ニ生シタリ但シ袈裟ヲハ我申シ
シ置タリシ如ク具シテ埋ミタリシカド不具ニ成リヌル事ヲ

深ク歎キ給ヘハ返シ奉ル早ク本ノ箱ヲアケテ見給ヘト云フ
夢覚テ此三衣ノ箱ヲ見ルニ目モメヅラカニ本ノ如クタタ
ミテ三衣箱中ニ有リケリ誠ニ不思議ノ事ナレハ涙ヲ流
シツヽ是ヲ恭敬ス其後還俗終ル時キ此袈裟ヲ掛テ
往生ス其弟子ニ弁永ト云僧是ヲ傳テ又往生ス彼ノ
弁永ガ往生ハ八十年ノ中ナレハ昔ナ人ト聞キケル事也昔
物語ニハイミシキ事多ケレド近キ世ニハ如此キトクハ希
ナリ然ルニ當時此ノ比ハ世下タリ人衰ヘテ不思議ヲ顕スヿ
難シ有ル中ニモ是ラハ末世ニ類ヒスクナカルヘキ事共也結

四―二36　或ル禅尼ニ山王ノ御託宣ノ事

縁ノ為ニ人多ク詣テシカニケリ縦ヒ末世也ト云トモ志シ
タモ有ハ佛法ノ不思議ハ盡キセヌ事ナレハ可有事也
或ル禅尼ニ山王ノ御託宣ノ事
先明峯ト云山寺ニ老タル尼アリケリ如何ナル事ニカ日吉
ノ明神付キ悩ヤマシ給ヒテ様々ノ託宣尼聞ヘケル時或ル僧
會ヒ奉テ尼ノ身ニアタワヌ心ヅキ死キ事ニ覺エケル上ヘ
コトニ奈良方ニハ山王ヲ崇メ奉ヌ習ヒニテ心見ニト思ヒテ
此ノ尼ニ向テ云様誠ニ大明神現シ給ヘルナラハ我カ申サ
ニ事計ヒノタマハセヨ我レ極楽ヲ希フ心深ク侍ヘリ何レノ

行カ必ス往生ノ業トナリ侍ルヘキ此ノ事凡夫ノ商キ心ニ
ハカライ難ク侍リト申ストキ尼ノ云ヤウ汝チ教ン試ミン
トスル心ザシハ目ザマシケレドモ等閑ニモ往生ノ業トノ向ン
事ハ我カ教ヘサラン詮スル所ハ行ハ何レニテモ有リナン無生
ノ宿執様々ナレバ仏ノ教モ又種々ナリ何レモ愚カナラズ
指テ我カ事ト定メ難レ信シ至シ功シ積ンゾ貴トカルヘキ
但シ其ノ中ニ何レノ行ニモ亘リテ必ス具スヘキ事二ツ有リ汝チ
信ズヘクハ云ハント宣フ此僧思フ様如何カ計ノ事カ申ケル等
閑ニ云ヒ出シツルシカクゲニ〳〵シクハカライ宜ヒケレバ哀ニ貴ツ

成テ教シ元ヨリ西方ノ行者也早ク来テ深ク信スヘシト申ス
時キ教ヘ給フ二ツノ事ト云フハ慈悲ト質直ト也是ヲ具
セザレバ縦ヒ何レノ行ヲ勤レドモ往生ヲ遂ル事極メ難シト
宣フ僧等手ヲ合テ此ノ事ヲ具セシ事難ク侍リ哀ト悲ク
ナシ如何ンガ仕ヘキト申シケレバ若シ二ツ具スル事猶ヲカタ
クハセメテハ慈悲ハ愚カセトモ質直ナラント思ヘ心ウルワ
シカラズシテ浄土ニ生レシ事ハ如何ニモ有ルマジキトゾ宣ヒケル
僧涙ヲ流シテ其後チ年毎ニ必ス日吉ノ社エ詣テケルトゾ此
ノ事佛ノ御教ヘニ叶テ目出度侍ヘリ然レハ則チ維摩経ニ

ハ直心是浄土ト説キ給フ四要《エウ》ノ妙経ニハ質直意柔
軟トモ又ハ柔和質直者トモ宣ヘ玉ヘリ心ウルワシカラン者ノ
佛ヲ見ヘキ由ヲ寿量品ノ偈僅カニ一枚計リナル文ニ三ケ所
ニテ教ヘ給ヘリ自我偈トテ諸神ノメデ給フモ思ヒ合セラレ
テ貴ク侍ヘリ南無阿弥陀佛

侍従大納言ノ家ニ山王不浄咎メノ事

侍従大納言成通卿ノ煩ヒ給ヒケル時キ祈ノ為ニ堪秀已講
トユフ人大般若読テ日来彼ニ居タリケリ病ヒ日ニ添テ重ク成
ケレハ重テ願ナド立テントテ此已講ヲ近ク喚テ其事ヲゾ

云ヒ合セケル爰ニ三尺ノキ帳ヲ立テタル上ヨリヲサナキ上《ウエ》童《ワラハ》ノ
トリ越テ巳講ノ前ニ居タリ驚キ怪シミテ誰カヲハスルゾト
向フ女ナ我レハ是レ十禅師也ト名乗ル巳講此ノ言ヲ聞テ云フ
様フウレシクモ見参ニ入リ侍リヌ但シ何故ニカクハ渡リ給ヘルゾノ
ト向フ不浄ナル事ノ有レハ其ヲ咎メテト宣フ巳講嘲《アザケ》リテ
云ク其ノ事コソ心得侍ラ子實ノ十禅師ニテ御座ハ定テ聖
教理ヲハ鑒ミ給ラム何ノ經文ニカ物忌セヨト説シタル諸法
ハ浄不浄无トコソ侍ルニカク由シ无キ事ヲ咎メテ人ヲ悩
給フ事太《タ》アタラヌ事也ト云女ノ云様ワ僧ハ学生トソカクナ

四―三37　侍従大納言家ニ山王不浄咎メノ事

一ザカシキ事ヲハ云フカ故ハ諸聖教ニ皆ナ文字毎ニ物忘セヨト
トノミ說レタルト見ルハワ僧ノ学文ハ文内ヲバ見ヌカトテ目出度
キ文ツキ枚計リ論ジ給ニケレド何レノ說トモ不知《ヌ》ラ深キ事一
テハ云ベカラス先ツ小兒《コ》トモノ文習ニ初ルニ倶舎頌ト云物ヲ
讀ゾカシナ其ノ初メニ諸一切種諸冥滅拔衆生出生死泥ト
云ヘリ此死ノ泥ヲハ猒フヘシトコソ見ヘタレ五時ノ效義ニ随
テ趣キ異ナレトモ生死ヲ猒フノ教ヘニ至リテハ一切ノ經論皆同
シ心也然ルニ諸衆生愚ニシテ空ク徃キ反リスルヲ見レハ生ル
ルモ悪ク死ズルモ悪キ也是ニ依テ衆生ヲ助ケンガ為ニ跡ヲ垂メ

レトモ僧ヲ生死ヲハ忌メト禁メタル也ワ僧ハ学生也ナラ
バヨシ生死ナ厭ヒソト云文ヲ出セサラバ穢レ物忌セシト宣フ
其ノ時キ已ニ論渡シ流テ極メタル理ニテ侍ヘリカク一ミデハ思ヒ
極メ不侍ヘラトテナヲ穢く〻怠リ申テ今ヨリハ穢レ物忌任
ランナント関ヘケレハサコソ有ルヘケレサラバ是レヨリ後ノ事ヲ能く〳〵
汝チ彼ニ教ヘヨ此ノ度ハ免サントテ寝入ルカ如クアカリ給ヒヌ
チリ凡夫ダニモ穢レヨリ上《アカリ》タル人ノ思フ事ヲハ知ル事无シ
イワンヤ垂迹ノ御構ヘ我等カ浅キ心ロニテ惣メ思ヒガタキ
事也人ニ依テ縁ニ随フヘキ事ニコソ物忌无シト云ハ佛ノ

四—四38　日吉社ヱ詣ル僧死人ヲ取リ棄ル事

内證文内ヲ極メヌ人ノ申シ事也深ク可得意南无阿
弥陀佛

日吉社ヱ詣ル僧死人ヲ取リ弃ル事

中比ノ事ニヤ或ル法師世ニ有リワビテ京ヨリ日吉ノ社ヘ百日
詣ル有リケリ八十餘日ニ成テ下向ノ道于大津ト云フ所ヲ過
キケルニヤアル人ノ前ニ若キ女ノ人目モ不知ラヨヽト泣テ立
テルアリ是ヲ見ルニ只ハ世ノ常ノ愁ニハアラシ極レル事ニコソト見
テ哀レニ覚テ指シ寄リテ如何ナル事ヲ悲ムゾト向フ女ノ云
様ソノ卿像ヲ見奉ルニ物詣リシ給フ人ニコソヱ向ヱマジキト云ヘ

憚カルベキ事也トハ推シハカラレナカラ哀ミノ餘リニヤ懇ニ
尋レハ其事ニテ侍ベリ我カ母ニテ侍ル者日来悩ミカリツルガ
今朝終ニ空ク見ナシテ侍ベリサテ又別レノ習ヒ哀レニ悲キ
事ハ申モ不及先ツ是ヲ引キ隠スベキ態ヲセント様々ニ
思ヒメクラセド寡ナレハ何ツ方トモ申シ合スベキ人モ无シ
殊ニ女ノ身ナレハ力モ及ヒ侍ラス隣リ里ノ人ハ等閑ニコソ哀
レトハ訪ヒ侍レ神事繁キワタリナレハ兎ニ角ニ思ヒウル方无
テナド云ヒモヤラズサメ〱ト泣ク計リナリ僧是ヲ見ルニゲ
ニサコソ思フラメト哀ニ覚テ良久ク共ニ泣立テリシガ心ニ

思フヤウ神ハ人ヲ哀ミ給フ故ニ濁レル世ニ跡ヲ垂レ給ヘリ是ヲ
見ナガラ争カ情无ク此ハスグサン我レ又是レ程ニ哀ミノ起リ
タル事未ダ不覚ヱ佛モ鑒ミ給ヘ神モ免シ給ヘト思ヒテ
サノミナ歎キ給ヒソ我レトモカクモ引キ隠クサント外ニ立テレ
ハ人目モ恠シトテ内ニ入ヌ女泣々悦フ事限リ无シカクテ日
クルレバ夜ニ入テ便宜ヨキ所ニ移シ送リテ帰リヌ其後モ子ラ
レザリケルマヘツク〲ト思フ様サテモ八十餘日詣リタルシ徒
ニナシテヤミナン事コソ口惜ケレ此事更ニ名利ノ為ニセズ只ハ
詣テ神ノ御様ヲモ知ラン生レ死スル汚《ケガラワシ》ハ云ハヽ假ノ禁ニコソト

健《ジヨ》ク思ヒ取リテ暁キ方ニ水シアヒテ是ヨリ又日吉ヘ歩向
テ詣ル道ナスガラ胸サハギテ空ラ怖シキ事限リ無シ
詣リ着テ見レハ二宮殿ノ御前ニ人多ク集リ又只今マテ十
禅師権現巫キニ付キ給ヒテ様々ノ事ヲ宣ヘ玉フ折節成
リケリ此ノ僧身ノ誤リ思ヒ知レテ近クハエ寄ズ物ノ陰ニイカ
ニモ遠ク居テ如形念誦メ目ツカヽヌシ善キ事ト思ヒテ下
向セムトスル処ニ巫キ遥ニ見付テアソコナル僧ヲ近クヨヘ云
ベキ事有ト宣フ是ヲ聞クニ心愚カナラネヤハサレド道ルベキ
方无テワナヽクヽ指出タレハ袁ヲ集レル人々寂ト怖ケニ思ヘ

四―四38　日吉社ヱ詣ル僧死人ヲ取リ棄ル事

リ近カクヽト喚寄テ宣玉フ様ハ僧ノ夜部ノセシ態ヲ我ハ明ラ
カニ見シゾトヨト打出テ給ヘハ身ノ毛モ弥立テ胸ソサカリ
テ生キ死心地モセズ重テ宣玉フ様汝チ恐ルヽ事无シ
イミジク死物ノケガナト見シゾ我レ元ヨリ神ニ非ズ慥ニノ
餘リニ跡ヲ垂タリ人ニ信ヲ起サセシカ為メナレハ物ノ忌事
又假ノ方便也悟リ有シ人ハヲノヅカラ知リヌヘシ愚カナル者ハ
汝カ哀ミノ勝レタルヲ感スル事ヲ不知《ス》ラ乱リニ是ヲ例シテ僅ニ
起セシ信モ又乱レントス只諸事人ニ可依ル也トヨテヤカニおサヽ
メキ給フ其ノ心ナノメナラズ慥ニ泰ケナク覚ヘテ涙ヲ流シテ出

テキケリ其後ハ車ニノセテ利生アル事多カリケリ

南无阿弥陀佛

勤操栄好カ遺跡ヲ憐ム事

昔シ大安寺ト云寺ニ栄好ト云僧アリケリ身ハ貧シテ老母ヲ持タリケレハ則寺ノ中ニスエテ如形命ヲ續クホトノ事ナシケル七大寺ノ習ニテ居タル僧室ニテ煙ヲ立ツル事无シ食物ヲハ車ニ積ツヽ朝毎ニ僧房ノ前ヨリ渡リテクレハ栄好是ヲ請テ四ツニワカチテ一ツヲハ母ニ奉リ一ツヲハ乞食ニトラス一ツヲハ自ラ食ス一ツヲハツカウ童ニ与ヘタリ先ツ母ニ奉テ後ニ自ラハ食ケ

リ年来次第ヲ違ヘズ此ノ栄好ノ房ノ傍ニ垣ヲ隔テヽ勤操ト
云僧住ミケリ同心ニ相ヒタノミタル人ニテ年来此事ヲ有リ
難ク見聞ク程ニ或ル時壁ヲ隔テヽ聞ケハ栄好カ小童ハ忍
ツヽ鳴ク聲ニシケリ勤操怪ク思テ彼小童ヲ喚テ何事ニ
依リテ泣ゾト問フ答テ云我カ師今朝俄ニ命終リ給ヒヌ
レバ我獨リシテ取リイトナミ奉ラン事无為方侍ル上ニ母
ノ尼上又如何ニシテカ命生キ給ハント云勤操是ヲ聞テ哀
ニ悲キ事限リ无シ小童ヲ慰メテ云様我レモロ共ニ今夜
ノ中ニトリカクシテ又母ヲハ我レ亡者ニ代リテ我カ令ヲヤウ

四―五
39　勤操栄好カ遺跡ヲ憐ム事

カナテ養ハントスル小童是ヲ聞テ悲ミノ中ニモ此ノ事ヲウ
レシク思ヒテ涙ヲノコイツヽヰリケ无様ニモテナシケリサテ勤
操我カ分ヲワカチテ栄好カ送リシ様ニ童ニモタセテ彼《カ》母ノ
許ヘ送ル毎此ノ事ヲ思ヒニモ依又氣色ヲ見ニツケテモ涙ノコ
ボレシバ兎角用マキラハカシテ指置テ帰ヘリヌ其後十夜半
計リニ勤操小童二人シテ栄好ヲ持テ深キ山ニ送リ置ツ
母ノ尼ハ先々ニ替タル事ナケレバ我子失セタル事ヲ夢ニ
モ不知テシテ月日ヲ送ル程ニ勤操カ所ニ若キ人来テ酒
ナド呑事有リケリ何ト无クマキレテ先々ニ送ツル時分

ニ過キケレド親子ノ向ナラネバ小童モ憚テ云ヒ出サズ良
久ク成テ彼物ヲ送リタリケルニ母云様ナド例ヨリハ遅カリ
ツルゾ年老ヌル身ハ胸ニハリテ心地タカヒテ例ニモ似ズ覚也ト
云ヲ聞テ此ノ童ハ云ヒカイ无ク涙ヲ落シテ忍ブトスレド聲
モ惜マズ泣ケレバ母怪シク思ヒテ向ニ童ハシバシ物モ云ズシテ涙
泣キケレバ母不得心シテ猶ヲ強テ向フ程ニ終ニハ隠スベキヿ
ナラネハ事ノ有様ヲ初ヨリ語ル其刻モ申スヘカリシカドモ年
頃成リ給ヘル御身ニ若シ歎キニモ堪ズシテ如何カ様ニモ成
リ給ヘル事モコソ侍ヘレトテ今マデ申サザリツル也此ノ食物ハ勤

操ノ房トテ故郷房ノ同朋ニテナハスルナリ有シ操ヲ倚ヒ聞
テ失セ給ヒシ日ヨリ汝カ分ヲワカチテ奉リテツゲルナリ今日ハ
若キ人々来リテ酒ナトマイリツル程ニ心ナラス日闌テ侍シ
也サレト郷子ナラ子バ如何トモ勧メ申〆サスカニ憚カリ
居テナド云モヤラズ泣ク母聞クマヽニ倒レ臥〆泣キ悲ニテ
云ソ汝カ子ハ早ク失ケルヲ知ラスシテ朝ニモヤ来リ元夕ヘニモ
見エ給フト思ヒツルコソ寂ハカナケレ今日ノ食物ノ遅カリツル
ヲ怪ニ〆サリセバ汝カ子ノ有死ニモ知ラスシテ徒ニ月日ヲ送
ラマシトテ云テ忽ニ絶ヘ入リヌ又勤操是ヲ聞テ彼母ヲ山石淵ト

玄ヲ山ノ麓ニテ孝養シツヽ七日七日ノ佛事ニ法花經ヲ
説キ諸同朋ナトニ云合セテ四十九日ノ法事ニテ懈怠
无クゾ勤メケル其後ハ年ニ一度忌日毎ニ同朋八人カカツ
合テ同朋八講ト名付テ延暦丁未ノ歳ヨリ始メタリケル
シ岩渕寺ノ八講ト名付ケタリ八講ノ興リ是レヨリ始テ所
々ニ行ノ事今ニ絶ヘスト聞エ彼ノ勤操公私ニ尊キヲ
ホエ有リテケレバ過失テ後ハ僧正ノ号ヲシテナシ贈リ給ヒキ世
ニ有リ難キ覚ヘナリケリ南無阿弥陀佛

不動ノ持者生レテ牛トナル事　生々而加護不動ノ誓言ノ有リ
カタキコトナリ

四―六40　不動ノ持者生レテ牛トナル事

12ウ

四―六40　不動持者生レテ牛トナル事

中比山ノ西塔ノ南尾ト云フ所ニ極樂房阿闍梨ト云人
有リケリ彼住ケル房ハ南尾ヲ取リテモ小尾ト云フ方ヲ見
遣テ登リ下タリノ道陰レ无ク見ユ此ノ阿闍梨念誦シテ
脇足ニ懸テ千トマドロミタル夢ニ北尾ヨリユヽシケニ痩
タル牛ニ物ヲ負セテ登ル人有リ牛ノ舌ヲ垂レテ登リカ子
タルヲ髪ミ赤ク縮タル小童眼ナド賢コケナルガ付テ跡ナ
リ前ニナリ走リ廻リテ是ヲ推シ上ケツヽ助ケ登ル有リ怪クタ
タ人トモ覚ヌ童哉ト思フ程ニ傍ニ人有リテ云様ハ彼牛
生而加護ノ誓ヒシ違ヘシトテ也ト云ト見テ驚キヌツ

四―六40　不動持者生レテ牛トナル事

ツニ見ヤレハ夢ニ見ヘツルニ少シモ違ズ牛物ヲ負テ登テ有
リツル赤髪ノ小童ハ見ヘス是ヲ思ニ此ノ牛カ前生ニ不動ノ
持者ニテ有リケル事ヲ知リヌ因果ノ理ハリ有リケレハ業ニ
依リテ畜生トハ成リケレド猶ヲ捨テ難クテカク前後ニ立
チツヽ助ケ給フゾトイミシク哀ニ覚見レハ此ノ阿闍梨物ニ米ヲ
入テキトコヨト云ニケレハ走リ向テ牛食物シナシ食ニケリサ
テモ佛ノ御誓ノ空シカラザル事如此ノ必ス生々世々ニ値遇シ
奉ルヘシ志シ届カズシテ輪廻ノ身トナルニテ如此ノ助ケ玉ヘ況
ヤ志シ深ク届キテ順縁タラハ決定往生スヘシ南無阿弥陀佛

四―七
41
播磨ノ室ト云所ニテ遊君共鼓歌ノ曲ヲ以テ聖人ニ結縁シタル事

幡磨ノ室ト云所ニテ遊君共皷哥ノ曲ヲ以テ聖人ニ結縁シタル事
中比少将ノ聖ト云人有リケリ事ノ便リ有テ幡磨ノ国ニ室ト云
所ニトヽマリタリケル夜月阿无ク面白カリケルニ遊ヒ者共我レモ
〳〵ト哥テ行キ違フ哀ナル物共有リ様哉ト見ル程ニ或ル遊
女ノ船此聖リノ乗リ給ヘル船ヲ指テ漕キ寄セケレバ梶取ナド
是ハ僧御船也思ヒ違ヘ給ヘルカト事ノ外ニ云フ時キ彼ノ船ヨ
リ云様サヤウニ参ル也争カ僻目ハ見ヘキトテ鼓シウツテ
暗キヨリ暗キ道ニゾ入リヌヘキ遥ニ照セ山ノ端ノ月ト此ノ
哥ヲ二三返哥ヒカヽル罪ニ深キ身トナレルモサル報ニテコソ

侍ラメ此ノ世ハ夢ニテ休ナシトス必ス救ヒ給ヘ心計リニ縁シ結ヒ奉ルトミテ漕キ離ニケリ聖リ思ハスニ哀ニ覚ヘテ淚ヲ落シ墨染ノ袂ヲヌラシケルト後ニ人ニ語ラレケル

郁芳門院ノ侍長住ケル二武蔵埜一ニ事

西行法師東ノ方エ修行シアリキケル時キ月夜ニ武蔵野ヲ過ルヿ有リケリ八月十日余リ事ナレハ月ハ晝ノ如クナルニ花ノ色々露シケク虫ノ聲々風ニタクイテ心モ詞モ不及ハルヽト分ケ行ク程ニ麻ノ袖モシホル計ニナリニケリ爰ハ人住ムヘクモアラヌ埜中ニホノカニ経聲聞エ家怪クテ

四―八42　郁芳門院ノ侍長住ケル二武蔵野一ニ事

四—八42　郁芳門院ノ侍長住ケル武蔵野ニ事

聲ヲ尋ツヽ行テ見レハ僅ニ一間計リナル菴リ有リ蘇女郎花
搖《カヽリ》ツヽ薄《スヽキ》苅《カル》萱《カヤ》荻ナドヲ上ニハ葺ケリ此内ニ年闌タル人ノ枯聲
ニテ法花經ヲ讀ムイト珎ラカニ覺テ如何ナル人ノカクテハト向
ヘハ我レ昔ハ郁芳門院ノ侍ノ長ナリシヲ院隱レ御座テ後チヤ
カテ様ヲ替ヘテ人ニ知レサランス所ニ住ント思フ志シ深クテ何ク𪜈
无クサスライアリキ侍シ程ニサルヘキニヤ有ケン此ノ花ノ色々
ヲ夜モスカラ野中ニ住テ自カラ多ノ年月ヲ送クレリ春ヨリ秋
ノ草ヲ心ニトメ侍リシカバ花无キ時ハ其跡ヲ思ヒ此ノ比ハ又色忘ヲ
慰メツヽ交リニウルハシキ事侍ズト云是ヲ聞テ家有リ難

ク衰ニ覚テ渡シ押ヘツヽ様々カタラヽウサテモ如何ニシテカ月
日ヲハ送リ給フト向ヘハヲホロケニテハ里ナトヘ出ル事ハ死シ
自カラ人ノ衰ニカクルシ待テ待レハ四五日ナトハ空キ事モア
リ大方ハ此ノ苑ノ中ニテ煙ソ立シ事ハ木井ナラス様ニ覚テ
常ニハナベテノ朝夕ノサヽニハ非ストゾ語リケル如何カ心ノ澄
ミケントウラヤマシクナンハカラレケリ世ニ類ヒ无キスマヒナルヘシ

書寫山ノ客僧斷食往生事

幡磨ノ書寫山ニ外ヨリ浮レタル持經者有ケリ所ノ人ノ情
サレテ年来過キケリ取分キ長老ナリケル僧ソ相憑ミタリ

四―九43　書写山ノ客僧断食往生事

ケル二此ノ持経者云様ハ我レ臨終正念ニテ極楽ニ参ル事ヲ
願ヒ侍レト其終リ知リ難ケレバ異ナル病モ妄念モ不起ヲ身ニ病
モ无キ時ニ此身ヲ捨ント思ヒ侍ル也其ニ取テ身燈入海ナト
ハ事ノヤウモ餘リニ若ミ有ヌベケレバ食ヲ断テ安ラカニ終リ
ナント思ヒ立テ侍ル也心一ツニテハサスカナレバカク申シ合スル
也穴賢々々口ヨリ外エ漏シ給フナト云フ居所ハ此ノ南ト谷
ヲキ侍ル也今罷リ侍ル也其後ハ无言ニテ侍ラント云ヒケ
レハ渡ヲ流シツヽ寂ト哀レ也サ程ニ思ヒ立タル事ナレバトカク
申スニ不及ハツボツカ无ソ覚ヘン時キ窺ニ見申事ハ何ント

四―九
43　書写山ノ客僧断食往生事

云フ其レハ尓カ也ト云フ隔テ奉ラハコソカクハ聞エレナド能々
云契リテ行キ隠ヌ哀ニ有リカタク覚テ月々ニモ行テ訪ヒタ
ケレドモウルサクゾ思ンスランド憚カルホドニ自ラ月末ニ成リヌ七
日許リ過テ教ヘシ所ヲ行テ見レハ身一ツ入ホトニ少キ菴ヲ結
テ其内ニ経ウヲ讀テ居タリ老レ寄テ如何ニ身弱ク苦
シツシワスランド向ヘハ物ニ書キ付テ返事ヲ云フ月末ハ身苦
ク心弱ク終リモ如何ト覚ヘ侍リシヲ此二三日先キニ干トテ
ドロミタリシ夢ニ少キ童子ノ来ツテ口ニ水ヲ洒クト見テ身
モ涼クカモ付テ今ハ憂ル事侍ラズ今ノ如クナラバ終リ迄願ヒ

ノ如クナランカト云弥貴クウラヤマシクテ帰ヘリケリ其後十
餘リニ珎ラカニ貴キ事ナレハ難去弟子計ニゾ此ノ事ヲ語リ
ケル然ルニ漸ク此ノ事漏聞ヘテ結縁セントテ尋子行ク人多
有リケリサハカリ口ナカタメセシ物ヲト云ヘド郡内ノ者普聞
テ近キモ遠キモ集テ見ル此老僧彼ノ所エ行テ心ノ及フ限リ
制シ侍レトモ耳ニモ聞キ入ルヽ者无シ彼僧ハ物ヲコソ云ハ子人
ノ集レルヲワビシト思ヘル氣色ヲ見ルニモ偏エ我カ誤リナレハ
悔ヤシクカタハラ痛キ事限リ无シカクテ夜ル晝ヲ分タズ様
々ノ物ヲ投ケ米ヲ蒔キ拝ミ訇シレハ隙有ルヘシトモ覚ヌニ如何

四―九43　書写山ノ客僧断食往生事

ガミタリケル此ノ僧何ツトモ无ク逃ケ隠レヌコヽシ集レル者ノ
ドモ手ヲ分テ山深ク求ムレドモ更ニ不居ナテモ不思議也ト
云テ皆行キ散テ後千十日余リ日ヲ経テナン思ヒカケズ彼
跡ヲ見付ケタリケリ本ノ所ロ僅ニ五六段計リノキテ聊カ真
柴ヲカクノ有リケル隠レニ佛経ト紙衣ト計リ有リケル此ノ二
三年カ間ノ事ナレバ彼山ニハ見ヌ人无シトゾ末世ニハ寂ト有
難キ事也都テ諸ノ罪ヲ作ル事ハ皆ナ此ノ身ヲ思フ故ナ
レバ加様ニ思ヒ取テ終リヲモ祈リ往生ヲモ望ヽンニハ何ニノ疑
カ有ン然レトモ渇レル世ノ習ヒ涯分ナラヌ事ヲバ願ハズ信セ

四―九
43　書写山ノ客僧断食往生事

ルヤヽモスレバ是ヲ謗メ云ク前世ニ人ニ食物ヲ与ヘズシテ命ヲウシナヘル報ニコソカヽル目ヲハスレト云フ或ハ天魔ニ心ヲタフラカサレテ人ヲ驚シ後世ヲ妨ケント構ルナシト云フ誠ニ宿業ハ知リ難キ事ナレトサノミ云ハヽ何レノ行カ憑モ敷ク侍ン皆ナ等シキ味ヲ忍ヒ身ヲ苦ルシメ心ヲクダクヲ本トス是レ悉ク人ヲ侘シメタル報トヤ定メンスル況ヤ佛菩薩ノ因位ノ行皆ナ法ヲ重クシ命ヲ輕クス其跡ヲ追ヌハ心拙キニテコソ有ラメ偶〱学フ人ヲ謗ルハ及ハヌ事也随ツテ而善導和尚ハ念佛ノ祖師ニテ此身ナカラ證ヲ得給ヘル人也往生ヲ疑ヒ

マミヽスニハ非レ艸木ノ末ニ上リテ身ヲ投ケ給ヘリ人ノ為ニ悪
キ事ヲシ初メ給ハンヤ又法花経ニ云ク若シ人心ヲ起シテ善
提ヲ得ント思ハヽ手ノ指足ノ指ヲ燈シテ佛堂ヲ供養セヨ
国城妻子及ヒ大千国土諸宝ヲ以供養スルニモ勝レタリト
宣ヘ玉ヘリ此ノ事ヲ案思フニハ人ノ身ヲ焼ク香ハクサク汚ラワ
シケレハ佛ノ為ニハ何ンノ御用カ有ラン此ヲ云ハヽ一ト房ノ花ニ
モ劣リ一捻リノ香ニモ及ヒカタケレトモ只ハ志ノ深ク苦シミヲ
忍フ故ニ大ナル供養トナルニコソト云ヘリ若シ人潔キヨキ心
ヲ起シテ大千国土七珎万宝ヲ供養セヨト宣ヘ給ハンニコソ

我等カ意ニハ堅タカラス此身ハ假ノ身也夢ノ如ニテ空ク朽ナ
ントス何ニカハ一指ニ限ランサナガラ身命ヲ佛道ニ投ケ一時ノ善
ニ无始生死ノ罪ヲツクノヒ佛ノ加被ニヨリテ臨終正念ナル
事ヲ得ント深ク思ヒ取テ断食シモシ身ヲモ燈シ入海ヲモセン
ニハ誰カ為ニ起シ給ヘル悲願ナレハ引接シ給ハサランサレハ今
ノ世ニモカヤウノ行ニテ終リヲ取ル人ト親アタリ異香匂ヒ紫
雲聳《タナヒイ》テ其瑞相アラタナルタメシ多カリキサテ彼童子ノ
水灑キケシ事ハ其證拠ニ非スや仰テ信スヘシ疑ヒテ何ノ益カ
有ン然ルヲ我カ心ノ及ヌヽヽニ自信セヌノミナラズ剰ヘ謗リ

軽メテ普ク他ノ信心ヲサヘ乱ル、愚癡ノ極マレル事也トニ
カクニ志ノ人ハ智者道者ニ會テ能ク物ヲ問フヘシ

樵夫獨覺事

近来近江国ニ池田ト云所ニ賤キ男有リケリシノガ身ハ
年闌テ若キ子ヲシナシ持タリケリ相具メ成スヘキ事有テ奥
山ヘ入リタリケルニ谷深ク道嶮クテ家ト苦クルシカリケレバ木ノ
陰ニ良久シク休ミ居タリ比ハ十月ノ末ニテゾ有リケル木枯《コガラシ》ケハ
シク吹テ木々ノ木ノ葉雨ノ如クニ乱レ散ル是ヲ見テ云樵汝ガ柴
ノ葉ノ散ルヲバ見タルヤ是ヲ閑カニ思ヒツヽクレバ我ガ身ノ有リ

サミ卿モカハラズ其ノ故ハ春ハミル〳〵ト若葉サシタリシト見シ程ニ
漸々シゲリテ葉ハ皆盛ニ成リニキ秋ハ青キ色ノ黄ニアラタマ
リテ後ニハ紅ヒ深クコカレツヽ今ハ少モ風吹ケバモロク散リ落ツシ
カウジテ終ニ朽チナントス我カ身モ又是ニ同シ十歳計リ時ハ
譬ヘハ春ノ若カ葉ナリ二三十ニテハ葉梢ヘシゲリテ風涼シク
心ヨゲナリシニ今六十ニ餘リテ黒キ髪モヤヽ白ク皺タヽミ眉ヘ
カヽリ行ハ則チ秋ノ色ニ異ナラズ未ダ嵐ニチラズト云計リ也其
レ又今日明日ノ如ク也カク脆キ身ヲ知ラズ世ヲスグサントテ朝夕
営トナミシ事コソ思ヘハ由シ无ケレ我ハ今ハ家ヘモ帰ルマシ法師

ニ成リテ爰ニ居テ此木ノ葉有リ様ヲ見テノドカニ念佛シテ
終ラント思フ也ソノレハ年モ若シ末エ遥カナレバ帰ヘリイ子
トヱニ此ノ男云様ハ誠ニ宜フ候ハ云レタレドモ庵リ一モ无シ
田畠作ルヘキ便モ无シ都テ雨風ノ時キ苦ク獣モノナド
怖レ一トメ堪忍ヘキ形ニモ非ス何ニシテカ獨リハ住ミ給ハン
サラバ我モ具シ奉テ菓ヲモ拾ヒ水ヲモ汲ニ如何ニモ又ナ
リ給ハンスルヤウニコソハナラメ齢《ヨハイ》盛リ也ト云共譬ヘハ嵐ノ
木ノ葉ニコソ侍ラメ終ニハ紅葉シテ落散ル事疑ヒ无シ何
ニ況ヤ木ノ葉ハ嵐付テコソ散ル習ヒ成ルニ人ハ若クシテモ

死スルタメシ多カリキ然レハ只木ノ葉ヨリモ脆世ト云ヘシ更ニ獨リ故郷エ帰ルヘカラズト云ヒケレバシヤ是ヲ聞テ憐ニ思ヒ寄タリ寂トウレシキ事也サラバトテ人モ通ハヌ深山ノ中ニ少キ庵ヲ二ツ結テ一人ツヽ居テ朝夕念佛申テ往生ヲ遂ケタリ勝レタル發心也近キ世ノ事ナレバ皆ナ人知リ侍ヘリマナブヘシ願フヘシ

証玄律師所望深キ事

藥師寺ニ證玄律師ト云僧有リケリ齡闌テ後チ司《ツカサ》ナレド辭メ久ク成リニケルガ彼ノ寺ノ別當重ク煩ヒケル時キ律師

弟子共ニ云ヒケル様今度別當所ヲ望ミ申サント思フ如
何ニト云弟子各々同キヤウニ云ヒケルハ更ニ有ル間シキヿ
也卿年闌給ヒタリ何ソ辞シ給ヒテ又ソボス所アランカト
人モ心ニクウ思ヒタルソ今度別當ナドヲ望ミ給ヒタラバ人モ
驚キ可《キ》奉ル世ト理リヲ盡シテ諫メケレ共更ニゲニモト思
ヘル氣色モ无ニシ力不及ハ弟子寄合テ此ノ事ヲ歎キツヽ
云様此ノ上ハ何ニ云トモ兼引有リ難シイザ虚夢ヲ見
テ驚キ給フヤウニ云ハントゾ定メケル日来經テ後千閑カ
ナリケル次テニ有ル弟子ヽ云様過キヌル夜寂卜心エ又夢ニソ

見侍リケリ此ノ庭ニ逸〻鬼トモノヲソロシキガアマタ出テ来
テ大キナル釜ヲ塗リタリシヲ怪ク思ヒテ向ヒ侍リシニ鬼答
ヘテ云是ハ此坊主律師ノ為メ也ト云時キ何ニ事ニカ深キ
罪モシハヒ一ヘサヌニ寂ト心得ス侍ルナリト云フト見テ夢サ
メヌト語リケル則チ驚キ怖レ侍ランカト思フ処ニサワ无ク
テ目本ニテ咲《ヱミ》ワライテ云様サテハ此ノ所望叶フヘキニコソ
其ノ夢タメ披露アルヘカラズトテチシカ中ケレバ云計リ无クテ
休ニケリ智者ナレバコソ律師ニテモ昇リケメ年七十ニテ此ノ
夢ヲ悦フ事寂トアサマシク心ウク貪欲ノ深キ事也彼ノ

无智翁ガ獨覺ヲ得タリケンニハ喩ヘシ方无リコソ覚レ

親輔養児往生ノ事

中比壹岐ノ前司親輔ト云人取リ子ヲシテ養ヒケリ
此ノ子三ト云ケル年念珠ヲ持テ遊ヒニシテ更ニヨノ物ニフ
ケラズ父母是ヲ愛シテ紫檀ノ念珠ヲトラセタリケレバ限リ无ク
悦テ朝夕身ヲ放タズソゾロコト云フ中ニモヤヽモスレバ阿弥陀
佛ヲコソ夢ニモミケリ母聞テ諫メケレド猶ヲ此ノ事ヲ不留
六ツト云年ニ重キ病ヲ受テ床ニ臥シナガラモテアソブ念珠ノ
傍ニカヽリタルヲ我ガ念珠上ニ塵リコソ有リケレト云テ深ク

歎キ死ヌ氣色有リ是ヲ見ル人涙ヲ落シテ憐ミアヘリ父母ニ向
テ身ノ穢《ケカ》ラハシク覚ルニ湯ヲアミバヤトユフ病ヒ重キ程ナレバ
更ニ不許《サ》其後チ人ニ助ケシコサレテ西ニ向テ聲ヲ揚テ囱妙
法華経提婆達多品浄心信敬不生疑惑者不堕地
獄餓鬼畜生生十方佛前所生之處常聞此経若生
人天中受勝妙楽若在佛前蓮華化生トユフニテ誦《ス》其
聲殊ニ妙也少《ヲサナ》キ物ナレバ日来人ノ教ル事モ死シ囱ク人ト猗ナ
驚キ哀ム聲ヘ来タヤヽサルニ眼ヲ閇《閉》テ息キ絶ヘニケレバ
父母泣キ悲ム事限リ无シサテ日来経テ後チ母ウタヘ子ニ

タル夜ニ夢トモ无ク覚ツトモ无ク此ノ児ヲ見ル像チ殊ニ目出ク
テ有シヨリモウツクシクナリテ母ニ向テ我カ像ヲヨク見ルヤト
云母ヨク見ルト云児誦シテ云ク帰往南方无垢世界坐寳蓮
華成等正覚ト此文ヲ讀ミ終リテ則チ失ニケリトゾ此ノ事ハ
嘉保二年ノ事也

一　松室ノ童子仙ト成事

奈良ニ松室《仲算》ト云フ僧有リケリ司サナドハ態トナラサリケリ
徳有リテ人ニ用ヒラレタル者ニテナン有リケルソコニヲサナキ児
ノ殊ニイトウツクシクタル有リケリ此ノ児朝夕法華経ヲ讀ミケレハ

師是ヲ不受《ケ》シサナキ時ハ先ツ餘ノ学文ヲコソスレト云ヒ諫メケ
レド一度ハ随フ様ニスレドモ猶ヲ忍ヒヽニ經ヲヨム何カニモ志シ
深カレト見ヘテ後ハ誰モ制セスカヽルホドニ十四五年ニ成リ
テ此ノ児何クトモ无ク失ス又師大ニ驚キテ至ラヌ所モ无ク
尋子求ムレトモ更ニ无シ物ノ霊ナドニ取レタル也ト云テ泣〻
後世ヲ訪テスクシケリ其ノ後チ此ノ房ニ有ル法師薪キ取ラン
トテ山深ク入タリケルニ木ノ上ニ經ヲ讀聲ノ聞ユ怪クテ是ヲ
見レハ失セニシ児也寂トアサマシク覚エテ如何ニカクテハ郷
座ソセレモ皆歎キ給フ物ヲト云ヘハ其ノ事也カヤウノ事ヲ

モ聞ヘシトテ逢奉ランド思ヘドモ便リ悪キマヽニエナン近カ
付キ奉ラズウレシクモ今見合ヒタリ是ヘヲハシヘセト申セト
云ケレハ此法師走帰リテ此由ヲ申ス師驚テ則被来ニ
行ニ見語テ云ク我ハ読誦ノ力ラニテ仙人ニ成テ侍ル也日来
モ戀シク思ヒ奉リツレ共カヤウニ罷成テ後ハ見エヘキ便リモ
死シ大方人ノアタリハケカラハシククサクテ堪エヘキヤウモア
ラ子バ思ヒナガラエナン申サザリツルヲ不思議ノ便リ有リテ
今一千カク見参ニ入ル事是ヲ限リ對面ト云テ泣キケレバ
共ニ涙ヲ落シツヽ良久ク語フカクテ今ハハヤ帰リ給ヘトテ云

様ヲ三月十八日ニ竹生嶋ト云所ニ仙人集テ樂《ガク》シ玉フ事侍ル
ニ琵琶ヲ引クヘキニテ侍ルカ尋子出メ給リナンヤト云フニ最ト
安キ事也何クヘ奉ルヘキト云ヘハ爰ニテ給ハラント云テ
去リヌ手ニ其ノ程ノ心中ナト書キ盡スニ不及ヤガテ琵琶
ヲ送リタリケレバ其ノ時ハ人モ死ニ只木ノ下ニ置テ帰リケリサ
テ此ノ师三月ニ竹生嶋エ詣タリケル十八日ノ暁キ遥ニエ
モ云ハヌ樂ノ聲エ聞エ雲ニ響キ風ニ随テ尋常ノ樂ニ
モ似ス月出キ事何トモカトモ惣メ不覚ヘ涙シコホシツヽ
居タリ漸々ニ近ク樂ノ聲ヘト一ヘリヌト聞エケレバ御殿縁ニ

物ヲ買ク音《ミヽ》ノシケレハ夜明テ誰モ見ルニ有シ琵琶也ケリ
師不思議ノ思ヲ成シテ是レ我カ物ニセン事憚有リケレバ
權現ニナシ奉リケリ香バシキ匂ヒ深ク〆月来經レト失セ
ザリケルトゾ此ビワ今ニ彼嶋ニアリ更ニウキタルコトニアラ
ズ

唐坊法橋發心事　釋書十一有傳

中比但馬守国擧カ子ニ一﨟ノ雜色国輔ト云人有リケリ
有ル宮原ノハシタ者ヲ思ヒテ志シ深カリケル此ノ女但馬守
ニテ下ケレバヱサラヌ事ニテ送ニ行ケリ二三日ノ絶間スラ

ワリ死ノ覚ルニ立別テハ行ヘモアラ子ト如何ハセムト擾々ニ
カタフヒシキテ鳴々ナシ別ニケリ国ニ下リテモ是ヨリ外ニ心ニ
懸ル事死シ京ノ便ヨリ毎ニ文ヲヤレトモトカクサハリカヂニ
テ返事モ見スイブセクテ年月ヲ送ル間ニ事ノ便リニ人ノ
語ルヲ聞ケハ京ニハ人多クヤミテイミシク世ノ中騒《サワガ》シクナシ有
ルト云ニモ先ツシホツカ死キ事限リ死シカクシツヽカラクシ
テ京ヘ上リヌイツシカ有シ宮ノ内ヲ尋レバ例ナラヌ事有テ
出テ給ヒヌト云フ使ヒ空ク帰リヌ此ノ由ヲ語ルヒ胸フツト
塞テ何ノアヤメモ覚ヘス立帰ヘリ行末ヲ尋ニヤリタレド

知人モ无シスヘキ方无クテ心ノアラレヌマヽニ馬ニ打乗リ
テ出ニケリ西ノ京ニコソ知ル人有ルヤウニ聞シカトバカリ思ヒ
出テ何クトモ无ク尋子アリク程ニアヤシゲナル家ノ前ヘニ此ノ
女ノツカヒシメノ童立タリ寂トウレシクテ物ノ云ハント思
フ程ニ隠ルヽ様ニテ家ノ内ヘ逃入ルヲ馬ヨリ下リテ追ツヽ
キテ見レハ此ノ女ガソハニテ髪ヲ梳《ケヅ》リテナン居タリケルアナ
イミシノ御氣色ヤトテ後ヲイダキテ日来ノイブセカリツル
事ナド懇ニ語ラヘトクラヘモセズサメヽト鳴クヨリ外ノ事
无シ我ヲ恨ル世ト哀レニ心口苦ク覚ヘテ様ムヽニナクサメ

居タリサテモ何トカ後《ウシロ》ノミムケ給ヘルイツシカ見奉ラント思ニ
今マヰヘリブセクテトテ引キムケントスルニイトド鳴キ入
オリテ面ヲ向ヘスアナイミシト心深クモヲホシ入タル者哉ト
テ強テ引キムケタレハ両ツノ眼充シ木ノ節シノ抜ケタルガ如
ニテ都ヘテ目モアテラレズ心惑シテ物モ云ハレヌヲ念ノ何ト
サテシ死ルコトゾト問ヘハ主シハ音《子》ノミ鳴テ荒角モ云ハ子バ有
リツルメノ童ハ鳴々事ノ有様ヲ語リケルハ御下リノ後暫ハ
ク御文ナドヤ有ルトテ人シレズ待給シシカドモ更ニ御音信《ヲトヅレ》
モ无テ一年二年過シカバ物ヲノミヲホシテ明カシ暮ラシ

給ヒシ程ニ御病ニ付キ給ヒテ宮ノ内ヲ出テ給キ親シキ御ア
タリニモ便リ悪キ事共有テサアルヘキ一所モ侍ラザリシ
カバ今ハ置キ奉テモカイ无トテ此ノ前ノ野ニ移シ置奉
リシ程ニ日中カ計リ有テ思ヒノ外ニ生キ出テ給シ其ノ間ニ
烏スナドノシワザニヤカクイシカイ无キ御事ニ成リ給ヘハ
莵角云フ計リ无シ態トモ尋奉ルヘキニテコソ侍リシカド
此ノ御有リ様ノ心ウサニク我カ今ハ世ニ有ル物ト深クシラレ
ジトシホシクルモ理リナレバ隠シ奉ラレトシ給フモ道理也ト
涙ヲ押ヘツヽ語ルヲ聞クニ心ウク悲キ事限リ无シ何カナ

ル報ニカヽルウキメヲ見ルランニ今ハ此ノ世ハ限ニコソ有リケレ
トテ聴テ是ヨリ比叡山ヘ登テ耳露寺ノ敬静僧都ノ
房ニ到テ髪ヲヲロシテゲリ後ニハ三井寺ノ大阿闍梨弟
子ニ成テ真言ノ秘法ヲ傳フ唐房法橋行円ト云ハ是也
山王ニ遇ヒ奉テ灌頂シタリケル人也此人初テ山エ登ル時
キハカヽシク道モ知ラスシルヘスル人モ无リケルニ人ニ向ヒツヽ
タトル〳〵行キケルヲミツ飲ト云所ニテ檀那ノ僧都覚運
ト云人ニ行合テ寂ト惟ノ事ノ様ヲ見ニ出家シニ登ル人ニコ
ソイリミシク智慧賢キ眼持タル人哉何ヘカ行ク見ヨトテ

人ヲ村テヤリケル使帰ヘリテシカ〳〵甘露寺ノ僧都ノ許エ
入リヌト云ケレバサレバコソアレイミシカリケル智者ヲ慈覚ノ
門人ニナサデ智證ノ流ヘヤリツル口惜キ事也トゾ宣ヒケ
ル此人真言習ヒ初メケル時キ此ノ師大阿闍梨試トヤ思
レケン男ニテハ物ノ学ビヨクシ人ニ興セラレケリト向ラ千
秋万歳シ給ヘ見シト云シケレバ又言モ无ク乗リヌトテ経ノ
料紙ノ有リケルヲホカヅキテ目出クゾ舞メリケル阿闍
梨涙ヲ落テ定メテイナミ給ハントコソ思ヒツルニ誠ノ道
心者也トテイト尊レトテ嘆言ラレケル浮世ヲ本トシテ

カヽル道心ヲ發セル人也
花園左府詣八幡宮祈給往生事
花園ノ左大臣ハ御形チ心モ才身ノ才モ都テ闕ケタル事无ク
調リタル人也近キ王孫ニテ御座スカヽリケレハカク旅客
ナリ給ヘル事ソ人モ惜ミ奉ル我カ御心ニモ思シ知テ御
悦ナルヘキ事ソモ此ノ氣色人ニ見セ給フ事无リケリ
若シ事《ヅル》人ノ中ニ男モ女モ心地ヨゲニウチ笑ヒナドスルソモ
カヽル宿縁拙キアタリニ有リナガラ何ニ事ノウレシキ
ゾナド関モスグサズ恥シメサセ給ヒケレバ初春ノ祝《ホキ》事ヲ

タニモ思フハカリハ云又様ニテゾ有リケルサレバ内ワタリモ中
〳〵事罷《ワツラ》シキ事ナレバ身ニ才有ル程ノ若キ人々ハ只
此ノ殿ニノミマフテ集リテ詩哥管絃ニ付ケテモ心ヲ慰ル
事隙无シ上《ウヘ》ノ御セウト達モ朝夕ト云計リサフライ給
ヒケレバ大臣家ト云計ニテコソ有レサルヘキ宮々御賞《モテナシ》ニ
替ハラス見ヘ給ヒケレトモ都ヘテ身ヲハ浮物ト深クシホレ返
リテ常ニハ物思ヒタル人トゾ見ヘ給ヒケル何ノ時ニカ有リケン京
ヨリ八幡エ御束帯ニテ陸《カチ》ヨリ七夜参リ給フ事有リケリ
別當光清此御事ヲ聞テ御儲《マウケ》ナドヲ用意シテ御氣

遙々マワリケレド此ノ度ハ殊更ニ立寄セ給ハスシテ詣テント
思フ志シ有レハトノタマヒテ立チ寄セ給ハザリケリ七夜ニ
滿テ帰ヘリ給ヒケル夜義《ミ》豆《ヅ》ト云所ニ追付キ奉テ御願叶
フヘキ由ノ哥奉リケレバ返事ヲバシ給ハテ是ハ御神ノ御成リ
トテ御懐ニ納メ給ヒテサテ帰ルサニ乗リ給ヘキ御馬ヲ鞍
置ナガラゾタマワラセ給ヒケル御供ニツカウマツレル人々思ケ
ルハ何カ計ノ御望ナレバカク夜ヲ重テ詣テ給ヒツラン家ト
有リ難キ御事也定メテ只事ニハアラジ大菩薩ハアラ
人神ト申ス中ニモ貴ノ御《ミ》門《カト》ニテヲワシマセバ限リ有ル御代

四―一六50　目上人法性寺供養ニ堅ク道心発シタル事

ノタヱ給ヌル事ナトシヅ祈リ給ヒ侍ルヤラントヲボツカ无ク
思ヒケル所ニ御幣ノ役ストテ近ク侍ヘリケル時聞ケハ忍ヒヤ
カニ臨終正念往生極楽ト申サセ給ヒケルニゾ悲クモ又目出
クモ覚ヘケル誠ニ御門ノ御位ヤコト无ケレド終ニハ刹利モ須
陁モ替ラヌ習ヒナレバ往生極楽ノ御祝ヨキ言ニハシカズ南无
阿弥陁佛

目上人法性寺供養ニ堅ク道心發シタル事

河内ノ国ニ目上人トテ貴キ人有ケリ御堂ノ入道殿法性寺
ヲ作リ給テ供養シ給ヒケル日詣テ拝ミケルニ事ノ儀式御

四―一六50　目上人法性寺供養ニ堅ク道心発シタル事

前ヘノ粧誠ニ心モ言モ不及ハ宇治殿時ノ関白ニテ事ヲ行テ
シハシマス様並フヘキ人モナカリケリ目出ク見ヘ給ヒケレハ人界
ニ生ヒナラバ一ノ人コソリミヽカリケレト妄執ニモ成又計ニ思ヒ
居タリケリカヽリケル所ニ時儀ヨク調テ行幸ナト訇《ノヽシ》ル百《モヽ》ノ
官人雲霞如ク圍繞メ乱聲ニテ入リ給フ時キイミシト思
ヒツル関白物ナラズ蹕《ヒチヒツ》キ給ニ先キニ改タマツテ又国王ニハ不ト如カ
見ル間ニ金堂ニ入セ給テ佛ヲ拜ミ給ヒケル時ニナシウン一猶ヲ
佛ゾ上モ充クシハシケルト覚テイトヾ道心ヲ猶ヲ能ク堅メケル
妙庄嚴王ノタクヒニモ寂ト賢キ思ヒナリケリカクコソ發心

四—一七51　貧ナル男好ミタル二差図ヲ一事

道心ハ堅メタルモノナレ可恥之
貧ナル男好ミル差圖ヲ事
近キ世ノ事ニヤ有ケン年ハ闌テ貧クワリ无キ男有ケリ宮仕
ナド有リケル者ナリケレド居テ使ヘヌヘキ貴キモ无シ然レト
モサスカニ舊メカシキ心ニテアヤシキ振舞ナドハ思ヒヨラズ餘
執无キニモアラ子バ又髪ヲモソロサント思フ心モ无リケリ常ニ
ハ居所モ无クテ舊キ寺ノ廊ニゾ居タリケル ツク〳〵ト年月ヲ
經ル間ニ朝夕スル態トテハ人ニ紙ニ反《ホン》故ヲ乞集メテ終日ニ笔
圖ヲシテ家ヲ作ルヘキ荒増《アラマシ》ヲシス寝殿ハシカ〳〵門ハナニカシナド

四—一七51　貧ナル男好《ミタル》ニ差図ヲ事

是ヲ思ヒハライツヽ心ヲ慰ミ過キケレバ関ノ人嗚《ヲ》呼《コ》ノ者ニナシ笑ヒ
ケリ誠ニ有ルマシキ事ヲエミ居タルハハカナケレトモ思ヘハ此世ノ楽
ミニハ心ヲ慰ムルニハシカズ一二町ニ作リ満タル家トテモ是ヲ入リミ
レトモ思人ノ為ニコソアレ誠ニ我身起キ臥シ所ハ一二間ニハ
過ス然尼此ノ外ニ又皆親疎人ノ居所ノタメ若ハ野山ニ住ム
ヘキ牛馬ノ為メトサヘ作リツケルカク由ヒ死キ事ニ人ヲ煩ハカ
ヒ心ヲ苦メテ百千年有シスルヤウニ杭木ヲ撰ヒツヽ檜《ヒ》皮《ハダ》
瓦ヲ以テ幾月キ玉鏡ト磨著テハ何ノ詮カ有ル主ノ命危
ナレハ住ム事久シカラズ或ハヒトノ栖トナリ或ハ風ニアハレ

四―一七51　貧ナル男好《ミタル》ニ差図ヲ事

雨ニ朽ヌ何ニ況ヤ火事出来ニヌレハ年月営ミモ時ノ向ニ
雲煙ト成ヌ然ルヲ彼ノ男カ荒増ノ家ハ走リ来メ作リ書ク
煩ヒモ无ニ風雨ニモ破レス火災ヲモ恐レス只ハ僅ニ一紙十
レハ心ヲ宿スニ不足无ニ龍樹菩薩ノ宣玉ハク富メリト云ヘトモ
願フ心林貧シキ人トス貧シケレトモ願ヒ求ル心无レハ是ヲ富
メリトス書写上人ノ云ク肱ヲ曲ケテ枕トスルニ楽ミ其中ニア
リ何ニ依リテカ風雲栄耀ヲ求メント侍リ又或ル書ニ云ク
唐ニ一人ノ琴師有リ緒モ无キ琴ヲ目近ク置キテレハレモ
傍ヲ放サス人怪ミテ故ヲ向フ答テ云ク琴ヲ見ニ其心ニヨ

四―一七51　貧ナル男好ミタル二差図一ヲ事

クウカベリ此故ニ緒ハ死レトモ心ヲ慰ムル事ハ殫スルニ異ナラズト
ナン云ヒケルカくレハ中々目前ニ作リ〳〵トナテヽ人ハ餘所目ニコ
ファナイミシトハ見レトモ心ニハ猶ヲ足ヌセヌ事多ラシカヽし
彼ノ面テノ影ノスメル事ニフレテ徳多カルヘし但し此ノ事
世間ノ宮ニ並ル時ハ賢コゲナレトモヨク思ヒ解クニ天上ノ楽ニ
猶ヲ終リ有リ壷ノ中ノ栖カ終ニ居所トナラス況ヤ由し死キ
荒ヲ増ニ空ク一期ヲ暮サンヨリモ願ハ必ス得ツヘキ安養世
界ノ快楽不退ナル宮殿楼閣ヲコソ望ムヘカリケし

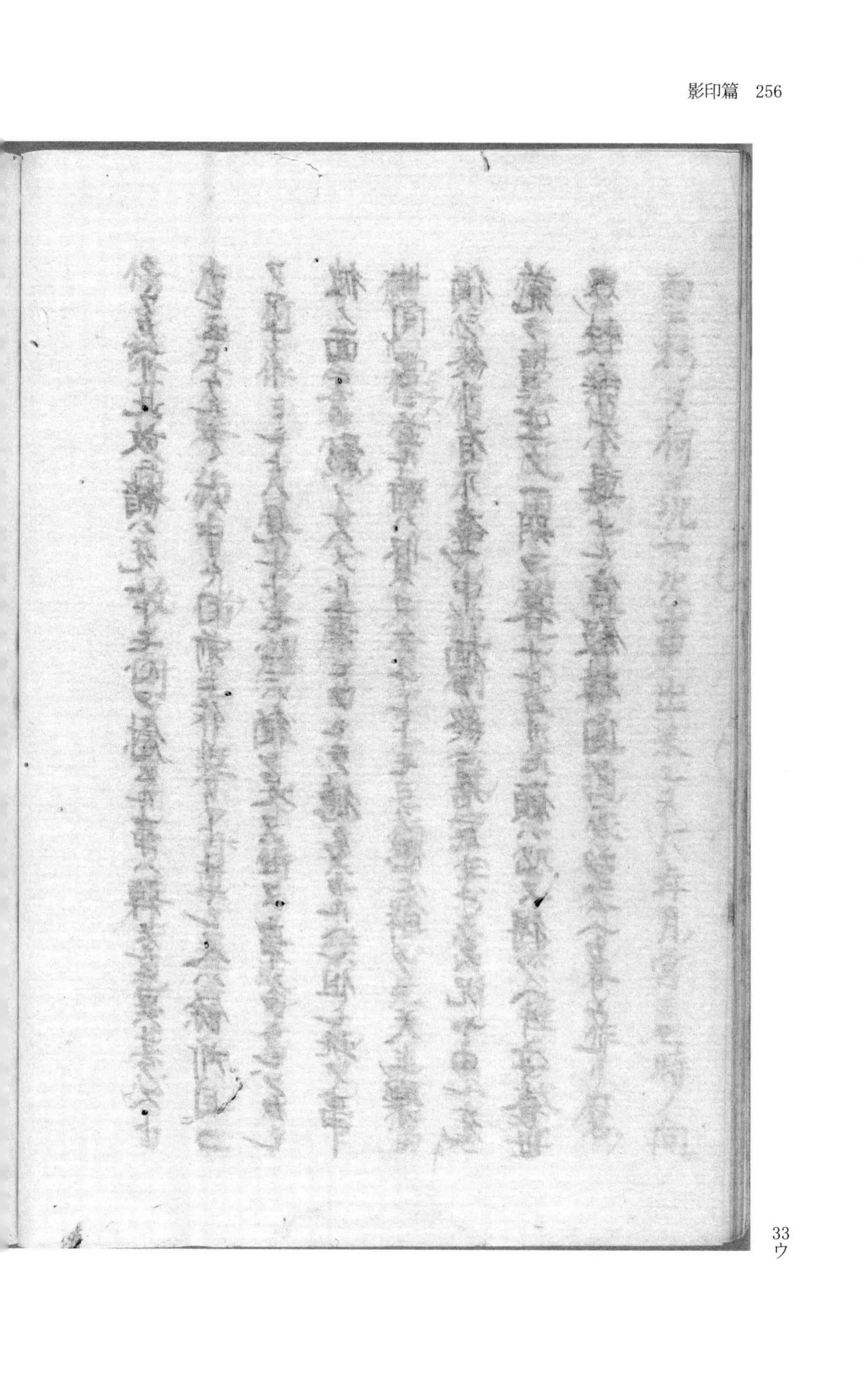

發心集巻第五

叡實憐路頭病人事

肥州有僧妻為魔事　恐キ悪縁也

玄賓係念亜相室家不浄観事

或女房臨終見魔變事

或人臨終不遺言事

武蔵国入間河洪水事

乞児物語事　付賤老翁望官事

真浄房暫作天狗事

乞食僧隠徳事

或上人隠居京中獨行事

永観律師事

五—52　叡実憐二路頭ノ病人一事

叡實憐ニ路頭ノ病人ヲ事　釋書十一有傳

叡山ニ叡實阿闍梨ト云貴キ人有ケリ御門ノ御惱ミ重クシハシマシケル比メサレケレバ度々辞シ申シケレドモ重テ仰セ有レハリナイカタクテ愁ニ參リ玉ヘリ道ニ怪ケル病人ノ足手モ不叶シテ或所築地ノツラニヒラガリフセリ死ル有リ阿闍梨是ヲ見ヒ悲ミノ涙ヲ流シツヽ車ヨリ下リテ是ヲ憐ミ訪ヒ疊ヲ求テシカセ上ニ假リ屋ヲサシヲヽヒ食ヒ物ナト望ニ随テアツカウ程ニ良久ク成リニケリ勅使日暮ヌヘシ家タヨリ死キ事也ト云ケレバ參ルマシキゾトク其由ヲ

五—52　叡実憐二路頭病人一事

申セト云フ御使驚キテ故ヲ問フ云擯世ヲ猒テ佛道ニ
心ヲカケシヨリ御門ノ御事トテモ貴カラスカヽル悲人ト
テモ又愚カナラス只同様ニソホユル也其ニ取リテ君ノ御
祈ノ為ニハイカニモ験シ有ラン僧ヲメサレンニ山々寺々ニ誰カ
参ラサラン更ニ御事欠クマシキ也此ノ病者ニ至テハ猒シ
キタナム人ノミ有テ近キアツカウ者有ルヘカラス若シ
我レ捨テ去リナハ聴テ命モ盡ヌヘシトテ彼レヲノミ憐
ミ助ルトテ不参ニ成ニケレハ時ノ人有難キ事ニナン云ヒケ
リ此阿闍梨終リニハ往生ヲ遂ケ紫雲タナヒキケリ委ク

五―二53　肥州ニ有ル僧妻ニ為レシタル魔ヲ事

傳ニ見タリ
肥州ニ有ル僧妻ニ爲シタル魔ヲ事　恐キ悪縁ノ事也
中比肥後ノ国ニ僧有リケリ本ハ清カリケルガ年半闌テ
後ナ妻ヲシナシテウケタリケルガ懇メ後ナトテモ後世事
ヲハ思ヒワスレズ理観ヲ心ニカケツヽ其勤メノ爲ニ別ニ屋
ヲ作テ観念ノ床ト定テ年来勤メ行ヒケリ此ノ妻男ノ
爲ニ志シ深キ事限リ无シカヤウニ懇ナリケレド如何カ
思ヒケン男ノ病ヲ受ケタリケル時キ此ノ妻ニハ心ヲ置テ
相知ル僧ヲ喚テヒツカニ云擬若我レ限リニナラン時キ

五—二53　肥州有《ニル》僧妻《ニ》為《シタル》レ魔《ヲ》事

宛賢ノ此女房ニ告ケ給フヘカラズ殊更思フ様有リ
ト云ケレハ其意ヲ得テ見アツカウ程ニサモ煩ズ終リ
目出度ク西ニ向テ息絶ヘニケリサテシモ有ヘキナラ子バ
トハカリ有テカクト妻ニ告ク則チ驚騒ソヤウイトソビタヽ
シ手ヲタヽキ眼ヲシイカラカシモダエ惑シテ絶ヘ入ヌ人怖テ
近クモヨラサリケルニ一時キ計リ有テ世ニ恐シキ聲ヲ有ト限リ
シメキ叫ヒテ云ヒケル様ワレハ狗留孫佛ノ時ヨリ此奴《ヤツ》カ善
提ヲ妨ケレカ爲ニ世々生々ニ妻ト成リ男トナリ様々親ミタ
ハカリテ今マニテ本意ノ如クシタガヘツヽ持チタリツルヲ今日已ニ

五—二53　肥州有《ニ》《ル》僧妻為《ニ》《シタル》《レ》魔《ヲ》事

迯ニツルハ妬キワサカナト云テ齒ヲクヒシバリ垣壁ヲ扣ク人イ
トハ恐シク懼《ヲノヽ》ヒテ皆逭隠レタリケル向ニ何クトモ无ク失ニ
ケリ其後終ニ行キ方ヲ不知ラトナン往生傳ニハ康平比ト
注セリ是レ一人ガ上ニハ非ス恩魔去リガタキ人ト成リテハ
ニ世ノ妨ル事誰ガ身ノ上ニモ必ス有ルヘキ事也然ラハ此事
ヲ心ニカケツヽ親キモ疎キモワカタズ善ヲ勧ル人有ハ佛菩薩
コソ様々像ヲ変メ人ヲ化導シ給ヘ若其化身カ又若ハ其
使カト能可随サテ恥思ヒ罪ヲ作クラセテ功徳ヲ妨ケ孫
ニ執シトヽメン人ヲハ生々世々ノ悪縁ト深ク恐レテ遠ザカ

五—二 53 肥州《ニ》有《ル》僧妻《ニ》為《シタル》レ魔事《ヲ》

ラン事ヲ願フヘシ大方人ノ心野ノ草ノ風ニ随カ如シ縁ニヨリ
テ靡《ナビ》キ安スシ誰カハ道心无キ人ト云ヘト佛ニ向ヒ奉テ
掌ヲ合セザル何カナル智者カハ妙ナル像ヲ見テ目ヲ悦ハシ
メサル彼ノ浄蔵貴所ハ日本第三ノ行ヒ人ナリシカド近
江守長頼カ女メニ契ヲ結ヘリ久米ノ仙人ハ通ヲ得テ飛
ヒアリキケレトモ下《ゲ》司《ス》女ノ物洗フ脚ノ白カリケルヲ見テ欲ヲ
起シテ仙ヲ退メ只人ト成リニケリ今ノ足皮ヲ剥指ヲトモシ
骨ヲ摧《クダキ》様々ニ身ニ光ニ頑《カタハウ》付テ佛道ヲ行フ人其發心世隠
ヒ先キホドナレドモ悪縁ニ合テ妻子ヲ儲ケメシタカリケリ教ヒモ

五―三
54　玄賓係ニ念亜ノ相室家ヲ不浄観事

人モ凡夫ナレハ所詮只近カ付ヌニハシカズ

玄賓係リ念亜ノ相室家ヲ不浄観事

昔玄賓僧都ハイミシク貴キ人也ケレバ高キモ賤モ佛ノ如クニ思ヒケル中ニ大納言ナリケル人ナン年来殊ニ相憑ミ給ヘリ然ル所ニ僧都コソハカナク悩ミ給ヒテ日来ニ成ヌト聞テシホツカナサノ餘リニ自ラ渡リテサテモ如何ナル御心地ソトコマヤカニ訪ヒ給フ近ク寄リ給ヘ物申サント有ケレバ指ヒ寄リ給ヘルヒ思ヒツク宣フ様實ニハ異ナル病モ侍ラス一ヒ日ノ殿ノ御許エ詣テタリシニ北方ノ御像チイト目出クテ居給ヘルヲホノ

カニ見奉リテ後チ不覚ヘ心惑ヒ胸塞リテ物モ食レズ侍ルセ
此ノ事申トニ付テモ憚リ有レトモ深ク悲ミ奉ラント思ヒ給
テナント聞ユ大納言驚キ給ヒテサラバナド、クヨリハ宣ハヌ
ゾ寂ト安キ向ノ事也速ニ御悩ツ止メテ御渡リアルヘシ如
何ニモ宣ニヽヽニ便リヨク許ヒ侍ラントテ帰リ給ヒヌサテ上
ニカクト聞ヘ給ニサラニナヽメニシホサレシヤハ寂トアサマシク心ウ
ケレドカク懇ニシホニ許フ事ナレハ如何カハイリナヒ給ハシト有
レハ其用意ノ僧都ノ許エ案内云セ給ヘルニ寂事ウルハシク
法服ダヽシクシテ来リ給ヘリ惟ククニ〳〵シカラズ覚レトル丁

ナド立テサルヤウナル方へ入レ奉リ給フ上ニハウツクシク取リ
ツクロヒテ居給ヘルヲ一時許リツクツクトマモリテ弾指ヲゾ度々
シケルカクテ近ク寄ル事モ无シテ中門ノ廊ニ出テ物ヲムカツキ
テ帰リケレハ主ヒイヨイヨ貴ミ給フ事限リ无シ不浄観ヲシ
テ其執ヲ離ヘシケルナルヘシカク云観ハ人ノ汚ラハシキヲ思解ク
ナリ諸ノ法皆仏ノ御教ヘナレド耳遠キ事ヲハ愚カナル
心ニハイヨイヨ起サレズ此ノ観ニ至テハ目ニ見心ニ知レリ悟リ
安ク思ヒ安シ若シ人ノ為ニモ愛着シ自モ起ル心アラン時ハ
必ズ此ノ相ヲ思フヘシト云ヘリ大方人ノ身ニハ骨肉ノアヤツリ朽

五―三54　玄賓係ニ念亜相室家ノ不浄観事

チタル家ノ如ク六府五臓ノ有様毒蛇ノ蟠ルニ異ナラズ血膚ヲ洄シ膿續《チツキメ》シヒカヘタリ僅ニ薄キ皮ハ一重ヘ覆ヘル故ニ此ノ諸ノ不浄ヲ隠セリ粉ヲ施シ薫ヲ移セドモ誰カハ偽レル粧《カザリ》トシラサル海ニ求メ山ニ得タル味ヒモ一夜経ヌレハ悉ク不浄ト成ヌ云ハ盡カケル絹ニ染ミ入レクサリタル骸ニ錦ヲシテトヘルカ如ク縫ヒ大海ヲ傾テ洗フトモ清ヨカルヘカラズ若シ栴檀ヲ燒テ匂ワストモ久シク香ハシカラシ況ヤ神シ去リ命ナ盡キヌル後ハ空ク塚邊リニ捨ツレハ身フクレクサリ乱テ終ニ白骨ト成ヌ一生恩愛ノ身ノハカナキ事如此ノ然レハ悟リ有人ハ實相ノ貌ル

五―四55　或《ル》女房臨終ニ見ニ魔変《ノスルヲ》事

カ故ニ念々ニ是ヲ厭フ愚ナル者ハ假ノ色ニ耽リテ心ヲ惑ハス
事譬ハ圊ノ中ノ虫ノ糞穢ヲ愛スルカ如シ
或ル女房臨終ニ見魔ノ變スルヲ事
或宮腹ノ女房ノ世ヲ背ケル有リケリ病ヲ受ケテ限リナリケル
時キ善知識ニ有ル聖ヲヨヒタリケレハ念仏ヲ勧ムル程ニ此ノ
人色青ク成テ恐レタル氣色アリ聖リ怪ミテ如何ナル事ノ
目ニ見ヘ給ゾト問ハヲソロシケナル物共ノ火ノ車ヲヒイテ来ルト
云フ聖ノ云様ケシカラジ阿弥陀仏ノ本願ヲツヨク念シテ名号ヲ
怠ラス唱ヘ給ヘ五逆ノ人タニモ善知識ニ合テ念仏十返申シツ

五―四 55　或ル女房臨終ニ見二魔変ノ一スルヲ事

レバ極樂ニ生ル況ヤサホドノ罪ニハヨモ作リ給ハジトテ云則チ此ノ
教ニヨリテ聲ヲ揚テ唱フ暫ク有テ其氣色直テ悦ヘルヤウ
也聖リ又是ヲ問フ語テ云火車ハウセヌカサリミタル日出キ
車ニ天女多ク來メ樂シテ迎ニ來タリト云聖云ク彼レニモ
來ラント思フヘカラス猶ゝ只阿弥陀佛ヲ念シ奉テ佛ノ迎
ヘニ預ラントシホセト教フ是ニヨリテ猶念佛ス又暫ク有テ語
テ云ク玉ノ車ハ失テ墨染ノ衣着タル僧ノ貴ケナルカ一人
來リテ今ハイサタテヘ行クヘキ方ハ道モシラヌ方也我レソ
イテ知ヘセントヽ云ト語ル ユメゝ其僧ニモ具セントシホスヘカ

五―五56　或人臨終ニ不ル遺言セ事

ラズ極樂土参ルニハヒルヘイラズ佛悲願ニ乗メ自ラ至ル国ナ
レバ只タユマズ念佛シ申ニテ終リ参ラントシホセト勧其
後有ツル僧モ見ヘズ人モ死ニト云フ其ノ隙ニトク参ラント当
リ心ヲ致シテ念佛シ給ヘト教フ其後念佛六七十返計リ申テ
聲ノ中ニ息キ絶ヘニケリ是モ魔ノ様々ニ像ナシ替ヘテタメハカリ
ケルニコソ志シ有ン人後世ヲ欣フホトノ人ハ能々聞キ留テ用心
アルヘシ

或人臨終ニ不遺言セル事

年来相知タル人有キ過ヌル建久ノ比重病ヲ受タル時相

五—五56　或人臨終ニ不ル二遺言一セ事

遇ニタル聖ヲ喚テ置キケレバ懇ニアツカイケリカクテ閑
ニ此人ノ様ヲ見ルニ病ノ有サマ寂心得ズ日ニ副テヨハリ行ヲ自
モ死ヌヘシトモ思ハズアタリノ女房ナトモマシテノ影モ思ヒヨラサリ
ケリ。此人幼ケ死キ子アマタアル中ニ殊ニ悲クスル女《ムスメ》ナン一人有ケ
リ子共モノ母先立テ隠ニシカバ其ヲ深ク歎キ又異人ニ見
セン其前ニ此ノ女メモ身死シ子ニ成ラン事ヲ哀ミツヽ此程聟
取ラントテ様々ニ営ニ沙汰シケレバサヤウノ事ヲ病々モ猶ヲ息
ズ此ノ聖ハアサマシク寂ト愚ニモ有ル物カナト見レトモ等閑
ノ程ハ人ヲ憚ル向言ヘ出ダサズ十月計リ過テマメヤカニ病モ重

五—五
56　或人臨終ニ不ルニ遺言セ事

ク成リヌレバ其時主モ心ホソゲニ思ヘリ人モ自ラナル事モヤナト思ヘル氣色ニ見テ聖リ申サレケルハ有《ウ》待ノ身ハ思ハズナル物也諸事共重テ定メ置キ給ヘカシト云ケレバ誠ニサルヘキ事トテ聞テヲサキ子共アタリノ人ニテモ打泣ク氣色ハカナカリケリ殊ニ其ヨイヨリ重ク成テイリタク苦ゲナリ人々驚テ承分ノ様共定メ給ヘ御跡行ヘ无クナルヘシト聖リシテスヽム誠ニトテ如何ヤウニカ侍ヘキト云ヘバゲニモトテ苦シゲナルヲ押ヘテコヽクト一時計リ云ケレドハヤ舌モタヽザリケレバ何トモ聞ハズ聖カクノ宣ヘトモ更ニ聞分ケ侍ラスト云ハ紙ト筆ト

五―五56　或人臨終ニ不ル遺言セ事

シタヽカキ村シトヱフ則チ取出シタレ共ワナヽキテヱカヽズ僅カ
ニ書キタルモ見ヘス爰ニ姫君メノトノ目東心シリタル趣キシカ
ノヽト計ニ書テ見スレハ頭ヲ振リテトクヒシキヤフリ給ヘト云
ヱハヒキヤフリヌ都テカ不及ハサスカニ心ハ違ヌニヤ様々ニ
思フ事ヲヱモ云ニ頭サヌヲ心ウク思ヘル氣色哀レニ悲キ事
限リ无シ夜ノ内計ゾ是程ノ心モ有ルヤウニ見ヘケル明ケヌレハ
物モ不覚ニ見ヘ成リニケリ今ハトテ念佛勧レド云ヒカイ无キ様
世カクテ已ノ時計リニ大キニ驚ク氣色ニテ二度ヒアヌキテ
聴テ息絶ヌ若シシソロシキ物ノ目ニ見ヘケルニや此ノ事違キ

五—五 56　或人臨終ニ不ル遺言セ事

ホドナレバ彼ニ傳ヘ聞テ今一度ヒ相ヒ見スナリヌル事ヲ口惜ク
思ヒシ程ニ七日計リ過テ彼ノ人ヲ夢ニ見ルナヘラカナル布衣
常ノサマニカワラズカクテ對面シタル事ヲ悦ヒケル氣色ナガ
ラ物云ハズ只向ヒ居タリト思ヒテ覺ヌ則チ現ニ其像チアサ
ヤカ也ヤウ〳〵ホド經ルマヽニウスラニ行キハテニハ人ノ像ハ死
ク成リテ煙ノ如クニ見ヘテ失ニキ其面影ノ今ニ不忘シ侍リ
大方人ノ死ヌル有様哀ニ悲キ事多カリケリ物ノ心ヲシ
ラン人ハ常ニ終リヲ心ニカケツヽ苦ミ無クテ善知識ニ會シ
事ヲ佛菩薩ニ祈リ申スヘシ若シ悪キ病ヲ受ツレバ其苦痛

五—五 56　或人臨終ニ不ルニ遺言セ事

ニ責ラレテ臨終ニ思フ様ナラズ終リ正念ナラ子バ又一期ノ行ヒ
ヨシ死ニ善知識ノ教モ不叶タトヒ若臨終正念ナレドモ善知
識ナケレバ又カイ死ニ生涯只今ヲ限リト思フヘシ恩愛ノ別
レト云ヒ名利ノ餘執ト云ヒ見ル物聞物ニツケテ心肝ヲ摧カ
スト云事死ニ何ソ心ノ隙ニカ浄土ヲ希ントスル然ヲ若シ念
佛ノ功積リ運心年フカキ人ハ佛ノ戒メノ上ニ終リ正念ニテ必ス
善知識ニ會フ耳ニハ誓願ノ外ノ事ヲ聞スロニハ稱名ノ外ノ
事ヲ云ハス家初引接ノ期スレハ妻子ヲ思ヘ人別モナグサミ
又五妙ノ境界ヲ思ヘハ穢土ノ執モ不起フ心大キニ進ミテ終ニ

往生ヲ遂クル也或ハ兼テ死期ヲ知テ心元ト无ク待ツ事獄
ヲ出ヘキ人ノ其日ヲ望テシカ如シ何ニ況ヤ聖衆ノ来迎ニ
預テ樂ノ聲ヲ聞妙ナル香ヲカキ正ク佛ヲ見奉ル時心内ノ
樂ミ説キ盡スヘカラズカヽレハ縦ヒ道心少クトモ終リヲ恐
シカ為ニ如何カ往生ヲ希ハサラン如此ノ道理ヲ聞ナカラ万一
不信ノ輩ラ是レ有ラハ上件ノ死人ノ財ニ少モタカハシナ可信

武蔵国入間河洪水ニ會事

武蔵国入間河ノ邊ニ大キナル堤ヲ築テ水ヲ防テ其中
ニ田畠ヲ作リツヽ在家多ク居タル所有リ快《チヤ》文《ブ》冠者ト云

フ男ナンソコニ宗ト有ルモノニテ年来住ニケリ或ル時キ
五月雨日来ニナリテ水イカメシク出タリケリサレド年来
イマダ此堤ノ切レタル丁无レハサリトモトテ不驚カル
程ニ雨ハ井ソコボス如ク降リテ殊ニヲビタヽシカリケル夜
半計ニ雷ノ如ク鳴動《ナリトヨム》聲アリ冠者カ家ノ子タル者ド
モ皆ナ驚テコハ何ニ物ノ聲ソト恐レアヘリ冠者郎等ヲヨビ
テ堤ノ切レヌト覚ルゾ出見ヨトイフ則チ出テ見レハ二三町計リノ
白ラミ渡リテ海ノ面ニ異ナラズコハ如何セシトイフホドコソ有レ
水タヾ増リニ増リテ天井マテツキヌ冠者カ妻子共初メテ有ル

限リ天井ニ上テ桁《クダ》梁リニトリツキヲメキ叫フ此中ニ寇者
ト郎等トハヤ子ノ葺板ヲカキアケテ上ニ昇リテ如何カ
セムト思ヒメクラス程ニ此ノ家ユスノヽト動キテツイニ在
根抜ヌ其ヽヽ浮テ湊ノ方ヘ流レ行ク其時郎等云ヤウハ
今コノカヤウニ侍レ漸ク海ハ近ク成ヌラン沖ニ出テナバ此
屋ハ皆浪ニ打確《クダキ》テレ着レヤト水ニ飛ヒ入テ泳キテ試ミ給
ヘカヽ廣ク流テリ名水ナレハ自《ラ》浅キ所モ侍ラント云ヲ聞テ
少キ女房ナド救ラヽハ捨テイヅチヘイヽスルゾトヲメク
聲ノイト悲キ事限リ無シ然レトモカクテモ助カルヘキヤウ

死シ我身一ダニモ若ヤト思ヒテ郎等ト伴ニ水ニ飛ヒ入ル心
ノ内生ルニモ非ス暫ハ云合セツヽ泳キ行ト水早クテ終ニハ
行末モ不知成リ又冠者只一人何クトモ无ク行カルヽニ任
テ泳キ行クカラモ已ニ盡キナントス水ハ何ツ涯トモ不見
今ソ游キ死ヌルト心細クテ悲キマヽニ謌《カコツ》ヘキ方トテハ佛神
ヲソ念シ奉リケル如何ナル罪ノムクイニカヽルウキ目ヲ見ルラ
ント思残ス事无ク思ヽ行ホトニ白浪ノ中ニイサヽカ黒ミタ
ル所ノ見ルヲ地カトテ泳テ見レハ流残リタル葦ノ末葉也ケリ是
ヲ便リニテ暫シカヲヤスメント思フ向ニ五躰ニ物纏ニ付ク驚

テ探テ見レハ皆大虵《クチナハ》也ケリ水ニ流レ行カ此葦ニ僅ニ流レカ
カリテ次第ニ鑠《クサリ》連《ナリ》ツヽイクラト無クワタカマリケルカ物ノ
礙《サハルヲ》悦テ纏ヒ付キケリモクヅレケクケウトキ事限リ無シ
空ハ墨ヲ磨リタラン様ニテ星一モ不見ヘ地ハサナガラ白
浪ニテ鄕ノ浅ミタニモ無シ身ニハアキ間モ無ク虵巻付テ
身重ク成リテ働ヘキカモ無シ地獄ノ苦モカクコソト夢ヲ見
ル心地ノ心ウク悲キ事限リ無シカヽル間ニサルヘキ佛神助
ケニヤ思ノ外ニ浅キ所ニカキ付ヌソコニテ虵ヲハカタハシニ取リ
放テケリ少シカヽ休ル程ニ東モ白ミヌレハ山ヲシルシニテ地ニ

ヲヨキ付キケリサテ舩ヲ尋出メ湊ノ方ヘ行テ見ルニ都ヘテ目
モアテラレズ波ニ打破レタル家共箏ヲ散セルカ如シ汀サニ打寄
セラレタル男女馬牛ノ類ヒ数モ知ス其中ニ冠者カ妻子ヲ初テ
我カ家ノ者共七十人計ハ一人モ不散ラ死人一所ニ有リケリ
泣々家ノ方エ行テ見レハ三十余町白河原ニ成テ跡タニ
モ死シタカリシ在家畜置シ物共朝夕仕シ奴一夜カ間ニ滅
シ失ヌ又彼郎等一人ノ水ノ心有ル者ニテ僅ニ命生テ翌日《ルヒ》
尋来リタリケルカヤウノ事ヲ聞テモ厭離ノ心ヲハ起シツ
〔こ是ヲ人ノ上ト思ヒテ我ハカヘル目ニ逢マジキトハ争カ思フ

五―七58　乞児物語事　付賤老翁望二名官一事

ヘキ身ハ脆ク破レヤスシ世ハ苦ミヲ集メタル也道アヤウケレド弟
カ山海ヲ通ハサラン盗賊ヲ恐ル、トテモ大ソ口ニ宝ヲ捨ツベキニ
非ス況ヤ世ニ仕ヘテ罪ヲ被ル妻子ノ故ニ身ヲ滅スニ付テモ難ニ
逢フ事数モ不知ラ所詮只不退極楽国ニ生ル、計ソ諸ノ
苦ミニハアワサリケルイソヒデ出要ヲ求ムヘシ

乞児物語事　付賤老翁望名官事
アリカタキスヽメアリ

或ル上人物ヘ罷ケル道ニ乞児三四人許リ行キツレタリケリヲ
ノガドチ物語スルヲ聞ケバ一人カ云フヤウ近江ハユミシキウムサヤ
坂ノサヽレライイニシテ未タ三年ニタニ満スニホウチヤクユリタルハ

有難キ事ツカシト云ヘハ今一人カ云ク其ハ別ノ果報ノ人ナリロ
キ又ナク芙《テ》ハ云ヘカラスト云是ヲ聞テコソ我等カ有様ヲ佛菩
薩ノ事ニ觸テハカナク見給フラン事思ヒシラレテ哀ニハヅカ
シク侍リシカト語リキ又或人行田舎ニ行テアヤシキ家ニ宿ヲ
取リ留リタルニ家ノ主ヲ見レハ歳八十餘リニヤ有ン頭ハ雪ノ如クシ
テ膚黒ク皺枯《ヌミ》目賤《ヌレ》口嚬《ヒソミ》タリ腰二重ニ曲マリテ立揚ル度
ニ大キニ苦ム如何ニモ今日明日ノ中ニモ終リヌヘキカト哀ニイ
タハシク覚ヘテ是ヲ勧メテ云フヤウ汝年老迫レリ命幾ノ
ナラジ行歩モ叶ハサレハ人ニ交ルニ付テモ苦シカラン今ハ出家メ

念佛申シテノトカニ居給ヘカシサラハ後ノ世モ憑ノモシカルヘシ
加之《シカノミナラス》身安ランシト云ツ翁云フ様誠ニ今ハサヤウニコソ仕ルヘキニ
成ヘキ官《ツカサ》一ツ侍ルニ依リテ堪又身ハ老ノカラ耆ニテ出仕
ヘ侍ナリ我レヨリモ三年兄ナル翁上ノ﨟ニテ侍ル彼レ人
ヿ子ツカウマツリテン後ハ必ス其ノ官《ツカサ》罷成ルヘケレハ其レマテ
待侍ルナリト云ヒケルサ様ノ者イ成ルヘキ官ヲ思ニサコソ有
ラメ其ノ事ニ執心留メテ今ヤ〳〵ト待居タリケン事寂哀ニコソ
侍レ但シ打聞テハ愚カナルヤウナレトモ能々思ヘハ世間ノ望ニ
高キモ賤モ皆我等カイミシト思ヒナラハセル官位ヲ上ツカ

タニナゾラウレバ翁カ望ニ異ナラス況ヤ天竺震旦ノ国王大臣
ノ有様ナドニ譬テモ云ヘカラズ又或ル人云ク治承ノ比世
ノ中乱テ人多ク滅ヒ失セ侍シ時敵キ方ノ人ヲ囚ヘテ首ヒ切
ニヒ井テ罷ルトテ劍リアルヲ見レハ事宜キ物ニコソ由有リテ
見ヘケルソ情无追立テク行ク有様サナガラ地獄ヲ繪ニ書ル罪
人ニ異ナラズアナ心ウヤヨモウツシ心ハアラジト見ル泉ニ道荊
有ルヲ踏ニトテヨギテ行カント行ントス是ヲ見ル人淚ヲ落テ
云ソイカ計ノ目ヲ見幾クホト有ルヘキ身ナレハ荊ヲ踏ニト
思ラントハカナク思ヘリ是又更ニ人ノ上ニハ非ス我等カ世ノ末ニ

及テ命短ク果報拙キ時キ僅ニ人界ニ生レテ二佛ノ中間闇
ミ深ク闘諍堅固ノ恐レ甚ニ隙行ク駒早ク移リ年ノ
歩ミ屠所ニ近カ付ク終リ今日トモ知ズ何ノ他念カハ有ル
ヘキ立テモ居テモ煩悩悪業ニ繋縛セラレタル事ヲ悲ミ
寝モ悟テモ無常ノ剱ノ命ヲ断ン事ヲ恐ルヘキゾカシ然ルヲ
空ク塵リ灰トナルヘキ假ノ身ヲ思フトテ露ノ世ノ貧賤ヲ愁ヘ
心ヲ悩ミ名利ヲ趍ルハ只彼ノ荊ヲ軟テ行キケン人トコソ覚フ
レ大方夕蜉蝣ノ虫朝ニ生レテ夕ヘニ死スル習モハカナカラズ
皆ナ是レ我カ身ノ上ヘニアリ仍テ天上ノ中ニ命チ短キ四天王ノ

有摸シ閲ケハ此ノ国ノ五十年ヲ以テ一月一夜トスル也我カ
国ニ命長シト云モ僅ニ彼ノ天ノ一月二日ニコソアタラメ况ヤ其
上ノ天ニタクラヘハ只時ノ間トモ云ヘシヽカレハ何クカ我等カテ
イ彼ノ蜉蝣ノ虫ト思ニ異ナル諸ノ事皆如此トテモカクテ
モ有又ヘキ世也サレハ古人ノ云ク夢ノ中ノ有无ハ共ニ以テ
无也惑ノ前ノ是非ハ共ニ以テ非也目出キ理ニテ侍リサレ
ハ禅仁ト云人三井寺ノ名僧ニテ法印ニ成リケル時人ノ恍
ヒシ云タリケル返事ニハ六欲四禅ノ王古ノ経ヌ处也小国邊
鄙ノ位何ソ愛スルニ足ラントコソ云ヒタリケレ智恵ハ猶ヲ賢

キ者也大方乞丐ノ習ヒ賤クツタナキ事モ身ノ上ヲハ不レ知ラ此ノ
故ニ乞食乞児《カタイ》ナリト名聞ヲ思ヘリ目出ツヤコレ无キ事ト
テモ我等カ分ニ過キヌレバ望ム心无シ民ノ王宮ヲ願ザル
ガ如シ今是等ヲ思ヒ解ニハ誰カ末ノ世ノ衆生ノ極楽ヲ可
欣フ願サル極メタル理也彼ノ国ノ有様往生人ノ樂ミ事
ニツケ物ニフレテ何レカ我等カ分ニナソラヘ相ヒ似タル心モ詞
モ及ヌ事共也然ルヲ悲願ヲ聞テ信ヲ起シ勤モ望ム心ノ
有ル人ハ此ノ世一ツノ事ニ非ス世々生々ニ勤メタル故也何ニ
モ愚ノモノニク思ヘシ然レ程ニシ寄タル事ヲ不實ニテ念佛ニモ

五―八
59　真浄房暫ク作《タル》ニ天狗ニ事

ノウクンバ悪業ニ引レテ変定三途ノスモリナルヘシ南無阿弥
陀佛

真浄房暫ク作ニ天狗ニ事

近来鳥羽ノ僧正トテヤコトナキ人御座シケリ其弟子ニ
テ年来同宿シタル僧アリ名ヲハ真浄房トソ云ケル往生
ヲ願フ心深クシテ師ノ僧正ニ申シケルヤウ月日ニソヘテ後世ノ
恐シク侍レハ今ハ後学ノ道ヲ捨テ偏ニ念佛ヲイトナマント思ヒ
侍ル法勝寺ノ三昧僧アキテ侍リ彼ニ申シナシ給ヘ身ヲ非
人ニナシテ彼三昧ノ力ニテ命ヲ續キ後世ヲ取ラント申シケレ

ハ有リカタク思ヨリケル憐レナリトテ則チ中ナサレニケリ其後
思ヒノ如ク閑ニ三昧僧房ニテ障リ无ク念佛シテ月日ヲ送ル
隣ニ叡泉房ト云僧有同ク後世ヲ思ヒケル合ニテ其勤メ異リ
也彼レハ地蔵ヲ本尊トシテ様々ニ行フ又諸ノ乞児《カタイ》ヲ憐レ
ミテ物ヲトラスサテ真浄房カ方ニハ阿弥陀ヲ憑ミ奉テ
隙无ク名号ヲ唱テ極楽ヲ願フ是ハ乞食ヲ憐ミケレバ
様モノ乞食共集リケリ二人ノ道心者垣一ツ隔テタリ
ケリ各其習ヒアリケレハ乞児モ此ノ方ヘハカケラズ乞食モ
隣エ臨ム事无シカハル程ニ彼ノ僧正病ヲ受テ限リニ

五―八
59　真浄房暫ク作《タル》㆓天狗《ニ》㆒事

成リ給ヘル由ヲ聞テ真浄房訪ニ詣テタリケリヨヒ入テ
年来睦ク思ヒ習ラハセルヲ此ノ二三年ウト〳〵シクナシ
ルダニ戀シク思ヒツルニ今ハハカナク別レナントス今日ヤ限リ
ナラジト云ヒモヤラズ泣レケレバ真浄房モ哀ト哀ニ覚ヘテ
涙ヲ押ヘツヽ申ケルハサナ思シ食ソ今コソ別レ奉ル共モ後
世ニハ必ス参リ會ヘキ世ト申ケレバカク同シ心ニ思ケルコソ
哀トウレシケレトテ臥シ給ヒケレバ泣〻帰リヌ其後程无
ク僧正隠レ給ヒケリカクテ年来経ル程ニ隣ノ叡泉房心
地悩シクシテ廿四日ノ暁キ地蔵ノ御名ヲ唱ヘツヽ目出ラ終

五―八
59　真浄房暫ク作《タル》二天狗一事《ニ》

リヌレバ見聞ク人尊ミアヘリ此真浄房モシトテ又道心者
也必ス往生人ナラシカシト思フ程ニ二年也許有テ家ト物
ノグルハシキヤウナル病ヲシテ隠ニケリアタリノ人怪クホ井无キ
ヤウニ思ヒツヽ年月ヲ経ル間ニ老タル母ツクレ井テ歎キケル
ガ物ノ怪カヽシキ事ノ有ケルヲ親キ者ノ共集テモテサハク程
ニ此ノ母云様我ハ物ノ怪ニ非ス真浄房詣テ来ル也我カ
アリサマヲ誰々モ思ハシタレハ且ツ其事ヲモ聞エント也我ハ
偏ヘニ名利ヲ捨テヽ後世ノ勤メヨリ外ニ営ミ死リシカバ生死
ニ留マルヘキ身ニテハナキヲ我カ師ノ僧正ノ房別レヲ惜ミ給ヒシ

五―八
59　真浄房暫ク作《タル》二天狗ニ一事

時後世ニハ必ス参リ會テ随ヒ奉ラント啓ヘタリシ事ヲ今
ハ券《ケン》契《ケイ》ノ如クニシテサコソ云ヒシカトテ如何ニモ眼ヲ給ハセヌニ
依リテ思ハヌ道ニ入リテ侍ル也偏ニ佛ノ如クニ憑ミ奉リタリ
シマヽニ由无キ事ヲ申テカク思ノ外ナル事ニ侍ル也但シ天
約ノ任カト申ス事ハ誠ニ有ル事也ケリ来年六年ニ満
テナントス其刻ニ構ヘテ此道ヲ出テ極樂ニ詣テバヤト思ヒ
必ス障リ无ク苦患免ルヘキヤウニ訪ヒ給ヘサテモ世ニ侍シ
時キホ井ノ如ニヲクシ奉ルナラハ母ノ鄕爲ニ善知識テメ後
世ヲ訪ヒ奉ラシ若シ又思ノ如ク先立侍ラハ往生遂テ神通力

シ以テ引接シ奉ラントコソ願ヒ侍シカ思ハサリキ今カヽル身ト
成テ近ツキ詣テ悩シ奉ルヘシトハト云モヤラズサメ〳〵ト泣ク
聞ク人サナカラ涙ヲ流テ憐ニアヘリトバカリノトカニ物語
リシツヽ上氣《アクビ》タカク〳〵トシテ例ノ様ニ成ニケレバ皆ヲトロキ
憐ミテ佛經ナト心ノ及フ程ト書キ供養シケリカヽル程ニ
年モ満テリ又又ノ冬ニ成テ又其ノ母煩フ兎角云間ニ母云
様誰タレモナサハガレソ有シ真浄房カ詣テ来ルソ其故ハ
絶ヘヌ心ニ後世ヲ訪ヒ給ヘルウレシサモ聞ユレト思ヒ給ヘル上ニ
此ノ暁キ已ニ得脱シ侍ランスレバ其ノシルシ見セ奉ラン為也ト

五—九 60 乞食ノ僧隠ㇾ徳ヲ事

未我カ身ノクサク汚カラハシキ香カギ給ヘトテ息ヲタメ
テ吹キ出シタルニ家ノ中ツクサク成テ鯹サシ堪ヘ忍フヘキニ
モ非スサテ終夜物語シテ暁ニ及テ只今已ニ不浄ノ身ヲ
改メテ極楽ヘ詣テ侍トテ又息ヲ出シタリケレハ此ノ度ハ
香バシクテ家ノ中ニ薫リ満テタリケリ是ヲ聞ク人縦ヒ行
徳ノ高キ人也トモ必ス是ニ値遇セントスヘシ誓ハ起スヘシ
カリケリ彼レ取リハヅシテ悪キ道ニ入リヌレバアヤナク引カルヽ
態サナリケルトゾ云ヒケル何ニモ思惟分別肝要也

乞食ノ僧隠徳ヲ事

五―九
60　乞食僧隠《ノ》レ徳《ヲ》事

美作守顕能ノ許ニナヽメイタル僧入リテ経ヲ尊ク読ム有
ケリ主ニ向テ云フヤウ乞食ニテ侍リ但シ家毎ニ物ヲ乞アリ
ク態ヲハ不レ仕ラ西山邉ニ住ミ侍ルカ御カ望ミ申スヘキ事
侍ラナト云フ事ノ様无下ニ思ヒ下スヘキニハ非ラサレハコマ
ヤカニ尋ネ問フニ申スニ付テ最異様ニ侍レト或ル所ノナ
マ女房ヲ忍ヒ語テ物洗セナトシ侍ル程ニ不レ測ラ外ニタヽナ
ラズ成テコノ月ニ罷リ當リテ偏ヘニ汝カ誤ナレハ殊更ニ籠
リ居テ侍ラムホト彼カ命續ク計リ物ヲ与ヘ侍ラハヤト思
ヘトモ力及ヒ侍ラネハ若シモ憐ニヤ侍ランナト最トツヽ

五一九
60　乞食ノ僧隠レ徳ヲ事

一ヽシゲニ云事ノ興リバゲニ思ハスナレドサコソハ思《思》フラメトイ
トウシク覚ヘテ寂ト安キ事ニコソトテ押シ計ヒテ人稱リニ
持セテヤランシトスル時此僧イフ様傍ラツヽマシク侍レハ殊更
ソコトハ知セ申サシト思ヒ給フ也自《ミ》持テ罷ランシトテモタル、
程得ライニ又主シ恠ク急ヒテカヤウノ事ニ意得タル者ノ
一人付テヤル様シ窶テ見ニ隠レニ行キケル程ニ北山ノ奥
ニ遥〻ト分ケ入リテ人モ通ハヌ深キ谷ニ入ニケリ一間計リ
有ルアヤシキ柴ノ庵ノ内ニ入リテ舁置テアサ若シ三宝ノ郷
助ケナレハ安居ノ食ハ儲ケタリト稱言シテ足洗ヒナドシテ

五―九 60　乞食ノ僧隠レ徳ヲ事

静ニリ又此ノ使ヒ寂ト称フカニモ有ルモノ哉ト覚ヘテ日暮
レケレドモ皈リ又ヘノモ有ラ子ハ木陰ニヤシテ隠テ居ニケリ
夜深クル程ニ法華経ヲ寂ト尊ク讀ニケレハ涙モ不留ラ明
ルヲ遅ト立テ皈リテ主ニ有リツル様ヲ聞エレハ驚テサレハ
コソヨタヘ者ニハ非ト見キドテヤカテ消息ヲ思ヒ懸ズ安居
ノ料ト兼リ及フ也然レハ己前ノ物ハ少クコソ侍ラメ重テ是
ヲ奉リ又猶モ用ノ事侍ラハ不憚宜ハセヨト云ヒ遣リケ
レハ經ウ干續テ返事モセサゲリトバカリ待カ子テ彼ノ物ヲ
ハ庵ノ内ニ置テ使皈リ又日来經テサラモ有ヒ僧コソシホツ

五—九 60 乞食僧ノ隠レ徳ヲ事

カナケレトテ又音信シタリケレバ此度ハ人モ无クテ先ニ得
サセタリシ物ノヲハ持テイニケリトヲボシクテ後ノ送リ物ヲ
ハサナカラ置キタリケレバ鳥獣ノ食ニ散シタル躰ニテ爰彼
コボレテゾ有リケル誠ニ道心有人ハカク我カ身ノ徳ヲ隠シ
テ人ニ尊レシ事ヲ不顧怖ル、世着シ人世ヲ遁レタリトモサ
テモ人ニミレク世ヲ背ケリト云ハレ尊ク行フ由ヲ聞カレント思
ハ世俗ノ名聞ヨリモ尚甚シ此故ニ俞伽論ニハ譬ヘハ血ヲ以テ
血ヲ洗カ如シト説ケリ本ノ血ハ洗レテ落ルコトヤスカランシ今ノ血ハ
大キニ汚スシロカナルニ非スヤ

五―一〇61　或上人隠ニ居シテ京中ニ独リ行事

或上人隠ニ居メ京中ニ徘リ行事

近来安居院ニ住ム上人有ケリ作スヘキ事有テ京エ出ケル道ニ大路面ナリケル井ノ傍ニテ下《ケ》手《ス》アサノ物ヲ洗フアリケル女此上人ヲ見テ爰ニ人ノ遇ヒ奉ラント云ル有ト云フ誰ト申スゾト向ヘハ其ハ今対面ニテ知リ給ハンズランシトテロハキト立入リ給ヘト切《シキ》リニヨヒ入レハ恠トハ思ヒナガラ尼ン前ニ立テ、行ク入リテ見レハ遥ニ奥フカキ家ノ少《モ》サク作レルニ年闌タル僧徘リアリ此僧云様イマダ不奉知リ申ニ付テホツケナル事ヲナレドカクテ如形ノ後世ノ勤ヲ仕レトモ善

五―一〇61　或上人隠二居《シテ》京中一独《ニ》リ行事

知識モ无ラ罷リ隠ムナン趾ヲサヘ隠スヘキ人モ覚ヘ侍ラスニ
依リテ誰ニテモ後世者ト見ユル人ニ過ヒ給ハヽ必ス喚奉レト
桃ノウハニ申テ侍ル也サテ若菓引ヒ給ヒ十八性ケ七ヒドモ此ノ
家ナドトモ跡ニ残ルヘキ人モ无ヒ譲リ奉ラント思ヒ給フ也就
其カクテ侍ルモアレクモ侍ラス中々閑ニ侍ルヲ隣ニ按非違
使ノ侍ル程ニ罪人ヲ責メ向ヒ侍カ聲ナドノ聞エテウ
ルサク侍レハ能ト立テ去リナハヤト思ヘトモサテモ幾ク程モ
有ルマシキ身ヲト思ヒ煩ヒ侍リナドコソヤカニ語ル此ノ聖
リカヤウニ兼ルモサルヘキ縁ニコソ侍ルラメ宜ハスル事寂安キ

五―一〇61　或上人隠ニ居シテ京中ニ独リ行事

事ニ侍ルトテ不浅契テシホツカナカラヌ程ニ訪ヒツヽ過キ
ニケリ其後幾ク程モ无クテ此僧隠レケル時約束ノ如ク行
合テ見アツカウ跡勤ノ侍者也ケレバ其名号ヲ唱ヘテ真言
ナト満テ臨終心ノマヽニテ終リニケリ云レカ如ク亀角ノ事ナ
ド又口チ入レスル人モ无シサレドモ此ノ家ヲハ尼ニトラセケリ其後
彼ノ尼ニサテモ如何ナル人ニテシハセシゾ又何ニ事ヲ縁ニテ世
ニハ渡リシゾナド問ヒケレバ我モ委キ事ハエ知リ侍ラス只思
懸ヌユカリニテ付奉ル也又知ル人ノ尋子てウテクルモ无リ
キ只ツクヽトノミシハセシニ時料ハ二人カ程ヲ誰レトモ知ラ又

人ノ失ル程ヲ計テ打入ル丶カ如クシテ罷シカバ何クヨリトモ不知ラ
ナシ罷過キケリト語リケル是モマウ有リケル人ニコソト覚ヘケル

永観律師事

永観律師年来念佛ノ志シ深クテ名利ヲ重クセズ世ヲ捨テ
タルガ如ク成リケレドサスガニ君ニ事ヅヲリ知ル人ヲモ忘レザレバ深キ
山ヲ求ル事モ无シ東山禅林寺ト云フ所ニ籠リ居ツヽ人ニ物
ヲ借シテナシ日ヲ送ル計リコトニシケルカカヽレバ春秋ニ付テウ
ルサカルベケレド是ヲ見ナラフル人モ死シ借ス時モ返ス時モ只来
ル人ノ心ニ任テ沙汰シケレバ中々佛ノ物トテ聊モ不法ナル事

ハセザリケリイタク貪キ者ノ返ニ得ヌニハ前ニ喚ヒ寄テ物ノ程
トライニ随テ念佛申サセテゾアカセケル東大寺ノ別當ノ
アキタリケルヲ白河ノ院此人ヲナシ給フ聞ク人耳ヲ驚テヨ
モ請取シト云一辰ニ思ハ父ニイナト申事无リケリ其時弟
子ノ人ナド我モ我モト諍ヒ来テ末寺庄園ヲ望ミケレ
ド一所モ人カヽハリニセズ皆ナ寺ノ修理ニ寄セタリ自本寺ニ
行キ向フ時ハ異様ナル馬ニ乗テ彼ミコニ入ルヘキ程ノ時料
小法師ニ持セテゾ入リケルカクシテ二三年ノ中ニ修理事終
キ則チ辞シ申スニ君又兎角御モ无クテ異ナル人ヲナサ

レケリヨク人ノ心ニ合セタリシ態ノヤウニナリケレバ時ノ人寺ノ破
レタル事ヲ此ノ人ナラデハ安クスヘキ人モ无ト思食メ被仰
村ケルト律師モ意得給ヒケリ深ク罪ヲ怖レケル故ニ年来
寺ノ事ヲ行ヒケレドモ寺ノケブシノ物露計リモ自用ニスル事无
クテ休ニケリ彼禅林寺ノ室ニハ梅ノ木アリ是ヲ危ニモナラサズ
ニシテ年毎ニ取テ薬王寺トカヤ云所ニ多カル病人ニ施コセヒ
ケレバアタリノ人此ノ木ハ悲田ノ梅トゾ名付ケルリヽモ事叔
ニ舊木ニ成テ花僅ニ開キ本立モガシケツヽ昔ノ形見ニ殘
テ侍ルトゾ此ノ人東大寺ノ別當ニ成テサスガニ寺常帝エカ

シク拝堂ナド有レハ聞及ブ人ハ中々珎敷サマニ思ヒテ車
立ナドシテ待ナケルニアヤシノ墨染衣ニ袴キ痩テアサマシ
キ馬ニ乗テ小法師一人具テゾシハシケル餘リニ異躰也
ケレバ大路ノ童部トモ彼律師ニ向テ東大寺ノ拝堂ハ
ヨク成テ侍ルカト向ヘハ東大寺ノ別當トハ若キ法師等ヲ申
スカトゾ云ヒケル又白河院法勝寺ヲ作セ給ヒテ御寺ノ
始メナレバサルヘキ官サトモ顕密ニ聞ヘ有ラン僧ヲ選ヒナセ
シトシケルニ永観律師聖教ヲ見ニ信施ヲ受ケハ国王信
施ヲ受クヘシト云文ヲ見テ彼ノ御寺ノ供僧ヲ望ミ申サレケ

リ人寄テ思ハスナル事ニナン云ケレド院寄テ食シ入テ殊ニ
悦ハセ給テ衣蒋カ冥加ハ永観ニ供僧望ヒタルニ有リト
被仰セ安クナシ給ハセケリ院エ参ラレケルヲ人珎シカリテ待
見ケレハ墨染装束ナドニハアラテアヤシク頭モ白ク帰リタ
ル四位鈍《ニブ》衣ニ冠貿テ参ラレタリケレバヤウ替テヤサシキ事
ニヤサシ心有人ハ思ヘリ其後御寺ヘ参テ勤メスル事一度モ无
カリケレバ傍ノ僧共モ便リ无キ事ニ云テ申シ文ニ作リテ訴
ヘケリ院是ヲ御覧メ永観カ不法ハ餘人カ如法ニハ不如ト
テ御咎メ无リケレバ申ケル僧ハ皆白ケニケリ此人終リニ臨

テサスガニ善知識无クテハ悪キトテ聖人一人喚タリケルニ律
師大乗十二部経ノ首題ノ名字ヲ唱ヘ給ヘト云ハレケレハ聖
人修多羅祇那十ト云フ十二部経ノ名字ヲ唱ヘケレバ是ヲ
向テ十二部経ノ名字トハ是ヲ云トシリ給ヘルカトテワロケ
ニ思ハレタリケリサテ正キ折ニハ我ハ聲ニモ出サズ念佛申サ
セテ目ヲ閉テ心ヲ澄テ向テ但向佛名ニ菩薩名除ニ余
量生死ノ罪ヲ何ニ況ヤ憶念センヤト此句ヲ度々云テ往
生シ給ヒゲリ大乗十二部経名字ヲ唱ヘヨト云ハ只華嚴
大集大品法華涅槃十ト一ノ題名ヲ唱ヘ〳〵ト思ハレケル

ナリ十二部経トハ小乗ニハ九部有リ十二部ハ大乗ニコソ
有レバ大乗ヲ十二部経ト云ナリサレトテ正キ本事向
菩薩ノ名ヲ唱ルハ浅シキ態也彼聖人誰シニカハ善知識
モ〻〻〻ニヨルヘシ無案内ナルカリシヤノ无用大事ノ事也ト
此書尤可尊貴道者之模範也不可聊尓
南无阿弥陀佛

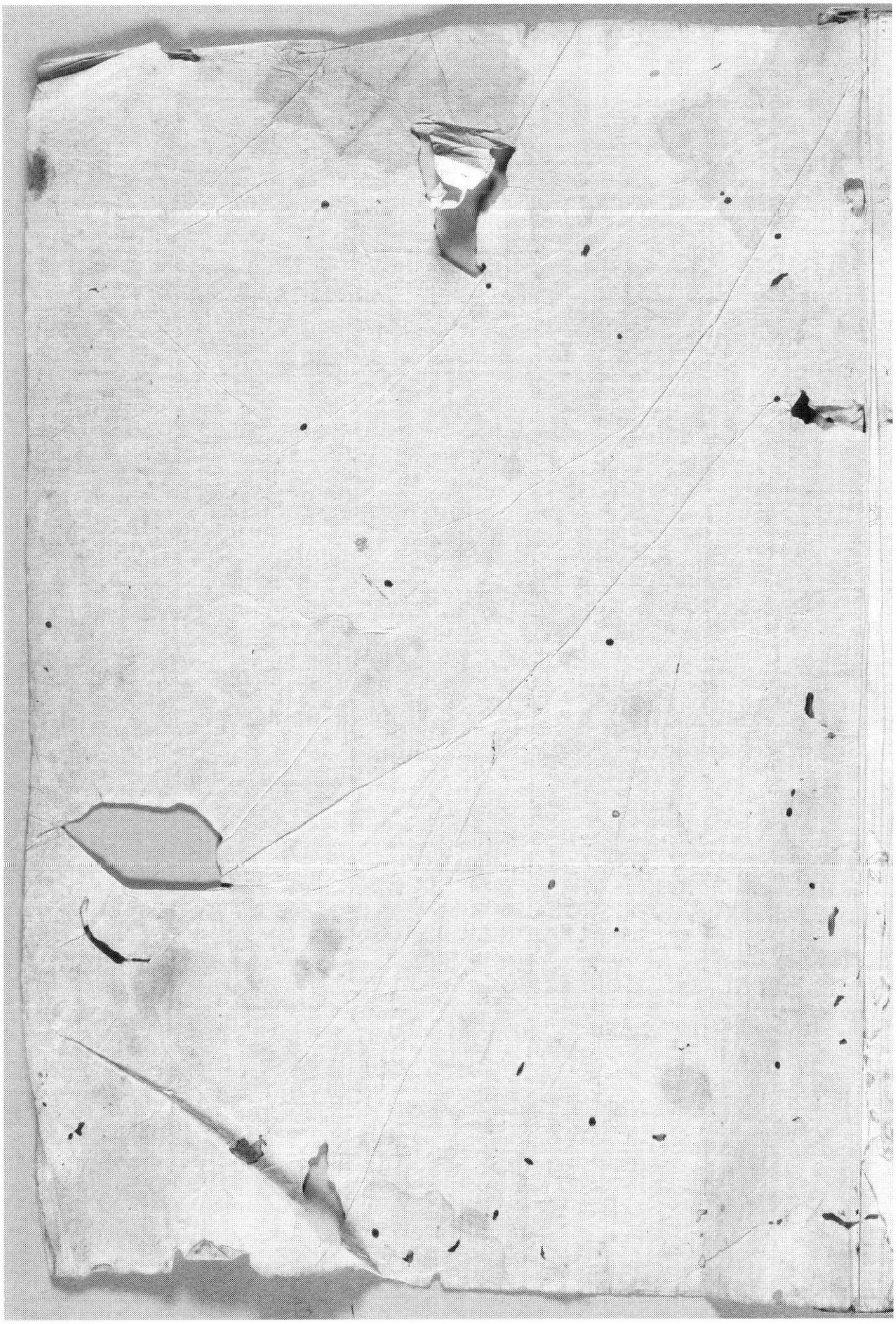

裏表紙見返し

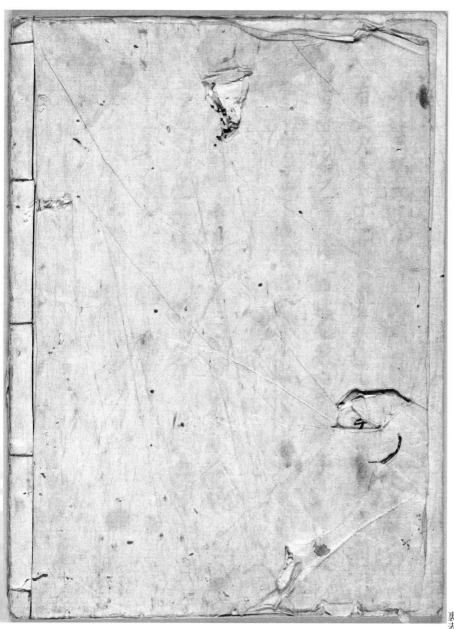

裏表紙

翻刻篇

凡　例

一、国文学研究資料館所蔵、山鹿積徳堂文庫本『発心集』五巻二冊（江戸前期写、A二二三）による。

一、原則として現行の字体を用いたが、「恠（怪）」、「无（無）」等、異体字を用いた場合がある。

一、文意にしたがい、適宜句読点を加えた。

一、誤写、誤記と思われる文字には、適宜「（マヽ）」の傍記を添えた。

一、振り仮名、濁点、返り点は原本のままとした。縦点については、煩瑣を避け割愛した。

一、原本にあるミセケチは一律「ヒ」の傍記をもって表記した。

一、虫損、破損等による不鮮明な箇所は、□で表記した。

一、行取りについては原本に従わず、適宜段落を設け、段落の始まりは一字下げとした。また、各丁の終りに、丁数とその表裏の別を示した。

一、各話の表題は、読みやすさを考慮し、原本にはない余白を前後に設けた。

一、各話の表題上部には異本の、下部には流布本のそれぞれ巻数と話数・説話番号を付した。

　例　三―九34　楽西上人事（流二―六18）

「三―九」は、異本の巻三の第九話、「34」は異本の通算第三十四話であること、「（流二―六18）」は流布本の巻二の第六話、通算第十八話であることを示す。

一、説明、注記が必要な箇所については、余白の括弧内にその旨を記した。

付記

　神宮文庫本との異同については、『発心集』主要四伝本を対照させた校本を後日刊行予定（新典社刊）であるからそれに譲り、ここでは割愛した。また、山鹿本は、中世に広く見られる片仮名宣命書きの体裁を残す箇所が多いが、これを活字に組むには困難もある。どれを割書き（小字）と見、どれを訓点（振り仮名等）と見るか、判断が難しいものも多々ある。翻刻にはそうした困難があることを了解され、細かい部分については適宜影印を参照されたい。

第一冊

（外題）「発心集　一二三」

（旧表紙外題）「発心集　一二三」

（目録）

発心集序

鴨長明撰

仏ノ教ヘ給ヘル事アリ。心ノ師トハ成ルトモ、心ヲ師トスル事无レト。此ノ事真ナル哉。人一期ノ過クル間ニ、思ヒト々（思）フ熊（マヽ）サ、罪業ニ非スト云事无シ。若《モシ》像チヲ窶《ヤツシ》、衣ヲ染テ、世ノ塵ニ汚カサレサル人スラ、野ノ鹿繫《カセキツナキ》カタク、家ノ犬ニ常ニ馴タリ。何ニ況ヤ、因果ノ理ヲ不㆑知、名利ノ談《カタラヒ》ニ沈メルヲヤ。空ク五欲ノ綱《キツナ》ニ引レテ、終リニ奈落ノ底ニ入ナントス。心有ン人、誰カ此事ヲ恐レサラン。

終《ヒ》然レハ、事ニフレツヽ、我カ心ノ、ハカナク愚カナラン事ヲカヘリミテ、彼ノ仏ノ教ノ如ク、心ニ心ヲ不シテ㆑許《サ》、此ノ度ヒ生死ヲ離レ、トク浄土ニ生レン事、喩ヘハ牧士ノ荒タル馬ヲ随《ヘテ》、遠境《キ》（「ヒ」カ）□《ニ》至カ如《クニ》スヘシ。

但シ、心強《ニ》弱」（2オ）有《リ》。浅深《アリ》。且ハ自心ヲ謀《ハカルニ》、善ヲ背《ソム》ケルニモ非ス。悪□離《（「ヲ」カ）ル、ニモ》非ス。風ノ前ノ草ノ靡《ナヒキ》安カ如シ。又波《ノ》上《ノ》月《キノ》静《マリ》難《キニ》似《ソリ》。如何《ニシテカ》、カク愚ナル心ヲ教《ヘン》トスルニ、仏ハ衆生《ノ》心《ノ》カク様々《ナルヲ》鑑《ミ》給《テ》、因縁譬喩ヲ以《テ》、拵《シツライ》教《ヘ》給《フ》。我等《ラ》、仏《ニ》遇奉《ラ》マシカハ、如何《ナル》法ニツケテカ勧《メ》給《ハン》。

今《マ》智者《ノ》云《フ》事《ヲ》聞《ケ》トモ、彼《ノ》宿命智《モ》无《ク》、他心智《モ》不《レハ》ㇾ得、只我《タカ》分《ニ》ノミ理《ハリテ》、愚《カ》ナルヲ教《フル》方便《ハ》欠《ケ》タリ。説《ク》所《ハ》妙ヘナレトモ、得《ル》所《ハ》益《〱》少《シキ》ヲヤ。

是《ニ》依リ、短《キ》心《ヲ》顧リミテ、殊更深《キ》法ヲ求メ、ハカナク見ル事聞《ク》事《ヲ》注《シ》集《メ》ツヽ、忍《ヒ》々ニ座右《ノ》ニ置《ケル》事有《リ》。則、賢《キヲ》見《テハ》及《ヒクトモ》難、愚《ナルヲ》見《テハ》自《ラ》科《ヲ》遁《ル、》媒《ナカタチ》トモセントナリ。

今《マ》是《ヲ》云《ニ》、天竺震旦《ノ》伝エ聞」（2ウ）事《ハ》、多《ケレハ》不《ス》ㇾ書。仏菩薩《ノ》因縁《ハ》、妙《ナレハ》是《ヲモ》残《セリ》。只我《タカ》国《ノ》人《ノミ、》耳近《キヲ》先《キ》トシテ、書言《コトノ》葉《ヲ》ノミ注《シル》セハ、定《テ》誤《リハ》多《ク》、真《ハ》少カラン。若《シハ》又、二度《ヒ》問《フニ》便《ヨリ》无キヲハ、所《ノ》名《ヲモ》人《ノ》名《ヲモ》不《ス》ㇾ注《サル》。雲《ヲ》取リ、風《ヲ》結《ヘルカ》如《シ》。誰《レ》人カ是《ヲ》用《ン》哉。然レハ、人信《セヨト》ニモ非ス。サレハ、必シモ慥カナラヌ跡ヲ尋《ネハ》、道《ノ》辺《リノ》アタ事ノ中ニモ、我レ一念発《ノ》心ヲ願ハカリ也ト云ヘリ。（以下余白）」（3オ）

（余白）」（3ウ）

一―1　玄賓僧都遁世逐電事（流一―1）

昔《シ》玄賓僧都ト云人有ケリ。山科《シナ》寺《ノ》ヤコト无キ智者也ケレト、世ヲ遁心深クテ、更ニ寺《ノ》交リヲ好ノマス、三輪河《ノ》辺リニ、僅カナル草ノ庵ヲ結テ、忍ヒツヽ住ミケリ。

桓武《ノ》御門ノ御時《キ》、此事ヲ聞食テ、アナカチニ召出サレケレバ、可ㇾ遁《ル》方タ无クテソ、慭マイリ（「ニ」脱カ）ニケル。サレド、ホヰナラズ覚エケルニヤ、奈良《ノ》御門《ノ》御代ニ、大僧都ニ成シ給ヒケルヲ、翁（マヽ）申トテヨメル、

三輪河《ノ》清キ流レニスヽキテシ衣ノ袖ヲ又ハ汚《ケカ》サシ

トテ奉リケル。

カヽリケル程ニ、弟子ニモ不《ス》ㇾ告《ケ》、人ニモ不《ス》ㇾ知《レ》シテ、何《ヘトモ》」（4オ）ナク失ニケリ。サアルヘキ所々尋ネ求レトモ、更ニ无ト云甲斐（マヽ）无テ、日来経ニケレハ、彼ノアタリノ人ハ云ニ不ㇾ及《ハ》、都世《スヘテノ》歎《キニ》テゾ有ケル。

其《ノ》後《チ》年来経《テ》、弟子《ナリ》ケル人《ト》、事《ノ》便《ヨリ》有《リ》テ、越《コシ》方《エ》行ケル道《ニ》、在所《ニ》大《キ》ナル河《ハ》アリ。渡《シ》船《ネ(マヽ)》侍《リ》得《テ》渡《ル》程ニ、此《ノ》渡守《シリヲ》見《レハ》、髪《カシラハ》ヲツツカミ《ニ》、ユウ計《リ》生《ヲイ》タル法師《ノ》、キタナゲナル布衣《ヌノ》モキタルニテナンアリ。佐《ノ》者《ノ》様ヤト見ル程ニ、サスガニ見馴《ナレ》タル様《ニ》覚ルヲ、誰カ是ニ似タラント思ヒメクラス程ニ、失テ年来ニ成ナル我カ師ノ僧都ニ見ナシツヽ、ヒガ目ト見レトモ、露程モ不《レ》違《タカハ》、最《ト》悲《ク》テ、涙ノコホルヽヲ押エツヽ、」(4ウ)サラヌテイニゾモテナシケル。彼モ見知《リ》ケル気色《ナカラ》、殊更《ラ》目モ見カケス、只走《リ》寄テ、争テカクトイハマホシケレドモ、イタク人繁《シケヽレハ》、中々佐シカリヌヘシ。上リ様ニ立寄リテ、居給《タラン》所ヲ尋テ、閑ニ聞ヘント思ヒテ過ニケリ。

カクテ、カヘリサマニ、此ノ渡ニ到リテ見レハ、アラヌ渡守也。先ツ目モクレ、胸モ塞《リテ》コマカニ尋ヌレハ、去ル法師侍リ。年来、此渡シ守リニテ侍リシ也。常ニ心ヲ澄シツヽ、念仏ヲノミ申テ、船賃《ノチン》取ル事《モ》无ク、只《タ》今《マ》食スル物《ノ》外ハ、物ヲ貪スル心モ侍ラサリシカバ、此里《ノ》人、イトヲシクシ侍ル也。如何ナ□《(ル」カ)》事《ニカ》有ケル、過キニ」(5オ)シ比《コロ》、書《キ》ケス様ニ失テ、行方モ知ラスト語タルニ、悲ク覚ヘテ、其《ノ》月日《キ》ヲ算レハ、我カ見合ヒタリシ時ニテゾ有リケル。身《ノ》有様《マ》シラレヌトテ、又去《ニ》ケルナルヘシ。

此ノ事《ハ》物《ノ》語《ニ》ナン書テ侍ルト、人ホノ語タル計リヲ書ケル也。

又古今《ノ》歌《ニ》云ク、

山田守僧都《ノ》身コソ悲シケレ秋ハテヌレハ問《フ》人モ无《シト》

云ヘリ

是《モ》彼《ノ》玄賓《ノ》歌《ト》申伝エタリ。雲風ノ如クサスライアリキケレハ、田《ナト》守ル時モ侍リケルニコソ。

近比《ロ》、三井寺《ニ》、道顕僧都ト聞《エ》タル人ト侍リキ。彼ノ」(5ウ)玄賓《ノ》物語リヲ聞テ、涙ヲ流シツヽ、渡シ守リコソ、ゲニ罪无クテ、世ヲ渡ル道チナリケレトテ、湖《ミツウミノ》方《ニ》船一《ツ》儲《ケ》テ、コキアリキケルトカヤ。此《ノ》事、有増計《ラマシリ》ニテ、空ク石山ノ河《ハ》岸ニ朽《ニ》ケリ。慕《コイネカウ》志シハ、猶ヲ有《リ》ガタクゾ侍《リ》シ。

一―二2　同人宮二仕《フ》伊賀《ノ》郡司《ノ》一事《ニ》（流一―二2）

伊賀《ノ》国ニ、アル郡司《ノ》許ニ、恠ゲナル法師《ノ》、人ヤ仕給《フ》トテ、ス丶ロニ入リタル有リケリ。主シ此ヲ見テ、ワ僧カ様ナル者ヲ置テハ、何ニニカセン。无用ナリト云フ。法師ノ云フ様、我等《ハ》法師ナリトモ、男ニハカワル事不レ可レ有《ル》。如何ナル態ナリ□（「ト」カ）」（6オ）モ、身ニ堪エ事ヲハ仕ラントト云ヘハ、サヤウナラバヨシト□（「テ」カ）、留《ト丶》メ置ケリ。此ノ法師、悦テイミシウ仕ハルレハ、誠ニ痛《イタハル》馬ヲゾ預ケテカワセケル。

カクテ、三年《ミトセ》経ル程ニ、此主《ノ》、国ノ守ノ為メニ、便ヨリナキ事聞テ、境《サカイ》ノ内ヲ追ル。親ヲウヂノ時ヨリ、居付タル者《ノ》ナレハ、所領モ多《ク》、奴《ヤツコ》トモ其数ス有《リ》。人ノ国エ行カン事、旁《カタ〳〵》イミシキ歎キナレド、可《キ》レ遁《ル》方モ无クテ、泣々出立ッ間、此ノ法師、有ル者ニ合テ云フ様ハ、此殿《トノ》ニハ如何ナル御歎ノ出来テ侍ヘルニカト問フ。我等カ涯《キワ》ノ者ハ聞テモ如何ト、事ノ外ニイラウルヲ、ナドカ身ノ賤《イヤ》キニ依ラン。憑《ミ》」（6ウ）奉テモ年来ニ成リヌ。隔《ヘタテ》可《キ》レ給フ事カト、ネンゴロニ問エハ、事ノ起リ、有リマ丶（マヽ）ニ語タル時キ、法師云フ様、是ハ用ヒ給フヘキ事ナラネド、何トテ忽ニ急キ去リ給ラン物ハ、思モワズ成《ル》事モ侍ル物也。先ツ京へ上リ給ヒテ、幾度モ事ノ心ヲ申シ入テ、猶ヲ不《ラン》レ叶《ハ》時コソ、何ッ方ヘモヲワシマサンメ。己《ヲノ》レカ大方知《カタリ》タル者《ノ》、国司《ノ》アタリニ侍リ。尋テ申サント云フ。思ヒノ外ニ、人々敷モ云物《ノ》哉ト覚テ、主ニ此由申ケレハ、近ク喚ヒ寄テ自《ラ》尋ネ聞テ、ヒタスラ是レ憑ムトハ无ケレドモ、又思ヒ得ヘキ方モ无キマ丶ニ、此法師ト打具シテ、京エ上リニケリ。

其時キ、」（7オ）此国《ノ》ハ、大納言《ノ》ナニガシノ賜《タマハリニ》ナン有ケル。京ニ到リ着テ、彼《ノ》在所近ク行キ寄テ、法師申ス様、人ヲ尋ネント存スルガ、此《ノ》姿ノ恠シク思ヒ侍ルニ、衣モ袈裟尋ネ給ヒテンヤト云フ。則、借リテキセツ。主ノ男ヲ具シテ、門ノ外ニ置テ、法師差《サシ》入リテ、物申サント云フ。侍ヒニ集リタル者共、恠シケニ見ケルガ、縁ヨリ下《ヲリヌ》。伊賀《ノ》男ニ門ノ外ヨリ是ヲ見テ、愚ニ思ハンヤワ。アサマシト守リ立チタリ。則チ、カクト聞《テ》、大納言、急キ出テ合テ、モテナシ騒《サワ》ガル丶、事限リ无シ。サテモ、如何ニ成リ給エルニカト思フ計リニテ、過キ侍リシニ、」(7ウ)サダカニヲワシタルコソ、ナドカキクヅシ宣ヘト、其ヲハ詞ハ少ナニアイシラヒテ、サヤウノ事ハ静《ニ》申シ承ワルベシ。今マ先ツ差キツテ申スヘキ事有テ参《参》リタル也。伊賀国《ノ》ニ年来相憑ミテ侍ル者、不《ル》レ計外ニ思ヲ蒙テ、国ノ中チヲ追ル、トテ、歎キ侍ルカイトフシク侍ルニ、深キ犯《トカ》ナラスハ、此ノ法師ニ許シ給ヒテンヤト聞ユ。其時《ノ》キ、大納言、兎角可《ニ》レ申スアラズ。御房《ノ》承ル事ナレハトテ、本ヨリ猶ヲマサル様ノ聴《チヤウ》宣給ハリケレバ、悦テ出テヌ。此由《ノ》ヲ主《ノ》男ニ申タリケレバ、アキレ惑ル様理ハリ也。余《リ》ノ事ニハ、中々心中《ノ》ウレシキモ、色ソハ得」(8オ)モウチ出テス。宿ニ帰リ、閑カニ聞ヘント思フ程ニ、衣袈裟ナト差置《キテ》、チト立出タル体ニシテ、何クトモナク隠ニケリ。

是モ玄賓僧都ノシ態ニナン。有リ難タカリケル人ナリ。

一―三3　平燈供奉晦《クラクシテ》レ跡《ヲ》趣《ムク》二与州《エ》一事　(流一―三3)

中比、山ニ平燈供奉ト云テ、ヤゴト无キ人有リケリ。則、天台真言祖師《ノ》也。有ル時キ、隠所ニ有リケルガ、俄ニ世ノ无常ヲ悟ル心起テ、何トシテ、カクハカナキ世ニハ名利ニノミ羈《ホダサレテ》、厭ヘキ身ヲ惜ミツヽ、空シク明シ暮スソト思フニ、過ニシ方モクヤシク、年来ノ住家モウトマシク覚エケレハ、実ニ」(8ウ)立チ帰ヘルヘキ心地モセス。白衣《エ》ニテ、足駄《アシダ》サシハキ、西坂本ヲ下《ヲリ》テ、京ノ方エ下《クダ》リヌ。何クニ行キ留ルヘシトモ覚エサリケレハ、行《ユカ》ルヽニ任セテ、淀ノ方エ迷ヒ行テ、下リ船ノ有ニ乗ラントスレハ、姿《タモ》尋常ナラス。最ト恠シト云ヘトモ、強ニ云テ乗リヌ。サテモ、御房ハ如何ナル人ソ。何ニ事ニヨリテ何クヘヲワスルゾト問ヘハ、更ニ何事ヲ何ト思ヒ分テル事モ无シ。又、差テ行クヘキ方モ无シ。何方ヘモヲワセン方エ、我モ罷ラント答フ。最ト心得ヌ様哉ト云ナガラ、自ラ此ノ船ノ便ヨリニ、伊予ノ国エ下《タリ》ニケリ。

サテ、彼ノ国ニ、何トモ无ク惑ヒアリキテ、乞食ヲシ」(9オ)ケレバ、国者共《ノノ》モ、門乞食トソ名付ケヽル。山ノ房ニハ白地《アカラサマニ》立チ出給ヒシニ、程経ヌレハ、恠シトハ思ヘトモ、争カ思ヒ依ラン。自《ヲノツカラ》其《ノ》謂コソアルラメト思ヒケレトモ、日数タチケレハ、驚テ彼方此方ヲ尋ケレトモ、更ニ其《ノ》行ク末モ无シ。今ハ只タ、偏ニ无キ人ニナシツヽ、泣々跡ノ態ヲソ営《イトナミ》アリケル。

カヽル間タニ、彼ノ国《ノ》守ナリケル人、供奉ノ弟子ニ、静真阿闍梨ト云フ人ヲ、年来相憑ミテ祈リナトサセケレバ、国エ下タルトテ、具シテ下ニケリ。此ノ門乞食ハ、カクトモ知ラテ、彼ノ舘《タチ》ノ内ニ入リテ、物ヲ乞フ間ニ、例《ノ》童部《ワラベ》、イクラトモナク、前後ニ立テ笑ヒナンド」(9ウ)ス。ソコラ集ル国《ノ》者《ノ》共、異様《ノ》体哉。罷リ出テヨト、ハシタナク云ヒケレハ、此ノ阿闍梨、憐レニ思ヒテ、物ノトラセントテ喚ブ。彼ノ乞食恐々《ヲソレ〱》縁ノ際《キワ》へ来レルヲ見レハ、人像《チ》モ不レ見《エ》、痩衰タル者《ノ》ワラ〱ト有ル綴《ツヾリ》バカリ着《キ》テ、誠ニ怪シケナリ。サスガニ、又見タル者《ノ》様ナレハ、心ヲツケテ能々思フニ、失セニシ我カ師ニテソ有リケル。余リニ悲クテ、簾《スタレ》ノ中ヨリマロビ出テヽ、縁ノ上ニ引キ上ヌ。是ヲ見テ、上下皆ナ驚キ怪メケリ。阿闍梨、泣々様々ニ語ラヒケレトモ、詞少《スク》ナニモテナシテ、強請《シイテハウケテ》去リニケリ。力ラ无クテ、麻ノ衣モ様ノ物ノ共モ用意」(10オ)

シテ、有リ所ヲ尋レ共モ、更ニ不《ス》レ会《アワ》。後ニハ、国者《ノ》共《ノ》ニ仰テ、山林ヲ不《ス》レ漏《ラサ》求レトモ、其《ノ》時ノマヽ、跡ヲ晦《クシテ》、終《ニ》行末モ知ラス成ニケリ。其《ノ》後チ、遥ニ程ヲ経《ヘ》テ、人モ通《カヨハ(マヽ)》ス深山ノ奥ノ清キ水ノ有《ル》所ニ、死人《シヒト》ノ有ルト山人ノ語ケレハ、怪ク覚ヘテ尋ネ行テ見レバ、此ノ師西ニ向テ、掌ヲ合テ居タリケリ。阿闍梨、憐ニモ尊クモ覚ヘテ、泣々兎角《ノ》態トモ営《ナミ》ニケリ。

今モ昔シモ、誠ニ心ヲ起セル人ハ、故郷ヲ離テ、不《ス》レ見不《ノ》レ知《ラ》所ニテ、潔《イサキヨク》名利ヲハ捨《ステ》終ルナリ。菩薩ノ无生忍ヲ得タルスラ、本見タル人ノ前ニハ、神通ヲ現スル事難シト云ヘリ。況ヤ、今マ起セル心ハヤゴト无《レ》ト」(10ウ)、イマダ不退ノ位ニ到ラネハ、事ニ触レテ乱《タレ》安シ。故郷ニ住ミ、知《ル》人ニ交リテハ、争カ一念ノ妄心起ラサラン。

一―四4　千観内供遁世事（流一―四4）

千観内供ト云ハ、智証大師ノ流ノ、ヤゴト无キ智者也。

元ヨリ道心深カリケレド、如何《イカ》様ニ身ヲ持テ行フヘシトモ、思ヒ定ヌホドニ、自カラ月《キ》日ヲ送リケル間ニ、在ル時《キ》、公請《シャウ》勤《メ》テ帰《ヘ》リケルニ、四条河原ニテ、空也上人ニ会ヒ奉《リ》ケレハ、車ヨリ下《ヲリ》テ、対面シテ、其ノ次ニ、サテモ、後世助カル事ハ、如何カ可《キト》レ仕問フ。即チ聞テ、如何ニ逆《サカサマ》事ヲハ宣フソ。左様ノ事ヲハ、御房ニコソ尋奉ル」(11オ)ヘケレ。カヽルアヤシノ身ニハ、更ニ思ヒ得タル事侍ラス、只迷ヒアリク計リ也《ト》云テ、去リナントシ給ヒケルヲ、袖ヲヒカヘテ、強《シヒテ》問ケレバ、如何ニモ身ヲ捨テヽコソト計リ答ヘテ、離レテ足シ早ニ行キ過キ給ヒニケリ。其時キ、内供、河原ニテ装束脱キ捨テ、車入《ニ》レテ、伴人《ノ》ヲバ、トク房ニ帰ヘリイネ。我ハ是レヨリ外ヘイナンスルゾト云テ、皆ナ返シヤリテ、只一人、箕面《ミノヲト》云所ニ籠リケリ。猶ヲ、カシコモ心ニ不レ叶《スヤハ》有ケン、居所ヲ思ヒ煩ヒケル処ニ、東ノ方ニ金色ノ雲ノ立タリケレハ、其《ノ》所ヲ尋テ、ソコニ如《ク》レ形ノ庵ヲ結テ、跡ヲ隠セリ。則、今ノ金龍寺ト云フハ是也。カシコニ年来ロ」(11ウ)行ヒ給テ、終ヒニ往生ヲ遂ケタル由シ、委《ハ》伝《ニ》注セリ。

此ノ内供ハ、人ノ夢ニ、千手観音《ノ》化身ト見タリケルトカヤ。千観ト云名ハ、彼《ノ》菩薩《ノ》御名《ノ》一字ヲ略シタルニナン有リケリト云々。

一―五5　僧賀上人遁世事（流一―五5）

此人ノ嬰孩ノ時ノ奇瑞ハ釈書ノ十二出タリ

僧賀上人ハ、経平《ノ》宰相《ノ》子息、慈恵僧正ノ弟子也。此ノ人ハ、若クテ碩徳人ニ勝タリケレハ、行末《ハ》ヤコトナキ人ナランド（「ナン」脱カ）、普ク誉合ケレハ、心ノ中ニハ、深ク世ヲ厭ヒテ、名利ニ 羈《ホタサレ》ス、只極楽ニ生レントノミゾ願レケル。思フ計リ道心《ノ》起ラヌ事ヲ歎キテ、根本中堂ヱ千夜詣《マイリ》テ、夜毎ニ千度《ノ》拝ヲシテ」(12オ)道心ヲ祈リ申ケリ。拝ノ間《タニ》、聊《カ》モ声ヲ立ル事モ无リケルヲ、六七百夜ニ成リテハ、付テタヘ〳〵ト忍ヒヤカニ云テ、拝《ヲカミ》ケレハ、聞ク人ト、此ノ僧ハ何事ヲ祈ルソ。天狗《クヲ》付ケ給ヘト云カナド、且ハ恠ミ、且ハ笑ヒケル程ニ、終リツカタニ成リテ、道心付ケ給ヘト、定《サタカ》ニ聞エケル時ゾ、カタヱハ哀レ也ナンド云ヒケル。カクシツヽ、千夜満テ後チ、サルヘキニヤ有リケン、世ヲ猒フ心、イト深ク成リテ、争テ身ヲ徒ラニナサ（撰集抄ニ伊勢大神宮御示現ノコト）ント《アリ》、次テヲ待ツ程ニ、其比、内論議ト云事有リケリ。定マレル事ニテ、論議スル人ノ饗庭《キヤウハニハ》ニナゲ捨《ツ》レハ、諸《ノ》乞食、傍人ヤウノ者、諍《アラソ》ヒ取テ食フ習ヒナリケルヲ、此宰相ノ」(12ウ)禅師、俄ニ大衆中《ノ》ヨリ走リ出テヽ、是ヲ取テ食フ。見ル人、是ハ物ニ狂フカト、訇騒《ノヽシリサワクヲ》聞テ、我レハ物ニハ狂《クルワ》ヌナリ。カク云ハルヽ大衆達コソ、物ニハ狂シ侍ルメレトテ、更ニ不レ驚《カ》、アサマシト云ヒケル程ニ、是ヲ次テニシテ、大和国多武峯ト云フ所ニ籠リ居テ、思フハカリ勤メ行テナン、年月ヲゾ送リケル。

後ニハ、尊キ聞ヘ有テ、時后宮《ノキサキノミヤノ》戒師ニ召シケレハ、慭《ナマシイニ》(マヽ)ニ参リテ、南殿ノ高欄ノキワニ寄テ、様々見苦キ由ヲ云テ、空ク出テヌ。

又、仏供養セントテ、喚人《ノ》許ヱ行ク間タニ、法ヲ説ヘキ様ナド、道スカラ案ストテハ、是ハ名利ヲ思ニコソ。魔縁便ヨリヲ得テゲリ」(13オ)ト思ヒテ、行キ付ヤヲソキト、スヂナキ事トモヲ咎《トカ》メテ、施主ト闘《タヽカフテ》、供養モ遂ズシテ帰《カヘ》リヌ。是レ等《ノ》有《リ》様ハ、人ニウトマレテ、二度ヒ加様ノ事ヲ云ヒカケラレジトナルヘシ。

又、師僧《ノ》正、悦ヒ申シ給ヒケル時《キ》ニ、セングウノ数ニ入レヌ。其時モカラザケト云物ヲ太刀ニハキテ、骨限《ノ》リナル女牛《メ》ニ乗テ、ヤカタクチニ打ツ。人驚テ、様々ニ諫《イサメ》ケレト、更ニ不レ用《スヒ》。我レコソヲサナクヨリノ御弟子ナレ。誰カ今日《ノ》ヤカタクチ仕ラントテ、面白クネリマハリケレバ、見ル物ノ佐シミ、驚《カ》ヌハ无カリケリ。カクテ、名聞コソ苦シカリケレ。カタイノ身ソ《ソ》楽カリケルト歌《ウタ》ヒテ、打離レニケリ。」(13ウ)僧正モ只人ナラネバ、我レコソヤカタクチウタメト諍フ声ノ、僧正ノ耳ニハ悲キ哉。我カ師悪道ニ入ラントスト聞エケレバ、車ノ中《ウチ》ニテ、是レハ利益衆生為《ノ》メ也ト答エラレケル。（一条院長保五年六月九日八十七歳入滅）

此ノ聖命《リ》チ終ラントスル時キ、先ツ碁盤ヲ取リ寄テ、独リ碁ヲ打ツ。又次ニ冠《カンムリヲ》トリヨセテ、是ヲカヅキテ、小蝶ト云舞ノマネヲス。弟子共モ佐ミテ問フ。聖リ答《フ》。幼《イトケ》ナカリシ時《キ》、此ノ二ッノ事ヲ制セラレテ、思ヒナガラセズ。然ル間タ、心ニカヽリ侍リ。若、生死ノ執心留ル事モヤ有ルト思ヒテトゾ云レケル。已ニ聖衆ノ迎ヘヲ見

テ、悦テ歌ヲヨム。」(14オ)
水ニ立ツ八十アマリノ老《ノ》浪クラケノ骨ニ合《ヒ》ニケル哉
ト読テ、終リニケリ。
此ノ人ノ振舞、世ノ末ニハ、物狂《クルイ》トモ云《イツ》ツヘケレド、妄執ヲタヽン為メ也ケリ。サレハ、人ニ交ル習ヒ、高《キ》ニ随ヒ、下《レ》ルヲ哀《アハレ》ムニ付テモ、身ハ他人ノ物ニナリ、心ハ恩愛《ノ》為ニツカワル。是レ、此ノ世《ノ》苦ミノミニ非ス。則チ、出離ノ障リナルヘシ。境界ヲ離レンヨリ外ニハ、何ニトシテカ、乱レ安キ心ヲ静《シツ》メント云ヘリ。

一―六6　高野南筑紫《ノ》上人《ノ》発心《ノ》事（流一―六6）

高野ニ、南ヅクシト云テ、貴キ上人有ケリ。筑紫《ノ》者《ノ》ニテ、知ル所ナトアマタ有リケル中ニ、彼《ノ》国《ノ》例トシテ、門田多ク持チタルヲ、」(14ウ)イミシキ事ト思ヘル習ヒナルヲ、此ノ男ハ、我カ前ヘニ五十丁計リナン、持タリケル。
八月ノ比《コロ》ニヤ有リケン、朝ニ立出テ見ルニ、穂次《ホナミ》ユラ〳〵ト出テ調ホリ、露快《ク》結《スヒ》ワタシテ、ハル〴〵見エワタルニ思様、此ノ国ニカナヘル聞ヘ有ル人多カリ。然ド、門田五十丁持タル人ハ、堅クコソアラメ。ゲシウアラヌ身哉ト、心ニシミテ思立テル程ニ、サルヘキ宿善ヤ催シケン、又思様、抑モ是ハ何ニ事ソ。此ノ世《ノ》アリ様、昨日有ト見シ人ハ、今日ハ无シ。朝ニ栄ヘタル家ヘ、夕ヘニハ滅シヌ。一度ヒ眼ヲ閉テ後チ、惜ミ資《タクハヘ》タル物ノ、何ンノ詮カ有ル。ハカナキ執心ニ羈《□□サレ》テ、長ク三途ニ沈ミナン」(15オ)事コソ悲シケレト、忽ニ无常ヲ悟ル心ツヨク起リテ、又我カ家ニ帰リナハ、妻子モ有リ、眷属モ多カリケレハ、定メテ妨ケラレント思ヒテ、只是ヨリ此ノ所ヲ離レテ、知ヌ世界ニ行テ、仏道ヲ行ント思ヒテ、白地ナル姿ニテ、京ノ方ヲ差テ行ク。其時キ、サスガ物《ノ》気色ヤシラレケン、行キ来《キ》ノ人々恠ミテ、彼《ノ》家《ニ》急キ告ケタリケレバ、驚キ騒ク様理ハリ也。其《ノ》中ニ、悲ミ深カリケル女《ムスメ》ノ、十二三計リナル有リケリ。泣々追付テ、ナウサテ我ヲハ捨テヽ何クヘヲハスルゾトテ、袖ヲ引ヘタリケレバ、イデヤヲノレニハ妨ケラルマジキソトテ、刀ヲ抜テ、髪ヲ押《サ》ヘ切《リツ》。女《メ》恐レヲノヽ」(15ウ)キテ、袖ヲハヅシテ帰リニケリ。カクシツヽ、是ヨリ直《スクニ》高野ヘ登テ、髪ミヲロシ、本意ノ如クナレトテ行ヒケリ。彼ノ女メ恐レテ、トマリタリケレド、猶ヲ跡ヲ尋テ京ニ来リテ尼ニ成リツヽ、彼ノ山ノ麓ニ尋行キテ住ニケリ。又、父死スルマテ着物《キモノ》ヲスヽキ、裁縫《タチヌイ》ナドシテ孝養シケル。

此上人ハ徳高ク成テ、高モ賤モ帰セヌ人无シ。高野ノ近所ニ堂ヲ作リテ供養セントシケル時キ、道師ヲ思ヒ煩ヒケル処ニ、夢ニ見ケル様、此ノ堂ハ、其ノ日其ノ時ニ浄名居士ノ来テ供養シ可キレ給也ト、人ノ告クル由シ見エタリケレバ、則チ枕ラノ障子ノ紙ニ書キ付テ、最怪ミケレド、サル様コソアラメト思ヒテ、」(16オ)自カラ日ヲ送クル。

正キ其ノ日ニ成テ、堂荘厳シテ、心元无クテ待ヌ。朝タヨリ雨サヘ降テ、更ニ外ヨリ人差入リ无シ。漸ク時キ到テ、イト怪ケナル法師、蓑笠《カサ》着タルガ詣テ来リテ、拝ミアリク有リケリ。則チ是ヲ囚《トラヘ》テ待チ奉リツル也トテ、此ノ堂ヲ供養シ給フヘシト云フ。法師大ニ驚テ、イテヤ我レハサヤウノ物ニ非ス。自カラ事ノ便ヨリ有テ詣リテ侍ヘル計リ也ト、事ノ外ニモテナシテ、離レントス。兼テ夢ノ告ノ有リシ様ナト語テ、書キ付タリシ月日ノ憶ニ今日ニ相ヒ叶ヘル事ヲ見セタリケレハ、遁ルヘキ方モ无クテ、サラバ如クレ形ノ申シ侍ラント云テ、蓑笠脱捨《カサヌキステ》、忽ニ礼盤ニ登テ、仏天モ驚キ」(16ウ)給フ計リ目出クソ説法シタリケル。

此導師ハ、天台ノ明賢阿闍梨ニナン有リケル。然ルニ、彼ノ山ヲ拝セントテ、忍ヒツヽ様ヲヤツシテ詣テツル也ト聞ユ。是ヨリ高野ニハ浄名ノ化身也ト、此阿闍梨ヲ云ナルヘシ。

サテ、此ノ上人ハ、殊ニ貴キ聞ヘ有テ、白河ノ院帰依シ給ヒケレハ、高野ハ此上人ノ時ヨリソ殊ニ繁昌シ給ケル。終ニハ臨終正念ニテ、大往生ヲ遂ケタル由シ、委ク伝ニ見エタリ。惜ムヘキ宝ニ付テ、ツヨク厭フヘキ心ヲ起シケン。最ト有リ難キ悟ナリト云々。

或ル人ノ云ク、一世ノ苦ミヲ源トスル人ハ、モトヨリ是ニフケリ。我モ是ニ深ク着スルガ故ニ、諍妬《ソヒ□タミ》テ、貪欲モ弥々《イヨ〳〵》増サリ、」(17オ)瞋恚モ殊ニ盛ン也。人ノ命ヲモ絶《タチ》、世ノ理ヲモ忘スル。家ノ滅《ホロビ》、国ノ傾《ムク》マデモ、皆是ヨリ起ル故也。

此ノ故ニ経ニ云ク、欲深カケレバ禍重シトモ説キ、或ハ又欲ノ因縁ヲ以テ三悪道ニ堕ツトモ説キ給ヘリ。故ニ、弥勒ノ世ニハ、宝ヲ見テハ深ク恐レ厭フヘシト見エタリ。然ルニ、釈迦遺法《ノ》弟子《ヲ》、是《カ》《／宝ノコト也》為ニ戒ヲ破リ、罪ヲ作テ、地獄ニ堕《チ》ケルモ理リ也トテ、弥勒ノ世ニハ、毒蛇ヲ捨ルカ如ク、宝ヲハ道ノ辺リニ捨ツヘシト云ヘリ。

一―七7　教懐上人水瓶破リタル事　付陽範事（流一―七7）

小田原ト云山寺ニ、教懐上人ト云フ人有リケリ。後ニハ高野」(17ウ)山ニ住ミケル。新シキ吉キ水瓶《カメ》ヲ儲ケテ、殊ニ愛シケルヲ、縁《ニ》打置テ、奥《ノ》院ニ参リニケリ。念仏ナト申シテ、一心ニ仏神三宝ヲ信仰シケル時ニ、彼《ノ》水瓶ノ事ヲ思ヒ出シテ、脆置《アタニヲキツル》間、人ヤ取リツラント、ヲホツカナク思フ程ニ、一向ニ所作モ身ニシマザリケレバ、由シ无ク覚テ、帰リ付クヤ等《ヒトシ》ク、雨《アマ》タリノ石タヽミノ上ニ置テ、打砕《キ》テ捨《ステヽ》ゲリ。

又、横河ニ尊勝ノ阿闍梨陽範《ヤウハン》ト云テ、貴キ僧有リケリ。目出タキ紅梅ヲ植テ、又ナキ物ニシテ、花ノ盛リニナレバ、アカラ目モセズ、人ノ折ヲモイタウ惜ミケルガ、何トカ思ヒケン、人ノ无キ間《ニ》」(18オ)心モ无キ小法師《ノ》一人有ルヲ喚テ、釿《ヨキ》モテコヨト云テ、此《ノ》梅木ヲ土キワヨリ伐《キツテ》、上ニ沙ヲウチ散シテ、跡ト影《ケ》モ无ク成シテ居タリケリ。弟子帰《ヘ》リテ、驚キ恠ミテ故ヲ問ケレバ、只由シナケレバトソ答ヘケル。

是等《ハ》、皆《ナ》執心《ノ》トマラン事ヲ恐レケルニコソ。此《ノ》人、目出度往生シタル人也。誠ニ仮ノ色ニフケリ、長キ闇《ヤミ》ニ迷ハン事、誰カ愚カナルト思ハザル。然レハ、世々生々ニ煩悩ノ奴《ヤツコ》ト成《リ》ニケル習ヒノ悲シサハ、知リナガラ我モ人モヱ思捨ヌナルベシ。

一―八8　佐国《サコク》花ヲ愛シテ蝶ト成事（流一―八8）

或ル人ト、円宗寺ノ八講ト云フ事ニ詣リタリケル時ニ、待程ト」(18ウ)良久シカリケレバ、其《ノ》アタリ近キ人ノ家ヲナン借《カリ》テ、其家ヲ見レハ、サモアルヘキ様ニ作レル家ノ、最ト広クモアラヌ庭ニ、前栽ヲエモイハズ植テ、カリ屋《ノ》構ヘヲシツヽ、聊カ籠《カコ》ヲ組《クミ》カケタリ。色々ノ花、数ヲ尽シテ錦《ニシキ》ヲウチヲヽヱルガ如ク、見ル枝ニ様々ナル蝶、イクラトモ无ク遊ヒアヘリ。其《ノ》様、有リ難ク覚エケレバ、態ト主ヲ喚出シテ問フ。主シ云様、是等閑《ノ》事ニモ侍ス。思フ所有リテ。ン《ナ》植テ侍ル。我ハ佐国ト申シテ、人ニ知レタリシ博士《ハカセ》ノ子ニテ侍《リ》シガ、父世ニ侍シ時キ、花ヲ興《ケフ》シテ時ニツケツヽ昰ヲ翫《モテ》アソブヨリ外ノ事ハ侍ス。シカレバ、其《ノ》詩モ作レリ。年六十余歳見レトモ、未《タ》ス」(19オ)レ飽《アカ》。他生ニモ定《メテ》花ヲ愛スル人タランナド作リ置テ侍レハ、自ラ生死《ノ》余執ニモヤ罷リ成リケント疑ヒシ程ニ、在ル者《ノ》夢ニ、蝶ニ成テ侍ヘリシ由シ見ヘタルト語リ侍シカバ、罪ミ深ク覚テ、然レハ若シ是レ等《ラニ》モヤ迷ヒ侍ラントテ、心ノ及フ程植《ヘ》テ侍ル也。其レニトリテ、花計ハ猶ヲ不レ飽カヤ思ヒ給ハントヲモヒテ、甘蔗蜜《カンジャミツ》ナドヲ朝《タ》毎ニ洒《ソヽ》キ侍ルトゾ語リケル。

又、六波羅寺ニ住僧アリ。仏性房ト云ヒケル者、年来道心深カカリケレド、橘木《タチハナノ》ヲ愛シケル。聊カ執心ニヨリテ蛇《クチナハト》成テ、彼ノ木ノ本ニ住ミケル。委クハ伝ニ有リ。

加様ニ人ニ知ラルヽ」(19ウ)ホトノ執心ハ希ナリ。都ヘテ、一念ノ妄執ニヨリテ悪身ヲ受ケン事ハ、果《ハタシ》テ疑ヒ无シ。誠ニ恐レテモ怖ルヘキ事也。

一―九9　止水《シミツ》《ノ》谷上人魚食事　（流一―九9）

神楽岡ノ方ニ、シミヅ谷ト云所ニ、仏種房ト云テ、貴《キ》上人有。対面シタリシ事ハナカリシカ共、近キ世《ノ》人ナレハ、終ニ往生人トテ、人ト皆ナ貴ミ合ヒタリシヲバ、伝エ聞キ侍ヘリキ。

此上人、当初《ソノカミ》水《ノ》ミト云フ所ニ住ミケル比、木拾《ヒロイニ》谷エ下《ヲリ》タリケル間ニ、盗人入リケリ。僅カナル物共ヲ皆ナ取テ、遠ク逃《ゲヌ》ト思テ帰ヘリ見レバ、猶本《ノ》所也。最ト怯シクテ、猶ヲ行ツト思フ程ニ、一二」(20オ)時計《キリ》ハ水ノミノユヤヲ廻リテ、更ニ外ニハ不《ス》レ去《ラ》。其時《キ》、聖リ帰リ来テ、怯ミ問フ。答テ云ノ様、我ハ盗人也。然ルニ、遠ク逃ケ去リヌト思ヘハ、都ヘテ行ク事ヲ得ス。是レ、タヽ事ニ非ス。今ニ至テハ物ヲ返シ侍ラン。願クハ許シ給ヘ。帰ラント云。聖ノ云ク、何ニシニカハ罪ミ深ク、カヽル分ケ无キ物ヲハ取ラントハスル。但シ、ホシイト思ヒテコソ取リツラメ。実ニ返スフ得《（マヽ）ウ》（「コト」の合字の誤写か）ヘカラズ。其レ无クトテモ、我レ事欠《カク》マジト云フ。盗人、猶ヲ恐レテ物ヲ捨テ行《キ》ケレバ、袖ヲヒカヘテナン、トラセテヤリケリ。大方、心ニ哀ミ深クテ、毎事《コトく》ニ无相ニゾ有リケル。

年ヲ経テ後チ、止水谷ニ住ミ」(20ウ)ケル時、相憑タル檀越有リケリ。深ク帰依シテ、折節ニハ贈リ物ヲシ、事ニフレテ志シヲ運ヒツヽ過シケル程ニ、此上人、態ト出来シテ云様ハ、思ヒカケズ思《ホシ》メスベケレドモ、年来憑ミ奉タレバ申侍ル也。此程、如《クナル》レ形ノ菴室ヲ作ルトテ工《タクミヲ》ツカヒ侍リシガ、魚ヲ快ケニ食《クヒ》侍シ事、ウラヤマシク侍レハ、是ニハ魚多ク侍《ント》思ヒテ参リテ候也。主シ、愚ナル女ノ心ニアサマシク思《ノ》外ナリケレド、ヨキ様ニシテ取リ出シタリケレバ、能々食テ、残リヲハ土器ヲ蓋ニシテ、紙ニツヽミテ、是ヲハ菴室ニテクワントテ、懐《フトコロ》ニ入テ出テニケリ。

其《ノ》後チ、檀越ホイナクハ思ヒナガラ、サスガニ思ヒヤリテ、一日ノ」(21オ)御家ツトハ夢《メ》カマシク有シカバ、重テ奉リケルトテ、様々ニ調ヘテ送リタリケレバ、此ノ度ヒハ不《ス》レ留《メ》、御志ハウレシク侍リ。サレトモ、一日ニタベ飽《キテ》、今ハホシクモ侍ラネハ、是ヲハ返シ奉ルト云テ、返テケリ。

是モ、此ノ世ニ執心ヲ留メシト思ヘルハカリ事ニヤ。

一―一〇10　天王寺瑠璃上人事 付仏性聖事《ノ》（流一―一〇10）

近来、天王寺聖有リケリ。言葉《ノ》末《ヘ》毎ニ、必スルリト云フ二文字ヲ加テ云ヒケレバ、ヤガテ其《ノ》言ヲ名ニ付テ、瑠璃聖トゾ云ケル。其《ノ》姿ハ、布ノツヾリ、紙衣ナド、ヤレワラメキタルヲ、イクツトモ无ク着《キフクレ》テ、布《ノ》袋ノキタナゲナルニ、何トモナク乞集メ」(21ウ)タル物共ヲ一ツニ取リ入テ、アリキく是ヲ食フ。童部《ワラヘ》、イクラトモ无ク笑ヒアナツリケレド、更ニトガメズ。マシテ、腹立ル事无シ。痛ミセタムレバ、袋ヨリ物ヲ取リ出シテトラスレバ、童部共、キタナカリテノキ去リヌ。常ニハ様々《ノ》ソゾロ事ヲウチ云ヒテ、物《ノ》狂ヒニナン有リケル。サシテ何クニ跡ヲ留《メ》タリト見エタル所无シ。垣根木木本《タイラカネキノコノモト》、次ニ随テ夜ヲ明ス。

其比、大塚《ツカ》ト云所ニ、ヤゴト无キ智者御座ケリ。此聖リ、雨ノイタク降ルニ、夜大塚ニ行《キ》テ云様、今夜ハ雨降テ罷リ寄ヘキ所モ无シ。此ノ縁ノ傍《カタワラ》ニアラント云ヒケレバ、例ヒナラズ怍シク思ヒナガラ許シ置《ツ》。」(22オ)夜深テ、彼《ノ》聖リ云様ハ、カクタマ〳〵参リ寄テ侍ル時《キ》、年来ヲホツカ无ク思ヒ侍ヘル事トモヲハラケバヤト云フ。最ト事《ノ》外ニ覚レド、ヨノ常《ノ》人様《ノ》ニアイシラウ程ニ、漸ク天台宗《ノ》法門《ノ》ヱモイワヌ理リ共ヲ尋テゾ、主シアサマシクメヅラカニ覚ヘテ、夜モスガラ、様々問《ニ》ヒ答ヘテ明ヌレハ、今ハ暇《イトマ》申シ侍ラン。年来床敷思ヒ侍ヘル事共ヲ、賢《ク》今夜候《サウ》ラヒテハルケ侍ヘリヌト云テ去リヌ。

此ノ事《ノ》有《リ》難ク貴ク覚エケルマヽニ、其《ノ》アタリノ人ニ語リケレハ、賤シメシ心ヲ改メテ、傍ヘハ権者《ノ》疑ヲナシテ貴ミケリ。サレトモ、其有《ノ》リ様ハ、先キ々ニ露モ不レ替《ス□》有ケル。サル事ヤ有《リ》」(22ウ)ケルト人ノ問フ時ハ、打笑ヒテスヽロ事ニソ云ヒ□《（「ナ」カ）》シケル。人ニ知レヌル事ヲウルサクヤ思ヒケン。終ニハ行方モ不レ知ラ成リニケリ。

年ヲ経テ後、人ノ語リケルハ、和泉ノ国ニ乞食シアリキケルカ、其ノ後ハ人モ通《カヨワヌ》所ノ、大木本《ノ》トニ下枝ニ仏ヲカケ奉ツテ、西ニ向テ掌ヲ合テ、居ナカラ眼ヲ閉《トチテ》有リケルトナン。其時《ノ》知《ハ》ル人モ无クテ、後ニ見付ケタリケルトゾ聞ヘケル。

又、近キ世ニ、仏性ト云フ乞食有リケリ。其モ彼《ノ》ルリ上人ノ如ク物狂《ノクルイ》ノ様ニテ、食物ハ魚鳥ヲモ不レ嫌《キラハ》、着《キル》物《ハ》莚薦《ロコモヲモ》重ネキテ、人ノ姿ニモアラサリケリ。逢人毎ニ、必ス海《俗歟》士人法師人」(23オ)男人女人仏性〳〵ト云テ、拝ム態ヲシケレバ、其名ニ付テナン。見ルト見ル人ト、拙キユヽシキ者トノミ思ヒケレハ、真ニハ様有リケル者《ノ》ニヤ。阿乗房ト云シ上人ヲ得意ニシテ、思ヒカケヌ経論ナドヲ借リテ、人ニて知ラレス、懐ニ引キ入レテモテ行テ、日来経テ返ス事フナン、常ニハシケル。終リニハ、切レ堤《ツヽ》ミノ上ニ、西ニ向テ合掌端座シテ終リニケリ。

是レ等ハ、勝レタル後世者《ノ》、一ツノ有《リ》様也。大隠ハ朝市ニ有リト云ヘルハ、則チ是レ也。カク云フ心ハ、賢キ人ノ世ヲ背ク習ヒ、我カ身ハ市ノ中ニ有レトモ、其《ノ》徳ヲヨク隠クシテ人ニ知ラレヌ也。山林ニ跡ヲ交《リ》、跡《ヲ》闇クスルハ、人ノ中ニ有テ徳ヲ」(23ウ)得、隠サヌ人ノ振舞ナルヘシ。

一―一―11　高野麓《ノ》ニ上人偽ニ妻ヲ娶《メトリ》タル事（流一―一―11）

高野山《ノ》麓ニ、年来行フ上人有リケリ。本ハ伊勢《ノ》国《ノ》人也ケルガ、自《ヲ》カシコニ出来シタリケル也。行徳有ルノミナラズ、人ノ帰依ニテ、最ト貧《シク》モアラザリケレバ、弟子ナトモアマタ有リケリ。歳漸ク闌テ後チ、殊ニ相ヒ憑ミタル弟子ヲ喚テ云ヒケル様、聞ヘバヤト思フ事ノ日来侍ルヲ、其《ノ》心《ノ》中ヲ測《ハカツテ》ナンタメライ侍リツル也。穴賢々々、違《タカ》ヘ給フナト云フ。何ニ事トナリトモ宣ヘ給ハン事ヲ、争カ違エ侍ラン。无《ク》レ隔《テ》承ラント云ヘハ、カク人ヲ憑ミタ」(24オ)ル様ニテ、スグル身ニハサヤウノ振舞ハ思ヒ寄ルヘキ事ナラネド、年タケク成リ行クマヽニ、傍モサヒシク、事ニ触テ便《タ□□》无《ク》覚レハ、サモ有ラン人ヲ語ヒテ、夜ルノ友ニセバヤトナン思フ也。其レニトリテ、歳イタク若ヤカラン人ハ悪シカリナン。物ノ思ヒ遣《リ》有ラン人ヲ、忍ヒテ尋テ、我カトギニセサセ給ヘ。サテ世間《ノ》事ヲバソコニ譲《ユツリ》、只《タ》我レ有《リ》ツル様ニ此《ノ》房《ノ》主ニテ、人ノ祈リナドヲモ沙汰シテ、我レヲバ奥《ノ》屋ニスヱテ、二人カ食物ヲ如《ク》レ形《ノ》シテ送リ給ヘ。サヤウニナリナン後ハ、ソコノ心ノ中モハヅカシカリヌベケレハ、対面ナドモ得スマジキ也。況ヤ其《ノ》外《ノ》人ニハ、都ヘテ世ニ有ル者トモ知ラ」(24ウ)スベカラス。死ニ失セタル者《ノ》如クニ思ヒ成シテ、僅ニ命チ続ク事計《ヲ》沙汰シ給ヘ。是ヲ違ヘ給ハサラン計リゾ、年来ノホヰナルヘキト、カキクドキツヽ云フ。世ニ浅サマシク思ハスニ思ヒナガラ、加様ニ心ヲ不置カ、宣ヘ給ヘル事ナレハ、急キ尋ネ侍ラント思ヒテ、近《ク》遠《ク》聞キアリキケル程ニ、男ニヲクレタリケル人ノ、歳四十計ナル女房ノ有リケルヲ聞キ出シテ、懇《ネンコロ》ニ語テ、便宜ヨキヤウニシテ、云カ如《ク》奥《ノ》屋ニ沙汰シスヱテ、人モ不《ス》レ通《ハ》、我モ行ク事モ无クテ過クシケリ。ヲボツカ无キ事ナド有リテ、問間《トハマ》ホシキ事ナトモ有レドモ、サシモ堅ク制シタル事ナレバ、イブセナガラスグス程」(25オ)ニ、六年ヲ経テ後チ、彼《ノ》女房ウチ泣テ、此ノ暁キ終《ハ》リ給ヒヌトテ出テニケリ。驚キテ行テ見レハ、持仏堂《ノ》内ニテ、仏《ノ》御手《ニ》五色《ノ》糸ヲカケテ、其レヲヒカヘテ、脇足《ケウソク》ニカヽリテ念仏申シタル手持モ不レ替《スラ》、念珠引キカケラレタル様、只生タル人ノ眠リタル様ニテ、露モ例《ヒ》ニ不レ違《ハ》、壇ニハ行具《ノ》ウルワシク置テ、鈴《レイ》ノ中ニハ紙ヲソヲシカイタリケル。最ト悲シクテ、事《ノ》有リ様ヲコマヤカニ問ヘハ、女ノ云フ様、年来カクテ侍レト、例《ヒ》ノ妻男《メヲトコノ》様ナル事更ニ无シ。夜ルハ畳ヲ並ヘテ、互ニ目ノ覚《サメ》タル時ハ、生死ヲ厭フベキ様、浄土ヲ願フベキ様ナドヲ、コマ〱ト教ヘテ給ヒツヽ、」(25ウ)由シ无キ事ヲハ云ハズ、昼ハ阿弥陀ノ行法三度闕《カク》ル事无ク、ヒマ〱ニハ偏ニ念仏ヲ申サレキ。又、我々ニモ勧メ給ヒキ。初ツカタ、二ッ月キ三《ミ》月マデハ、心ヲ置《ヲキ》テカク世《ノ》常ナラヌ有リ様ヲハワビシクモヤ思フ。若シサモアラバ心ニマカスヘシ。縦ヒウトクナル共、加様ニ縁ヲ結ブモサルヘキ事也。此ノ有リ様ヲユメ〱人ニ語ルナ。若シ又、善知識トモ思ヒテ、後世ノ勤ヲモ閑《シツ》カニセントナラハ、冀《コイネカウ》所也ト宣ヘ給ヒシカバ、更々御心ヲ置キ給フベカラス。年来相ヒ見シ人ヲハ、ハカナク見成シ侍レハ、争カ彼《ノ》後世ヲ訪ヒ、我ヲモ又カヽル浮世ニ廻リ来《コ》シ」(26オ)テ、深ク厭フ心ナカラン。サテモ世ニ立チ帰ルべキ様モ无キ事ニテ、加様ニホイナラヌ形チマテ見奉レハ、ナベテノ女ノ様ニ覚ヘズニヤ。努々チギリノ无コトヲ不足トハ思ハス、イミシキ善知識カナト、人ト知レス悦ヒテ過キ侍リシトモ申シ侍シカバ、返々ウレシキ事ニテ、今マ隠レ給ヘルモノカナ。兼《テ》シリ給ヒテ終ラン時キ、アイカマヒテ人ニナ告ケソト有リシカバ、殊《ト》更ラカクトモ不レ申トソ云ヒケル。（以下余白）」(26ウ)

発心集巻第二

守輔発願往生事

助重カ一声ノ念仏ニ依テ往生ノ事

讃州源大夫発心往心《ヒ》生事

江州《ノ》増テノ叟ノ事

伊与ノ僧都大童子事

末之二ヶ条難有念仏之勧信有之

（以下余白）」(27ウ)

二—12　守輔発願往生事　釈書十七有伝　（流二—〇22）

常盤橋《トキハノハシ》大夫守輔ト云フ者アリケリ。年八十ニ余テ仏法ト云フ事ヲ不レ知、斎日ト云ヘトモ精進モセス、法師ヲ見トモ尊ブ心モナシ。押ヘテ勧ムル人ト有レハ、還テ是ヲ欺ムク。都《ヘ》テ愚痴極レル人トゾ見エケル。然ルニ、伊予ノ国ニシル由アリテ下タリケリ比《ル》《ヒ》、永長元年ノ秋ノ比、異ナル病モナクテ、臨終正念ニシテ、忽ニ往生ス。面《マ》ノアタリニ紫雲現レ、カウバシキ香室内ニ充満《くテ》、目出度瑞相顕レタリケリ。是ヲミル人恠テ、其ノ所作ニ如何ナルツトメカセシト問フ。妻ノ云心ハ、本ヨリ邪見ニテ、功徳作クル事无シ。但シ、去々年ノ六月ヨリ、夕ヘ毎ニ不浄ヲモ不」(28オ)顧《ミ》、衣服ヲモ不レ調《ヘ》、西《ニ》向テ、一枚半斗リナル文《フミ》ヲ、掌ヲ合ツヽ拝ム事アリシカト云フ。ソ□（書損ジ）《ヒ》レヲ尋ネ出シテ見ルニ、発願ノ文也。其詞ニ曰ク、

弟子敬テ白ス。西方極楽化生阿弥陀如来観音勢至、諸ノ菩薩聖衆ヲ驚シ申ス。我レ、受ケ難キ人身ヲ受テ、タマ〳〵仏法ニ遇ヘリト雖トモ、心本ヨリ愚ニシテ、更ニツトメ行フ事ナシ。徒ニ明シクク《ラ》《ヒ》シテ、空ク三途ニ皈リナントス。然ルニ、阿弥陀如来ハ我等ト縁フカク御シ座ニヨリテ、濁レル末ノ世ノ衆生ヲスクワンカ為ニ、大願ヲ起シ給ヘル事アリ。ソノ趣キヲ尋《ヒ》ネヌレハ、設ヒ四重五逆ヲツクレル罪人也トモ、命チ終ラントキ、我カ国ニ生レント願テ南无

阿弥陀仏」(28ウ)ト十声ヘ申サバ、必ス迎ヘント誓ヒ給ヘリ。今マ此ノ本願ヲ憑ムカ故ニ、今日ヨリ後チ、命ヲ限テ、タ《(「タ」ル)》ヘコトニ西ニ向テ宝号ヲ唱フ。願クハ、若シ今夜マドロメル内ニモ命チ尽クル事アラハ、是ヲ終リノ十念トシテ、本願誤《アヤマタ》ス極楽ニ迎ヘ給ヘ。縦ヒ残ノ命チ有テ今夜ヲスキタリトモ、終リ思ヒノ如ニシテ御名ヲ唱フルニ不レ能ハ者ハ、日来ノ念仏ノ功ヲ以テ終ノ十念トセン。我レ罪ミ重ケレドモ、未タ五逆ニ不レ及。功徳少ケレトモ、深ク極楽ヲ願フ。則チ本願ニ背ケル事ナシ。必ス引接シ給ヘ。ト書ケリ。是ヲ見ル人、涙ヲ落シテ尊フ。普ク此文ヲ書取テ、信シ行ヒテ、証拠ヲ見タル人多カリケリ。」(29オ)

又、或ル聖リ、発願ノ文ヲ読コトハ无ケレドモ、マドロメル外ニハ、時ノカワル毎ニ最後ノ思ヒヲ成シテ、十念ヲ唱ヘツヽ、是斗リヲ行ヒテ往生ヲ遂ケタリトナン。勤ムル所ハ少ナケレトモ、常ニ无常ヲ思ヒ、往生ヲ心ニカケン事、要カ中ノ要也。若シ人心ニ不レ忘《ス》レ、極楽ヲ思ヘハ、命チ終ル時キ、必ス生《ウマ》ル。喩ヘハ、植ヘ木ノ曲レル方ヘ顛ル、カ如シトナン云ヘリ。

二―13　助重カ一声ノ念仏ニ依テ往正《生》シケル事

（流二―九21）

永久ノ比ロ、前ノ滝口助重《スケシケ》ト云フ者アリケリ。近江国蒲生《カマフ》郡ノ人也ケルカ、盗人ニ合ヒテ、射殺サレケルトキ間ニ、其ノ矢背ニ中ルトキ、声ヲ掲テ、南无阿弥陀仏ト、只一声ヘ申シテ死ヌ。ソノコヘ、タカクテ、」(29ウ)隣ノ里ニ聞エケリ。人来テミレハ、西ニ向テ居ナガラ眼ヲ閉テナン有リケル。其時キ、入道寂因《シヤクイン》ト云者ノ有リケリ。彼ノ助童《重》カ相ヒシル者ノナレド、其家近カカラネバ、此事ヲ不レ知。則チ、其ノ夜夢ニミル様ハ、広キ野ヲ行クニ、傍ラニ死人有リ。僧多ク集テ居告テ云ク、爰ニ往生人有ナリ。汝ヂ是ヲミベ《(マヽ)》シト云。則チ行テミレハ、彼ノ助重也ト見テ、夢覚メヌ。怪シト思フ所ニ、ヲリシモ其朝夕、助重カ仕フ童ハ来リテ、死タル由ヲ告ケヽリ。又或ル僧、近江ノ国ヲ修行シケルニ、ユメノ中ニ告タ《ク》ル様、今往生ノ人アリ。行テ縁ヲ結ブヘシト云フ。其所、助重カ家也。月キ日□(虫損)不レ違ナンアリケル。

彼ノ鳥羽ノ僧正ノ年」(30オ)来ノ行徳、助重カ一声ノ念仏、事ノ外ノ事ナレド、彼ノ僧正ハ悪道ニ留リ、是レハ浄土ニ生ル。爰ニ知ヌ。凡生《ヒ》夫ノ愚カナル心ニテ、人ノ徳ハ計リカタキ事也。

二―三14　讃州源大夫発心往生事　（流三―四29）

讃岐ノ国ニ、何ノ郡ニカ、源大夫ト云フ者ノアリケリ。サウ様ノ者ノ習ヒナレバ、仏法ノ名ヲダニモ不レ知。然レハ、生物《イキ》ヲ殺シ人ヲ滅スヨリ外ノ事ハ无カリケレバ、近キモ遠キモ、ヲヂ恐レタル事限リナシ。

或ル時ニ狩《カリ》シテ皈ル道ニ、人ノ仏ヲ供養スル家ノ前ヘヲ通ルトテ、聴聞ノ者ノ集レルヲミテ、何ニ態(マヽ)ヲスレバ人ハ多クアルゾト問フ。郎等カ云ク、」(30ウ)仏供養スルヲ待ツナリト云フ。イデヤ、興アリ。イマタミヌ事ナレバトテ、馬ヨリ下《ヲリ》テ、狩装束ノマヽニテ分ケ入レハ、庭モセキ居タル人々ハ是ヲ情《ロ》无シトミル。猶ヲ人ノ肩ヲコヘテ、導師ノ説法ノ傍ラ近ク居テ、事ノ心ヲ問フ。僧、ヲソロシナガラ説法ヲ留メテナン、阿弥陀仏ノ御誓ヒノ憑シキ事、極楽ノタノモシキ事、此世ノ苦シミ、无常ノ有様ナトヲコマヤカニ云ヒキカス。其ノトキ、此男《ヲノコ》、イトイミシキ事也。サアラハ、我ヲ法師ニナシテタベ。其ノ仏ノ御座《ヲ》スラン方エ詣ヒラント思ニ、ミチヲ不《ス》レ知《ラ》。心ヲ至シテ喚ヒ奉ランニ、出テ給ヒナンヤト問フ。誠ニ深ク心ヲ起シ給ハ、必ス出テ可レ給フト答フ。サラバ、我ヲ只今ニ法師ニナセト云フ。僧」(31オ)案スル様ニテ、トカク云ヒヤラズ。ソノ時ニ郎等ヨリ来テ、今日ハ物ノサハガシク侍ル也。皈リ給ヒテ静ニ其ノ用意シテ、出家シ給ハヽ宜シカラント云ニ、腹立テ、己《レ》ラ計リニテハ、如何カ我ヒ(マヽ)思ヒ立ツ事ヲハ妨ケントテ、眼ヲ瞋ラカシケレバ、怖《ヲツ》レテ立チ退ヌ。大方タ、今日ノ願主ヲ始トシテ、有トアラユル人ト、皆色ヲ失ヘリ。尚近ク居ヨリテ、只今髪ヲ剃レ。不レ剃《ハ》アシカリナント頻ニ責レハ、可レ遁方无クテ、戦々《ワナヽク》法師ニナシツ。衣モ袈裟請テ、ウチ着テ、是ヨリ西ニ向テ、声ノ限リヲ出テ、南无阿弥陀仏ト申テ行ク。是ヲ聞キミル人、涙ヲ流テ哀ミケリ。カクシツヽ、日ヲ経テ、遥ニ行々テ、末ニ山寺アリケリ。其ノ」(31ウ)寺ノ僧衆恠ミテ、事ノ心ヲ問フ。シカ〱トアリノマヽニ云ヘハ、貴ミ合事限リ无シ。サテ、物ノホシクヲワスラントテ、糒《ホシヒ》ヲ裹《ツヽ》ミテトラセケレバ、露ホトモ物ノ食ヒ心更ニナシ。只仏ノ出テ給ンマテハ、山林シ、海河《ミ》也トモ、力尽《ラ》キ、命ノ絶ヲ限リニ行ント思フ。心ノミ深クテ、其外ニハ何事モ不レ覚《ヘ》ト云テ、西ヲ指テ行ク。彼ノ寺ニ一人ノ僧アリ。此ヲフカク貴ミテ、跡ヲ尋ネツヽ、行テ見レハ、遥ニ西ノ海ノ涯《キワ》ヲ差テ出テタル山ノ鼻ニ岩ホアリ。上ニ居タリ。語テ云ク、海ニ阿弥陀仏ノイラヘ給ヘハ待奉ルト云テ、声ヲ揚テ喚ヒ奉ル。誠ニ海ノ西ニ幽カニ御声聞ヘケリ。ソノ僧ニ云様ハ、今ハハヤカヘリ給ヘ。サテ今マ七日斗リ過テ、又ヲワシマシテ、我カ様ヲモ」(32オ)見給ヘト云ケレハ、泣々皈リケ□《(リ)カ》。其後チ、云シカ如ク日数ヘテ、カノ寺ノ僧アマタイザナヒテ行テミル所ニ、本ノ所ニ露モハタラカデ、掌ヲ合テ、西ニ向テ、眠タル如ク居タリ。舌ノサキヨリ青蓮花一房生《ヲイ》出テタリケリ。各ノ仏ノ如ニ拝ミテ、此ノ花ヲ取テ皈ヘリニケリ。サテ、花ヲハ、ソノ国ノ守ニ奉リケルヲ、持テ上洛シテ、宇治殿ニゾ奉リケル。

功ヲ積ルコトハ无レトモ、一筋ニ憑ミ奉ル心深カヽリケレバ、往生スル事如此。

二―四15　江州《ワウミノ》増《マシテノ》叟《ヲキナノ》事（流三―26）

中比、近江ノ国ニ、乞食シアリク叟《ナ》アリケリ。立テモ居テモ、ミル事キク事ニ付ケテ、増《マシテ》トノミ云ヒケレバ、国ノ者トモ、増《テ》ノ叟トソ名付タリケル。サ」(32ウ)セル徳モナシケレトモ、年来諂ラヒアリキケレハ、人皆ナ知テ、逢ニ随《ヒ》テ哀レミニケル。

其ノ比、大和国ニ有リケル聖人ノ夢ニ、此叟必ス往生スベキ由シヲ見タリケレハ、結縁ノ為ニ尋テ、則此ノ叟カ草ノ菴ニヤトリニケリ。カクテ、夜ル如何ナル行ヲカスルトキクニ、更ニ勤ムル事ナシ。聖人アヤシク思ヒテ、朝ニ此ノ事ヲトフ。叟ナ、更ニ其ノ行ヒナキ由ヲ答フ。聖人重テ云様、我、真ニ其ノ月ノ其ノ日、汝カ往生スヘキ夢ヲミテ、熊《(マヽ)》ト尋テ来タリタル也。カクス事勿レト云フ。其時、叟カ云ク、我レ真ニハ一ツノ行ヒ有リ。則チ、増テト云フ事ワザ是也。飢タル時ハ、餓鬼ノ苦ミヲ思ヒヤリテ、□《(「マ」カ)》シテト云フ。寒ク熱キニハ、寒熱ノ地獄ノ苦ヲ思フ事、如《シ》レ此ノ。諸ノ苦《ミ》ニ逢ゴトニハ、」(33オ)イヨ〱悪道ヲ恐ル。若シ、甘キ味ニアヱル時ニハ、天ノ甘露ヲ観シテ、執ヲ不レ留《メ》。若シ、妙ナル色ヲ見ミ、勝タル声ヲ聞、香バシキ香ヲカグ時モ、是レハ物ノ数ニテモナシ。彼ノ極楽浄土ノ荘ヒ、物ニ触テ、増テイカニメデタカラント覚ヘテ、此ノ世ノ楽ミニフケラズトゾ云ケル。聖リ此事ヲ聞テ、涙ヲ流シ、掌ヲ合セツヽ、サリニケリ。

必スシモ浄土ノ相ヲ観セネトモ、只物ニ触テ、理リヲ思ヒケルニモ、往来《生》《ヒ》ノ業トナリニケリトナン。

二―五16　伊与ノ僧都ノ大童子ノ事（流三―二27）

奈良ニ、伊与ノ僧都ト云フ人有リケリ。白河院ノ末ノ事ニヤ、アヒ奉リタリケン。近キ世ノ人ナルヘシ。其ノ僧都ノ許ニ、年来仕大童子アリケリ。」(33ウ)朝夕念仏申ス事、時ノ間モ不レ怠。

或ル時、僧都夜深テ物ヘ行キケルニ、此童ハ、火ヲトモシテ車ノ前ニ行ヲ見レハ、火ノ光リニ映シテ、仏光顕レタリ。アヤシク、メツラカニ覚ヘテ、人ヲ喚テ、此ノ火ヲ車ノ後ニトモサス。カクテ又向テ是ヲミルニ、猶ヲサキノ如ク明カ也。アリガタサ云フ斗リ无クテ、其ノ後チ此童ヲ喚テ云様、抑モ齢モ漸ク高クナリタリ。カク念仏申ス事、イト貴シ。今ハ宮仕ノ分バカリニテ、閑《ノドカ》ニ念仏シテ居ベシ。然ラハ、食物ノ為ニハ、聊カ田ヲ分ケテトラセント云フ。童、何ニ事ニ思シ食シアヒテカクノ給フゾト云フ。只、宮仕ヘツカウマツリテ、更ニ念仏ノ障リニナル事侍ス。身ノ堪テ侍ランヲ限リハ、事《ツカフ》マツラン」(34オ)トコソハ思ヒ奉リケレ。最トホヰナシト云フ。其ノ体ニハ非ストテ、事ノ謂ヲ委ク云ヒ聞セケレハ、然ラハ畏リ侍ルトテ、給ハリケル。此田ヲ、二人持タリケル子ニ分チ取セテナン、食物ヲ沙汰セサセケル。カクテ、猿沢ノ池ノ傍ラニ、一間ナル菴ヲ結ンテ、イト丶他念ナク念仏シテ居タリケレバ、本意ノ如ク臨終正念ニテ、西ニ向ヒ掌ヲ合テ終リニケリ。

世ニ交ルニモヨラス、山林ニアトヲクラクスルニモヨラス、只功ヲ積メル者ハ、必ス大往生遂ル也ト云云。

二―六17　伊与ノ入道往生事　（流三―三28）

伊与守源頼義ハ、若クシテヨリ罪ヲ作テ、聊モ慚《ザン》愧ノ心无リケリ。」(34ウ)殊更御門ノ仰ト云ヒナガラ、陸奥国ニ下向テ、十二年ノ間謀反ノ輩ヲ滅シ、其ノ諸ノ眷属ヲ失フ事数モ不レ知ラ。因果ノ理ハリ空シカラネバ、地獄ノ報疑ヒナカラント見ヘケルヲ、郎等ノ中ニ先立テ世ヲ背ク者ノ有リケリ。三ノワノ入道トゾ云ヒケル。折節シニ付テ、此ノ世ノ常无キ事、又罪ノ報ヒ怖ルヘキ様ナド云ヒケルヲキイテ、忽《ニ》発心シテ、カミヲヲロシテ、一筋ニ往生極楽ヲ願ヒケリ。彼ノ三ノワノ入道カ作タル堂ハ、伊与ノ入道ノ家ノ向ヒ、佐目牛《サメウシ》西ノ洞《ト》院《イ》也。三ノワ堂トゾ云テ、近来マテモ有キ。彼《ノ》堂ニテ行フ間、昔前《マヘ》ノ罪ヲ悔ヒ悲ケル涙、板敷ニ落チ積リテ、大床ヨリ土ニ流トナン。其後チ語リケルハ、」(35オ)今ハ往生ノ願ヒ疑ヒナク遂ナン。勇猛強盛ナル心ヲ(マヽ)起レル事ハ、昔シ衣モ河ノ館ヲ落トサントセシ時ニ異ナラズトナン云ヒケル。誠ニ終リ目出タクテ、往来《生》シタル由伝ニ注セリ。多ク罪ヲ作レハトテヒゲスヘカラズ。深ク心ヲ起テ勤メ行ヘハ、往生スル事又如此。ソノ子息ハ終《ニ》善知識モナク、懺悔ノ心ヲモ起サ丶リケレバ、罪ミ滅スヘキ方モナクテ、重キ病ヲウケタリケル比、向ニ住ミケル女房ノ夢ニミル様、サマ〳〵ノ姿シタルヲソロシキ者共、数モ不レ知ラソノアタリヲ打囲《ウチカコメリ》。イカナル事ゾト尋ヌレハ、人ヲカラメントスル也ト云申。トハカリ有テ、男ヲ一人追立テ丶行ク。前ニ大ナル札ヲ差シ揚タルヲミレハ、无間地獄ノ罪人也ト」(35ウ)カケリ。夢覚テ、イトアサマシクヲホヘテ尋ケレハ、彼ノ子息、コノ暁ハヤウセ給ヒヌト云ケリ。アサマシキ事共也。

二―七18　参河ノ入道逆縁ナカラ往生事（流二―四16）

此ノ参河ノ聖ト云ハ、大江ノ貞基《サタモト》ト云フ博士是也。参河ノ守ニ成リタリケル時、モトノ妻ヲ捨テ、類ヒナク覚ル女メヲ相具シタリケル程ニ、国ニテ女病ヲウケテ終ニハカナク成ニケリ。歎キ悲ムコト限リ无シ。恋慕ノ余ニ、スベキワザモセズ、日来フルマヽニナリ行様ヲミルニ、イトヽウキ世ノ有様ニ思ヒシラレテ、道心ヲ起シタル也。髪ヲオロシテ後チ、乞食シアリキケルニ、我カ道心ハ真ニ起ルカト心ロミントテ、元ノ妻ノ許ヘ行テ」(36オ)物ヲ乞ケレハ、女コレヲ見テ、我ニウキ目ヲミセタル報ヒニヤ、カヽル身ノナレルハテヨトテ、手ヲ扣テ向ヒ笑ヒタリケルカ、更ニ何トモ覚ヘザリケレバ、御身ノ徳ニ仏ニナリナン事コソウレシケレトテ、手ヲステ(マヽ)合セ、悦ヒツヽ出ニケリ。

サテ、彼ノ内記ノヒシリノ弟子ニ成テ、東山如意輪寺ニスム。其後チ、横河ニ登テ、源信僧都ニ相ヒ奉テゾ、深キ法ヲハ習ケル。カ《ク》テ、唐エ渡テ、云シラス円通大師トソ申シケル。往生シケル時ハ、仏ノ御迎ヘノ楽《ガク》ヲ聞テ、詩ヲ作リ、歌ヲヨマレタリケルヨシ、唐ヨリ注シ送リ侍リケルトナン。サレバ、其詩歌ニ云ク、

笙歌遥聞《ニユ》孤雲ノ外、聖衆来迎《ス》落日ノ前《エ》、雲ノ上ニ遥ニ楽ノ声ヘス也、人ヤ聞クランヒガミヽカソモ。盛衰記四十八之十紙往見」(36ウ)

二―八19　内記ノ入道ノ事（流二―三15）

村上院ノ御世ニヤ、内記ノ入道ト云フ人有リケリ。ソノカミ世ニ仕エケル時ヨリ、心ロ一ニ仏道ヲ望ミテ、事ニ触レテ憐レミフカクナンアリケリ。大内記ニテ注スヘキ事有テ内ヘマイリケルニ、左衛門ノ陣ノ方ニ、女ノ涙ヲ流テ泣キ居タルアリ。何ニ事ニ依テ泣ゾト問ケレバ、主シノ使ニテ、石ノ帯ヲ人ニ借テ持テマカリケルヲ、路ニテ落テ侍ル。主シニ重ク諫《イマシメ》ラレンズ。サバカリ大事ノ物ヲ失ヒタル悲シサニ、カヘル空モ不レ覚ヘ、ヤル方ナクテテト云フ。心ノ中ヲシハカルニ、誠ニサゾ思フラン

トイトウシクテ、我カシタル帯ヲトイテトラセテゲリ。本ノ帯ニテハアラネド、空シク」(37オ)失テ申方ナカランヨリモ是ヲ持テマカリタラバ、自然ニ科《トカ》モ宜シカラントテ、悦ヒテマカリニケリ。サテ、片タ角《スミ》ニ帯モナクテカクレ居タルホトニ、事始リケレハ、生シ生《ヒ》〱《ヒ》（生シ（「生シ」の上に踊り字））ト催サレテ、御倉《ミクラ》ノ小舎人カ帯ヲ借テソ公事ヲツトメケル。

中務ノ宮ノ御師匠ニテ、文習ヒ給ヒシ時モ、少シ教エ奉テハ、ヒマ〱ニ目ヲフサキツヽ、常ニハ仏ヲソ念シ奉リケル。或ル問《ト》時、六条ノ宮ヨリ迎ニ馬ヲ給リタリケレバ、ノリテ参リケル道ノ間ニ、堂塔ノ類ヒハ云ニ不《ス》レ及ハ、聊カノ卒塔婆ノ一本アル所ニテモ、必ス馬ヨリ下リテ恭敬礼拝ス。又草有ル所ゴトニ馬ノ喰《ハミ》トマル時モ、馬ノ心ニマカセツヽ、コナタカナタヘヨルホトニ、道ニテ日闌《タケ》テ、ツトメテ家ヲ出タル人ノ未申ノ」(37ウ)時マデナン成リニケル。舎人ツキナク覚テ、馬ヲアラヽカニ打タリケレハ、涙ヲナカシ悲ミテ云ク、多クアル畜生ノ其中ニ、カク近付モ深キ宿縁ニ悲《ヒ》《非》スヤ。過去ノ父母ニテモヤアルラン。何トテ罪ヲツクルゾ。最トカナシキコト也ト、驚キサワキケレハ、舎人云斗リナクテゾ立ケル。

加様ノ心ナレハ、池亭池《ヒ》記トテ、書置タル文ニモ、身ハ朝ニ有テ心虚《イタツラ》ニ有トソ侍ヘル。年闌テ後チ、髪ヲオロシテ横河ニ登テ、法文ヲ習ヒケルニ、僧賀聖《リ》ノ、未タ横川ニ住シ給ヒケル時、是ヲ教フトテ、止観ノ明静ナル事ハ前代未聞トヨマルヽニ、此ノ入道タヽ泣ニナク。聖リアナ愛敬ナク、ソラ道心ヤトテ、コブシヲニギリテ打給ヒケレバ、我モ人モ事ニガリ」(38オ)テ立チニケリ。程経テ、サテシテ侍《ヘ》ルベキカ、此ノ文《フミ》請ケ奉ラント云フ。サラバト云テ、ヨマルヽニ、又先キノ如ク泣《ナク》。ハシタナクサイ《ナ》マルヽ程ニ、後ノ詞モ聞《カ》テ休《ヤミ》ニケリ。日来経テ、猶ヲコリズ間《マ》ニ、御気色ヲ取リツヽ、恐々《ヲソレ〱》請ケ申スニモ、只タ同キ様ニ泣キケル時ゾ、聖モ共ニ涙ヲ流シテ、誠ニ深キ御法《ノリ》ノ尊ク覚ユルニコソトテ、哀レニ思ヒ給ヒテ、閑《カ》ニゾ授ケラレケル。カクシツヽ、ヤゴト无ク徳至リニケレバ、御堂入道殿モ五戒ナド受ケ給ヒケリ。

サテ、聖リ往生シケル時キハ、御諷誦ナンドシ給ヒテ、サラシ布百《ヌノモヽ》ムシ給セタリケル。請文ニハ参河ノ聖秀句《シウク》書トトメタリトテ、昔ノ隋《スイ》」(38ウ)ノ煬《ヤウ》帝ノ智者ニ報セシ千僧一《ツ》モアルマシ。今左丞相寂公ヲ訪フ。サラシ布《ヌ》ノ百《モヽ》ニミテリトゾ哀レナリケル。

二―九20　母《ハヽ》女《ムスメヲ》妬《ネタフテ》　手ノ指ヒ蛇成事　(流五―三50)

何ノ国トカヤ、慥ニ聞キ侍リシカドモ急キ(マヽ)ニケリ。或ル所ニ、身ノ盛リケ《ナ》ル男ノ、ヲトナシキ妻《メ》ヲ相具シタルナン有リケリ。然ルニ、此ノ妻《メ》、先キノ男ノ女《ムスメヲ》一人持タリケリ。如何カ思ケン、男ニ云フ様《フ》、我レニ暇《イトマヲ》タべ。此ノ内ニ一間《ヒトマ》有ラン曹《サウ》子ニ居テ、閑《カ》ニ念仏ナト申シテ、イタラン外ノ人ヲ語タラハンヨリハ、是ニ有《ル》若キ人ヲ具シテ、世ノ中事ヲモ沙汰セサセヨ。サラバ、ウトカラン人ヨリモ、我カ為ニモヨカ」(39オ)ラン。今ハ年闌《タケク》成テ、加様ナル有《リ》様、事《ニ》触レテホヰナラズト思ヒケレバト云フ。男モ驚キ思ヘリ。女《ムスメモ》有間敷キ様ニ云ヒケレバ、等閑ナラズ。トモスレバマメヤカニ打クドテ《キ》《ヒ》ツヽ云フ事、度々ニ成リヌ。サボト(マヽ)ニ思ハルヽ事ナラバ承ケタマワリヌトテ、云カ如クシテ奥ノ方ニスヱテ、男ハマヽ女《ムスメト》ナン相棲ケル。

カクテ時々ハザシヌルヲノゾキテ、何ニ事トカヲワスルナント云フ。事ニ触テ女《ムスメモ》男モ不レ得《ス》レ意、愚カナラヌ様ニテ年月ヲ送ル程ニ、或時、男ハ物エ行キタル間ニ、此ノ妻、母ノ方エ行テ物語ナトスル程ニ、母ユヽシク物ノ思ヘル気色ナルヲ、心得ス覚エテ、我ニハ何事カ隔《ヘタ》テ給フ」(39ウ)ベキヲボサレン事ヲ宣ヒ合セト(「ヨ」脱カ)云フ。更ニ思フコト无シ。只タ我レ、此ノ程ト乱レ心地ノアシクテナド云ヒマキラハス様ノタヽナラス恠シケレバ、猶ヲ々強《シイテ》問フ。其ノ時キ母云様、誠ニ何ヲカ隠シ申サン。ヨニ心ロウキ事ノ有ル也。此ノ内ノ有様ハ、我カ心ヨリ起テ申シ勧メシ事ゾカシ。然レハ、誰レヲモ恨ミ申スヘキ方无シ。而レトモ、夜ノネザメナトニ傍《ワラ》サヒシキニモ、手ト心ノハタラク事モ有リ。又昼サシノゾカルヽヲリモ、ヨソ人ノ振舞ニナリタル物ノ哉ト胸ノ中《ウチ》騒《ク》ヲ、是ハ人ノ科《トカ》カワ。アナ愚カノ身ヤト思ヒ返シツヽ過シケレドモ、猶ヲ此ノ事深キ罪ナレルニヤ、アル《カヽ》《ヒ》」(40オ)アサマシキ事ナン有ルト云テ、左右ノ手ヲ指出《サシ》シタルヲ見ハ、大指ヒ二ツナガラ蛇《クチナワニ》成リテ、目モヲソロシク、舌ヲ指出シテヒロ〳〵トス。女《ムスメ》、是ヲ見ルニ、目モクレ、心モ惑ヒ、マタ事云ハス。彼ノ女、髪ヲヲシ切ツテ尼ニ成リニケリ。男コ帰ヘリ来テ是ヲ見テ、則チ髪ヲ切ツテ発心シ、元ノ妻《フルメ》モ尼ニナリ、三人同ク行ヒスマシテ居タリケレバ、蛇モ漸ク本ノ指ニゾ成リニケリ。後ニハ母ハ京中ニ乞食シケルトカヤ。正ク見タリトテ、旧キ人ノ語リシカハ、近キ世ノ事ニコソ。

女《ヲンナ》ノ習ヒ、人ヲ猜ミ、物ヲ妬《ネタ》マシト思フヨリ、多クハ罪深キ報ヲ受クル也。中々《ナカ〳〵》加様ニ顕ハレヌル事」(40ウ)ハ、悔《ク》ヒ悲ミテ罪ヲ滅《ホロボス》ス方モ有リヌベシ。不《スシテ》レ然ラ強《ツレナ》ク心ノ内ニ思ヒクヅヲレテ一生ヲクラス人、殊ニ地獄ノ業ヲ作リカタメヌル事コソ最ト心ロウケレ。如何《イカニモ〳〵》心ノ師ト成テ、且ハ前キ世ノ報トモ思ヒ、且ハ夢ノ中ノスサミトモ思ヒ成シテ、一念ナリトモ悔ル心ヲ起スヘキ也。

或ル論ニ云、人重キ罪ヲ作リタリトモ、聊カモ悔ル心ロ有ラハ、定業トナラズトコソ侍レ。ツヽシムヘシ。後世ヲ欣フヘシ。

二一〇21　執心ニ依テ亡妻現身ニ夫《トノ》家ニ皈リ来ル事

（流五―四51）

近カ来ロ、片田舎《カタイナカニ》男有リケリ。年来志サシ深クテ、相具」(41オ)シタル妻《メ》ノ子ヲ産テ後チ重ク煩ヒケレバ、男モ副《ソイ》テアツカイケリ。限リナリケル時キ、髪ノアツケニ乱レタリケルヲ、結アゲントテ、傍《ラ》ニ文ミ有リケル。片タ端ヲナン引キサキテ、モ《ト》ユイニシテ□（書損ジ）結《ゾ》ヒタリケル。カクテ、程无クテ息キ絶《ヘ》ニケレハ、鳴々一片ノ煙トナシツヽ、其後チ跡ノ事共モ営ムニ付テモ、慰ム方モ无クテ、恋ク思フ事尽モセス。争カ今セメテ一度有シ時ノ姿ヲモ見ント涙ニ咽《ムセ》ヒテ明シ暮ス程ニ、或ル時キ、夜イタクフケテ、彼ノ亡者 夫 閨《ヲツトノネヤ》ニ来《レ》リ。夢カト思ヒケレバ現《ウツヽ》ニテソ有リケル。リテモ生ヲ隔テシ人ノ如何《カン》トシテ」(41ウ)来リ給フゾト問ヒケレハ、然ナリ、答テ云ク、現《ウツヽ》ニテ加様ニ皈《リ》クル事ハ、理リ中々タメシモ无キ事ナレトモ、今一度見マホシク覚《ヲホ》セル志シ深ニ依リテ、難《キ》レ有《リ》事ヲワリ无クシテ来レル也ト語《カタ》ル。其ノ程ノ心ノ中、ナカ〳〵書キ不可尽ス。枕ヲカワス事迄モ有シト、カクシテ暁キヲキテ帰ヘリケルニ、物ヲ取リ落シタル気色ニテ、コヽカシコサグリ求ムレトモ、何ニトモ思ヒワカズ。明ケハテヽ後チ、跡ヲ見ケレバ、モトユイニテゾ有リケル。取リテコマカニ見ケレバ、限リナリシ時キ、カミ結ワケタリシ返故《ホンゴ》ニテゾ有リケル。焼タリシカバ留ルヘキ物ノニモ非ス。サレバ、アヤシク覚ヱテ、」(42オ)有リシヤブリ残リシ文ヲ続《キ》テ見ルニ、露バカリモ違カワス。

近キ世ノ不思儀也。更ニ浮タル事ニ非ストテ、叡山ノ澄憲法印、人ニ語《ラ》レケル也。モロトモニ輪廻ノ業アサマシキ事共也。

又昔シ、小野ノ篁《タカムラ》ノ妹《イマフト》。ウセテ後チ、夜ナ〳〵現《ウツヽ》ニ来《キタ》レリ。是ハ物ノ云フ声計リシテ、探《サクル》ニハ手ニサワル物无リケリ。志シノ深ニヨリ、不思儀ヲ顕ス事、此ニテ知ヌベシ。

凡夫ノ愚ナルタニモ、カヽル事有リ。増テ仏菩薩ノ類ヒ、心ヲ至テ見ント願ハヽ、其ノ人ノ前ニ現《アラハ》レント誓ヒ給ヘリ。是ノアリ難キ御誓ノ御法ヲ聞キナガラ、行ヒアラワシテ見奉ヌハ、我カ心ノ科カナ」(42ウ)リ。妻子ヲ恋ルカ如ク念シ奉リ、名利ヲ思カ如ク行ハヽ、現シ給ハン事カタカラジ。心ヲ致ス事ハ无テ、末世ナレハ叶ハジトテ、空ク退心スルハ、只志シノ浅キヨリ起ル也。

或ル人ノ云ク、青蚨ト云フ虫、夫婦契深キ事、諸ノ有情ニ勝レタリ。其ノ証拠ヲ顕サントスル時キ、此ノ虫ノ夫婦ヲ取リテ、銭二文ニ別々ニ干《ホシ》付テ、市ニ出テ、此ノ銭ヲ一ツヽ商人ノ物ニカヱヌレバ、トカク転々《テンテン》スル事、数モ不《ス》レ知ラ。然レトモ、其ノ契リ深ニヨリテ、夕ニハ必ス本ノ如クニ、此銭貫ヌカレテ行キ念ヒ合フト云ヘリ。此ノ故ニ、銭ノ一ノ名ヲ青蚨ト云ゾト。虫ノイモセノ契リヲ注シテハ用ナケレドモ、加」(43オ)様ノ事ニ付ケテモ思フベシ。我ラ志ヲ深ク致シテ、仏法ニ値遇シ奉ラント願バ、ナドカ青蚨ノ契リニ異ナラン。縦ヒ業ニ引レテ思ハヌ道ニ到ルトモ、ヲリ〳〵ニハ必ス現シテ救ヒ給フヘシ。アリカタキコトナリ。

二―一22　乞食尼《アマノ》単《ヒトヘ》衣ヲ得《ヘテ》同寺《ニ》奉加《タル》事（流六―一73）

或ルナマ宮仕人《ミヤツカイヒト》、清水ニ籠リタリケル局《ツホネ》ノ前ニ、色ハミサレホレタル老。ノ《尼》、形ノ如ク瘦衰《ヤセヲトロヘ》タルガ出来テ、物ヲ乞アリク有リケリ。十月計ニ、ヤレタル惟《カタヒラノ》キタナゲナルヲ只一ツ着《キテ》、上ニハ蓑着《ミノヲ》タリケレハ、見ル人アナイミシノ様ヤ、両《（マヽ）》モフラヌニ、ナド蓑ヲハ」（43ウ）着タルゾト問フ。是ヨリ外ニ持タル物ノ无シ。寒々《サムサハ》シスベキ方ナクテテト答フ。アタヽマリ有ルベシトコソヲホヘネト云テ、傍《カタヘ》笑《ヒ》ヘリ。菓物ノナドトラセタレバ、打食立《ウチクヒテ》ケルヲ、如何カ思ヒケン、喚返シテ単《ヒトヘヲ》一ットラセケリ。悦ヒテ取テ出テヌト思程ニ、ヤガテ同キ寺ニ奉加スル所ニ行テ、硯ヲ乞テ、イトウツクシキ手ニテ此ノ歌ヲ書キツヽ、単ヲ置テイツチトモ无ク隠レニケルトソ。

彼ノ岸ニ漕《コキ》ハナレニシ尼ナレバヲシテツクベキウラモ《モ》。タラズ。

二―一23　母子三人賢者《カシコケレハ》死罪ヲ遁《タル》事（流六―四66）」（44オ）

昔シ男有リケリ。男子二人持チタリケルニ取リテ、兄ハ前ノ妻ノ腹ヲ、弟ハ今ノ妻《メ》ノ腹ノ子ニテ有リケリ。カヽリケレド、兄ノ男。ノ子《ノ子》継母ノ為ニ露程モ疎《ヲロカ》ナル事无シ。過キニシ我カ母ノ如ク懇ニ孝養スレバ、母父我カ子ニ思ヒヲトス事无リケリ。

二人ノ子、漸ク人ニ成テ後チ、父先キ立テ病ヲ受テ死ナントスル時キ、母ニ云様フ、年来此ノ兄ノ男ヲ憐ミ育《ハコクム》事ハ、事ノ折節ニ皆ナ思ヒ知レリ。ウシロメダカナルベキコトナラネド、无ラン跡ノ事ヲ思ニ、猶カレガ事ヲイトウシク覚ルナリ。我ヲ深ク思ハヽ、我ガ形見ト思ヒテ、イトウシクセヨト泣々云置キ」（44ウ）テ死ヌ。其ノ後チ、母此事ヲ不レ違《ス》、イヨ〳〵弟ニモ勝《マサリテ》憐ミケル。カヽルホドニ、共ニ男ニ成テ、兄ノ男ニ妻ヲ儲タリケル。此ノ妻像チヨクテ、見ル人多ク心ヲ動ス。其中ニ朝夕公《ヲウヤケ》ニ事マツテ程ヨリモ奢《ヲゴ》レル者ノ有リケリ。己《ヲノ》カ身ノ君ニシラレ奉ル事ヲ憑ミヤ有ケン、ヲサヱ〳〵男ニモ不《ス》レ懼ラ、動《ヤヽモスレ》ハ顧《カヘリ》ミテ通フヲ見ニ、弟ノ男此《ヲノコ》ヲヤスカラズニ思ヒテ、後ノ科カヲモ云ハス走リ寄テ、彼ヲ殺シソ《ツ》《ヒ》。隠クサントスレド、此ノ事世ニ聞ヘテ、則弟ノ男《ノコ》　カラメラレヌ。死シタル者ノ親キ輩《シタシ》ラドモ、早ク命ヲメサルヘキ由シ、強《コワ》ク訴《ウッタヘ》申ス。上ニモ御咎《トカ》メ軽カラザリケレバ、捨《ヒ》検非違」(45オ)使承テ殺サントス。其ノ時キ、兄ノ男《ノコ》　進ミ出テ申様、弟ノ男ハ更ニヲノガ身ノ為ニ事《ツカウ》ニ非ス。此ノ事ハ我カ源《モト》ニテ侍ル也。早ク我レ罪ヲ蒙ムルヘシト申ス。弟申ス様フ、兄ハ彼ノ女ノ男ト申ス計リニテコソ侍レ。更ニ過《トカ》シタル事无シ。我レコソ罪ハ蒙ラメト申ス。兄弟、此ヲ諍フ間ニ、上ニモ計ヒ煩ヒ給ヘリ。独リヲ罪セラルヘキニ取リテ、是レラカ申シ事共ニイワレ无キニ非ス。サラバ、母ヲ召出シテ是カ申サンニ依ルベシト定ラレヌ。則チ、召シ出シテ此ノ事ヲ問ハル丶ニ、兎角《トモ》モ思ヒ煩ヒテ涙ヲ流シツ丶、弟ヲ罪セラルベキ由ヲ申ス。其ノ時、検非違使思ノ外ニ覚ヘ」(45ウ)テ謂《(「ワ」カ)イソレ》ヲ問フ。母ハ丶申ス様フ、兄ハ継子也。弟ハ真子也。シカハ有レドモ、幼《ヲサナ》カリシ時ヨリモ、彼レ真ノ母ト憑ミ、我モ子ニ思ヒヲトスコト无シ。其ノ上ヱ父マカリ隠侍時キ、懇ニ申シ置事侍リキ。其詞ハ心ノ底ニ残テ昔ヲ思ヒ出ル事、只今聞クカ如シ。縦ヒ、イクタリノ我カ子ヲ失シナウ共、彼レヲハ助ケント思フ。都ヘテハ父マカリ隠レシヨリ後チ、是レ等ヲ左リ右キニスヱツ丶、兄ヲハ父ノ形見ト憑ミ、弟ヲハ我身ト思テ、諸ノ愁ヲ慰メツ丶月日ヲ過シ侍ルニ、此ノ罪ヲ蒙レル事、則チ我カ報ノ拙タナキ也ト云ク《ヒ》フ。人皆々涙ヲ流ヲ《ヒ》シテ憐レム。彼ノ訴ヘ申ス者モ又是ヲ」(46オ)憐レミケリ。此ノ事、上ニ聞食シテ、三人共ニヤゴト无キ者ノ共也。罪ヲ宥《ナダメ》許スヘシトナシン仰セラレケリ。

彼ノ山隠ノ中納言ノ上ニハ等《ヒトシク》《ヒ》　无リケリ。継母ノ心ワリナカリシ。但シ是ハ昔ノ三賢ト云フ物語リニ似タリ。若シハ其ノ事ニテモ有ル歟。

二一三24　上東門院ノ女房深山ニ住タル事（流六一一三75）

或ル聖リ、都ノ辺リヲ厭フ心深クテ、人モ通《カ》ヌ山陰クレナドニ住ムベキ所ヤ有ルト尋アリキケリ。サル程ニ、北丹波ト云フ方ニ、イタク人跡絶タル深山ノ奥ノ谷ニ、河ヨリ切花ノ柄《カラノ》流レ出ル所《トコロ》有リケリ。最恠《イト》クテ、如何ナル人ノ如何ニシテ住ムラント、ヲボツカナサ」(46ウ)ニ河ヲ便リテ《ヒ》ニ尋ケリ。遥ニ分ケ入テ見レハ、形ノ様ナル柴ノ庵ノ軒《ノキ》ヲ双ヘテ二ツアリ。メヅラカニ覚ヘキ《テ》《ヒ》、近ク歩ミテ寄ル程ニ、窓ヨリ其ノ像チトモ无ク黒ミ衰ヘタル人、僅カニ指出タルガ、人気色ヲ見テ引キ入リヌ。暫タヽスミテ聞ケレバ、アハレサカサヌ事カ、花柄《カラ》アダニ散シ給ヒテトト云フ気色、女フ《ノ》《ヒ》声也。濁レル《ヒ》末ノ世ニモ、カヽルスマイスル人ハ有物カワト、有難ク覚ルニモ、先ツ涙タ落テ、如何ナル人ノカクテハ御座スソ、身ニタヱタル我等タニモ猶ヲェ思ヒトリ侍《ラヌニ》、イト有難キ御志サシカナト、様々カタヘ《ラ》ド、イラヘモセズ。其ノ時キ、聖リ打恨ミテ、我カ身ハシカ〳〵」(47オ)ノ者ニテ侍ル也。菩提心ヲ起シテ世ヲ遁レ、身ヲ捨テ、カク山林ニ迷ヒアリキ侍レハ、志シ同キ故ニ、殊ニ随喜シ奉ル中ニモ、女ノ御身ニハ事ニフレテ障リアリ。カクヲボシ立ケン事ノ返々ス哀レニ類ヒ无ク、且ハコマカニ承テ、我カ心ヲモ弥ハゲマシ侍ラント思ヒ給フヲ、カク隔テ給ヘハ、イトホヰ无クナトマメヤカニ打クドキ恨ムレバ、トバカリタメライテ云フ様、隠シ申ントモ思ヒ侍ス。年来、コヽニ住ミ侍リツレド、イマダカク尋来タル人々《モ》《ヒ》无キニ、思ヒ懸ス来リ給ヘハ、何ト无ク心サワギテ御イラヘモトドコウリ侍ル也。此ノ上ハ、我等カ有様申シ侍ラン。昔シ齢《ヨハイ》サ」(47ウ)計ノ時、二人同様ニテ上東門院ニツカヘ奉リ侍シカ、世ノ有リサマノ替リ行ヲ見テモ、又高キモ賤キモ、。端《片》ニ无クナリヌルヲ聞ニモ、都ヘテ此ノ世ニ心モ留ラス。サレバ、殊ニ優ナリシ所《ノ》習ヒナレバ、色深キ心共ニテ、事ニ触レツヽ身ニ若ク罪ヲ積ラン事モ恐ロシク侍シカバ、二人申シ合テ、行キ方知スニ這《ハイ》陰レニキ。其ノ後チ、此コ彼ニ諂《ヘツラヒ》侍シカド、人ノアタリハ事ニフレテ住ミニクキ物也。心ニ叶ハヌ事ノミ侍リシニ依リテ、思ヒ懸ス此跡ヲ留メテ、自《ヲノツカ》ラ多ノ年ヲ経タリ。散ル葉ノ色ヅクヲ見テ、春秋ノ過ヌル事ヲ算レハ、四十余年ニナリ侍ル也。」(48オ)住ミ初《ソメ》侍リシ比ハ、嵐ノ音モケハシク、ハカナキ鳥獣モノヽ気色マデモヲソロシクテ、堪ヘ忍フベキ心地モアラザリシカドモ、今ハ住ミ馴テ、タマサ□（書損ジ）カニ立チ出テ侍ル時モ、此ヲ栖カト急キ帰ヘリマウデクレバ、サルベカリケル事ト哀レニ侍也。何トナラワセル事ニカ生ルヽ数トテ、雲モ風ニ身ヲ任セテモ叶ハ《ハネ》、◦リ《独々》。替テ十五日ツヽ里ニ出テ、互ニ養フ態ヲナンシ侍ル。此ノ双ヘル庵ノ中ニ窓ヲアケテ、僅ニ訪ヒ侍ヲ命トシテ、念仏シ侍ヘル也ト、ナマメカシクアウ《テ》ナル気色ニテ語ル。聖《リ》モ不《ス》レ覚《へ》袖ヲシボリテ、一仏浄土ノ契《リ》ヲ結テ帰《リ》ヌ。其ノ後、麻ノ衣時《モトキ》料ヤ」（48ウ）ウノ物ノナト用意シテ、尋行キタリケレバ、有シ庵ノ跡計リ残テ、行キ方モ不《ス》レ知《ラ》ナリニケレ。問フベキ方《モ》无カリキ。人ノ心同シカラネバ、其所行モ又様々ナレドモ、女ノ身ニテカヽル住居思ヒ立チケン事、タヾヲボロケノ道心ニテ非ス。今此ノ事ヲ思ニ、汚《ケカラ》ワシク危《アタ》ナル身ヲ山林ノ間ニヤドシ、命ヲ仏ニ住（マヽ）セ奉リテ、只不退ノ身ヲ得ン事ハ、ゲニ心ロ賢《シコ》カルベキ行ヒ也。

閑《シツカ》ニ過ヌル方ヲ思ヘハ、輪廻生死ノ有様、量《モ》无ク辺《リ》モ无シ。一人カ一劫ヲ経ル間ニ、身ヲ捨タルカバネハ朽スシテツモラバ、毘フラ山ノ如クナラント云ヘリ。一劫猶ヲ如《シ》レ此ノ。況ヤ无量劫ヲヤ。其ノ間諸ノ有情」（49オ）一トシテ受ケザル身モ无ク、苦ト云《ヒ》モ（以下挿入）「楽ト云ヒ事トシテヘサルコトナシ定テ仏ノ◦《出》世ニモ」菩薩ノ教化ニモ預カリケン。然レトモ、楽ヲ受タル時ハ、楽ニフケリテ後世ヲワスレ、苦ミニアヘル時ハ、苦ヲ愁《ウレ》ヘテ緩《ヲコタ》リシ故ニ、今猶ヲ凡夫ノ拙キ身トシテ出離ノ都ヲ不レ知者也。過去ノ愚カナル事ヲ思フニ、未来モ又如《シ》レ此。大方タ、諸仏《ヒ》□《菩》薩ト申スモ、本ハ皆凡夫也。其因位ヲ思ヒヤレバ、忝ナク我等カ父母トモナリ、妻子眷属トモ互ニ成リ給ヒケン。然レトモ、彼レハ賢ク勤メ行ヒテ、三界ヲ出テ給ヘリ。我等ハ信心无ク行ヒ无リケレハ、生死ノ巣守トシテ、昔ノ縁ノ故ニ、僅ニ御名ヲ聞キ、誓ヲ仰ク事ヲ得タリ。」（49ウ）今肩《カタ》ヲ双ル人ノ勤メ行テ、生死ヲ離レントスルニ、又我等不信ニシテ、ヲクレナントス。是レカナシミノ中ノ愁ニアラスヤ。

抑仏ニ成ル事ハ、釈尊ノ古ヘヲ聞ハ、僧祇百大劫カ間タ、劫ヲ積ミ徳ヲ重テ行シ給フトモ見エ、或ハ无量阿僧祇劫倍々《マスく》久ク修行シ玉ヘトモ説ケリ。其時節《シセツ》ノ遥ナルノミ非ス。尸毘大王トシテハ、鳩ニ替リマシマス。サテ薩埵王子ニテハ虎ニ身ヲナケ給フ。如《ク》レ此ノ難行苦行シテ、仏ノ身ヲハ得給ヘリト云ヘリ。此ノ事愚カナル我等カ身ニハ成リカダ(マ、)シ。所詮何ナル行ヲシ、何レノ所ヲ願フベキ。今此ノ事ヲ思ニ、過去ニテハスキニキ天上ノ楽モ何ニカセン。」(50オ)多生ヲ隔ツヘケレバ、遠縁ヲ期スルモ、又アチ无《キ》シ。只此ノ度ヒ、如何ニモシテ不退ノ地ニ至リテ、漸ク進ミテ、終リニ菩提ニ至ラン事ヲ可《キ》レ励《ム》者也。然ルニ、彼ノ極楽世界ハ欣《ハヽ》生《レヌ》ベシ。其ノ故ハ、阿弥陀仏ノ御本願ニ云ク、我レ仏ヲ得ンニ、十方ノ衆生心ヲ至シテ信楽シテ、我カ国ニ生レント思ハンニ、乃至十念センニ、若シ不レ生《スト》セ云ハヽ、正覚ヲ取ラシト誓ヒ給ヘリ。又下品下生ノ人ヲ説ニハ、四重五逆ヲ作レル悪人、命チ終ル時キニ臨テ、忽ニ地獄ノ果ヲ受クル時キ、善知識ノ勧メニ○南《依リテ》无阿弥陀仏ト十度申セハ、猛火変シテ蓮台ニ乗スト説ケリ。或ハ極重○《悪》人无他」(50ウ)方便、唯称弥陀得生極楽ト宣ヘ、又ハ若有重業障、无生浄土因、乗弥陀願力、必生安楽国トモ説キ、或ハ又其仏本願力、聞名欲往生、皆悉到彼国、自致不退転トモ説キ玉ヘリ。是等ノ説ノ如シハ、我等流転生死ノ身ナリトテ、忽ニ不退ノ浄土ニ生センコト難《カタシ》トハ卑下スベカラズ。娑○《婆》ト極楽ト縁深ク、弥陀ト我等ト契《チキリ》アルガ故ニ、仏ノ不思議神通方便ヲ思ヘハ、曠劫ノ修行ヲ一日ヨリ七日ノ行ヒ縮メ、六度難行ヲ一念ノ十念ノ称名ニ替ヘテ、早ク不退ニ至リ、安ク菩提ヲ得《ウ》ヘ《ヒ》ヤ道ヲ教ヘ給ヘル也。誠ニ多ク百年ノ苦行ヲシテモ、仏(51オ)ノ為ニハ何ノ用カ有ラン。只タ少事ノ(仏脱カ)念ノミコソ其本願ニ叶ヘ、其ノ上我レ仏ヲ念シ奉レハ、仏我ヲ照シ給○《我》等カ諸ノ罪ミ消失シヌ。罪亡ヌレバ必ス往生スル事ヲ得《ウ》。彼ノ光ヲ見ヌハ悪業ノ眼ノ科カ也。大悲ヤンゴトナシ。滅罪不レ可レ疑フ。然《ラ》ハ、自ラ励ムニハ堅ク成リ、カタケレバ仏ノ不思議ノ弥陀願力ニ乗スルカ故ニ、速ニ至ル事ヲ得ル也。是レ十住毘婆娑論ニ云□(書損ジ)ル陸路《クカチ》ト船路《フナチ》トノ譬ノ如シ。何ニ況ヤ、我等宿善已ニ発シテ遇ヒ難キ仏法ニ遇ヘリ。有縁ノ悲願ヲ聞《キク》ニ、又□《機》(書損ジ)縁ノ至ル事ヲ知《リ》ヌ。罪ミ深カケレ共、イマタ五逆ヲハ不《ス》レ作ラ。」(51ウ)信ハ浅ケレ共、誰カワ十念ヲ唱ザラン。時キ既ニ是レ弥陀《(マヽ)》ノ利物盛リナリ。処ハ又大乗流布ノ国也。賢キ愚カヲモ不《カ》レ分タ、道俗男女ヲモ不レ選《ス》ハ、財宝ヲ施セトモ不レ説カ。身命ヲ投ヨトモ宣ヘ玉ハス。只タ一筋ニ弥陀ノ誓ヲ憑ミ奉テ、口ニ名号ヲ唱ヘ、心ニ往生ヲ願《フ》事、深《クハ》十人ハ。《十人》ナカラ、百人ハ々々ナカラ、千人ハ々々ナカラ、必ス極楽ニ生ルヘキ也。

夫レ諸ノ法ハ、道理ヲ守リテ是非スレトモ、有縁ノ我等カ為ニ起シ給ヘル大悲ノ願ナレハ、法ノ相ニモ違ヒ、因果ノ理ヲモ背ケリ。思ノ外ノ説也。仰テ信スベシ。経ニ説カ如シ。我等カ阿弥陀仏ヲ念シテ、仏ノ憐ミ」(52オ)給フ願力乗《ヒヲニ》シテ、必ス極楽ニ生スベキ事ヲハ、六方恒沙ノ諸ノ仏御舌ヲ演ヘテ、三千大千世界ニ覆ヒテ宣ヘ給フ処、其レ実言也ト証成シ給フ。然ニ、仏ト仏トハ何ンノヲボツカナキ事カ御座シマサン。只我等カ疑ヒヲ断《タヽ》ンカ為ニ、此ノ相ヲ顕ハシ給ニ非スヤ。然レトモ、凡夫ノ習ヒ、我モ人モ心ハ此ノ世ノ事ニノミ移テ、更ニ厭フ心无シ。弥陀如来ノ誓ノ遇難《ヒ》キニ遇ヒ、詣テ易キ事ヲ聞ケトモ、信ストモ无ク疑フトモ无シ。耳ニモ不レ入《スラ》、心ニモ不染マ、願フ心ナケレバ、又勧ル人モ无シ。朝ノ夢ノ如ク打過テ、空ク終リニ臨ソマン時キ、身ヲウラ」(52ウ)ミ、心ヲカコチテモ、何ンノ甲斐カ有ラン。此ノ故ニ、極楽浄土ニハ行キ易シテ、行ク人无シトハ宣ヘ玉ヘリ。都ヘテ生《イキ》トシ生ケル者ノ、中ニ、人間ニ勝レタル八无シ。ケ《ヒサ》レバ空ラヲ翅ル翼サ、海ニ住ム鱗《ウロクツ》、其ヲ得ルニ堅タカラズ。或ハ木ヲ彫テ海ヲ渡リ、獣ヲ率《シタカヘテ》道ヲ行キ、蚕《カイコ》ヲ飼《カウ》テ絹《キヌ》ヲ織リ、真金《マカネヲ》吹テ器ヲ鋳《イル》マテモ、事ニ触レ、物ニ随タガツテ、何カ凡夫ノワザニ非ズト云事アル。皆ナ以テ勝タル工《タクミ》ナリ。然レドモ、目ノ前ニ无常ヲ見ナガラ、日日ニ死期ノ近付ヲ恐ル、事ハ、智者モナシ。賢者モナシ。若キカ知ラヌミ《ノ》ニ非ス。老タルモ又不レ覚《ス》ラ。是レ」(53オ)深ク无明ノ酒ニ酔テ、長夜ノ闇ニ惑ヘル也。イカニモ〱早ク此ノ理リヲ解《サトツ》テ、危《アダ》ナル残リノ命ヲ憑ス、恩愛ノ繋《キツナ》ヲ離テ、此度ヒ頭《カウ》ヘノ火ヲ払ハンガ如クニ、浮キ世ヲ厭ヒ、渇《ウヘ》タルニ水ヲ求テ呑ムガ如クニ可レ希《ネカウ》。思ヘハ々ヘハ、受ケカタキ人身ヲ受ケツヽ、努々《ユメ〱》宝ノ山ニ入テ手ヲ空シテ帰ヘルガ如クニスル事ナカレ。但シ、諸ノ行ハ、皆ナ宿習ニヨリテ進ム。自力ノ勤ヲ信シ、他ノ上ノ行ヲ譏《ソシ》ルヘカラス。一花一番、一偈一句、ミナ西方ニ廻向セハ、同ク往生ノ業トナルベシ。。水《水ハ》ヲ尋テ流ル。更ニ草ノ露木ノ滴ヲ嫌フ事无シ。善ハ皆ナ心ニ随テ回スル方エ趣ク。何レ」(53ウ)ノ行カ広大ノ願海ニ入ラザラン。南无阿弥陀仏。

二一四25　或ル上人客人ニ不レ会事（流二一一23）

年来、道心深テ念仏怠タラヌ聖リ有リケリ。相ヒ知タル人対面セントテ、態ト尋テ来タリケレバ、大切ニ暇ニ入ル事有リ。ヱ会ヒ奉ルマジキト云。弟子恠《アヤシ》ト思テ、其ノ人帰リテ後チ、何トホヰ无ク帰シ給ヒツルゾ。差シ合フ事モ見ヘ侍ラヌヲト云ヒケレバ、受ケガタキ人身ヲ受ケ、遇ヒ難キ仏教ニ遇ヘリ。此ノ事度《ヒ》ヒ生死ヲ離レテ、早ク極楽ニ生ント思フ。是ノ身ニ取リテハ極《キハ》マリ无キ営ナミ」(54オ)也。何ニ事カ是ニ過タル大事有ラントト云ヒケリ。此ノ事ノ余リ稠《キビ》シウ覚《ヲボ》ルハ、我カ心ノ及バヌナルヘシ。

仍テ坐禅三昧経ニ云ク、今日営此業、明日造彼事、楽着不観苦、不覚死賊使ト説キ玉ヘリ。世中ニ在ル人ト、サスカニ後世ヲ思ヒ放テルニハ非レトモ、前ノ経文ノ如ク、今日ハ此ノ事ヲセン、明日ハ彼ノ事ヲ営ント思フ程ニ、无常ノ敵キ、漸ク近付テ、命ヲ失ハン事ヲ知ラヌ也。

昔シ、釈迦如来舎衛国ニ御座シ時キ、阿難尊者ト申ス弟子ヲ具シテ、都ノ辺リニ出給シニ、アヤシケナル翁女二人具シテ合ヒ奉ツレリ。伴ニ髪白ク、面ノ皺《シ》タ」(54ウ)ヽミテ、骨ト皮トニ黒ミ衰ヘ□《タ》（書損ジ）リ。身ニハキタナケナル物ヲ僅ニ結ヒ集メテ着タレド、膚《へ》モ不レ隠レ、聊カ歩ミテハ太《ヲ□》ニ喘《スダキ》、イキツキテハ隙《ヒマ》无ク休ム。仏是ヲ御覧シテ、阿難是ヲ不《サル》レ見ヤ。此ノ翁ウハ、共ニ大キナル宿善有《リ》。年盛リナリシ時キ、勤メ行ヒテ、此ノ世ヲ祈ラマシカバ、舎衛国弟一（マヽ）ノ長者トモ成リヌヘシ。又出離ノ為ニ勤メ侍ラマシヽカバ、二明六通ノ羅漢トモ成ナマシ。次ニ盛リナリシ時キ勤メナバ、弟二（マヽ）ノ長者ト成ナリ。得脱ヲ思ハヽ、阿那含ノ聖ト成ナマシ。次ニ盛リナリシ時ニ勤メナバ、第三ノ長者トモ成リ、斯陀舎ノ聖トハ成リヌベシ。シカルヲ、愚ニ物ノウク」(55オ)思ヒテ、其ノ盛ヲスクシテ、宿善ヲ持チナカラ顕ハササリシガ故ニ、今マ頑《ツタナ》キ身トシテ、多生ニモ、又タ受ケ難キ人界ノ生ヲ空ク過《ス》キツル也ト被《キ》レ仰セ。偶々《タマく》法華経ニ過(マヽ)ヒ奉リ、阿弥陀仏ノ悲願ヲ聞ナガラ勤メ行スシテ、徒ニアタラ月日ヲスグス。露モ不《ス》レ違ハ乞者ノ翁ウハ也。イタワシヤト云云。

随而、唐ノ善導和尚ハ、道綽禅師ノ弟子也。然レトモ、師ニモ越ヘテ、定ノ中ニ阿弥陀仏ヲ見ヲ《ヒ》奉リ、ヲボツカ无キ事共ヲ問ヒ奉ル証ヲ得ヘ玉ヘリキ。師匠道綽禅師弟子ノ善導和尚ニ遇テ宣玉ハク、我レ朝夕往生極楽ヲ願フ事ハ叶ヒナンヤ。ヲボツ」(55ウ)カ无シ。仏ニ問ヒ奉テ聞ヘサセ給ヘト宣タマヒケ《ヒ》ルレバ、弟子ノ善導ハ定ニ入テ此ノ事ヲ問ヒ奉ル。仏宣《ノタマ》ク、木ヲ伐キルニハ斧《ヨキ》ヲ多クス。家ニ帰ヘルニハ苦ミヲ辞《ジ》スル事无シト答ヘ給フ。此ノ御詞ヲ導綽ニ語リ給ヒケリト云ヘリ。シカルニ、心ノ木ヲ伐キルニハ、如何ニ大キナル木也ト云ヘトモ、怠《タユミ》无ク是ヲキレバ、終《ツイ》トシテ伐《ハツリ》タヲサズト云事无シ。緩《ヲコタリ》テ伐《キリ》止ムヘカラズ。家ニ帰ヘルニハ、又苦《クルシ》トモテ《ヒ》中途ニ留事无シ。這々《ハウく》モ歩メハ必ス行キ付クヘシ。志深クシテ不《スンハ》レ緩《ユタカナラ》、疑ヒ不《サル》レ可レ有《ル》由ヲ教ヘ給ヘリ。

此事ハ、道綽禅師ニ限リマシマサス。諸ノ行者エワタルヘシ。生身ノ弥」(56オ)陀ノ御□《教》(書損ジ)へ有リカタシ。深ク可《シ》レ信ス。可レ敬フ。可レ慎ム人《ヒ》ノ《々》(原本「々」字左注)ト云云。南无阿弥陀仏。」

(56ウ)

発心集巻第三

証空阿闍梨師匠ノ命ニ替ル事
或女房天王寺ニテ参入海事　往生神変ノ事也
蓮華城入水事
仙命上人事
正管僧都ノ母為レ子ニ志深キ事
新羅明神僧ノ発心ヲ悦ヒ給フ事
桓舜僧都依テレ貪ニ往生事
或上人補陀落山ニ詣事」(57オ)

楽西上人事（以下余白）」（57ウ）

三―26　証空阿闍梨師匠ノ命ニ替タル事（流六―63）

中比、三井寺ニ智空《興イ》内供ト云フ尊キ人有ケリ。年闌《タケテ》如何ナル宿業ニテカ有リケン、世ノ心地ヲシテ限リナリケレバ、弟子共モ集テ歎キ悲ム。其時、清明《セイメイ》ト云テ、神ノ如クナル陰陽師《ヲンヤウシ》有ケリ。是ノ病ヲ見テ云フ様フ、此度コツ限リ有ル定業□《ナ》（書損ジ）レ。如何ニモ不レ可レ叶フ。但シ其レニ取リテ、志シ深カラン弟子ナドノ、彼ノ命ニ替ラント思フ人ト有ラハ、祭リ替奉リテン。其ノ外ハ力ラ不レ及トナン云ヒケル。多ク弟子共モサシツドヱル程《ホト》ニ、此ノ事ヲ聞ク。智空内供、苦ミノタヘガタキマヽニ、若シ替《カハ》ラント云フ者ヤ有ルト、双居タル弟子共ノ気色ヲ見レハ、詞ニコソ」（58オ）云イタレ、真ニハ捨テ難ヤ命ナレバ、皆々色ヲマサヲニナシテ、キモツブラシ目ニ成テ、一人トシテ我レ替ラント云フ人无シ。

爰ニ、証空阿闍梨ト云フ人、トシ若クテ弟子ノ中ニ有リ。弟子ニ取リテモ末ノ人也。誰モ思ヒ寄ヌ所ニ進出テ、内供ニ云フ様フ、我レ替ハリ奉ラント思フ。其ノ謂レハ、法ヲ重クシテ命ヲ軽クスルハ、師ニ仕フル習ヒ也。争カ此ノ事聞ナガラ身命ヲ惜マン。徒ニ捨ベキ身ヲ、今三世ノ諸仏ニ奉ツテ、人界ノ思ヒ出テニモセン。但シ八十ニナル母侍リ。我レヨリ外ニハ子无シ。若シユルサレヲ不レ蒙《シハ》ラ、自身ヲ捨ルノミニ非ス。二人カ命チ尽ヌベシ。能々理リヲ申シ聞セテ、暇ヲ請《コイ》テ帰参ラント云テ座ヲ起《タチ》ヌ。」（58ウ）内供ヨリ始テ、諸ノ弟子共、涙ヲ流シテ憐ム。証空、母ノ許ニ至テ、此ノ事ヲ語ル。願ハ歎キ給フコト无レ。縦ヒ御跡ニ残リ居テ、後世ヲ訪ヒ奉ツルトモ、是程ニ大キナル功徳ヲ作クラン事ハ有難タシ。今ノ師ノ恩重クシテ、其命チニ替ラン事、三世ノ諸仏モ哀ミ給ヒナン。天衆地類モ驚キ給フヘシ。其功徳ヲ統《フサネ》テ、母ノ後世菩提ニモシ奉ラン。是レ誠ノ孝養ナレハ、則チアヤシキ身一ヲ捨キ、テ二人ノ恩ヲ報シ奉ラン。況ヤ老少不定ノ世界也。若シ徒ニ命チ尽テ、母ヨリ先事《リキタツ》モヤ有ン。其時キハ、悔テモ何ノ甲斐カ有ン。何ニヲカ此ノ世ノ思出ニセント、泣々申ス。母此事ヲ聞テ、涙ヲ流シテ驚キ悲」(59オ)ム。我レ愚カナル心ニハ、功徳ノ大キナル事モヲボエズ。君ヨウチナリシ時ハ、我ニ育《ハゴ》クマレキ。我年闌ケテハ、君ヲ憑ム事天ノ如シ。然ルヲ、残ノ命、今日トモ明日トモ知ヌ時ニ至テ、我ヲ捨テ先立ン事コソ最悲シケレ。然レトモ、其ノ志ノ深キ事《コト》ヲ思ニ、師ノ命ニ替リナバ、君カ後世ニ至リテモ、疑フヘカラズ。若シ此事免《ユルサズハ》、仏モ愚カ也ト見玉ヒ、君カ心ニモ違《タ》ヌヘシ。誠ニハ老少不定ノ世也。思ヘハ夢幻シノ前后也。早ク君カ心ニ任《マカス》。トク浄土ニ生テ、我ヲ助ヨトゾ、涙ヲ押ヘテ云ケル、

　如何ニセン蓮ノ露トナルベクハ別レノ涙タ色深クトモ

　其時キ、証空泣々悦テ帰ヌ。則チ、名乗ナト書キ付テ晴」(59ウ)明カ許ヘ進ツ。今夜命ニ替リ奉ルヘキ由ヲ云ヘリ。カクテ、夜漸ク深ケ行ク程ニ、此ノ証空頭痛ク、心地悪ク身ホトヲリテ、堪ヘ難ク覚ウレハ、我房ニ行テ、見苦シカルヘキ物ナド取リ調ヘツヽ、年来持チ奉リケル絵像ノ不動尊ニ向ヒ奉テ申ス様、トシ若ク身盛リナレバ、命チ惜シカラヌニハアラザレトモ、師ノ恩ノ深キ事ヲ思ニ依リテ、今マ已ニ彼ノ命ニ替リナントス。然ルニ、勤メ少ナケレバ、極メテ後世恐ロシ。願クハ、大聖明王、哀ヲ垂レ給テ、悪道ニ落シ給フ十《(「ナ」カ)》。重病已ニ身ヲ責テ、一時モ堪ヘ忍フベカラズ。本尊ヲ拝《ミ》奉ラン事、只今計リ也ト泣々申ス。其ノ時キ、絵像ノ御目ヨリ」(60オ)血ノ涙ヲ流シ給ヒテ、汝ハ師ニ替ル。我ハ又汝チニ替ルヘシト宣ヘ玉フ。御ミ声骨ニ通リ、肝ニ染ム。アナイミシ、掌ヲ合テ念シ居タル間タニ、汗流レヌル身サメテ、則チサワヤカニ成ニケリ。内供ハ其夜ヨリ心地ヨク成リケレバ、此ノ事ヲ聞テ、ナノメナラズニ覚テ、後チニハ余人ニモ勝クレテ、憑ク思ハレタル弟子ニテ侍ル也。

　サテ、彼ノ本尊ハ伝タワリテ、後ニハ白河ノ院ニヲハシケリ。常住院ノ泣不動ト申ハ是也。御目ヨリ涙ノコボレタル方ノ、アザヤカニ見ヘ給ケルトゾキコウ。

　サテ、証空阿闍梨ト云ハ、空也上人ノ臂ノ折レ給ヒタリケルヲ、余慶僧正《ノ》祈リ直シ給タリケル時キ、法器ノ者ナリトテ」(60ウ)、空也上人ノ奉ラレタリケル証空ナリ。

三―二27　或ル女房天王寺ェ参テ海ニ入リタル事（流三―六31）

鳥羽ノ院ノ御時キ、或ル宮原ラニ、母ト女《ムスメ》ト、同ク宮仕ヘスル女房有リケリ。年来経テ後チ、此ノ女ヲ先キ立テ、ハカナクナンニケリ。歎キ悲ムコト限リ無シ。然レハ、傍ヘノ女房ナドモ、サコソハ思フラメ、理リナリト云フ程ニ、一ト年セ二タ年セ過ヌ。其後モ歎ヲ更ニ不レ忘レ、猶ヲ日ニ副テ弥増《イヤマサ》リケレバ、折節シ悪キ時モ多カリキ。涙ヲ押ェツヽ明シ暮スヲ、人々モ目タヽシク思フ。終ニハ是コソ心得ネ。後前《レサキタツ》様フ、今ニ始メサル事カナト、口チヤスカラズ、ザヽ」(61オ)メキ合ヘリ。

カクシツヽ、三年ト云フ年シ、或ル暁キ、人ニモ不レ告ケ、白地《アカラサマ》ナル様ニテマキレ出ヌ。衣《キヌ》一具、□（手カ）箱一ッ計ヲ袋ニ入テ、メノ童ニ持セタリケル。京ヲハ過テ、鳥羽ノ方ェ行ケハ、此ノメノ童ハ心エス思程ニ、猶ヲ行々テ、日暮テ橋本ト云所ニ留テ、明ヌレバ又出ヌ。シカウジテ其ノ夕ヘ方、天王寺ヘ詣テ付ヌ。サテ人ノ家ヲ借リテ、是ニ七日計リ念仏申ント思フニ、京ヨリハ其ノ用意モセス、只我カ身トメノ童ハ一人ソ侍ルトテ、此ノ持タル衣ヌヲ一ツトラセタリケレハ、最ト安キ事トテ、主シ其用意シケリ。

カクテ、日毎ト二堂ニ詣リテ、拝ミ廻ル外ハ、又異ナル事ヲモ思ハズ。一心ニ」(61ウ)念仏ヲゾ申シケル。手箱ヲハ御舎利ニ奉リケリ。一七日満《テ》ナハ、京エ帰ルベキカト思フニ云フヤウハ、兼テ思ショリモ、イミシウ心モ澄テ、憑敷《タノモシク》侍ヘリ。此ノ次テハ《ニ》《ヒ》、今七日ト云テ、又衣ヌ一ツトラセテ、二七日ニナリヌ。其後チ、同クハ三七日ニナシ侍ラントテ、猶ヲ衣ヌヲトラセケレバ、何《ナト》カハ度ヒ毎ニ御用意无クトモ、暫クハ侍ヘルヘキト云ヘトモ、此ノ為ニカクシタル物ヲ持テ皈ルベキナラズトテ、強テトラセツ。都テ三七日カ間、念仏スル事、一タ心ロ无シ。

日数満テヽ、後チ云様、今ハ京ェ上ルヘキ也。音ニ聞ク難波ノ海ノ床敷ニ、見セ給ヒテンヤト云ヘハ、主ノ男、最ト安キ事トテ、シル」(62オ)ベシテ出ツヽ、則チ舩ニ相乗リテ、漕キアリク。最ト面白シトテ、今少シ〳〵ト云フ程ニ、自《ヲ》沖ニ遠ク出ニケリ。カクテト計リ、西ニ向テ掌ヲ合セ、念仏スルト思フ処ニ、海ニヅブト落チ入リヌ。アナ心ウトテ、取リアケントスレバ、石ヲ投ケ入ルヽガ如クニ沈ミヌレバ、アサマシトアキレサワク処ニ、紫雲一林《(マヽ)》ラ立来テ、舩ニ打覆ヘリ。最香バシキ匂ヒ有リ。彼ノ主シ、貴ク哀ニ覚テ、泣々漕テ帰リニケリ。其時キ、浜《ハマ》ニ人ト多ク集リテ物ヲ見ケルヲ、知ヌ体ニテ問ヒケレバ、人々沖ノ方ニ紫雲立タリトナン云ヒケリ。

サテ、我カ家ニ帰ヘリテ跡ヲ見ルニ、彼ノ女房ノ手ニテ、霊夢ヲ」(62ウ)宿ニ書キ付タリ。初ノ七日ハ、地蔵龍樹来リテ迎ヘ給フ。二七日ニハ、普賢文殊迎エ給フ。三七日ニハ、阿弥陀諸ノ菩薩ト共ニ来リ給ヒテ、迎エ給フト見タリ、トゾ有リケル。

志シ深ク、弥陀ヲ憑ミ奉ル心、二夕心ロ无レハ、ワツカ三七日ノ念仏ノ行功ニ依テ、大往生ヲ遂ク。南无阿弥陀仏。

三―三28　蓮華城入水事　入水ノ時後悔シテ物怪ニ成テ来ル事

(流三―八33)

近《チカ》キ比ロ、蓮華城ト云、人ニ知ラレタル聖リ有リ。登蓮法師相ヒ知テ、事ニ触テ情ヲカケツヽ、過キケル程ニ、年来有テ此聖リ云ケル様、今ハ年ニ副ツヽ、身モ弱ク成リヌ」(63オ)レバ、死期ノ近付ク事不レ可レ疑フ。終リ正念ニシテマカリ隠レン事、極《レ》ル望ミニテ侍ル。心ノ澄ヌル時キ、入水ヲシテ終ラント思ヒ侍ルト云フ。登蓮ト云人、聞キ驚テ、有ヘキ事ニ非ス。今一日也トモ、念仏ノ功ヲ積マントコソ願ルベキニ、サヤウノ行ハ愚癡極レル人ノスル事也ト、書《言》葉ヲ尽シテ諫メケレドモ、更ニ不レ用ヒ、思ヒ堅メタル体ト見ヘケレバ、カホドニ思ヒ取ラレタランニ至リテハ、力ラ无ク留ルニ不レ及ハ。サルヘキニコソ有ラメ(ト」脱カ)云テ、其用意ナドヲ、力ラ念合《ヒ》テ沙汰シケリ。終ニ桂河ノ深キ所ニ至テ、念仏高ラカニ唱ヘツヽ、水ノ底ニ沈ヌ。其時キ、」(63ウ)聞キ及フ人、市ノ如ク集テ、且ハ貴ミ、且ハ悲ム事限リ无シ。登蓮ハ、殊ニ年来見馴タル物ヲト哀ニ覚ヘテ、涙ヲ押ヘテ帰ヘリケリ。

　カクテ、日来ロ経ル程ニ、登蓮、物ノ恠ガマシキ病ヲス。アタリノ人々恠ミテ、祈リナンドヲシケル程ニ、霊現《アラハレ》テ、蓮華城ト名乗ル。皆々驚テ、此ノ事ゲニ〳〵シクモ不レ覚。年来相知テ、更ニウラムベキ事无シ。況ヤ、発心ノ様マ、タヾナヲサリナラス。貴クアリガタキ体ニテ、終リ給ヒシ一ハ非スヤ。旁々、何ノ故ニカハ、思ハヌ様ニテ来レルゾト云フ。物ノ恠云フ様ハ、其ノ事ナリ。度々制シ給シ物ヲ、我カ心ノ程ヲ知テ、云フ甲斐无クモ覚ヘサ」(64オ)リシヲ、如何ナル天魔ノ熊《(マヽ)》ニテカ有リケン、正ク水ニ入ラントセシ時ハ、忽ニクヤシク成テ侍リシカドモ、サバカリノ人中ニテハ、争カ思ヒ返サン。アワレ、只今制シ給ヘカシト思ヒテ、目合ヲシ侍トモ、知ズ顔ヲニテ、今ハトク〳〵ト進メ給ヒテ、沈メ給ヒシウラメシサニ、何ノ往生ノ事モ覚ヘス。スソロナル道ニ入テ侍ル也。此事ハ愚カナル我カ科カナレバ、人ヲ恨ミ申スヘキナラネド、カリニ最後ニ口惜ト思シ一念ニ寄テカ来レルナリト云フ。

　是レコソケニ宿業トハ覚エ侍ヘレ。且ハ又、末ノ世ノ人ノ禁メトモナリヌヘシ。人ノ心《ハ》計リ難キ物ナレバ、必スシモ清浄真実ノ心ヨリ起ラズトモ、」(64ウ)或ハ勝他名聞ニモ住シ、或ハ憍慢嫉妬ヲ元《トシテ》、愚カニ身ヲ焼キ、入海スレバ、浄土ニ生ルヽソト思ヒテ、心ノハヤルマヽニ、加様ノ行ヲ思ヒ立ツ事モ有リ。是レ則チ外道ノ苦行ニ同シ。大ナル障碍ト云ベシ。其ノ故ハ、水火容《ニイ》ル苦ミ、ナノメナラズ。其ノ志シノ深カラスハ、争カ堪ヘ忍ハン。苦患有レハ、又心安カラス。タヽ仏ノ助ケヨリ外ニハ、正念ナラン事極堅《テ》シ。中ニモ、愚カナル人ノ言草《コトクサ》ニテ、身ヲ焼クコトハヱセジ、入水ハ易クシテント申シ侍リキ。以テノ外ナル无覚悟ナル云事也。

　或ル聖リノ語リ侍リシハ、河水ニ溺レテ、已ニ死セントセシ時キ、人ニ助ケラレテ、カラクシテ生キタル事侍キ。其ノ時キ」(65オ)鼻口ヨリ水入リテ、息ヲセメシ程ノ苦《(マヽ)》ニハ、縦ヒ地獄ノ苦ミ也トモ、サコソト覚ヘ侍リシ。然ラハ、人ノ入水ヲ安キ事ト思ヘルハ、来《(マヽ)》タ水ノ人ヲ殺ス様ヲ知ヌ也ト申シ侍リシ。

　或ル人ノ云ク、諸ノ行ヒハ皆ナ我カ心ニ有リ。自ラ勤メテ、自ラ知ヌヘシ。余所ヨリ計ラヒグルシキ事也。都テ過去ノ業因モ、未来ノ果報モ、仏天ノ加護モ打カタムキテ、我カ心ノ程ヲ案セハ、自ラ《ヲ》シハカラ(「レ」脱カ)ヌヘシ。若シ人ト、仏道ヲ行ハン為ニ、山林ニモ交ハリ、一人広野ノ中ニモ終ラン時キ、猶ヲ身ヲ恐レ、命ヲ惜ム心有ンハ、必スシモ仏ノ擁護シ給ハントハ不《ス》レ可《ラ》レ憑《ム》。壁垣ドヰヲモカコイ、居ルヘキ構《ヲモ》シテ、自身」(65ウ)ヲ守リ、病ヒヲモ助ケテ、漸ク進マン事ヲ可レ願フ。若シ、ヒタスラニ仏ニ奉ルゾト思ヒテ、縦ヒ虎《トラヲ、カノ(「ミ」脱カ)》狼来テ犯ストモ、穴カチニ怖ルヽ心モ无ク、アルイハ食物絶テ、忽ニ飢死ヌルトモ、ウルワシカラズ覚ル程ニ成リナバ、仏モ必ス擁護シ給ヒ、菩薩聖衆モ来リ守リ給フベシ。諸《ノ》悪鬼モ毒蛇モ便リヲ不レ可レ得。盗人ハ憐ミヲ起シテ去リ、又病ハ仏力ニ依リテ愈ヘナン。是ヲ深ク思分《分》ケスシテ、心ハ心トシテ浅ク、而モ仏天ノ護持ヲ憑《ノ》マンハ、アヤウキ事也ト、シカ〳〵ノ人々語タリ示シ侍リシハ、尤モコ(「ト」脱カ)ワリナリ。

(流二—五17)」(66オ)

三—四29　仙命上人事　是殊勝ノ物語也。能可見。

近来、山ニ仙命聖リトテ、尊キ人有リケリ。其ノ勤メ、理観ヲ宗トシテ、常ニ念仏ヲソ申シケル。或ル時キ、持《仏》堂ニ観念スル間ニ、空ニ声ヘ有テ、アツハレ、尊キ事ヲノミ観シ給フ物ノ哉ト云フ。恠ミテ、誰レカハサウ宣フソト問ヒ給ヒケレバ、我ハ両所三聖也。発心シ給ヒシ時ヨリ、日ニ三度ヒ天《アマ》翔リテ、守リ奉ルトソ答ヘ給ヒケル。

此聖リ、更ニ朝夕ノ事ヲモ思ハス、独リ住ヒケリ。法師ノ山ノ房毎ヲ廻クリテ、只一度カレラバカリヲ乞テ、命ヲ養ヒケル外ハ、一向ニ人ノ施ヲ受ケサリケリ。時ノ后キノ宮、願ヲ起シ給ヒテ、世ニ勝テ尊トカラン僧ヲ供養セント志シテ、」(66ウ)普ク尋ネ給ヒケルニ、此ノ聖リヤコト无キ由ヲ聞キ給ヒテ、則御自《ミ》ラ布ノ袈裟ヲ縫給テ、有ノマヽニ云ワバ、ヨモ受ケジトヲボシメシテ、兎角構ヘテ子小法師ニナン心ヲ合セテ、思ヒ懸ケズ、人ノ給セタリツルト云テ奉リケレバ、聖リ是ヲ取テヨク〳〵見テ、三世ノ諸仏得給ヘト云テ、谷ヘ投ケ捨テケレバ、甲斐无クテ休ニケリ。

　大方、人ノ乞フ物、一モ有ル限リ、更ニ惜ム事无リケリ。板敷ノ板ヲホシカル人有リタレハ、我カ房ノ板ヲ二三枚取セケリ。然ル間、東谷ニ住ミケル覚尊ト云聖、得意ニテ夜ル来タリケルカ、板敷ノ」(67オ)无キ事ヲ不レ知シテ、落入リテ、アナ悲シヤト云ヒケルヲ聞テ、サテモ御房ハ不覚ノ人哉。此ノマヽ死セントテ堅カルヘキ身カハ。アナ悲シト云ヘル、終リノ言葉ヤハ有ルベキ。南无阿弥陀仏トコソ申サメト云フ。最ト有難キ示シ也。

　其後此ノ仙命聖リ、彼ノ覚尊カ住ム所ヘ行キタリケルニ、サリガタキ事有テ、客人ノ有リナカラ外ヘ行クトテ、急キテ出テタル人ノ、又内エ帰ヘリ入テ、良久ク物ヲ調ウル気色聞ヘタリ。恠シク思ヒテ、出タル後チ跡ヲ見ケレハ、万ツ物ニ悉ク符ヲ付ケタリケリ。仙命聖人ノ思様フ、最ト」(67ウ)心ワロキ態哉。我ヲ疑フニコソト思ヒテ、アツハレ、トク帰レカシ。此ノ事ヲ恥シメント思ヒ居タル処ニ、帰リ来レリ。思ヒ儲ケタル事ナレバ、見付ルヤ遅キト、此ノ事ヲ云ヲ《ヒ》フ。覚尊聖リ云ク、常ニカク調ルニモ非ス。又人ノ物取ランヲ惜ムニモ非ス。御房ノ留守ニヲハスレバ、カク取リ納メ侍ル也。其ノ故ハ、是ニ若シ聊ノ物ヲモ失ヒテ不レ見《ハ》ヘ、凡夫ノ心ロナレハ、御房ヲ若モ疑ヒ奉ル心モゾ起《ヲコツ》テハト、其ノ罪ヲ負《ハ》シト思テ、我ヤ心(カ」カ)ノ疑シサニコソ。何カ計リノ物ヲカ惜ミ侍ラントゾ云ヒケル。チカコロヲモシロキ覚悟也。其ノ後覚尊隠クレヌト聞テ、必ス往」(68オ)生ヲ遂ケヌラン。物ニ符ヲ付シ程トノ工ミノ者ナレハ、トソ仙命聖リ云ヒケル。

　其後チ、夢ニ見ヘケリ。先ツ始ノ詞ニ、何レノ所ゾト問ヒケレハ、覚尊霊ノ云ク、下品下生也。其レダニモアヤウカリツルフ、御房ノ御徳ニ依リテ、往生ヲ遂ケタル也。日来橋渡シ、道ヲ作シ行ヒ計リニテハ、叶ハザラマシ。御勤メニヨリテ、時々念仏セシカトゾ云ヒケル。又云ク、仙命カ往生ハ叶ヒナンヤト問ヘハ、疑ヒ无シ。上品上生ニ定リ給ヘリト云ゾト見タリケル。

　サテ、彼ノ覚尊上人存命ノ時キ、用有テ山ヨリ京ヱ出ル道ニテ、鴨河原ニ飼《カイ》馬ノホタシカキタルヲ見テ、心ニ住《(マヽ)》テ」(68ウ)歩《アヨマヌ》事ヲ憐ミテ、サケザヤヲ抜テ、其ノ縄ヲ切《ツ》。馬ノ主シカ見命テ、馬盗人有トテ搦メテゲリ。時ノ検非違使ノ許ニ具シテ行ヌ。聖ハトラヘツル始メヨリ兎角モ云フ事无シ。サテモ何ニ物ソト問ヒケル時キ、鎌倉ノ覚尊ト申ス法師ナリト云ヒケル。事ノ外ニ騒ヒテ、最トアサマシキ態ナリトテ、急キ解テ許《シ》テ、様々ニ色代シケレト、ウチアヒシライテ、皈リニケルトゾ聞ェケル。

三―五30　正管僧都ノ母為《ニ》レ子ノ志シ深キ事（流五―一五62）

山ニ正管僧都ト云フ人有ケリ。我カ身何ニモ貧クテ、」(69オ)西塔ノ北尾ト云フ所ニ住ミケリ。年暮ニ、雪深ク有リケレトモ、訪フ人モ无クテ、ヒタスラニ煙リ絶エタル時アリケリ。京ニ母ナル人有レト、是モ絶々シケレバ、中〳〵心苦クテ、殊更ニ此有様ヲ聞セジト思ヒケルヲ、雪ノ中ヲヤ万ッヲシ計リケン、若シ又事ノ便リニヤ洩レキ□《カ》(書損ジ)レケン、懇ナル消息アリキ。都ダニ跡絶タル雪ノ中、雲深キ峯ノ住居ノ心ボソサナド、常ヨリモコマヤカニテ、聊カナル物ヲ送ラレタリ。思ハヌ外ニ、イト有難ク哀レニ覚ル中ニモ、此使ノ男、深キ雪ヲ分テ登リタルカ不便也ケレバ、先ッ火ナト焼テ、則此持テ来リタル物ニテ食イ」(69ウ)物ノシテクワス。使、此ヲ食ハントシケルカ《ヒ》ニ、箸ヲサシ置テ、ハラ〳〵ト涙ヲ落テ食ハズナキヌ《ヒ》ルヲ、最ト恠ク思ヒテ故ヲ問フ。答ヘテ云フ様、此ノ奉ラセ給ヘル物ハ、等閑《ナヲサリ》ニテ出来シタル物ニテハ侍ラズ。方々尋給《ネ》ヒツレトモ、叶ハズシテ御髪《グシ、》ヲ切テ人ニタビテ、其代ヲ奉リ給ヘルナリ。サル程ニ、只今是ヲタヘント仕カマツルニ、彼ノワリ无キ御志ヲ思ヒ出シ奉テ、下﨟ニテ侍ドモ、最悲シクテ胸フサガリテ、更ニ喉ヘモ入リ侍ラヌ也ト申ス。是ヲ聞テ、争カヲロカニ覚ヘンヤハトテ、僧都モ良久クゾナカレケル。

都テ、志シノ深キ事ハ、子ヲ思フニ過キ」(70オ)タル事无シ。愚カナル鳥獣マテモ其ノ思ヒ有ケリ。田舎ノ。語《モノヽ》シハ、雉ノ子ヲ生ミテアタヽムル時キ、野火ニ会ヌレバ、一度ハ驚キテ立ヌレド、猶ヲ捨テ難クテ、煙ノ中ニ皈リ入テ、終ニ焼ケ死ヌル類ヒ多カリケルトゾ云ヒケル。又鶏ノ子ヲアタヽムル様ハ、誰レモ見ル事ゾカシ。毛ノ隔タル事ヲアカズ思フニヤ。我レト胸ノ毛ヲクイ抜キ、膚《ハタヘ》ニ付テ、昼夜是ヲアタヽム。物ノ食《ハマント》シケル為ニ、ヲノヅカラ立チ去テモ、彼カサメヌ程ニ急キ帰ヘリクルハ、只ヲボロケノ志シトハ見ヱス。

又当初《ソノカ》ミ、古郷ニ世ヲ遁レタル人有キ。事ノ興リハ鷹ヲ好ミ飼ヒケリ。(70ウ)其ノ餌《エ》ニカワントテ、犬ヲ殺シケルニ、胎ミタル犬ノ腹ノ皮ヲ射切リタリケルヨリ、子一ツニツコボレ出テタリケルヲ、走テ逃ケル犬ノ立帰ヘリテ、其子ヲクハヘテ行カントシテ、其ノマヽ倒レテ死シタリケルヲ見テ、道心ヲ起シケルトソ語リケル。

鳥獣ノ心无キダニモ、子ノ為ニハ、カク身ニ代ヘテ哀ミ深シ。況ヤ、人ノ腹ノ中ニヤトレルヨリ、人ト成マテ年々ニ哀ム志シ、縦ヒ命ヲ捨テ、孝謝《シヤ》ストモ、報シ尽クサン事カタシ。

南无阿弥陀仏。　十念可有。

三—六31　新羅大明神僧ノ発心ヲ悦ヒ給フ事（流ナシ）

中比、山法師ノ為メニ、三井寺焼レタル事有リケリ。」(71オ)堂舎塔廟ハ悉ク塵リ灰トナリ、仏像経巻ハ山林ノ中ニ捨テ置テ、昔ノ跡ト悉ク広野トナリケレバ、涙ヲ流サヌ人ハナカリケリ。

此ノ中ニ一人ノ僧有リ。悲ム心ロ人ニ勝レテ、新羅ノ大明神ニ詣テ、通夜シテ《(マヽ)》ク《ツ》ぐ思ヒツヽケテ、此ノ事ヲクドキ申ス。サラモ遥カナル国ヨリ境ヒヲ離レテ、シタイテ御座タルハ、此ノ寺ノ仏法ヲ守リ給ハン為メニ非スヤ。何ト守護シ給ヒテカク処ヲホロボシ、我等ヲモ惑《(マヽ)》ハシ給フゾ。若シ穢土ノ縁モ尽キテ、本国エ帰リ給ヘルカ。又此ノ所ニ法」(71ウ)滅ノ時キ到リテ、神ノ御力モ及ヒ給ハヌカ。此ノ事ヲ示シ給エ。一方ニ思ヒ定メテ、愁ヲナグサミ侍ラント、泣々祈リ申ス。

カクテ、マトロミタル夢ノ中ニ、明神現レ給ヘリ。何ニモイミシク悦ヒタル御気色ニテ御座ヲ、ウツヽニモ思フ事ナレハ、イトヽ心得ヘス覚ヘテ、問ヒ奉ル。此ノ所ノ有様、凡夫ノ頑《ツタナキ》心ニダニモ、目モアテラレズ侍リ。何ノ故カ、思ヒノ外ニ、悦ヒ給ヱル御気色顕レ給ヘルソト、問ヒ奉ル。新羅大明神答エ給フ様、汝チ愁ル事无レ。仏法ハ遂ニ滅スマジキ事ナレバ、我レ此ノ事ヲ歎カス。只深ク悦フ事有リ。今度ノ僧侶ノ中ニ、此ノ処ノ」(72オ)ナレル様ヲ見テ、忽ニ法滅ノ菩提心ヲ起テ、无極ノ道心ヲ堅メタル僧一人有リ。必ス往生ヲ遂テ、早ク仏果ニ到リナントス。是レ大キナル悦ヒ也ト宣ヘ給フ。僧又申ス。衆生ヲ救ヒ給フ御哀レミ深クハ、今度ノ取リ合ニ、多ノ法師ノ逆罪ヲ作クリタル事ヲハ、悲ミ給ハスヤ。何ドカ、只一人ノ生死ヲ離レン事ヲノミ悦ヒ給ヒテ、自余ヲハヲロカニ思シ食スヤト申ス。大明神宣ヘ給フ様、罪ヲ作クル事ノ悲シカラヌニハアラネド、濁レル末ノ世(「ノ」脱カ)習ヒナレバ、メヅラシカラス。深ク道心起ス者ハ、千万人カ中ニモ堅キカ故ニ、我レ是ヲ」(72ウ)悦ト宣玉フト見テ、夢メ覚メニケリ。神ノ人ヲ化導シ給フ事、如レシ是ノ。

抑、仏ハ他縁尽キテ、涅槃ニ入リ給ヒシカバ、末ノ世ノ我等カ為ニ、更ニ神ト現シ給ヘリ。然ルニ、我カ国ハ昔シヨリ神ノ国トシテ、隣ノ国ヨリ傾ケル事モ无ク、天魔モ犯ス事ヲ得ス。其徳有テ国士(マヽ)盛ンナル事、天竺震旦ニモ越タリ。爰ニ知ヌ。在世ノ当ノ初《ミ》ハ、遥ニ誓ヲ隔タレド、滅後ノ衆生ハ、日本殊ニ縁深ク有リケリ。現世安穏ノ徳ヲノミ仰クヘキニ非ス。殊ニ後生善処ノ益、猶ヲ勝レ給ヘリ。諸神ノ御化導ノ手立テ、道心発心ノ至テ、功徳ノ深ク殊勝ニ有リ難キ事、人々」(73オ)知テ、其ノ覚悟有ルヘシ。南無阿弥陀仏。

三―七 32　桓舜僧都依レ貧ニ往生シタル事　釈書五有伝　(流ナシ)

中比ノ事ニヤ、山ニ貧シキキ法師有ケリ。世跡路叶ハヌ事ヲ愁テ、年来、朝夕ト云ハ《ヒ》カリ无ク、山王ニ詣《ヒ》テツヽ、泣ク(「々」脱カ)祈リ申シケレド、更ニ其ノ験シ无ク、最口惜覚ヘテ、宿業限リ有ラハ、叶フマジキゾトモ示シ給ヘカシ。フツト聞キ入レ給ハヌ物ノ哉ト、ウラメシク思ヒテ、サテ如何様ニセント思フ程ニ、ヲリシモ、相知ル人ノ、稲荷《イナリ》ニ籠リケレバ、其レト伴ナヒツヽ、七日参籠シテ、又此ノ事ヲ二心ロ无ク祈リ申ス。カクテ、七日ニ満ツル夜」(73ウ)夢ニ見ル様、社ノ御戸ヲヲシアケテ、唐装束シタル女房ノケ高ク月出度キ様シタルガ出テ給ヒキ《ヒ》テ、我カ胸ヲ引キアケテ、二寸計リナル紙切ヲヲシ付テ帰ヘリ給ヌ。是ヲ見レハ、千石ト云文字有リ。イミシキ神徳ヲ蒙リヌト思テ居タル程ニ、鳥居ノ方ヨリ、ヤゴト无キ人ノ、コヽキ《ラ》《ヒ》ノ使人ニ圍繞セラレテ入リ給フ有リ。恠ク、誰カハカバカリノ粧シテクルラント見ル程ニ、宝殿ヨリ有リツル女房、急ギ出給ヒテ、何事ニワタラセ給ヘルヤラン。最ト思ヒカケズト申シ給フ。客人《マラウト》宣フ様、若シ桓舜ト申ス法師ノ、望ミ申ス事ヤ」(74オ)侍ヘルト問ヒ奉リ給フ時キ、サル事侍ヘリ。七日ノ間様々法施ナドシテ、懇ニ祈リ申ツル程ニ、只今望ミ申シツル事、叶ヘ侍ヘリヌト申シ給フ。客人ユメ〳〵有ル間敷事也。我レニモ年来難《ヒ》歎キ申シ侍リキ。其ノ勤メモ不レ残ラ侍ヘレバ、給ハセンニハ如何ナル事ヲモ与ヘツベケレトモ、態ト聞キ入ヌ也。已《ステ》ニタヒタワバ、速カニ召シ返シタマヘト宣フ。女房驚キ給ヒテ、サル故ノ侍リケルヲ不レ知《シテ》ラ、イミシキ誤チ仕リニケリ。但シ、其ノ僧ハ、未タ侍ルガ召シ返ヘサン事、安ク侍リトテ、寄リヲハシマシテ、胸ノ紙ヲ引キ剝《ハ》キテ返ヘリ給ヌ。

僧思」(74ウ)フ様、此ノ客人ハ、疑ヒ无ク山王ニコソヲハシマスラメ。サルニテハ、年来功ヲ入奉リシ間、我レト恵ミ給ハン事コソ難タカラメ。偶〳〵外ノ示現ヲ蒙レルヲサヘ妨ケ給フハ、何事ナルラント、ウラメシキ余リニ、涙ヲ押ヘツヽ居タル程ニ、女房サテモ如何ナル故ニテ、態ト渡リテカク妨ケ給ゾト、問奉リ給フ。客人答ヘ給フ様ハ、此ノ僧、順次ニ必ズ生死ヲ離ルヘキ者ニテ侍ルヲ、若シ豊《カ》ニテ世ニ侍ラハ、必ス余執深ク成テ、猶ヲ穢土ニ留ルヘキ也。是ニ依リテ、自《ヲ》ラヨキ様ナル事ヲハ、我カ兎角違ヘテ、往生ヲ遂ケサセント構ヘ侍ル也ト」(75オ)宣ヘ玉フト見テ、夢覚メニケリ。哀ニ忝ケナク覚ヘケレバ、山ニ帰ヘリ登リテ、其後チハ此ノ世ノ望ミ、フツト思絶ヘテ、ヒタスラニ後世ノ勤メヲシテ、終ニ目出度キ往生ヲシテゲリ。月蔵房ノ僧都ト云是也。

カヽル時キハ、トニカクニ、仏神ノ御構ヘホドニ有リカタク、目出度キ事ハ无カリケリ。又貧シキモ善知識也。愚カニシテ、三宝ヲソシリ給フベカラズ。

三—八33　或ル上人補陀落山ニ詣タル事（流三—五30）

近比ロ、讃岐ノ三位ト聞ユル人有リ。彼ノ乳人男《メノト》ニ、年来往。生ヲ願フ入道有ケリ。心ニ思ヒケル様ハ、此ノ身ノ有様、」(75ウ)万ツノ事心ニ不ㇾ叶《ス》ハ、若シ悪シキ病ナトヲ受テ終ハリ思フ様ナラヌ（マヽ）ハ、往生ノ本意ヲ遂ケン事堅シ。病无テ死ナンバカリコソ、臨終正念ナラメト思ヒテ、身ヲ燈《トボ》サント思フ。

サテモ、絶ヘヌヘキ事カ試ミント思ヒテ、鍬《クワ》ト云物ヲ二ツ赤メ焼キテ、左右ノ脇ニ挟ミテ暫シ有リケルニ、焼ケコカルヽ様、目モアテラレズ。ト計リ有テ、事ニ有ラザリケルト云テ、其構ヘシケルガ、身ヲ焼コトハ安クシツヘシ。然レドモ、此ノ生ヲ改メテ極楽ニ参ラン事、詮モキヨクモ无シ。又凡夫ナル《ヒ》レバ、若シテ（「終リニ至」脱カ）如何ト疑フホドニ、補陀落山コソ、此ノ世界ノ内ニテ、此ノ」(76オ)身ナカラモ詣リヌヘキ所ナレバ、所詮彼エ参ラント思ヒ成シテ、則チ脇ヲツクロイヤメテ、土佐ノ国ニ知処有リケルニ行テ、新キ小舩一艘マウケテ、朝夕是ニ乗リテ梶ヲ取リ習フ。其後チ、舩人ヲ語《カタ》ライテ云フ様、北風ノタユミ无ク吹テ、ツヨカリヌベカラン時分ヲ告ケヨト契テ、其ノ風ヲ待チ得テ、彼ノ小舩ニ帆ヲカケテ、只一人乗テ、南ヲ指テ去リケルニ、妻子有リケレド、是レ程ニ思ヒ立タル事ナレバ、留ル事无シ。只行キ隠レヌル方ヲ見送リテ、泣キ悲ミケリ。是ヲ時ノ人、志シノ至リ不ㇾ浅」(76ウ)ラ。定テ詣リヌラント、ヲシハカリケル。

一条院ノ御時モ、賀東聖人ト云ヒケル人、此ノ定ニシテゾ、弟子一人具シテ参ラレケル由シヲ、人々語タリ伝ヘケル。其跡ヲ追ヒケルニヤ。

三—九34　楽西上人事（流二—六18）

摂津国ニ渡辺ノ郡ニ、妙法寺ト云フ山寺有リ。カシコニ楽西ト云聖リ住ミケリ。本トハ出雲ノ国ノ人也。当ノ初ミ、未タ男ナリケル時キ、人ノ田ヲ作ルトテ、牛ノ堪ヘ難ケナルヲ打セタメテ、掻《カキ》耕ヒクヲ見テ、カク有情ヲ悩シケ《ヒ》ツヽ、ワリナ」(77オ)クシテ作リ立テタル物ヲハ、ナス事无クシテ田ヲウケ持チタルコソ、罪ミ深ケレト思ヒ取リケルヨリ道心ヲ起テ、軈テ出家シタル物也。

其後チ、居所ヲ求ムトテ、国々ヲ見アリキケルニ、宿縁ヤ有ケン、此所ニ心ロ付テ覚ヘケレバ、コレニスマント思ヒテ、或ル僧ノ庵ニ尋ネ行タルニ、主シハ白地《アカラサマ》ニテ立出タリケル跡ニ、ホタト云物ヲ指合セテ置キタルヲ見テ、此ノ聖リ内ヘ入テ木ヲ多ク処《ト》《ヒ》リクベツヽ、皆(「背」カ)カアブリシテ有リケル処ニ、主シ《ヒ》テノ僧帰リ来テ云フ様ハ、何ニモノナレバ人ノ許ヘ案内モ云ハス火ヲ焼キテハ居タルソト、腹ヲ」(77ウ)立テ云ケレバ、我ハ聊カ道心ヲ起シテ惑ヒアリク修行ノ者也。汝モ共ニ仏弟子ニハ非スヤ。強チニ知ル不《ル》レ知ヲ云フヘキ事カハ。風ノ起テ悩ヤマシケレバ、此ノ火フ見テ去リ難クテ居タルゾカシ。木幾クカ焼キタル。惜ク思ハレハ樵《コリ》テ返シ申サン。又猶ヲモ此ノ火ニアテジトナラバ、慳貪ナル火ニハアタラデコソ有ラメ。安キ事罷リ出テント云フ。主シモ道心有ル者ニテ、一旦ハ申計也。云ハルヽ処モ又現《理》《ヒ》リナリトテ、サラバ暫ク居給ヘトテ、閑ニ事ノ心ヲ問フ。彼ノ僧志シノ程ヲ語リケレバ、ヤガテ得意ニ成テ、山中ニ人」(78オ)離ナル在所ヲ切リ払フテ、如レ形ノ庵ヲ結テ、住ミ初メタリケル。

カクテ尊ク行ヒテ、年来ニ成リケレバ、近キ程ニテ、福原ノ清盛入道、此ノ聖リノ事ヲ問ヒ給ヒテ、真ニ尊キ人カ事ノ様ヲ見ヨトテ、盛利ヲ使ニテ消息シ給ヒケリ。御近所ニ侍レハ、タノミ奉ラレ《ヒ》ン。又ハカ无キ事也トモ、不レ憚カラ宣ハセヨト、懇ニ云ワセナントシテ、送リ物ノドモセラレタリケリ。聖ノ云ク、仰セ畏マリ侍ヘリ。但シ、愚僧ハ行モ无ク、徳モ无ケレバ、加様ノ仰セ蒙ルヘキ身ニテハ、努々不レ侍ラ。如何様ニ聞シ食テ、等閑ニテモ御」(78ウ)使ナト給テ侍ルヤラン。驚キ思ヒ給ヘリ。只今タビケル物モ返シ奉ラント思ヒ侍レド、恐ソレ難クテ、此ノ度ヒ計リハ留メ侍リヌ。今ヨリ後チハ有ルマジキ事也。更ニ身ニ取テ申スベキ用无ク侍ヘリ。又知ラレ奉テ、御用ニ叶ヘキ事ハ聊モ侍ラスト、最ト事ノ外ニナン申タリ。使ヒ帰ヘリ参リテ、此ノ由シ聞ヱケレバ、誠ニ尊キ人ニコソ。サレドモ、カヤウニモテハナレンヲバ、サテ如何ンガハセン。猶ヲ兎角云ハヽ、心ニ違ヒナントテ、又音信モ不レ給《ハ》休ミニケリ。

　サテ、此ノ贈リ玉フ物、僧共ニ分ケトラセテ、我ハ聊モ取ラス。或ル僧佐」(79オ)ミテ、何《ナ》トカハ是ヲ受ケ給ハヌ。貧キ者ノワリ无クシテ物ヲ奉ルコソ、志ハ重ク侍ルヲ、其ヲハ不レ厭ハ、受ケ給ヒテ、是程ノ物ハ、彼カ為ニハ物数ナラズト云ヒケレバ、宣フル所ハ云レタリ。ゲニ貧キ物ノ志ハ重キ信施ナレド、我レ不《スハ》レ受ケ、誰カハ少キ物ヲ得テ、思フ計リ其志ヲ報ジテン。是ヲ返ス物ナラバ、我罪ミヲノミ恐レテ、忽ニ人ヲ救フ心ハ闕ヌヘシ。然レハ、定メテ仏ノ御心ニモ背キナント思ヒテ、受ケ侍ル也ト云云。

　サテ、彼ノ入道殿ハ、功徳ヲ作クリ給ハンニハ、何ノ事カ心ニ叶ハザラン。善智識ヲ尋ネ給ハヽ、行徳高キ」(79ウ)人多カリ。誰カ参ラジト申□《サン》。此法師カ知リ申サズトモ、更々事欠クマシキ也。威勢イカメシフ座スレハ、定メテ罪モ大キニ御座スラン。徳无キ身ニテ、引キカヅキテ用无ト思テ、遁レ申ス也トゾ云ヒケル。

　此コ彼コヨリ物ヲ得ル程ニ、聊カモ多クナレハ、驚キテ、寺ノ僧ヲ喚ヒ集テ、是ヲ施ス。更ニ後ノ科ト思ヘル事无シ。彼ノ山里ノ近クナドニ、寡《ヤモメ》ナドノ堪ヘガタク貧キ有リケレバ、是ヲ憐ミテ、常ニ物ナド取ラセケルガ、極《シハ》月《ス》ノ晦日ニ、人ノ手ヨリ餅ヲアマタ得タリケル時キ、彼ノ貧キ者共ノ事ヲ思ヒ出テ、夜イタク深テ自モ」(80オ)テ行ケル程ニ、年来持タリケル念珠ヲ道《ヒ》ヲニ落テゲリ。帰ヘリテ後チ、思出ケレド、滋《シケキ》山ヲ分ケ行ク道ナレバ、何クニカ落ヌラン。求ルニ不レ及ハ。多ク薫修《ジュ》積ミタル念珠ヲト歎キナカラ、念珠引キヲ語ラヒテ誂《アツラ》ヱントスル処ニ、烏ノ物ヲクヒテ、堂ノ上ニカラ〱ト鳴《ナラス》ヲ、何ナルラント見レハ、落シタリシ念珠也ケリ。最ト哀レ也トテ、是ヲ取ツ。其ヨリ此ノ烏得意ニナリ、人ノ物ヲ以テ来ルヘキ折リニハ、必ス来テ鳴ク。其ノ在所ノ遠サニ付テモ、今マ幾《イクバクノ》日計リトハカラウニ、露モ不レ違。誠ニ護法ナンドトモ云ツベキ様ニゾ」(80ウ)有リケル。

又此ノ庵リノ前ニ少シキ池ケ有リケリ。蓮ス多クテ、花ノ盛リニハ水モ不シテレ見、偏ヘニ紅梅ノ絹ヲ覆ヘルカ如ク也。或ル歳ノ夏ツ、聊カモ花ノサカサリケルヲ人怪ミケレバ、我レ此ノ界ヲ去ルヘキ年ナレバ、行クベキ処ニサカントテ、此ニハサカヌ也トゾコタヘケル。誠ニソノトシ、臨終正念ニシテ、思ヒノ如クニ目出度ク往生シケリ。加様ノ不思議、此ノ人ニハ多ク聞ヘ侍シカト、事繁ケケレバ、中〳〵シルサス。(以下余白)」(81オ)

第二冊

（旧表紙外題）「発心集四五終」

（目録）

発心集巻第四

四―35　相真ト云フ僧没後ニ袈裟ヲ返シタル事　（流二―七19）

渡辺《ワタナヘ》ト云所ニ、長柄《ノ》別所ト云寺有ケリ。此寺ノ近所還俊《ニゲン》《シユン》ト云僧有リケリ。若キ程ハ山ニ学文ナトシテ有リケルガ、自ラ爰ニ居付タリケリ。此ノ僧、何トカシテ伝ヘタリケン、昔シ文殊ノ法ヲ説キ給ヒケル時《ノ》御袈裟ヲ以テリ。蓮スノ糸ニテ織タル袈裟ヲ持タリケリ。本ハ山《ノ》禅瑜僧都《ノ》伝タリケルヲ、池上ノ皇慶阿闍梨《ノ》時キ護法シテ、无熱池ニテ洗セ□（「給」カ）ケル由シ、云ヒ伝ヘタリケル袈裟也。還俊、八十計マテ異ナル弟子无シ。其ノアタリ近クニ、ヤナイヅノ別所ト云《フ》所ニ、相真《ト》」(2オ)云フ僧有リ。此袈裟ノ伝ヘヤゴト无キ由ヲ聞テ、是《ヲ》譲テント思ヒテ、還俊カ弟子ニ成ヌ。還俊カ云様、袈裟ヲ伝ヘンガ為ニ弟子ニ成リ給フ志シ不浅カラ。然レハ、三衣内《(ノ)「アルカ」》、マヅ五条ヲハ当時ニ譲リ奉ラン。残リヲハ、死ナン後ニ取リ給ヘト云フ。相真悦テ、是ヲ得テ帰リヌ。其後チ、思外《ノ》ニ相真先キ□□《(「立テ」カ)》病ヲ受テ死ナントスル時、我カ弟子共ニ云様、此《ノ》袈裟ヲ我レ死ナハ必ス相具シテ埋メト云テ終リニケレバ、弟子共遺言《ノ》如《ニ》シテ日来ヲ過キニケリ。

其後、還俊彼《ノ》相真カ弟子《ノ》中ニ云ヒ送リケルハ、袈裟ハ皆《ナ》亡者ニ譲リ中スヘキ契リ聞ヘ」(2ウ)シカ共、ホヰナラスシテ先キ立レケレバ、具ニ離テ有心モシ侍ス。然ルニ、譲リ奉シ袈裟返シ給ハラント云フ。彼《ノ》弟子共、亡者《ノ》云ヒ置シ如ク沙汰シ侍リヌト、有ノマヽニ答ヘケレハ、猶ヲ不レ信《セ》、重テ尋タリケレバ、由シ无シトテ、彼《ノ》弟子共、誓言文ヲ書テナン送リタリケリ。其《ノ》上ハ、兎角云フヘキナラネバ、歎キナカラ過ニケリ。

程ナク中一年ヲ経テ、長寛二年《ノ》秋、還俊夢ニ見ル様、亡者相真来テ云ク、我レ彼《ノ》袈裟ヲ掛ケタリシ功徳ニヨリテ都率《ノ》内院ニ生レタリ。但シ、袈裟ヲハ我申《レ》シ置タリシ如ク具シテ埋ミタリシカド、不具ニ成リヌル事ヲ」(3オ)深ク歎キ給ヘハ返シ奉ル。早ク本《ノ》箱ヲアケテ見給ヘト云フ。夢覚テ、此《ノ》三衣ノ箱ヲ見ルニ、目モメヅラカニ、本《ノ》如クタタミテ三衣箱中《ノ》ニ有リケリ。誠ニ不思議ノ事ナレバ、涙ヲ流シツヽ、是ヲ恭敬ス。

其後、還俊終ル時キ、此《ノ》袈裟ヲ掛テ往生ス。其弟子ニ弁永ト云僧、是ヲ伝テ又往生ス。彼ノ弁永カ往生《ハ》八十年《ノ》中ナレハ、皆《ナ》人ト聞キケル事也。

昔《シ》物語ニハイミシキ事多ケレド、近キ世ニハ如《ク》レ此キトクハマレナリ。然ルニ、当時此ノ比ハ世下タリ、人衰ヘテ、不思議ノ顕《ス》コト難シ。有ル中ニモ、是ラハ末《ノ》世ニ類ヒスクナカルヘキ事共也。結」(3ウ)縁ノ為ニ人多ク詣テヲカミケリ。縦ヒ末世也ト云トモ、志《シ》タモ有ハ、仏法《ノ》不思議ハ尽キセヌ事ナレハ、可レ有事也。

四―二36　或ル禅尼ニ山王ノ御託宣ノ事（流ナシ）

　光明山ト云山寺ニ、老タル尼アリケリ。如何ナル事ニカ、日吉ノ明神付キ悩ヤマシ給ヒテ、様々ノ託宣トモ聞ヘケル時、或ル僧会ヒ奉テ、尼ノ身ニアタワヌ心ヅキ无キ事ニ覚エケル上ヘ、コトニ奈良ノ方ニハ山王ヲ崇メ奉ヌ習ヒニテ、心見ント思ヒテ、此ノ尼ニ向テ云様、誠ニ大明神現レ給ヘルナラバ、我カ申サン事計ヒノタマハセヨ。我レ極楽ヲ希フ心深ク侍ヘリ。何レノ」（4オ）行カ必ス往生ノ業トナリ侍ヘルベキ。此ノ事、凡夫ノ闇キ心ニハカライ難ク侍リト申ストキ、尼ノ云ヤウ、汝チ、我ヲ試ミントスル心ザシハ目ザマシケレドモ、等閑ニモ往生ノ業トテ問ン事ハ、争カ教ヘサラン。詮スル所ハ、行ハ何レニテモ有リナン。衆生ノ宿執様々ナレバ、仏ノ教モ又種々ナリ。何レモ愚カナラズ。指テ其事ト定メ難シ。信ヲ至シ、功ヲ積ンゾ貴トカルヘキ。但シ其ノ中ニ何レノ行ニモ亘リテ、必ス具スヘキ事二ツ有リ。汝チ信ズベクハ云ハント宣フ。此僧思フ様、如何カ計ノ事カワト、等閑ニ云ヒ出シツルヲ、カクゲニ〳〵シクハカライ宣ヒケレバ、哀貴《ニク》」（4ウ）成テ、我レ元ヨリ西方ノ行者也。早ク承テ深ク信スベシト申ス時キ、教エ給フ二ツノ事ト云フハ、慈悲ト質直ト也。是ヲ具セザレバ、縦ヒ何レノ行ヲ勤レドモ、往生ヲ遂ン事、極メ難シト宣フ。僧掌ヲ合テ、此ノ事ヲ具セン事難ク侍リ。最ト悲クナン、如何ンガ仕ヘキト申シケレバ、若シ二ヲ具スル事、猶ヲカタクハ、セメテハ慈悲ハ愚カ也トモ、質直ナラント思ヘ。心ウルワシカラズシテ浄土ニ生レン事ハ、如何ニモ有ルマジキトゾ宣ヒケル。僧涙ヲ流シテ、其後チ年毎ニ必ス日吉ノ社エ詣テケルトゾ。

　此ノ事仏ノ御教ヘニ叶テ目出度侍ヘリ。然レハ則チ、維摩経ニ」（5オ）ハ直心是浄土ト説キ給フ。円融《ユウ》ノ妙経ニハ、質直意柔軟トモ、又ハ柔和質直者トモ宣ヘ玉ヘリ。心ウルワシカラン者ノ、仏ヲ見ヘキ由ヲ、寿量品ノ偈ノ僅カニ一枚計リナルニ、二ケ所マテ教エ給ヘリ。自我偈トテ、諸ノ神メデ給フモ思ヒ合セラレテ貴ク侍ヘリ。南無阿弥陀仏。

四―三37　侍従大納言ノ家ニ山王不浄ノ咎メノ事（流ナシ）

侍従大納言成通卿煩ヒ給ヒケル時キ、祈為ニ堪秀已講ト云フ人、大般若読テ、日来彼ニ居タリケリ。病ヒ日ニ添テ重ク成ケレハ、重テ願ナド立テントテ、此已講ヲ近ク喚テ、其事ヲゾ」(5ウ)云ヒ合セケル。爰ニ三尺キ帳ヲ立テタル上ヨリ、ヲサナキ上童《ウエワラハ》ヲトリ越テ、已講前ニ居タリ。驚キ怪シミテ、誰カヲハスルゾト問フ。女ナ、我レハ是レ十禅師也ト名乗ル。已講此ノ言ヲ聞テ云フ様フ、ウレシクモ見参ニ入リ侍リヌ。但シ、何故ニカクハ渡リ給ヘルゾト問フ。不浄ナル事有レハ、其ヲ咎メテト宣フ。已講呼《アサケ》リテ云ク、其事コソ心得侍ラネ。実十禅師ニテ御座ハ、定テ聖教理ヲハ鑑ミ給ラム。何ノ経文ニカ物忌セヨト説レタル。諸法ハ浄不浄无トコソ侍ルニ、カク由シ无キ事ヲ咎メテ、人ヲ悩給フ事、太《タ》アタラヌ事也ト云。

女云様、ワ僧ハ学生トシテ、カクナ」(6オ)マザカシキ事ヲハ云フカ。我ハ諸聖教ニ皆ナ文字毎ニ物忌セヨトノミ説レタルト見ルハ、ワ僧学文ハ文内ヲバ見ヌカトテ、目出度キ文ヲ半枚計リ論シ給ヒケレド、何レノ説トモ不ス知ラ。深キ事マテハ云ベカラス。先ツ小児《コ》トモノ文習ヒ初ルニ、倶舎頌ト云物ヲ読ゾカシナ。其初メニ諸一切種諸冥滅抜衆生出生死泥ト云ヘリ。生死ノ泥ヲハ厭フヘシトコソ見ヘタレ。五時ノ教義ニ随テ、趣キ異ナレトモ、生死ヲ厭フ教ヘニ至リテハ、一切経論皆同シ心也。然ルニ、諸衆生愚ニシテ、空ク往キ反リスルヲ見レハ、生ルルモ悪ク、死スルモ悪キ也。是ニ依テ、衆生ヲ助ケンガ為ニ、跡ヲ垂タ」(6ウ)レトモ、猶ヲ生死ヲハ忌メト禁メタル也。ワ僧ハ学生也。サラバヨシ、生死ナ厭ヒソト云文ヲ出セ。サラバ、我レ物忌セシト宣フ。

其時キ、已講涙ヲ流テ、極メタル理ニテ侍ヘリ。カクマデハ思ヒ極メ不レ侍ヘラトテ、サテ様々怠リ申テ、今マヨリハ、我レ物忌仕ランナント聞ヘケレハ、サコソ有ルヘケレ。サラバ、是レヨリ後ノ事ヲ、能々汝チ彼ニ教ヘヨ。此ノ度ハ免サントテ、寝入ルカ如クアカリ給ヒニケリ。凡夫ダニモ、我レヨリ上《アカリ》タル人ノ思フ事ヲハ知ル事无シ。イワンヤ、垂迹御構ヘ、我等カ浅キ心ロニテ、惣シテ思ヒガタキ事也。人ニ依テ、縁ニ随フヘキ事ニコソ。

物忌无シト云ハ、仏《ノ》」(7オ)内証文《ノ》内ヲ極メヌ人ノ申シ事也。深ク可㆓得意㆒。南无阿弥陀仏。

四—四38　日吉《ノ》社ヱ詣ル僧死人ヲ取リ棄ル事（流四—一〇47）

中比ノ事ニヤ、或ル法師世ニ有リ。ワビテ京ヨリ日吉《ノ》社ヘ百日詣ル有リケリ。八十余日ニ成テ、下向道《ノ》チ、大津ト云フ所ヲ過キケルニ、アル人ノ前ニ、若キ女ノ人目モ不㆑知ラ、ヨヽ〳〵ト泣テ立テルアリ。是ヲ見ルニ、只世《ノ》常《ノ》愁ニハアラシ。極レル事ニコソト見テ、哀レニ覚テ、指シ寄リテ如何ナル事ヲ悲ムゾト問フ。女云《ノ》様ソ（マヽ）、御像ヲ見奉ルニ、物詣リシ給フ人ニコソ、ヱ聞ヱマジキト云《フ》。」(7ウ)憚カルヘキ事也トハ推シハカラレナカラ、哀ミノ余リニヤ、懇ニ尋レハ、其《ノ》事ニテ侍ヘリ。我カ母ニテ侍ル者《ノ》、日来悩シカリツルガ、今朝終ニ空ク見ナシテ侍ヘリ。サラヌ別レノ習ヒ、哀レニ悲キ事ハ申ニ不㆑及。先ツ是ヲ引キ隠スベキ態ヲセント、様々ニ思ヒメクラセド、寡《メ》ナレバ、何ッ方トモ申シ合スベキ人モ无シ。殊ニ女身《ノ》ナレハ、力モ及ヒ侍ラス。隣リ里人《ノ》ハ、等閑ニコソ哀レトハ訪ヒ侍レ。神事繁キワタリナレハ、兎ニ角ニ、思ヒウル方无テナド、云ヒモヤラズサメ〴〵ト泣計リナリ。僧是ヲ見ルニ、ゲニサコソ思フラメト哀ニ覚テ、良久ク共ニ泣立テリシガ、心ニ」(8オ)思フヤウ、神ハ人ヲ哀ミ給フ故ニ、濁レル世ニ跡ヲ垂レ給ヘリ。是《ヲ》見ナガラ、争カ情无クハスグサン。我レ、又是レ程ニ哀ミノ起リタル事、未タ不㆑覚ヱ。仏モ鑑ミ給ヘ、神モ免レ給ヘト思ヒテ、サノミナ嘆キ給ヒソ。我レトモ、カクモ引キ隠クサン外《ト》ニ立テレハ、人目モ恠シトテ内ニ入ヌ。女泣々悦フ事限リ无シ。

カクテ日クルレバ、夜ニ入テ、便宜ヨキ所ニ移シ送リテ帰リヌ。其後モネラレザリケルマヽ、ツク〴〵ト思フ様、サラモ八十余日詣リタルヲ、徒ニナシテヤミナン事コソ口惜ケレ。此事更ニ名利《ノ》為ニセズ。只詣テ神《ノ》御様ヲモ知ラン。生レ死スル汚《ケカライ》ハ、云ハヽ仮ノ禁ニコソト」(8ウ)健《ツヨ》ク思ヒ取リテ、暁キ方ニ水ヲアヒテ、是ヨリ又日吉ヘ打向テ詣ル。道チスガラ胸打サハギテ、空ラ怖シキ事限リ无シ。詣リ着テ見レハ、二宮殿ノ御前ニ人多ク集リヌ。只今マ十禅師権現巫キニ付キ給ヒテ、様々《ノ》事ヲ宣ヘ玉フ折節成リケリ。此ノ僧身ノ誤リ思ヒ知レテ、近クハエ寄ズ。物ノ陰ニ、イカニモ遠ク居テ、如《ク》レ形《ノ》念誦シテ日ヲカ丶ヌヲ善キ事ト思ヒテ、下向セントスル処ニ、巫キ遥ニ見付テ、アソコナル僧ヲ近クヨベ。云ベキ事有ト宣フ。是ヲ聞クニ、心愚カナランヤハ。サレド遁ルベキ方无テ、ワナ丶ク〳〵指出タレバ、爰ヲ集レル人々、最下ト怍ケニ思ヘ」(9オ)リ。近カ々ト喚寄テ宣玉フ様ハ、僧《ノ》夜部《ノ》セシ態ヲ、我レハ明《ラ》カニ見シゾトヨト打出テ給ヘハ、身《ノ》毛モ弥《ヨ》立テ、胸(マヽ)ソサカリテ生キタル心地モセズ。重テ宣玉フ様、汝チ恐ル丶事无レ。イミシクスル物ノカナト見シゾ。我レ元ヨリ神ニ非ス。憐ミノ余リニ跡ヲ垂タリ。人ニ信ヲ起サセンカ為メナレハ、物ノ忌《ム》事、又仮ノ方便也。悟リ有ン人ハ、ヲノツカラ知リヌヘシ。愚カナル者《ハ》、汝カ哀ミノ勝レタルヲ感スルコトヲ不《ス》レ知ラ。乱リニ是ヲ例シテ、僅《ニ》起セシ信モ又乱レントス。只諸事人ニ可レ依ル也ト。コマヤカニ打サ丶メキ給フ。其《ノ》心ナノメナラズ。憐ニ忝ケナク覚ヘテ、涙ヲ流シテ出」(9ウ)テニケリ。

其《ノ》後チ、事ニフレテ利生アル事多カリケリ。

南无阿弥陀仏。

四—五39　勤操栄好カ遺跡ヲ憐ム事（流五—一四61）

昔シ、大安寺ト云寺ニ、栄好ト云僧アリケリ。身ハ貧シテ、老母ヲ持タリケレハ、則寺《ノ》中ニスエテ、如《ク》レ形《ノ》命ヲ続クホトノ事ナンシケル。七大寺《ノ》習ニテ、居タル僧《ノ》室ニテ煙ヲ立ツル事无シ。食物ヲハ、車ニ積ツ丶、朝毎ニ僧《ノ》房前ヨリ渡リテクレバ、栄好是ヲ請テ、四ツニワカチテ、一ヲハ母ニ奉リ、一分ヲハ乞食ニトラス。一ヲハ自《ミ》食ス。一ヲハツカウ童《ニ》与ヘタリ。先ツ母《ニ》奉テ後チ、自《ミ》ヲハ食ケ」(10オ)リ。年来次弟(マヽ)ヲ違ヘズ。

此ノ栄好《ノ》房《ノ》傍ニ、垣ヲ隔テ丶勤操ト云僧住ミケリ。同心ニ相ヒタノミタル人ニテ、年来此事ヲ有リ難ク見聞ク程ニ、或ル時、壁ヲ隔テ丶聞ケハ、栄好カ小童ハ、忍ツ丶鳴ク声シケリ。勤操恠ク思テ、彼ノ小童ヲ喚テ、何事ニ依リテ泣ゾト問フ。答テ云、我カ師、今朝俄ニ命終リ給ヒヌレバ、我独リシテ取リイトナミ奉ラン事、无二為方一侍ヘル上ニ、母ノ尼上又如何ニシテカ命生キ給ハント云。勤操是ヲ聞テ、哀ミ(マヽ)悲キ事限リ无シ。小童ヲ慰メテ云様、我レモロ共ニ今夜ノ中ニトリカクシテン。又母ヲハ、我レ亡者ニ代リテ、我カ分ヲワ」(10ウ)カチテ養ハント云。小童是ヲ聞テ、悲ミノ中ニモ此ノ事ヲウレシク思ヒテ、涙ヲノコイツヽ、サリケ无様ニモテナシケリ。サテ勤操、我カ分ヲワカチテ、栄好カ送リシ様ニ、童ニモタセテ、彼《カノ》母ノ許ヘ送ル。母此ノ事ヲ、思ヒモ依ヌ気色ヲ見ニツケテモ涙ノコボルレバ、兎角マキラハカシテ、指置テ帰ヘリヌ。其ノ後チ、夜半計リニ、勤操小童、二人シテ栄好ヲ持テ深キ山ニ送リ置ツ。母ノ尼ハ、先々ニ替タル事ナケレバ、我子ノ失セタル事ヲ夢ニモ不レ知ラシテ月日ヲ送ル程ニ、勤操カ所ニ若キ人来テ、酒ナド呑事有リケリ。何トモ无クマキレテ、先々ニ送ツル時分」(11オ)ニ過キケレド、親子ノ間ナラネバ、小童モ憚テ云ヒ出サズ。良久ク成テ、彼ノ物ヲ送リタリケルニ、母云様、ナド例ヨリハ遅カリツルゾ。年老ヌル身ハ、胸シハリテ、心地タカヒテ例ニモ似ス覚ル也ト云ヲ聞テ、此ノ童ハ、云ヒカイ无ク涙ヲ落シテ忍ブトスレド、声モ惜マス泣ケレバ、母恠シク思ヒテ問ニ、童ハシバシ物モ云スシテ、弥泣キケレバ、母不得心シテ、猶ヲ強テ問フ程ニ、終ニハ隠スヘキコトナラネハ、事ノ有様ヲ初ヨリ語ル。其刻モ申スヘカリシカドモ、年闌成リ給ヘル御身ニ、若シ歎キニモ堪スシテ、如何カ様ニモ成リ給ヘル事モコソ侍ヘレトテ、今マテ申サヾリツル也。此ノ食物ハ、勤」(11ウ)操ノ房トテ、故御房ノ同朋ニテヲハスルナリ。有シ様ヲ問ヒ聞テ、失セ給ヒシ日ヨリ、我カ分ヲワカチテ奉マツラルナリ。今日ハ若キ人々来リテ、酒ナトマイリツル程ニ、心ナラス日闌テ侍ル也。サレト、御子ナラネバ、如何トモ勤メ申ヌ(マヽ)。サスカニ憚カリ存テナド、云モヤラズ泣ク。

　母聞クマヽニ倒レ臥シテ、泣キ悲ミテ云ク、我カ子ハ早ク失ケルヲ知ラスシテ、朝ニモヤ来リヌル、夕ヘニモ見ヱ給フト思ヒツルコソ、最ハカナケレ。今日ノ食物ノ遅カリツルヲ恠シメサリセバ、我カ子《ノ》有无シモ知ラスシテ、徒ニ月日ヲ送ラマシト云テ、忽ニ絶ヘ入リヌ。

勤操是ヲ聞テ、彼《ノ》母ヲ岩渕ト」(12オ)云フ山ノ麓ニテ孝養シツヽ、七日七日《ノ》仏事《ニ》、法花経ヲ説キ、諸《ノ》同朋ナトニ云合セテ、四十九日《ノ》法事マテ、懈怠无クゾ勤メケル。其後チ、年ニ一度、忌日毎ニ、同朋八人カ力ヲ合テ、同朋八講ト名付テ、延暦丁未ノ歳ヨリ始メタリケルヲ、岩渕寺《ノ》八講ト名付ケタリ。八講ノ興リ、是レヨリ始テ、所々ニ行フ事、今ニ絶ヘスト聞エ、彼《ノ》勤操公《ハヲウヤケ》私シニ尊キヲホヱ有リテゲレバ、過失テ後チ、僧正《ノ》号ヲナン贈リ給ヒキ。

世ニ有リ難キ覚ヘナリケリ。南無阿弥陀仏。

四—六40　不動《ノ》持者生レテ牛トナル事生々面《(マヽ)》加護《ノ》不動誓《ノ》有《ヲリ》カタキコトナリ

（流五—五52）」(12ウ)

中比、山《ノ》西塔《ノ》南尾ト云フ所ニ、極楽房《ノ》阿闍梨□《(「ト」カ)》云人有リケリ。彼《ノ》住ケル房ハ、南尾取リテモ北尾ト云フ方ヲ見遣《遣》(書損ジ)テ、登リ下タリノ道陰レ无ク見ユ。此ノ阿闍梨念誦シテ、脇足ニ懸テチトマドロミタル夢ニ、北尾ヨリユヽシケニ痩タル牛ニ、物ヲ負セテ登ル人有リ。牛《ノ》舌ヲ垂レテ登リカネタルヲ、髪ミ赤ク縮タル小童《ノ》、眼ナド賢コケナルガ付テ、跡《ニ》ナリ前ニナリ、走リ廻リテ、是ヲ推シ上ケツヽ助ケ登ル有リ。恠クタタ人トモ覚ヌ童哉ト思フ程ニ、傍ニ人有リテ云様ハ、彼《ハ》生生而加護ノ誓ヒヲ違ヘジトテ也ト云ト見テ驚キヌ。ウツ」(13オ)ツニ見ヤレハ、夢ニ見ヘツルニ少シモ違ズ、牛物ヲ負テ登□《(「ル」カ)》有リツル。赤髪ノ小童《ハ》見ヘス。是ヲ思ニ、此ノ牛カ前世ニ不動ノ持者ニテ有リケル事ヲ知リヌ。因果《ノ》理ハリ有リケレハ、業ニ依リテ畜生トハ成リケレド、猶ヲ捨テ難クテ、カク前後ニ立チツヽ助ケ給フゾト、イミシク哀ニ覚レハ、此ノ阿闍梨、物ニ米ヲ入テ、キトコヨト云ヒケレハ、走リ向テ、牛食物ヲナン食シケリ。

サテモ仏《ノ》御誓《ノ》空シカラザル事如レ此ノ。必ス生々世々ニ値過《(マヽ)》シ奉ルヘシ。志シ届カズシテ輪廻ノ身トナルマテ如《ク》レ此ノ助ケ玉ヘ。況ヤ、志シ深ク届キテ、順縁タラハ、

決定往生タルヘシ。南無阿弥陀仏。」(13ウ)

四―七41　播磨《ノ》室《ト》二云所ニテ遊君共鼓歌《ノ》曲《ヲ》以《テ》聖人《ニ》結縁《シタル》事　(流六―一〇72)

中比、少将《ノ》聖ト云人有リケリ。事ノ便リ有テ、播磨《ノ》国ニ、室ト二云所ニトマリタリケル夜、月阿《クマ》无ク面白カリケルニ、遊ヒ者《ノ》共、我レモ〱ト歌テ行キ違フ。哀ナル物共《ノ》有リ様哉ト見ル程ニ、或ル遊女《ノ》船、此聖《ノ》リノ乗リ給ヘル船ヲ指テ漕キ寄セケレバ、梶《カヂ》取、ナド是ハ僧《ノ》御船也。思ヒ違ヘ給ヘルカト事《ノ》外ニ云フ時キ、彼《ノ》船ヨリ云様、サヤウニ参ル也。争カ僻目ハ見ヘキトテ、鼓ヲウツテ、暗キヨリ暗キ道ニソ入リヌベキ、遥ニ照セ山ノ端ノ月ト、此ノ歌ヲ二三返歌テ、カヽル罪ミ深キ身トナレルモ、サル報ニテコソ」(14オ)侍ラメ。此ノ世ハ夢ニテ休ナントス。必ス救ヒ給ヘ。心計リニ縁ヲ結ヒ奉ルト云テ、漕キ離ニケリ。聖リ思ハスニ哀ニ覚ヘテ、涙ヲ落シ、墨染ノ袂ヲヌラシケルト、後ニ人ニ語ラレケル。

四―八42　郁芳門院ノ侍長住《ケル》二武蔵野《ニ》一事　(流六―一二74)

西行法師、東ノ方エ修行シアリキケル時キ、月夜ニ武蔵野ヲ過ルコト有リケリ。八月十日余リ(「ノ」脱カ)事ナレハ、月ハ昼《ノ》如クナルニ、花ノ色々露シケク、虫ノ声々風ニタクイテ、心モ詞モ不レ及ハ、ハル〱ト分ケ行ク程ニ、麻ノ袖モシホル計ニナリニケリ。爰ハ人住ムヘクモアラザル野中ニ、ホノカニ経《ノ》声聞ユ。最□(「ト」カ)恠クテ」(14ウ)、声ヲ尋ツヽ、行テ見レハ、僅ニ一間計リナル菴リ有リ。萩《ハキ》、女郎花《ヲミナメシ》拵《カコイ》ツヽ、薄《スヽキ》、苅萱《カルカヤ》、荻《ヲキ》ナドヲ上ニハ葺ケリ。此内ニ、年闌タル人ノ、枯声ニテ法花経ヲ読ム。イト珍ラカニ覚テ、如何ナル人ノカクテハト問ヘハ、我レ昔ハ郁芳門院ノ侍長《ノ》ナリシヲ、院陰レ御座テ後チ、ヤカテ様ヲ替ヘテ、人ニ知レサラン所ニ住ント思フ志シ深クテ、何クトモ无クサスライアリキ侍シ程ニ、サルヘキニヤ有ケン、此ノ花ノ色々ヲ、夜モスカラ、野中ニ住テ、自カラ多《ノ》年月ヲ送クレリ。元ヨリ秋ノ草ヲ心ニト侍《シメ》リシカバ、花无キ時ハ其跡ヲ思ヒ、此ノ比ハ又色ニ心ヲ慰メツヽ、交リニウルハシキ事侍ズト云。是ヲ聞テ、最有《イト》リ難」(15オ)ク、哀ニ覚テ、涙ヲ押ヘツヽ、様々カタラウ。サテモ、如何ニシテカ月日ヲハ送リ給フト問ヘハ、ヲホロケニテハ、里ナトヘ出ル事ハ无シ。自カラ人ノ哀ミカクルヲ待テ侍レハ、四五日ナト空キ事モアリ。大方ハ、此ノ花ノ中ニテ、煙ヲ立ン事ハホヰナラヌ様ニ覚テ、常ニハナベテノ朝夕ノサマニハ非ストゾ語リケル。如何カ心ノ澄ミケント、ウラヤマシクナンハカラレケリ。世ニ類ヒ无キスマヒナルヘシ。

四―九43　書写山ノ客僧断食往生事ノ　(流三―七32)

播磨ノ書写ノ山ニ、外ヨリ浮レタル持経者有ケリ。所ノ人ノ情ロサシテ年来過キケリ。取分キ長老ナリケル僧ヲ相懇ミタリ」(15ウ)ケルニ、此ノ持経者云様ハ、我レ臨終正念ニテ、極楽ニ生ン事ヲ願シ侍レト、其ノ終リ知リ難ケレバ、異ナル病モ妄念モ不レ起ラ、身ニ病モ无キ時ニ此身ヲ捨ント思ヒ侍ル也。其ニ取テ、身燈入海ナトハ、事ノヤウモ余リニ苦ミ有ヌベケレバ、食ヲ断テ、安ラカニ終リナント思ヒ立チ侍ル也。心一ツニテハ、サスカナレバ、カク申シ合スル也。穴賢《コシメ》〳〵、口ヨリ外ヱ漏シ給フナト云フ。居所ハ、此ノ南トヲキ侍ル也。今罷リ侍ル也。其ノ後ハ、无言ニテ侍ランヽト云ヒケレハ、涙ヲ流シツヽ、最ト哀レ也。サ程ニ思ヒ立タル事ナレバ、トカク申スニ不レ及ハ。ヲボツカ无ク覚ヘン時キ、竊ニ見申事ハ何ント」(16オ)云フ。其レハ爾カ也ト云フ。隔テ奉ネハコソ、カクハ聞ユレ、ナド能々云契リテ、行キ陰ヌ。哀ニ有リカタク覚テ、日々ニモ行テ訪ヒタケレドモ、ウルサクゾ思ンスラントト憚カルホトニ、自ヲ日来ニ成リヌ。七日計リ過テ、教ヘシ所ヲ行テ見レハ、身一ツ入ホトニ少キ菴ヲ結テ、其内ニ経ウチ読テ居タリ。差シ寄テ、如何ニ身弱ク苦シクヲワスラント問ヘハ、物ニ書キ付テ返事ヲ云フ。日来ハ身苦ク、心弱ク終リモ如何ト覚ヘ侍リシヲ、此二三日先キニ、チトマドロミタリシ夢ニ、少キ童子ノ来ツテ、口ニ水ヲ洒クト見テ、身モ涼ク、力モ付テ、今ハ憂ル事侍ラズ。今ノ如クナラバ終リモ願ヒ」(16ウ)ノ如クナランカト云。弥貴クウラヤマシクテ帰ヘリケリ。

　其ノ後チ、余リニ珍ラカニ貴キ事ナレハ、難レ去弟子計ニゾ、此ノ事ヲ語リケル。然トモ、漸ク此ノ事漏聞ヘテ、結縁セントテ尋ネ行ク人多有リケリ。サバカリ口チカタメセシ物ヲト云ヘド、郡内ノ者ノ普ク聞テ、近キモ遠モ集テ見ル。此老僧、彼ノ所ヱ行テ、心ノ及フ限リ制シ侍レトモ、耳ニモ聞キ入ル丶者无シ。彼ノ僧ハ物ヲコソ云ハネ、人ノ集レルヲワビシト思ヘル気色ヲ見ルニモ、偏エ(ニカ)我カ誤リナレバ、悔ヤシクカタハラ痛キ事限リ无シ。カクテ夜ル昼ヲ分タズ、様々ノ物ヲ投ケ、米ヲ蒔キ、拝ミ訇シレハ、隙有ルベシトモ覚ヌニ、如何」(17オ)ガシタリケン、此ノ僧何ツトモ无ク逃ケ隠レヌ。コ丶ヲ集レル者ノドモ、手ヲ分テ山深ク求ムレドモ更ニ不レ居。サテモ不思議也ト云テ、皆行キ散テ後チ、十日余リ日ヲ経テナン、思ヒカケズ彼ノ跡ヲ見付ケタリケリ。本ノ所ロ僅ニ五六段計リノキテ、聊カ真柴フカク有リケル隠レニ、仏経ト紙衣ト計リ有リケル。此ノ二三年カ間ノ事ナレバ、彼ノ山ニハ見ヌ人无シトゾ。末世ニハ最ト有難キ事也。

　都テ諸ノ罪ヲ作ル事ハ、皆ナ此ノ身ヲ思フ故ナレバ、加様ニ思ヒ取テ、終リヲモ祈リ、往生ヲモ望マンニハ、何ンノ疑カ有ン。然レトモ、濁レル世ノ習ヒ、涯分ナラヌ事ヲバ願ハズ、信セ」(17ウ)ス。ヤ丶モスレバ、是ヲ謗シテ云ク、前世ニ人ニ食物ヲ与ヘズシテ命ヲウシナヘル報ニコソ、カ丶ル目ヲハスレト云フ。或ハ天魔ニ心ヲタフラカサレテ、人ヲ驚シ後世ヲ妨ケント構ルナント云フ。誠ニ宿業ハ知リ難キ事ナレト、サノミ云ハ丶、何レノ行カ憑モ敷ク侍ン。皆ナ等シキ味ヲ忍ヒ、身ヲ苦ルシメ、心ヲクダクヲ本トス。是レ悉ク人ヲ侘シメタル報トヤ定メンスル。況ヤ、仏菩薩ノ回位ノ行、皆ナ法ヲ重クシ、命ヲ軽クス。其跡ヲ追ヌハ心拙キニテコソ有ラメ。偶々〳〵学フ人ヲ謗ルハ及ハヌ事也。随ッテ而、善導和尚ハ念仏ノ祖師ニテ、此身ナガラ証ヲ得給ヘル人也。往生ヲ疑ヒ」(18オ)マシマスニハ非レ共、木ノ末ニ上リテ身ヲ投ケ給ヘリ。人ノ為ニ悪キ事ヲシ初メ給ハンヤ。又法花経ニ云ク、若シ人心ヲ起シテ菩提ヲ得ント思ハ丶、手ノ指、足ノ指ヲ燈シテ仏堂ヲ供養セヨ。国城妻子、及ヒ大千国土、諸ノ宝ヲ以供養スルニモ、勝レタリト宣ヘ玉ヘリ。此ノ事ヲ打思フニハ、人ノ身ヲ焼ク香ハ、クサク汚ラワシケレバ、仏ノ為ニハ何ンノ御用カ有ラン。此ヲ云ハヽ、一ト房ノ花ニモ劣リ、一捻リノ香ニモ及ヒカダケレド、只志ノ深ク、苦ルシミヲ忍フ故ニ、大ナル供養トナルニコソト云ヘリ。若シ人、潔キヨキ心ヲ起シテ、大千国土、七珍万宝ヲ供養セヨト宣ヘ給ハンニコソ。」(18ウ)我等カ為ニハ堅タカラメ。此身ハ仮ノ身也。夢ノ如ニテ空ク朽ナントス。何ニカハ一指ニ限ラン。サナガラ身命ヲ仏道ニ投ケ、一時ノ苦ー无始生死ノ罪ヲツクノヒ、仏ノ加被ニヨリテ臨終正念ナル事ヲ得ント深ク思ヒ取テ、断食ヲモシ、身ヲモ燈シ、入海ヲモセンニハ、誰カ為ニ起シ給ヘル悲願ナレハ引接シ給ハサラン。サレバ、今ノ世ニモ、カヤウノ行ニテ終リヲ取ル人ト、親《マノ》アタリ異香匂シ、紫雲聳《タナヒイ》テ、其瑞相アラタナルタメシ多カリキ。サテ彼ノ童子ノ水洒キケン事ハ其証拠ニ非スヤ。仰テ信スヘシ。疑ヒテ何ノ益カ有ン。然ルヲ、我カ心ノ及ヌマヽニ、自ミ信セヌノミナラズ。剰《アマツサ》ヘ誇リ」(19オ)軽メテ、普ク他ノ信心ヲサヘ乱ルヽ。愚癡ノ極マレル事也。トニカクニ志ノ人ハ、智者道者ニ会テ、能ク物ヲ問フヘシ。

四―一〇44　樵夫独覚事（流三―九34）

近来、近江ノ国ニ池田ト云所ニ、賤キ男有リケリ。ヲノガ身ハ年闌テ、若キ子ヲナン持タリケリ。相具シテ成スヘキ事有テ、奥山エ入リタリケルニ、谷深ク道険クテ、最ト苦クルシカリケレバ、木ノ陰ニ良久ク休ミ居タリ。比ハ十月ノ末ニテゾ有リケル。木枯《コカラシ》ハシク吹テ、木々ノ木ノ葉雨ノ如ク乱レ散ル。是ヲ見テ云様、汝チ柴(「此木」カ)ノ葉ノ散ルヲバ見タルヤ。是ヲ閑カニ思ヒツヽクレバ、我カ身ノ有リ」(19ウ)サマニ聊モカハラズ。其ノ故ハ、春ハミルくト若葉サシタリシト見シ程ニ、漸々シゲリテ夏ハ皆盛ニ成リニキ。秋ハ青キ色ノ黄ニアラタマリテ、後ニハ紅ヒ深クコカレツヽ、今ハ少モ風吹ケバモロク散リ落ッ。シカウジテ終ニ朽チナントス。我カ身モ又是ニ同シ。十歳計ノ時ハ、譬ヘハ春ノ若ヵ葉ナリ。二三十ニテハ夏梢ノヘシゲリテ、風涼シク心ヨゲナリシニ、今六十ニ余リテ、黒キ髪ミヤヽ白ク、皺《シハ》タヽミ膚ヘカハリ行ハ、則チ秋ノ色ニ異ナラズ。末《タ》嵐ニチラズト云計リ也。其レ又今日明日ノ如ク也。カク脆《アタ》ナル身ヲ知ラス、世ヲスグサントテ、朝夕営トナマン事コソ、思ヘハ由シ无ケレ。我ハ今ハ家ヘモ帰ルマジ。法師」(20オ)ニ成リテ、爰ニ居テ此ノ木ノ葉ノ有リ様ヲ見テ、ノドカニ念仏シテ終ラント思フ也。ヲノレハ年モ若シ。末エ遥カナレバ帰ヘリイネト云ニ、此ノ男云様ハ、誠ニ宣フ所ハ云レタレドモ、庵リ一モ无シ。田畠作ルヘキ便モ无シ。都テ雨風ノ時キ苦ク、獣モノナド怖レ一トシテ堪忍ヘキ所ニモ非ス。何ニシテカ独リハ住ミ給ハン。サラバ我モ具シ奉テ、菓ヲモ拾ヒ、水ヲモ汲ミ、如何ニモ又ナリ給ハンスルヤウニコソハナラメ。齢《ヨハイ》盛リ也ト云共、譬ヘハ夏ノ木ノ葉ニコソ侍ラメ。終ニハ紅葉シテ落散ン事疑ヒ无シ。何ニ況ヤ、木ノ葉ハ色付テコソ散ル習ヒ成ルニ、人ハ若クシテモ」(20ウ)死スルタメシ多カリキ。然レハ、只木ノ葉ヨリモ脆也ト云ベシ。更ニ独リ故郷エ帰ルヘカラズト云ヒケレバヲヤ。是ヲ聞テ憐ニ思ヒ寄タリ。最トウレシキ事也。サラバトテ、人モ通ハヌ深山ノ中ニ、少キ庵ヲ二ツ結テ、一人ツヽ居テ、朝夕念仏申テ、往生ヲ遂ケタリ。勝レタル発心也。近キ世ノ事ナレバ、皆ナ人知リ侍ヘリ。マナブヘシ。願フヘシ。

四—一—45　証玄律師所望深キ事（流三—一〇35）

薬師寺ニ、証玄律師ト云僧有リケリ。齢闌テ後チ、司《ツカサ》ナンド辞シテ久ク成リニケルガ、彼ノ寺ノ別当重ク煩ヒケル時キ、律師」(21オ)弟子共ニ云ヒケル様、今度別当ノ闕ヲ望ミ申サント思フハ如何ニト云。弟子各々同キヤウニ云ヒケルハ、更ニ有ル間シキコト也。御年闌給ヒタリ。司ヲ辞シ給ヒテ、又ヲボス所アランカト、人モ心ニクウ思ヒタルヲ、今度別当ナドヲ望ミ給ヒタラバ、人モ驚キ可《キ》レ奉ル也ト、理リヲ尽シテ諫メケレ共、更ニゲニモト思ヘル気色モ无シ。力不レ及ハ、弟子寄合テ、此ノ事ヲ歎キツヽ云様、此ノ上ハ何ニ云トモ承引有リ難シ。イザ虚夢ヲ見テ驚キ給フヤウニ云ハントゾ定メケル。

日来経テ後チ、閑カナリケル次テニ、有ル弟子云様、過キヌル夜、最ト心エヌ夢ヲ」（21ウ）見侍リケリ。此ノ庭ニ色々《ノ》鬼トモノヲソロシキガアマタ出来《テ》テ、大キナル釜ヲ塗リタリシヲ、怪ク思ヒテ問ヒ侍リシニ、鬼答ヘテ云、是ハ此《ノ》坊主律師ノ為メ也ト云時キ、何ニ事ニカ深キ罪モヲハシマサヌニ、最ト心得ス侍ルナリト云フト見テ夢サメヌト語リケル。則チ驚キ怖レ侍ランカト思フ処ニ、サワ无クテ、耳本マテ咲《エミ》ワライテ云様、サテハ此ノ所望叶フヘキニコソ。其《ノ》夢メ披露アルヘカラズトテ、手ヲカキケレバ、云計リ无クテ休ニケリ。

智者ナレバコソ律師マテモ昇リケメ。年七十ニテ此ノ夢ヲ悦フ事、最トアサマシク、心ウク貪欲《ノ》深キ事也。彼ノ」（22オ）无智《ノ》翁カ独覚ヲ得タリケンニハ喩ヘン方无クコソ覚レ。

四―二46　親輔養児往生ノ事（流三―二36）

中比、壱岐ノ前司親輔ト云人、取リ子ヲシテ養ヒケリ。此ノ子、三ト云ケル年、念珠ヲ持テ遊ヒニシテ、更ニヨノ物ニフケラズ。父母是ヲ愛シテ、紫檀《ノ》念珠ヲトラセタリケレバ、限リ无悦《ク》テ、朝夕身ヲ放タズ。ソゾロコト云フ中ニモ、ヤヽモスレバ阿弥陀仏ヲコソ夢ニモミケリ。母聞テ諫メケレド、猶ヲ此ノ事ヲ不レ留。

六ツト云年シ、重キ病ヲ受テ、床ニ臥シナガラ、モテアソブ念珠ノ傍ニカヽリタルヲ、我ガ念珠《ノ》上ニ塵リコソ有リケレト云テ、深ク」（22ウ）歎キタル気色有リ。是ヲ見ル人、涙ヲ落シテ憐ミアヘリ。父母向《ニ》テ、身《ノ》穢《ケカ》ラハシク覚ルニ湯ヲアミバヤト云フ。病ヒ重キ程ナレバ更ニ不レ許《サ》。其後《ノ》チ、人ニ助ケヲコサレテ、西ニ向テ声ヲ揚テ、聞妙法華経提婆達多品浄心信敬不生疑惑者不堕地獄餓鬼畜生生十方仏前所生之処常聞此経若生人天中受勝妙楽若在仏前蓮華化生ト云フマテ誦《ス》。其声殊ニ妙也。少《ヲサナ》キ物ナレバ日来人ノ教ル事モ无シ。聞ク人ト、皆ナ驚キ哀ム声ヘ未タヤマサルニ、眼ヲ閑《閉》《ヒ》テ息キ絶ヘニケレバ、父母泣キ悲ム事限リ无シ。

サテ、日来経テ後チ、母ウタヽネシ」(23オ)タル所ニ、夢トモ无ク覚《ツ、》トモ无ク、此ノ児ヲ見ル像チ、殊ニ目出クテ有シヨリモウツクシクナリテ、母ニ向テ我カ像ヲヨク見ルヤト云。母ヨク見ルト云。児誦シテ云ク、即往南方无垢世界坐宝蓮華成等正覚ト、此文ヲ読ミ終リテ則チ失ニケリトゾ。此ノ事ハ嘉承二年ノ事也。

四―一三47　松室《ノ》童子仙ト成事（流三―一二37）

奈良ニ、松室《仲算》ト云フ僧有リケリ。司サナドハ態トナラサリケリ。徳有リテ、人ニ用ヒラレタル者ニテナン有リケル。ソコニ、ヲサナキ児ノ、殊ニイトヲシクスル有リケリ。此ノ児、朝夕法華経ヲ読ミケレハ、」(23ウ)師是ヲ不レ受《ケ》。ヲサナキ時ハ先ツ余学《ノ》文ヲコソスレト云ヒ諫メケレド、一度ハ随フ様ニスレドモ、猶ヲ忍ヒ々ニ経ヲヨム。何カニモ志シ深カシト見ヘテ、後ハ誰モ制セス。カヽルホドニ、十四五年《ノ》ニ成リテ、此《ノ》児何クトモ无ク失ヌ。師大ニ驚キテ、至ラヌ所モ无ク、尋ネ求ムレトモ、更ニ无シ。物《ノ》霊ナドニ取レタル也ト云テ、泣々後世ヲ訪テスクシケリ。其《ノ》後チ、此《ノ》房ニ有ル法師《ノ》薪キ取ラントテ山深ク入タリケルニ、木ノ上ニ経ヲ読声ヘ聞ユ。恠クテ是ヲ見レハ、失セニシ児也。最トアサマシク覚エテ、如何ニカクテハ御座ソ。サシモ皆歎キ給フ物ヲト云ヘハ、其《ノ》事也。カヤウノ事ヲ」(24オ)モ聞ヘントテ、逢奉ラント思ヘドモ、便リ悪キマヽニエナン近カ付キ奉ラズ。ウレシクモ今見合ヒタリ。是ヘヲハシマセト申セト云ケレハ、此法師走帰リテ此由《ノ》ヲ申ス。師驚テ、則彼《ノ》所ニ行ニ、児語テ云ク、我ハ読誦力ラニテ仙人ニ成テ侍ル也。日来モ恋ク思ヒ奉リツレ共、カヤウニ罷成テ後ハ、聞ユヘキ便リモ无シ。大方人ノアタリハケカラハシク、クサクテ、堪ユヘキヤウモアラネバ、思ヒナガラエナン申サザリツルヲ、不思儀ノ便リ有リテ、今マヂカク見参ニ入ル事、是ヲ限《ノ》対面ト云テ泣キケレバ、共ニ涙ヲ落シツヽ、良久ク語フ。カクテ今ハヽヤ帰リ給ヘトテ云」(24ウ)様フ、三月十八日ニ竹生嶋ト云所ニ、仙人集テ楽《ガク》ヲスル事侍《ル》ニ、琵琶ヲ引クヘキニテ侍ルカ、尋ネ出シテ給リナンヤト云フ。最ト安キ事也。何クヘ奉ルヘキト云ヘハ、爰ニテ給ハラント云テ去リヌ。互ニ其ノ程ノ心ノ中チ書キ尽スニ不レ及。ヤガテ琵琶ヲ送リタリケレバ、其ノ時ハ人モ无シ。只木ノ下ニ置テ帰リケリ。サテ此ノ師、三月ニ竹生嶋エ詣タリケル。十八日ノ暁キ、遥ニエモ云ハヌ楽ノ声エ聞ユ。雲ニ響キ、風ニ随テ、尋常ノ楽ニモ似ス。目出キ事何トモカトモ惣シテ不レ覚ヘ、涙ヲコホシツヽ居タリ。漸々ニ近ク楽ノ声ヘトマリヌト聞エケレバ、御殿ノ縁ニ」(25オ)物ヲ置ク音《コヱ》ノシケレハ、夜明テ、誰モ見ルニ有シ琵琶也ケリ。師不思議ノ思ヲ成シテ、是レ我カ物ニセン事、憚有リケレバ、権現ニナン奉リケリ。香バシキ匂ヒ深クシテ、日来経レト失セサリケルトソ。此ビワ、今ニ彼ノ嶋ニアリ。更ニウキタルコトニアラズ。

四―一四48　唐坊法橋発心事　釈書十一有伝　（流五―一48）

中比、但馬守国挙カ子ニ、所ノ雑色国輔ト云人有リケリ。有ル宮原ノハシタ者ヲ思ヒテ、志シ深カヽリケル。此ノ父但馬守ニテ下ケレバ、ヱサラヌ事ニテ送ニ行ケリ。二三日ノ絶間スラ、」(25ウ)ワリ无ク覚ルニ、立別テハ行ヘモアラネト如何ハセント、様々ニカタラヒヲキテ、鳴々ナン別ニケリ。国ニトリテモ、是ヨリ外ニ心ニ懸ル事无シ。京ノ便ヨリ毎ニ文ヲヤレトモ、トカクサハリカチ(マヽ)ニテ返事モ見ス。イブセクテ年月ヲ送ル間ニ、事ノ便リニ人ノ語ルヲ聞ケハ、京ニハ人多クヤミテ、イミシク世ノ中騒《サワカ》シクナン有ルト云ニモ、先ツヲホツカ无キ事限リ无シ。カクシツヽ、カラクシテ京へ上リヌ。イツシカ有シ宮ノ内ヲ尋レバ、例ナラヌ事有テ出テ給ヒヌト云フ。使ヒ空ク帰リヌ。此ノ由ヲ語ルニ、胸フツト塞テ、何ノアヤメモ覚ヘス。立帰ヘリ行末ヲ尋ニヤリタレド」(26オ)知人モ无シ。スヘキ方无クテ、心ノアラレヌマヽニ、馬ニ打チ乗リテ出ニケリ。西ノ京ニコソ知ル人有ルヤウニ聞シカトバカリ思ヒ出テ、何クトモ无ク尋ネアリク程ニ、アヤシゲナル家ノ前ヘニ、此ノ女ノツカヒシメノ童立タリ。最トウレシクテ物ノ云ハント思フ程ニ、隠ルヽ様ニテ家ノ内ヱ逃入ルヲ、馬ヨリ下リテ追ツヽキテ見レハ、此ノ女打ソハミテ髪ヲ梳《ケツ》リテナン居タリケル。アナイミシノ御気色ヤトテ、後《ウシロ》ヲイタキテ、日来ノイブセカリツル事ナド、懇ニ語ラヘト、イラヘモセズ。サメ〳〵ト鳴クヨリ外ノ事无シ。我ヲ恨ル也ト、哀レニ心ロ苦ク覚ヘテ、様々ニナクサメ」(26ウ)居タリ。サテモ、何トカ後《ウシロヲ》ノミムケ給ヘル。イツシカ見奉ラント思ニ、今マサヘイブセクテトテ、引キムケントスルニ、イトド鳴キマサリテ、面ヲ向ヘス、アナイミシト心深クモヲホシ入タル者哉トテ、強テ引キムケタレハ、両ツノ眼无シ。木ノ節シノ抜ケタルガ如ニテ、都ヘテ目モアテラレズ。心惑ヒテ物モ云ハレヌヲ念シテ、何トサテシタルコトゾト問ヘハ、主シハ音《ネ》ノミ鳴テ、兎角モ云ハネバ、有リツルメノ童ハ、鳴々事ノ有様ヲ語リケルハ、御下リノ後ハ暫ク御文ナドヤ有ルトテ、人シレズ待給ヒシカドモ、更ニ御音信《ヲトツレ》モ无テ、一年二年過シカバ、物ヲノミヲホシテ明カシ暮ラシ」(27オ)給ヒシ程ニ、御病ヒ付キ給ヒテ、宮ノ内ヲ出テ給キ。親シキ御アタリニモ、便リ悪キ事共有テ、サアルヘキ所モ侍ラザリシカバ、今ハ置キ奉テモカイ无トテ、此ノ前ノ野ニ移シ置奉リシ程ニ、日中カ計リ有テ、思ヒノ外ニ生キ出テ給シ。其ノ間ニ烏スナドノシワザニヤ、カクイヒカイ无キ御事ニ成リ給ヘハ、兎角云フ計リ无シ。態トモ尋奉ルヘキニテコソ侍リシカド、此ノ御有リ様ノ心ウサニ、争カ今ハ世ニ有ル物ト深クシラレジト、ヲホシタルモ理リナレバ、隠レ奉ラントシ給フモ道理也ト、涙ヲ押ヘツヽ、語ルヲ聞クニ、心ウク悲キ事限リ无シ。何カナ」(27ウ)ル報ニ、カヽルウキメヲ見ルラン。今ハ此ノ世ハ限ニコソ有リケレトテ、髏テ是ヨリ比叡ノ山ヘ登テ、甘露寺ノ敬静僧都ノ房ニ到テ、髪ヲヲロシテゲリ。後ニハ三井寺ノ大阿闍梨弟子ニ成テ、真言ノ秘法ヲ伝フ。唐房ノ法橋行円ト云ハ是也。山王ニ遇ヒ奉テ灌頂シタリケル人也。

此ノ人初テ山エ登ル時キ、ハカ〳〵シク道モ知ラス、シルヘスル人モ无リケルニ、人ニ問ヒツヽタトル〳〵行キケルヲ、ミツ飲ト云所ニテ、檀那ノ僧都覚運ト云人ニ行合テ、最ト佐ク事ノ様ヲ見ニ、出家シニ登ル人ニコソ。イミシク智慧賢キ眼持タル人哉。何ヘカ行ク、見ヨトテ、」(28オ)人ヲ付テヤリケル。使帰ヘリテ、シカ〳〵甘露寺ノ僧都ノ許ェ入リヌト云ケレバ、サレバコソアレ、イミシカリケル智者ヲ、慈覚ノ門人ニナサデ、智証ノ流ヘヤリツル。口惜キ事也トゾ宣ヒケル。

此人、真言習ヒ初メケル時キ、此《ノ》師大阿闍梨試トヤ思レケン、男ニテハ物ノ学ヒヨクシ、人ニ興セラレケリト聞テ、千秋万歳シ給へ、見ント云レケレバ、又言モ无ク承リヌトテ、経ノ料紙ノ有リケルヲ打カヅキテ、目出クゾ舞タリケル。阿闍梨涙ヲ落テ、定メテイナミ給ハントコソ思ヒツルニ、誠ノ道心者トテ、イト尊シトテ誉ラレケル。浮世ヲ本トシテ、」(28ウ)カヽル道心ヲ発セル人也。

四―一五49　花園左《ノ》府詣二八幡宮(一点ナシ)祈二給往生一事（流五―一〇57）

花園《ノ》左太臣(マヽ)ハ、御形チ、心モチ、身ノ才、都テ闕ケタル事无調《ク》リタル人也。近キ王孫ニテ御座ス。カヽリケレバ、カク旅客《タビヒトニ》ナリ給ヘル事ヲ人モ惜ミ奉ル。我カ御心ニモ思シ知テ、御悦ナルヘキ事ヲモ、此ノ気色人ニ見セ給フ事无リケリ。若シ事《ツヽツル》人ノ中ニ、男モ女モ心地ヨゲニ、ウチ笑ヒナドスルヲモ、カヽル宿縁拙キアタリニ有リナガラ、何ニ事ノウレシキゾナド、聞モスグサズ、恥シメサセ給ヒケレバ、初春ノ祝《ネキ》事ヲ」(29オ)タニモ、思フハカリハ云ヌ様ニテゾ有リケル。サレバ、内ワタリモ中〱事麗《ウルワ》シキ事ナレバ、身ニ才有ル程ノ若キ人々ハ、只此ノ殿ニノミマフテ集リテ、詩歌管絃ニ付ケテモ、心ヲ慰ル事隙无シ。上《ウヘ》ノ御セウト達モ、朝夕ト云計リサフライ給ヒケレバ、大臣家《ノ》ト云計ニテコソ有レ。サルヘキ宮々《ノ》御賞《モテナシ》ニ替ハラス見ヘ給ヒケレトモ、都ヘテ身ヲハ浮物ト深クヲボシ取リテ、常ニハ物思ヒタル人トゾ見ヘ給ヒケル。

何《ノ》時ニカ有リケン、京ヨリ八幡エ、御束帯ニテ、陸《カチ》ヨリ七夜参リ給フ事有リケリ。別当光清、此御事ヲ聞テ、御儲《マウケ》ナドヲ用意シテ、御気」(29ウ)色タマワリケレド、此ノ度ハ殊更ニ立寄セ給ハスシテ詣テント思フ志シ有レハトノタマイテ、立チ寄セ給ハザリケリ。七夜ニ満テ帰ヘリ給ヒケル夜、美豆《ミツ》ト云所ニ追付キ奉テ、御願叶フヘキ由《ノ》歌奉リケレバ、返事ヲバシ給ハテ、是ハ御神ノ仰成リトテ、御懐ニ納メ給ヒテ、サテ帰ルサニ、乗リ給ヘキ御馬ヲ、鞍置ナガラゾタマワラセ給ヒケル。御供ニツカウマツレル人々思ケルハ、何カ計ノ御望ナレバ、カク夜ヲ重テ詣テ給ヒツラン。最ト有リ難キ御事也。定メテ只事ニハアラシ。大菩薩ハアラ人神ト申ス中ニモ、昔ノ御門《ミカト》ニテヲワシマセバ、限リ有ル御代」(30オ)ノタエ給ヌル事ナトヲゾ祈リ給ヒ侍ルヤラント、ヲボツカ无ク思ヒケル所ニ、御幣ノ役ストテ、近ク侍ヘリケル時聞ケハ、忍ヒヤカニ臨終正念、往生極楽ト申サセ給ヒケルニゾ、悲クモ又目出クモ覚ヘケル。誠ニ御門ノ御位ヤコト无ケレド、終ニハ刹利モ須陀モ替ラヌ習ヒナレバ、往生極楽ノ御祝《ネ》キ言ニハシカズ。南无阿弥陀仏。

四―一六50　目上人法性寺供養ニ堅ク道心発シタル事　(流五―一一58)

河内ノ国ニ、目上人トテ貴キ人有ケリ。御堂ノ入道殿法性寺ヲ作リ給テ供養シ給ヒケル日、詣テ拝ミケルニ、事ノ儀式、御」(30ウ)前ヘノ粧、誠ニ心モ言モ不レ及ハ。宇治殿時ノ関白ニテ、事ヲ行テヲハシマス様、並フヘキ人モナカリケリ。目出ク見ヘ給ヒケレバ、人界ニ生ル、ナラバ、一ノ人コソイミシカリケレト、妄執ニモ成ヌ計ニ思ヒ居タリケリ。カヽリケル所ニ、時儀ヨク調テ、行幸ナト旬《ノシ》ル。百《モヽ》ノ官人、雲霞ノ如ク圍繞シテ、乱声シテ入リ給フ時キ、イミシト思ヒツル関白、物ナラズ踞《ヒサマツ》キ給ニ、先キニ改タマツテ、又国王ニハ不レ如カト見ル間ニ、金堂ニ入セ給テ、仏ヲ拝ミ給ヒケル時ニナン、ウン、(衍カ)猶ヲ仏ゾ上モ无クヲハシケルト覚テ、イトヾ道心ヲ猶ヲ能ク堅メケル。妙庄厳王ノタクヒニモ、最ト賢キ思ヒナリケリ。カクコソ、発心」(31オ)道心ハ堅メタルモノナレ。可恥之。

四―一七51　貧ナル男好ミタル二差図ヲ一事　(流五―一三60)

近キ世ノ事ニヤ有ケン、年ハ闌テ、貧クワリ无キ男有ケリ。官《ツカサ》ナド有リケル者ナリケレド、居テ使ヘヌヘキ貴キモ无シ。然レトモ、サスカニ旧メカシキ心ニテ、アヤシキ振舞ナドハ思ヒヨラズ、余執无キニモアラネバ、又髪ヲモヲロサント思フ心モ无リケリ。常《ニ》ハ居所モ无クテ、旧キ寺《ノ》廊ニゾ居タリケル。

ツク〱ト年月ヲ経ル間ニ、朝夕スル態トテハ、紙ミ反故《ホンコ》ヲ乞集メテ、終日ニ差図ヲシテ、家ヲ作ルヘキ荒増《アラマシ》ヲス。寝殿ハシカ〱、門ハナニカシナド、」(31ウ)是ヲ思ヒハ(「カ」脱カ)ライツヽ、心ヲ慰ミ過キケレバ、聞ク人嗚呼《ヲコ》ノ者ニナン笑ヒケリ。

誠ニ有ルマジキ事ヲ工ミ居タルハハカナケレトモ、思ヘハ、此《ノ》世《ノ》楽ミニハ、心ヲ慰ムルニハシカズ。一二町ニ作リ満タル家トテモ、是ヲイミシトモ思人ノ為ニコソアレ、誠ニ我身《ノ》起キ臥シ所ハ、一二間ニハ過ス。然トモ、此ノ外ニ又皆親疎人ノ居所ノタメ、若ハ野山ニ住《ム》ヘキ馬牛《ノ》為メトサヘ作リヲケル。

カク由シ无キ事ニ、人ヲ煩ハカシ、心ヲ苦メテ、百千年有ンスルヤウニ材木ヲ撰ヒツヽ、檜皮《ヒハタ》瓦ヲ以テ葺キ、玉鏡ト磨テハ、何ノ詮カ有ル。主ノ命危ナレハ住ム事久シカラズ。或ハヒトノ栖トナリ、或ハ風ニアハレ、」(32オ)雨ニ朽ヌ。何ニ況ヤ、火事出来シヌレハ、年月営《ノ》ミモ時ノ間《ニ》雲煙ト成ヌ。然ルヲ、彼ノ男カ荒増《ノ》家ハ、走リ求メ、作リ磨《ツ》煩ヒモ无シ。風雨ニモ破レス、火災ヲモ恐レス。所ハ僅ニ一紙ナレハ、心ヲ宿ヌニ(マヽ)不足无シ。

龍樹菩薩《ノ》宣玉ハク、冨メリト云ヘトモ、願フ心休《ヤマネハ》貧シキ人トス。貧シケレトモ願ヒ求ル心无レハ、是ヲ冨メリトス。書写《ノ》上人ノ云肘ヲ曲ケテ枕トスルニ、楽ミ其《ノ》中ニアリ。何ニ依リテカ風雲《ノ》栄耀ヲ求メント侍リ。

又或ル書ニ云ク、唐ニ一人ノ琴師有リ。緒《ヲ》モ无キ琴ヲ目《マ》近ク置キテ、シバシモ傍ヲ放サス。人恠ミテ故ヲ問フ。答テ云ク、琴ヲ見ニ、其心ニヨ」(32ウ)クウカベリ。此故ニ緒ハ无レトモ、心ヲ慰ムル事ハ弾スルニ異ナラズトナン云ヒケル。

カヽレバ、中々目前ニ作リイトナマン人ハ、余所目《ニ》コソアナイミシトハ見レトモ、心ニハ猶ヲ足ヌセヌ事多ランゾカシ。彼ノ面テノ影ノスメル事ニフレテ、徳多カルヘシ。但シ、此ノ事世間《ノ》営ニ並ル時ハ、賢コゲナレトモ、ヨク思ヒ解クニ、天上《ノ》楽ミ、猶ヲ終リ有リ。壺ノ中ノ栖カ、終ニ居所トナラス。況ヤ、由シ无荒《キ》ラ増ニ、空ク一期ヲ暮サンヨリモ、願ハ必ス得ツヘキ安養世界《ノ》快楽、不退ナル宮殿楼閣ヲコソ望ムヘカリケレ。」(33オ)

(余白)」(33ウ)

(以下余白)」(34ウ)

五―52　叡実憐二路頭《ノ》病人一事　釈書十一有伝　(流四―四41)

叡山ニ、叡実阿闍梨ト二云貴キ人有ケリ。御門ノ御悩ミ重クヲハシマシケル比メサレケレバ、度々辞シ申シケレドモ、重テ仰セ有レハ、イナイガタクテ、懲ヒニ参リ玉ヘリ。道ニ恠ケナル病人ノ、足手モ不レ叶シテ、或所《ノ》築地ノツラニ、ヒラガリフセリタル有リ。阿闍梨是ヲ見ルニ、悲ミノ涙ヲ流シツヽ、車ヨリ下リテ、是ヲ憐ミ訪ヒ、畳ヲ求テシカセ、上ニ仮リ屋ヲサシヲヽヒ、食ヒ物ナト望ニ随テアツカウ程ニ、良久ク成リニケリ。勅使、日暮ヌベシ。最タヨリ无キ事也ト二云ケレバ、参ルマシキゾ。トク其由ヲ」(35オ)申セト二云フ。御使驚キテ、故ヲ問フ。云様、世ヲ厭テ仏道ニ心ヲカケシヨリ、御門ノ御事トテモ貴ラス。カヽル悲人トテモ、又愚カナラス。只同様ニヲホユル也。其ニ取リテ、君《ノ》御祈《ノ》為ニハ、イカニモ験シ有ラン僧ヲメサレンニ、山々寺々ニ誰カ参ラサラン。更ニ御事欠クマシキ也。此ノ病者ニ至テハ、厭ヒキタナム人ノミ有テ、近キァツカウ者有ルベカラズ。若シ我レ捨テ去リナハ、軆テ命モ尽ヌベシトテ、彼レヲノミ憐ミ助ルトテ、不参ニ成ニケレバ、時《ノ》人有難キ事ニナン云ヒケリ。

此阿闍梨、終リニハ往生ヲ遂ケ、紫雲タナヒキケリ。委ク」(35ウ)伝ニ見タリ。

五―二53　肥州《ニ》有《ル》僧妻《ニ》為《シタル》レ魔《ヲ》事　恐キ悪縁《ノ》事也　（流四―五42）

中比、肥後ノ国ニ僧有リケリ。本ハ清カリケルガ、年半闌《テ》後チ、妻ヲナンマウケタリケルガ、惣シテ後チトテモ、後世《ノ》事ヲハ思ヒワスレズ、理観ヲ心ニカケツヽ、其勤メノ為ニ、別ニ屋ヲ作テ、観念所ト定テ、年来勤メ行ヒケリ。

此ノ妻、男ノ為ニ、志シ深キ事限リ无シ。カヤウニ懇ナリケレド、如何カ思ヒケン、男病ヲ受ケタリケル時キ、此ノ妻ニハ、心ヲ置テ相知ル僧ヲ喚テ、ヒソカニ云様、若我レ限リニナラン時キ、」(36オ)穴賢〳〵、此《ノ》女房ニ告ケ給フヘカラズ。殊更思フ様有リト云ケレバ、其《ノ》意ヲ得テ見アツカウ程ニ、少モ煩ス、終リ目出度ク、西ニ向テ息絶ヘニケリ。

サテ、シモ有ヘキナラネバ、トハカリ有テ、カクト妻ニ告ク。則チ、驚騒クヤウ、イトヲビタヽシ。手ヲタヽキ、眼ヲイカラカシ、モタエ惑ヒテ絶ヘ入ヌ。人怖テ、近クモヨラサリケルニ、一時キ計リ有テ、世ニ恐シキ声ヲ、有ル限リヲメキ叫ヒテ云ヒケル様、ワレハ狗留孫仏ノ時ヨリ、此奴《ヤツ》カ菩提ヲ妨ケンカ為ニ、世々生々ニ妻ト成リ、男トナリ、様々親ミタバカリテ、今マテ本意ノ如クシタガヘツヽ、持チタリツルヲ、今日已《ニ》」(36ウ)逃シツルハ、妬キワサカナト云テ、歯ヲクヒシバリ、垣壁ヲ扣ク。人イトヾ恐シク懼《ヲノヽ》ヒテ、皆這《ハイ》隠レタリケル間ニ、何クトモ无ク失ニケリ。其後、終ニ行キ方ヲ不レ知ラトナン。往生伝ニハ康平ノ比ト注セリ。

是レ一人ガ上ニハ非ス。悪魔《ノ》去リガタキ人ト成リテハ、二世ヲ妨ル事、誰カ身《ノ》上ニモ必ス有ルヘキ事也。然ラハ、此《ノ》事ヲ心ニカケツヽ、親キモ疎キモワカタズ、善ヲ勧ル人有ハ、仏菩薩コソ、様々像ヲ変シテ、人ヲ化導シ給ヘ。若其化身カ、又若ハ其使カト、能可随。サテ、眤《ムツマシク》思ヒ、罪ヲ作クラセテ、功徳ヲ妨ケ、殊ニ執ヲト丶メン人ヲハ、生々世々ノ悪縁ト深ク恐レテ、遠ザカ」(37オ)ラン事ヲ願フヘシ。

　大方、人ノ心、野草《ノノ》風ニ随カ如シ。縁ニヨリテ聳《ナヒ》キ安スシ。誰カハ道心无キ人ト云ヘト、仏ニ向ヒ奉テ、掌ヲ合セザル。何カナル智者カハ、妙ナル像ヲ見テ、目ヲ悦ハシメサル。彼ノ浄蔵貴所ハ、日本弟《(マヽ)》三《ノ》行ヒ人ナリシカド、近江守長頼カ女メニ契ヲ結ヘリ。久米ノ仙人ハ、通ヲ得テ飛ヒアリキケレトモ、下司《ゲス》女《ノ》物洗フ脚ノ白カリケルヲ見テ、欲ヲ起シテ、仙ヲ退シテ只人ト成リニケリ。今足《ノノ》皮ヲ剥、指ヲトモシ、骨ヲ摧《クダキ》、様々ニ身ニ□《(「共」カ)》ニ頑《カタハヲ》付テ、仏道ヲ行フ人、其発心世隠《ニ》レ无キホドナレドモ、悪縁ニ合テ、妻子ヲ儲タメシ多カリケリ。我《レ》モ」(37ウ)人モ凡夫ナレハ、所詮只近カ付ヌニハシカズ。

五—三54　玄賓係ニ念亜相室家《ノ》不浄観《ヲ》事　（流四—六43）

昔、玄賓僧都ハ、イミシク貴キ人也ケレバ、高キモ賤モ、仏ノ如クニ思ヒケル中ニ、大納言ナリケル人ナン、年来殊ニ相憑ミ給ヘリ。

　然ル所ニ、僧都コソハカナク悩ミ給ヒテ、日来ニ成ヌト聞テ、ヲホツカナサノ余リニ、自《ミ》ラ渡リテ、サテモ如何ナル御心地ソト、コマヤカニ訪ヒ給フ。近ク寄リ給ヘ、物申サント有ケレバ、指シ寄リ給ヘルニ、忍ヒツヽ宣フ様、実ニハ異ナル病モ侍ラス。一日《ヒ》殿《イノ、》御許ェ詣テタリシニ、北ノ方御像《ノ》チ、イト目出クテ居給ヘルヲ、ホノ」(38オ)カニ見奉リテ後チ、不レ覚ヘ心惑ヒ、胸塞リテ、物モ食レス侍ル也。此ノ事申ニ付テモ、憚リ有レトモ、深ク憑ミ奉ラント、思ヒ給テナント聞ユ。大納言、驚キ給ヒテ、サラバナド丶クヨリハ宣ハヌゾ、最ト安キ間ノ事也。速ニ御悩ヲ止メテ、御渡リアルヘシ。如何ニモ宣ンマヽニ、便リヨク許ヒ侍ラントテ、帰リ給ヒヌ。

　サテ、上ニカクト聞ヘ給ニ、サラニナヽメニヲホサレンヤハ。最トアサマシク心ウケレド、カク懇ニヲホシ計フ事ナレハ、如何カハイナヒ給ハント有レハ、其用意シテ、僧都ノ許エ案内云セ給ヘルニ、最事ウルハシク、法服タヽシクシテ来リ給ヘリ。佐クケニ〳〵シカラズ覚レト、几丁」（38ウ）ナド立テ、サルヤウナル方ヘ入レ奉リ給フ。上ニハ、ウツクシク取リツクロヒテ居給ヘルヲ、一時計リツク〳〵トマモリテ、弾指ヲゾ度々シケル。カクテ、近ク寄ル事モ无クテ、中門《ノ》廊ニ出テ、物ヲムカツキテ帰リケレハ、キシ、イヨ々貴ミ給フ事限リ无シ。不浄観ヲシテ、其執ヲ翻ヘシケルナルベシ。

カク云観ハ、人ノ汚ラハシキヲ思解クナリ。諸ノ法、皆仏ノ御教ヘナレド、耳遠キ事ヲハ、愚カナル心ニハイヨ々起サレズ。此ノ観ニ至テハ、目ニ見、心ニ知《ミ》レリ。悟リ安ク、思ヒ安シ。若シ人ノ為ニモ愛着シ、自モ起ル心アラン時ハ、必ス此《ノ》相ヲ思フヘシト云ヘリ。

大方、人ノ身ニハ骨肉ノアヤツリ、朽」（39オ）チタル家ノ如シ。六府五臓ノ有様、毒蛇ノ蟠ルニ異ラズ。血膚ヲ潤シ、脉続《チツキメ》ヲヒカヘタリ。僅ニ薄キ皮ハ一重ヘ覆ヘル故ニ、此《ノ》諸ノ不浄ヲ隠セリ。粉《フン》《ケワヒ》ヲ施シ、薫《ニホヒ》《クン》ヲ移セド、誰カハ偽レル粧《カサリ》トシラサル。海ニ求メ、山ニ得タル味ヒモ、一夜経ヌレハ、悉ク不浄ト成ヌ。云ハ、画カケル瓶ニ屎ヲ入レ、クサリタル骸《カハネ》ニ錦ヲマトヘルカ如シ。縦ヒ大海ヲ傾テ洗フトモ、清ヨカルヘカラズ。若シ栴檀ヲ焼テ匂ワストモ、久ク香ハシカラシ。況ヤ、神ヒ去リ、命チ尽キヌル後ハ、空ク塚辺リニ捨ツレバ、身フクレ、クサリ乱テ、終ニ白骨ト成ヌ。一生所愛ノ身ノハカナキ事、如レ此ノ。然レハ、悟リ有人ハ、実《ノ》相ヲ知ル」（39ウ）カ故ニ、念々ニ是ヲ厭フ。愚ナル者ハ、仮ノ色ニ耽リテ、心ヲ惑ハス事、譬ハ圊ノ中ノ虫ノ、屎穢ヲ愛スルカ如シ。

五—四55　或ル女房臨終ニ見二魔《ノ》変《スルヲ》一事　（流四—七44）

或宮腹ノ女房ノ、世ヲ背ケル有リケリ。病ヲ受ケテ限リナリケル時キ、善知識ニ有ル聖ヲヨヒタリケレバ、念仏ヲ勧ムル程ニ、此ノ人色青ク成テ、恐レタル気色アリ。聖リ佐ミテ、如何ナル事ノ目ニ見ヘ給ゾト問ハ、ヲソロシケナル物共《ノ》、火ノ車ヲヒイテ来ルト云フ。聖《ノ》云様、ケシカラジ。阿弥陀仏ノ本願ヲツヨク念シテ、名号ヲ怠ラス唱ヘ給ヘ。五逆人ノタニモ、善知識ニ合テ、念仏十返申シツ」(40オ)レバ極楽ニ生ル。況ヤ、サホドノ罪ミハヨモ作リ給ハジト云。則チ、此ノ教ニヨリテ声ヲ揚テ唱フ。暫ク有テ、其気色直テ悦ヘルヤウ也。聖リ又是ヲ問フ。語テ云、火車ハウセヌ。カサリシタル目出キ車ニ、天女多ク乗シテ、楽ヲシテ迎ニ来タリト云。聖ノ云ク、彼レニモ乗ラント思フヘカラス。猶々只阿弥陀仏ヲ念シ奉テ、仏ノ迎ヘニ預ラントヲホセト教フ。是ニヨリテ、猶念仏ス。又暫シ有テ語テ云ク、玉ノ車ハ失テ、墨染ノ衣着タル僧ノ、貴ケナルカ一人来リテ、今ハイサタマヘ。行クヘキ方ハ道モシラヌ方也。我レソイテ知ベセント云ト語ル。ユメ〳〵其僧ニモ具セントヲホスベカ」(40ウ)ラス。極楽エ参ルニハシルヘイラズ。仏ノ悲願ニ乗シテ、自ラ至ル国ナレバ、只タユマズ念仏ヲ申シテ、独リ参ヒラントヲホセト勧ム。其後、有ツル僧モ見ヘズ、人モ无シト云フ。其ノ隙ニトク参ラント、ツヨク心ヲ致シテ、念仏シ給ヘト教フ。其後、念仏六七十返計リ申テ、声ノ中ニ息キ絶ヘニケリ。

是モ、魔ノ様々ニ像チヲ替ヘテ、タハカリケルニコソ。志シ有ン人、後世ヲ欣フホトノ人ハ、能々聞キ留テ用心アルヘシ。

五―五56　或人臨終ニ不ル二遺言一セ事　(流四―八45)

年来、相知タル人有キ。過ヌル建久ノ比、重病ヲ受タル時、相」(41オ)憑ミタル聖ヲ喚テ置キケレバ、懇ニアツカイケリ。カクテ、閑ニ此人ノ様ヲ見ルニ、病ノ有サマ最心得ズ。日ニ副テヨハリ行ヲ、自モ死ヌヘシトモ思ハズ。アタリノ女房ナトモ、マシテ影モ思ヒヨラサリケリ。此人幼ケ无キ子アマタアル中ニ、殊ニ悲クスル女《ムスメ》ナン一人有ケリ。子共モノ母先立テ隠ニシカバ、其ヲ深ク歎キ、又異人ニ見セン其前ニ、此ノ女メモ身无シ子ニ成ラン事ヲ哀ミツヽ、此程聟取ラントテ、様々ニ営ミ沙汰シケレバ、サヤウノ事ヲ病々モ猶ヲ怠ズ。此ノ聖ハ、アサマシク最ト愚ニモ有ル物カナト見レトモ、等閑ノ程ハ人ヲ憚ル間言ヘ出ダサズ。十日計リ過テ、マメヤカニ病モ重」(41ウ)ク成リヌレバ、其時主モ心ホソゲニ思ヘリ。人モ自ラナル事モヤナト思ヘル気色ヲ見テ、聖リ申サレケルハ、有待《ウダイ》ノ身ハ思ハスナル物也。諸事《ノ》共重テ定メ置キ給ヘカシト云ケレバ、誠ニサルヘキ事ト聞テ、少キ子共アタリノ人マテモ打泣ク気色、最ハカナカリケリ。殊ニ其ヨイヨリ重ク成テ、イタク苦ケナリ。人々驚テ、所分ノ様共定メ給ヘ。御跡行ヘ无クナルヘシト、聖リシテス丶ム。誠ニトテ如何ヤウニカ侍ヘキト云ヘバ、ケニモトテ、苦シケナルヲ押ヘテ、コマ〳〵ト一時計リ云ケレド、ハヤ舌モタ丶ザリケレバ、何トモ聞ヘズ。聖カク宣ヘトモ、更ニ聞分ケ侍ラスト云ヘハ、紙ト筆ト」(42オ)ヲタベ。カキ付ント云フ。則チ、取出シタレ共、ワナ丶キテ、ヱカ丶ズ。僅《カ》ニ書キタルモ見ヘス。爰ニ、姫君メノトノ日来心シリタル趣キ、シカ〳〵ト計ヒ書テ見スレハ、頭ヲ振リテ、トクヒキヤフリ給ヘト云ヱハ、ヒキヤフリヌ。都テ力不レ及ハ、サスカニ心ハ違ヌニヤ。様々ニ思フ事ヲ、エモ云ヒ顕サヌフ、心ウク思ヘル気色、哀レニ悲キ事限リ无シ。夜ノ内計ゾ、是程ノ心モ有ルヤウニ見ヘケル。明ケヌレハ物モ不レ覚《ニ》ヘ成リニケリ。今ハトテ念仏勧レト、云ヒカイ无キ様也。カクテ、巳ノ時計リニ、大キニ驚ク気色□(ニカ)テ、二度ヒアメキテ、軈テ息絶ヌ。若シヲソロシキ物ノ目ニ見ヘケルニヤ。此ノ事、遠キ」(42ウ)ホドナレハ、後ニ伝ヘ聞テ、今一度ヒ相ヒ見スナリヌル事ヲ、口惜ク思ヒシ程ニ、廿日計リ過テ、彼ノ人ヲ夢ニ見ル。ナヘラカナル布衣、常ノサマニカワラズ。カクテ、対面シタル事ヲ悦ヒケル気色ナガラ、物云ハス、只向ヒ居タリト思ヒテ覚メ。則チ、現ニ其像チアサヤカ也。ヤウ〳〵ホド経ルマ丶ニ、ウスラミ行キ、ハテニハ人ノ像ハ无ク成リテ、煙ノ如クニ見ヘテ失ニキ。其面影、今ニ不レ忘レ侍リ。

大方、人ノ死ヌル有様、哀ニ悲キ事多カリケリ。物ノ心ヲシラン人ハ、常ニ終リヲ心ニカケツ丶、苦ミ无クテ善知識ニ会ン事ヲ、仏菩薩ニ祈リ申スヘシ。若シ悪キ病ヲ受ツレバ、其苦痛」(43オ)ニ責ラレテ、臨終ニ思フ様ナラズ。終リ正念ナラネバ、又一期ノ行ヒヨシ无シ。善知識ノ教モ不レ叶、タトヒ若臨終正念ナレドモ、善知識ナケレバ又カイ无シ。生涯只今ヲ限リト思フヘシ。恩愛ノ別レト云ヒ、名利ノ余執ト云ヒ、見ル物聞物ニツケテ、心肝ヲ摧カスト云事无シ。何ソノ心ノ隙ニカ、浄土ヲ希ントスル。

然ヲ、若シ念仏ノ功積リ、運心年フカキ人ハ、仏ノ戒メノ上ニ、終リ正念ニシテ、必ス善知識ニ会フ。耳ニハ誓願ノ外ノ事ヲ聞ス、口ニハ称名ノ外ノ事ヲ云ハス。最初引接ヲ期スレハ、妻子ヲ思ハス、別モナグサミヌ。五妙ノ境界ヲ思ヘハ、穢土ノ執モ不レ起ラ、心大キニ進ミテ、終ニ」(43ウ)往生ヲ遂クル也。或ハ、兼テ死期ヲ知テ、心元ト无ク待ツ事、獄ヲ出ヘキ人ノ、其日ヲ望マンカ如シ。何ニ況ヤ、聖衆ノ来迎ニ預テ、楽ノ声ヲ聞、妙ナル香ヲカキ、正ク仏ヲ見奉ル時、心ノ内ノ楽ミ説キ尽スヘカラズ。カヽレハ、縦ヒ道心少クトモ、終リヲ恐ンカ為ニ、如何カ往生ヲ希ハサラン。

如此ノ道理ヲ聞ナカラ、万一不信ノ輩ラ是レ有ラハ、上件ノ死人体ニ少モタカハシナ。可信。

五ー六57　武蔵国入間河洪水ニ会事（流四ー九46）

武蔵国入間河ノ辺ニ、大キナル堤ヲ築テ、水ヲ防テ、其中ニ田畠ヲ作リツヽ、在家多ク居タル所有リ。秩父《チヽブ》冠者ト云」(44オ)フ男ナン、ソコニ宗ト有ルモノニテ、年来住ミケリ。

或ル時キ、五月雨日来ニナリテ、水イカメシク出タリケリ。サレド、年来イマダ此堤ノ切レタルコト无レハ、サリトモトテ不レ驚。カヽル程ニ、雨ハ井ヲコボス如ク降リテ、殊ニヲヒタヽシカリケル夜半計ニ、雷ノ如ク鳴《ナリ》動《トヨム》声アリ。冠者カ家ノ子タル者ドモ皆ナ驚テ、コハ何ニ物ノ声ソト恐レアヘリ。冠者、郎等ヲヨヒテ、堤ノ切レヌト覚ルゾ。出見ヨト云フ。則チ、出テ見レハ、二三町計リ白ラミ渡リテ、海ノ面ニ異ナラズ。コハ如何カセント云フホドコソ有レ、水タヾ増リ々リテ、天井マテツキヌ。冠者カ妻子ヲ初メテ、有ル」(44ウ)限リ天井ニ上テ、桁《ケタ》梁リニトリツキヲメキ叫フ。此中ニ、冠者ト郎等トハヤネノ葺板ヲカキアケテ、上ニ昇リテ、如何カセント思ヒメクラス程ニ、此ノ家ユス〳〵ト動キテ、ツイニ柱根ノ抜ヌ。其マヽ浮テ、湊ノ方ヘ流レ行ク。其時、郎等云ヤウハ、今コソカヤウニ侍レ。漸ク海ハ近ク成ヌラン。沖ニ出テナバ、此屋ハ皆浪ニ打確《クタキ》テン。若シヤト水ニ飛ヒ入テ、泳キテ試ミ給ヘ。カク広ク流チリタル水ナレバ、自ヲ浅キ所モ侍ラント云ヲ聞テ、少キ女房ナド、我ラヲハ捨テ、イヅチヘイマスルゾトヲメク声、イト悲キ事限リ无シ。然レトモ、カクテモ助カルヘキヤウ」(45オ)无シ。我身一ダニモ、若シヤト思ヒテ、郎等ト伴ニ水ニ飛ヒ入ル。心ノ内生ルニモ非ス。暫ハ云合セツヽ泳キ行ト、水早クテ、終ニハ行末モ不レ知成リヌ。冠者只一人、何クトモ无ク行カルヽニ任テ泳キ行ク。力ラモ已ニ尽キナントス。水ハ何ヲ涯トモ不レ見。今ソ游キ死ヌルト、心細クテ悲キマヽニ、□《カコツ》(「託」カ)ヘキ方トテハ、仏神ヲソ念シ奉リケル。如何ナル罪ノムクイニ、カヽルウキ目ヲ見ルラント、思残ス事无ク思々行ホトニ、白浪ノ中ニイサヽカ黒ミタル所ノ見ルヲ、地カトテ泳テ見レハ、流残リタル葦ノ末葉也ケリ。是ヲ便リニテ、暫シ力ヲヤスメント思フ間ニ、五体ニ物纏ヒ付ク。驚」(45ウ)テ探テ見レハ、皆大蛇《クチナハ》也ケリ。水ニ流レ行カ、此葦ニ僅ニ流レカカリテ、次弟(マヽ)ニ鏁《クサリ》連《ナリ》ツヽ、イクラト无クワタカマリケルカ、物ノ凝《サワルヲ》悦テ、纏ヒ付キケリ。モクゾシケククケウトキ事限リ无□(「シ」カ)。空ハ墨ヲ磨リタラン様ニテ、星一モ不レ見ヘ。地ハサナガラ白浪ニテ、聊ノ浅ミタニモ无シ。身ニハアキ間モ无ク蛇巻付テ、身重ク成リテ、働ヘキ力モ无シ。地獄ノ苦モ、カクコソト夢ヲ見ル心地シテ、心ウク悲キ事限リ无シ。カヽル間ニ、サルベキ仏神ノ助ケニヤ、思ノ外ニ浅キ所ニカキ付ヌ。ソコニテ蛇ヲハカタハシニ取リ放チケリ。少シ力ヲ休ムル程ニ、東モ白ミヌレハ、山ヲシルシニテ、地ニ」(46オ)ヲヨキ付キケリ。

　サテ、舩ヲ尋出シテ、湊ノ方ヘ行テ見ルニ、都ヘテ目モアテラレズ。波ニ打破レタル家共、算ヲ散セルカ如シ。汀サニ打寄セラレタル男女、馬牛ノ類ヒ、数モ知ス。其中ニ、冠者カ妻子ヲ初テ、我カ家ノ者共、七十人計ハ一人モ不レ散ラ。死人一所ニ有リケリ。泣々家ノ方エ行テ見レハ、三十余町白河原ニ成テ、跡タニモ无シ。多カリシ在家、畜置シ物共、朝夕仕シ奴、一夜カ間ニ滅ヒ失ヌ。彼ノ郎等一人ソ、水ノ心有ル者ニテ、僅ニ命生テ、翌《ルヒ》日尋来リタリケル。

カヤウノ事ヲ聞テモ、厭離ノ心ヲハ起シツヘシ。是ヲ人ノ上ト思ヒテ、我ハカヽル目ニ逢マジキトハ、争カ思フ」(46ウ)ヘキ。身ハ脆ニ破レヤスシ。世ハ苦ミヲ集メタル也。道アヤウケレド、争カ山海ヲ通ハサラン。盗賊ヲ恐ルヽトテモ、スソロニ宝ヲ捨ツベキニ非ス。況ヤ、世ニ仕ヘテ、罪ヲ被ル妻子ノ故ニ、身ヲ滅スニ付テモ、難ニ逢フ事数モ不レ知ラ。所詮、只不退ノ極楽国ニ生ルヽ計ソ、諸ノ苦ミニハアワサリケル。イソヒテ出要ヲ求ムヘシ。

五―七58　乞児物語事　付賤老翁望二名官一事　アリカタキス、メアリ　（流五―一二59）

或ル上人、物ヘ罷ケル道ニ、乞児三四人計リ行キツレタリケリ。ヲノガドチ物語スルヲ聞ケバ、一人カ云フヤウ、近江ハユヽシキウムサヤ坂ノマシライシテ、未タ三年ニタニ満ヌニ、ホウチヤクユリタルハ」(47オ)有難キ事ソカシト云ヘハ、今一人カ云ク、其ハ別ノ果報ノ人ナリ。口キタナク《テ》ケハ云ヘカラスト云。是ヲ聞テコソ、我等カ有様ヲ、仏菩《ヒ》薩ノ事ニ触テ、ハカナク見給フラン事思ヒシラレテ、哀ニハヅカシク侍リシカト語リキ。

又或人片田舎ニ行テ、アヤシキ家ニ宿ヲ取リ留リタルニ、家ノ主ヲ見レハ、歳八十余リニヤ有ン。頭ハ雪ノ如クシテ、膚黒ク、皺帖《タヽミ》、目臁《タヽレ》、口嚬《ヒソミ》タリ。腰ニ二重ニ曲マリテ、立揚ル度ニ大キニ苦ム。如何ニモ、今日明日ノ中ニモ終リヌヘキカト、哀ニイタハシク覚ヘテ、是ヲ勧メテ云フヤウ、汝チ老迫レリ。命幾クナラジ。行歩モ叶ハサレバ、人ニ交ルニ付テモ苦シカラン。今ハ出家シテ」(47ウ)念仏申シテ、ノトカニ居給ヘカシ。サラハ、後ノ世モ憑ノモシカルヘシ。加之《シカノミナラス》、身安ラント云ヲ、翁云フ様、誠ニ今ハサヤウニコソ仕ルヘキニ成ヘキ。官《ツカサ》一ツ侍ルニ依リテ、堪ヌ身ハ老ノカラ耆ミテ、出仕ヘ侍ナリ。我レヨリモ三年兄ナル翁、上ヘノ臈ニテ侍ル。彼レ人マネツカウマツリテン後ハ、必ス其官《ノツカサニ》罷成ルヘケレバ、其レマテ待侍ルナリト云ヒケル。サ様ノ者ノ成ルヘキ官ヲ思ニ、サコソ有ラメ、其《ノ》事《ニ》執心留メテ、今ヤ〱ト待居タリケン事、最哀ニコソ侍レ。但シ打聞テハ、愚カナルヤウナレトモ、能々思ヘハ、世間ノ望《ミ》高キモ賤モ、皆我等カイミシト思ヒナラハセル。官位ヲ上ツカ」(48オ)タニナゾラウレバ、翁カ望ニ異ナラス。況ヤ、天竺震旦《ノ》国王大臣ノ有様ナドニ譬テモ、云ヘカラズ。

又或ル人云ク、治承ノ比《ロ》、世ノ中乱テ、人多ク滅ヒ失セ侍シ時、敵キ方《ノ》人ヲ囚ヘテ、首ヒ切ニヒキテ罷ルトテ、訇《ノヽシ》リアヘルヲ見レハ、事宜キ物ニコソ。由有リテ見ヘケルヲ、情无追立《テ、》行ク有様、サナガラ地獄ヲ絵ニ画《ル》罪人ニ異ナラズ。アナ心ウヤ、ヨモウツシ心ハアラジト見ル所ニ、道荊《ニイハラノ》有ルヲ踏《シ》トテ、ヨギテ行カン行ントス。是ヲ見ル人、涙ヲ落テ云ク、イカ計ノ目ヲ見、幾クホト有ルヘキ身ナ□《（コレ）カ》ハ、荊ヲ踏シト思ラント、ハカナク思ヘリ。是又更ニ人ノ上ニハ非ス。我等カ世《ノ》末ニ」(48ウ)及テ、命短ク、果報拙キ時キ、僅ニ人界ニ生レテ、二仏ノ中間闇ミ深ク、闘諍堅固ノ恐レ甚シ。隙行ク駒早ク移リ、羊ノ歩ミ屠所ニ近カ付ク。終リ今日トモ知ズ、何ノ他念カハ有ルヘキ。立テモ居テモ、煩悩《ノ》怨《ノ》為ニ繋縛セラレタル事ヲ悲ミ、寝モ悟テモ、无常ノ剱ノ命ヲ断ン事ヲ恐ルヘキゾカシ。然ルヲ、空ク塵リ灰トナルヘキ仮ノ身ヲ思フトテ、露ノ世《ノ》貧賤ヲ愁ヘ、心ヲ悩シ、名利ヲ趍ルハ、只彼ノ荊ヲ軼《ヨキ》テ行キケン人トコソ覚フレ。

大方タ、蜉蝣ノ虫、朝ニ生レテ、夕ヘニ死スル習モハカナカラズ。皆ナ是レ我カ身ノ上ヘニアリ。仍テ、天上《ノ》中ニ、命チ短キ四天王ノ」(49オ)有様ヲ聞ケハ、此ノ国ノ五十年ヲ以テ一日一夜トスル也。我カ国《ニ》命長シト云モ、僅ニ彼ノ天ノ一日二日ニコソアタラメ。況ヤ、其上ノ天ニタクラヘバ、只時ノ間ト云フヘシ。シカレバ、何クカ我等カテイ、彼ノ蜉蝣ノ虫ヲ思ニ異ナル。

諸ノ事、皆如此。トテモカクテモ有ヌヘキ世也。サレハ、古人ノ云ク、夢ノ中ノ有无ハ、共ニ以テ无也。惑ノ前ノ是非ハ、共ニ以テ非也。目出キ理ニテ侍リ。

サレハ、禅仁ト云人、三井寺ノ名僧ニテ、法印ニ成リケル時、人《ノ》悦ヒヲ云タリケル返事ニハ、六欲四禅ノ王古ヘ経タル所也。小国《ノ》辺鄙ノ位、何ソ愛スルニ足ラントコソ云ヒタリケレ。智恵ハ猶ヲ賢」(49ウ)キ者也。

　大方、凡夫ノ習ヒ、賤クツタナキ事モ、身ノ上ヲハ不レ知ラ。此ノ故ニ、乞食乞児《カタイ》ナヲ名聞ヲ思ヘリ。目出クヤコト无キ事トテモ、我等カ分ニ過キヌレバ、望ム心无シ。民ノ王宮ヲ願ザルガ如シ。今是等ヲ思ヒ解ニハ、誰カ末ノ世ノ衆生ノ極楽ヲ可レ欣フ。願サル、極メタル理也。彼ノ国ノ有様、往生人ノ楽ミ、事ニツケ、物ニフレテ、何レカ我等カ分ニナソラヘ、相ヒ似タル心モ詞モ及ヌ事共也。然ルヲ、悲願ヲ聞テ、信ヲ起シ、聊モ望ム心ノ有ル人ハ、此ノ世一ツノ事ニ非ス。世々生々ニ勤メタル故也。何ニモ憑ノモシク思ヘシ。此レ程ニシ寄タル事ヲ、不実ニシテ、念仏ニモ」(50オ)ノウクンバ、悪業ニ引レテ、決定三途ノスモリナルヘシ。南無阿弥陀仏。

五―八59　真浄房暫ク作《タル》ニ天狗一《ニ》事（流二―八20）

　近来、鳥羽ノ僧正トテ、ヤコト无キ人御座シケリ。其弟子ニテ、年来同宿シタル僧アリ。名ヲハ真浄房トソ云ケル。往生ヲ願フ心深クテ、師ノ僧正ニ申シケルヤウ、月日ニソヘテ後世ノ恐レ侍レハ、今ハ修学ノ道ヲ捨テ、偏ニ念仏ヲイトナマント思ヒ侍ル。法勝寺ノ三昧僧アキテ侍リ。彼ニ申シナシ給ヘ。身ヲ非人ニナシテ、彼三《ノ》昧ノ力ニテ命ヲ続キ、後世ヲ取ラント申シケレ」(50ウ)ハ、有リカタク思ヨリケル。憐レナリトテ、則チ申ナサレニケリ。

　其後、思ヒノ如ク、閑ニ三昧僧房ニテ、障リ无ク念仏シテ、月日ヲ送ル。隣ニ叡泉房ト云僧有。同ク後世ヲ思ヒケル分ニテ、其勤異《メ》也。彼レハ地蔵ヲ本尊トシテ、様々ニ行フ。又諸乞児《ノカタイ》ヲ憐レミテ、物ヲトラス。サテ、真浄房カ方ニハ、阿弥陀ヲ憑ミ奉テ、隙无ク名号ヲ唱テ、極楽ヲ願フ。是ハ乞食ヲ憐ミケレバ、様々ノ乞食共集リケリ。二人ノ道心者、垣一ツ隔テタリケリ。各其習ヒアリケレハ、乞児モ此ノ方ヘハカケラズ、乞食モ隣エ臨ム事无シ。

　カヽル程ニ、彼ノ僧正病ヲ受テ、限リニ」(51オ)成リ給ヘル由ヲ聞テ、真浄房訪ニ詣テタリケリ。ヨヒ入テ、年来眤ク思ヒ習ラハセルヲ、此ノ二三年ウト〳〵シクナレルダニ、恋シク思ヒツルニ、今ハハカナク別レナントス。今日ヤ限リナラント、云ヒモヤラズ泣レケレバ、真浄房モ最ト哀ニ覚ヘテ、涙ヲ押ヘツヽ申ケルハ、サナ思シ食ソ。今コソ別レ奉ル共モ、後世ニハ必ス参リ会ヘキ也ト申ケレバ、カク同シ心ニ思ケルコソ、最トウレシケレトテ、臥シ給ヒケレバ、泣々帰リヌ。其後、程无ク僧正隠レ給ヒケリ。

カクテ、年来経ル程ニ、隣ノ叡泉房、心地悩シクシテ、廿四日ノ暁キ、地蔵ノ御名ヲ唱ヘツヽ、目出テ終」(51ウ)リヌレバ、見聞ク人尊ミアヘリ。此真浄房モヲトラヌ道心者也。必ス往生人ナランカシト思フ程ニ、二年セ計有テ、最ト物ノグルハシキヤウナル病ヲシテ隠ニケリ。アタリノ人、恠クホヰ无キヤウニ思ヒツヽ、年月ヲ経ル間ニ、老タル母ヲクレヰテ歎キケルガ、物ノ恠カマシキ事ノ有ケルヲ、親キ物ノ共集テ、モテサハク程ニ、此ノ母云様、我ハ物ノ恠ニ非ス。真浄房詣テ来ル也。我カアリサマヲ誰々モ思ハレタレハ、且ツ其事ヲモ聞エント也。我ハ偏ヘニ名利ヲ捨テヽ、後世ノ勤メヨリ外ニ営ミ无リシカバ、生死ニ留マルヘキ身ニテハナキヲ、我カ師ノ僧正ノ房別レヲ惜ミ給ヒシ」(52オ)時、後世ニハ必ス参リ会テ、随ヒ奉ラント聞ヘタリシ事ヲ、今ハ券契《ケンケイ》ノ如クニシテ、サコソ云ヒシカトテ、如何ニモ暇ヲ給ハセヌニ依リテ、思ハヌ道ニ入リテ侍ル也。偏ニ仏ノ如クニ憑ミ奉リタリシマヽニ、由无キ事ヲ申テ、カク思ノ外ナル事ニ侍ル也。但シ、天狗ノ住カト申ス事ハ、誠ニ有ル事也ケリ。来年六年ニ満テナントス。其刻ニ構ヘテ、此道ヲ出テ、極楽ニ詣テバヤト思ニ、必ス障リ无ク、苦患免ルヘキヤウニ訪ヒ給ヘ。サテモ、世ニ侍シ時キ、ホヰノ如ニヲクレ奉ルナラハ、母ノ御為ニ善知識ニシテ、後世ヲ訪ヒ奉ラン。若シ又、思ノ如ク先立侍ラハ、往生遂テ神通力」(52ウ)ヲ以テ引接シ奉ラントコソ願ヒ侍シカ。思ハサリキ今カヽル身ト成テ、近ツキ詣テ悩シ奉ルヘシトハト、云モヤラズサメ〳〵ト泣ク。聞ク人、サナカラ涙ヲ流テ憐ミアヘリ。トバカリノトカニ物語リシツヽ、上気《アクヒ》タカ〳〵トシテ、例ノ様ニ成ニケレバ、皆ヲトロキ憐ミテ、仏経ナト心ノ及フ程ト書キ供養シケリ。カヽル程ニ、年モ満テリヌ。

又ノ冬ニ成テ、又其《ノ》母煩フ。兎角云間ニ母云様、誰タレモ、ナサハガレソ。有シ真浄房カ詣テ来ルソ。其《ノ》故ハ、絶ヘヌ心ニ後世ヲ訪ヒ給ヘルウレシサモ聞エント思ヒ給ヘル上ニ、此ノ暁キ已ニ得脱シ侍ランスレバ、其《ノ》シルシ見セ奉ラン為也。日」(53オ)来我カ身ノクサク汚カラハシキ香カギ給ヘトテ、息ヲタメテ吹キ出シタルニ、家ノ中ツクサク成テ、鯹サシ堪ヘ忍フヘキニモ非ス。サテ、終夜物語シテ、暁ニ及テ、只今已ニ不浄ノ身ヲ改メテ、極楽ヘ詣テ侍トテ、又息ヲ出シタリケレハ、此ノ度ハ香バシクテ、家ノ中ニ薫リ満テタリケリ。

是ヲ聞ク人、縦ヒ行徳ノ高キ人也トモ、必ス是ニ値遇セント云フ誓ハ起スマジカリケリ。彼レ取リハヅシテ悪キ道ニ入リヌレバ、アヤナク引カルヽ態サナリケルトゾ云ヒケル。何ニモ思惟分別肝要也。

五—九60　乞食僧《ノ》隠レ徳《ヲ》事（流一—二12）」(53ウ)

美作守顕能ノ許ニ、ナマメイタル僧《ノ》入リテ、経ヲ尊ク読ム有ケリ。主ニ向テ云フヤウ、乞食ニテ侍リ。但シ、家毎ニ物ヲ乞アリク態ヲハ不レ仕ラ。西山辺ニ住ミ侍ルカ、聊カ望ミ申スヘキコト侍テ、ナド云フ事ノ様、无下ニ思ヒ下スヘキニハ非ラサレバ、コマヤカニ尋ネ問フ。申スニ付テ、最異様ニ侍レト、或ル所ノナマ女房ヲ恋語テ、物洗セナドシ侍ル程ニ、不レ測《ル》ラ外ニタヾナラズ成テ、コノ月ニ罷当リテ、偏ヘニ我カ誤ナレバ、殊更籠リ居テ侍ランホト、彼カ命続ク計《ノ》物ヲ与ヘ侍ラハヤト思ヘトモ、力及ヒ侍ラネハ、若シモ憐ミヤ侍ランナド、最トツヽ」(54オ)マシゲニ云事ノ興リハ、ケニ思ハスナレド、サコソ思《思》(書損ジ)フラメト、イトウシク覚ヘテ、最ト安キ事ニコソトテ押シ計ヒテ、人独リニ持セテヤラントスル時、此僧イフ様、傍ラツヽマシク侍レハ、殊更ソコトハ知セ申サシト思ヒ給フ也。自《ミ》持テ罷ラントテ、モタルヽ程得テイニヌ。主シ恠ク思ヒテ、カヤウノ事ニ意得タル者ヲ一人付テヤル。様ヲ褰テ見ミ隠レニ行キケル程ニ、北山ノ奥ニ遥々ト分ケ入リテ、人モ通ハヌ深キ谷ニ入ニケリ。一間計リ有ルアヤシキ柴《ノ》庵ノ内ニ入リテ、打置テ、アナ苦シ。三宝ノ御助ケナレハ、安居ノ食ハ儲ケタリト、独言シテ、足洗ヒナドシテ」(54ウ)静マリヌ。此ノ使ヒ、最ト珍ラカニモ有ルモノ哉ト覚ヘテ、日暮レケレドモ、皈リヌヘクモ有ラネハ、木陰レニヤヲラ隠テ居ニケリ。

　夜深クル程ニ、法華経ヲ最ト尊ク読ミケレハ、涙モ不ㇾ留《ラ》、明ルヲ遅ト立チ皈リテ、主ニ有リツル様ヲ聞ユレハ、驚テ、サレバコソヨ。タヽ者ニハ非ト見キトテ、ヤカテ消息ス。思ヒ懸ス安居ノ料ト承リ及フ也。然レハ、已前ノ物ハ少クコソ侍ラメ。重テ是ヲ奉リヌ。猶モ用ノ事侍ラハ、不ㇾ憚宣ハセヨト云ヒタリケレハ、経ウチ続（マヽ）テ、返事モセザ《リ》。ケリ。トバカリ待カネテ、彼ノ物ヲハ庵ノ内ニ置テ、使皈リヌ。

　日来経テ、サテモ有シ僧コソヲホツ」(55オ)カナケレトテ、又音信レタリケレバ、此度ハ人モ无クテ、先ニ得サセタリシ物ノヲハ、持テイニケリトヲボシクテ、後ノ送リ物ヲハサナカラ置キタリケレバ、鳥獣ノ食ヒ散シタル体ニテ、爰彼コボレテゾ有リケル。

　誠ニ道心有人ハ、カク我カ身ノ徳ヲ隠シテ、人ニ尊レン事ヲ不顕怖ルヽ也。若シ人世ヲ遁レタリトモ、サテモイミシク世ヲ背ケリト云ハレ、尊ク行フ由ヲ聞カレント思ハ、世俗《ノ》名聞ヨリモ尚甚シ。此故ニ兪伽論ニハ、譬ヘハ血ヲ以テ血ヲ洗カ如シト説ケリ。本ノ血ハ洗レテ落ルコトヤスカラン。今ノ血ハ大キニ汚ス。ヲロカナルニ非スヤ。」(55ウ)

五―一〇61　或上人隠㆓居《シテ》京中㆒独《ニ》リ行事（流二―13）

　近来、安居院ニ住ム上人有ケリ。作スヘキ事有テ、京エ出ケル道ニ、大路面ナリケル井ノ傍ニテ、下手《ケス》アマノ物ヲ洗フアリケリ。此上人ヲ見テ、爰ニ人ノ遇ヒ奉ラント云ル有ト云ァ。誰ト申スゾト問ヘハ、其ハ今対面シテ知リ給ハンズラントテ、只キト立入リ給ヘト切《シキ》リニヨヒ入レハ、怪トハ思ヒナガラ、尼ヲ前《ニ》立テヽ行ク。入リテ見レハ、遥ニ奥フカナル家ノ少《チヒ》サク作レルニ、年闌タル僧独リアリ。此僧云様、イマタ不レ奉レ知《リ》、申ニ付テ打ツケナル事ヲナレド、カクテ如レ形ノ後世ノ勤ヲ仕レトモ、善」(56オ)知《ヒ》識モ无テ罷リ隠レナン恥ヲサヘ隠スヘキ。人モ覚ヘ侍ラヌニ依リテ、誰ニテモ後世者ト見ユル人ニ遇ヒ給ハヽ、必ス喚奉レト、此ノウハニ申テ侍ル也。サテ、若承引シ給ヒナハ、恠ケナレドモ此ノ家ナトモ跡ニ残ルヘキ人モ无シ。譲リ奉ラント思ヒ給フ也。就レ其カクテ侍ルモアシクモ侍ラス。中々閑ニ侍ルヲ、隣ニ検非違使ノ侍ル程ニ、罪人ヲ責メ問ヒ侍カ、声ナドノ聞エテウルサク侍レハ、態ト立チ去リナハヤト思ヘトモ、サテモ幾ク程モ有ルマシキ身ヲト思ヒ煩ヒ侍リ、ナドコマヤカニ語ル。此ノ聖リカヤウニ承ルモ、サルヘキ縁ニコソ侍ルラメ。宣ハスル事最安キ」(56ウ)事ニ侍ルトテ、不レ浅契テヲホツカナカラヌ程ニ、訪ヒツヽ過キニケリ。

其後幾ク程モ无クテ、此僧隠レケル時、約束《ノ》如ク行合テ見アツカウ。弥勒ノ侍者也ケレバ、其名号ヲ唱ヘテ、真言ナト満テ、臨終心ノマヽニテ終リニケリ。云シカ如ク、兎角《ノ》事ナト、又口チ入レスル人モ无シ。サレドモ、此ノ家ヲハ尼ニトラセケリ。

其後、彼ノ尼ニ、サテモ如何ナル人ニテヲハセシゾ、又何ニ事ヲ縁ニテ世ニハ渡リシゾ、ナド問ヒケレバ、我モ委キ事ハエ知リ侍ラハス。思懸ヌユカリニテ付奉ル也。又知ル人ノ尋ネマウテクルモ无リキ。只ツク〳〵トノミヲハセシニ、時料ハ二人カ程ヲ、誰レトモ知ラヌ」(57オ)人ノ失ル程ヲ計テ、打入ルヽカ如クシテ罷シカバ、何クヨリトモ不レ知《ラ》ナン、罷過キケリト語リケル。是モヤウ有リケル人ニコソト覚ヘケル。

五—一—62　永観律師事　（流二—二—14）

永観律師、年来念仏ノ志シ深クテ、名利ヲ重クセズ。世ヲ捨テタルガ如ク成リケレド、サスガニ君ニ事《ツ》《マツリ》、知ル人ヲモ忘レザレハ、深キ山ヲ求ル事モ无シ。東山禅林寺ト云フ所ニ籠リ居ツヽ、人ニ物ヲ借シテナン、日ヲ送ル計リコトニシケルカ、カヽレバ、春秋ニ付テウルサカルベケレド、是ヲ見ナラフル人モ无シ。借ス時モ返ス時モ、只来ル人ノ心ニ任テ沙汰シケレバ、中々仏ノ物トテ聊モ不法ナル事」(57ウ)ハセザリケリ。イタク貧キ者ノ返シ得ヌニハ、前ニ喚ヒ寄テ、物ノ程トライニ随テ、念仏申サセテゾアカセケル。東大寺ノ別当ノアキタリケルヲ、白河ノ院此人ヲナシ給フ。聞ク人耳ヲ驚テ、ヨモ請取シト云所ニ、思ハヌニイナト申事无リケリ。其時、弟子ノ人ナド、我モ我モト諍ヒ来テ、末寺庄園ヲ望ミケレド、一所モ人カヽハリニセズ。皆ナ寺ノ修理ニ寄セタリ。自本ヲ寺ニ行キ向フ時ハ、異様ナル馬ニ乗テ、彼シコニ入ルヘキ程ノ時料、小法師ニ持セテゾ入リケル。

カクシテ、二三年ノ中ニ修理事終キ。則チ辞シ申スニ、君又兎角ノ仰モ无クテ、異ナル人ヲナサ」(58オ)レケリ。ヨク人ノ心ヲ合セタリシ態ノヤウナリケレバ、時ノ人ハ寺ノ破レタル事ヲ、此ノ人ナラデハ、安クスヘキ人モ无ト思食シテ、被仰付ケルト、律師モ意得給ヒケリ。

深ク罪ヲ怖レケル故ニ、年来寺ノ事ヲ行ヒケレドモ、寺ノケブンノ物ノ、露計リモ自用ニスル事无クテ休ニケリ。彼禅林寺ノ室ニハ、梅ノ木アリ。是ヲ危《アタ》ニモチラサズシテ、年毎ニ取テ、薬王寺トカヤ云所ニ、多カル病人ニ施コサレケレバ、アタリノ人、此ノ木ハ悲田ノ梅トゾ名付ケル。イマモ事ノ外ニ旧木ニ成テ、花僅ニ開キ、木立モカシケツヽ、昔ノ形見ニ残テ侍ルトコソ。

此ノ人、東大寺ノ別当ニ成テ、サスガニ尋常ユカ」(58ウ)シク拝堂ナド有レハ、聞及ブ人ハ中々珍敷サマニ思ヒテ、車立ナドシテ待チケルニ、アヤシノ墨染衣ニ袴キ、痩テアサマシキ馬ニ乗テ、小法師一人具テゾヲハシケル。余リニ異体也ケレバ、大路ノ童部トモ、彼律師ニ向テ、東大寺拝堂ハヨク成テ侍ルカト問ヘハ、東大寺ノ別当トハ、若シ法師等ヲ中スカトゾ云ヒケル。

又白河院法勝寺ヲ作セ給ヒテ、御寺ノ始メナレバ、サルヘキ官サトモ、顕密ニ聞ヘ有ラン僧ヲ選ヒナサレントシケルニ、永観律師聖教ヲ見ニ、信施ヲ受ケハ国王ノ信施ヲ受クヘシト云文ヲ見テ、彼ノ御寺ノ供僧ヲ望ミ申サレケ」(59オ)リ。人聞テ、思ハスナル事ニナン云ヒケレド、院聞シ食シ入テ、殊ニ悦ハセ給テ、我等カ冥加ハ永観ニ供僧望レタルニ有リト被レ仰セ、安クナシ給ハセケリ。院エ参ラレケルヲ、人珍シカリテ待見ケレハ、墨染装束ナドニハアラテ、アヤシク頸モ白ク帰リタル四位鈍衣《ニフノ》ニ、指貫テ参ラレタリケレバ、ヤウ替テ、ヤサシキコトニナン、心有人ハ思ヘリ。其後、御寺ヘ参テ、勤メスル事一度《モ》无カリケレバ、傍《ノ》僧共モ、便リ无キ事ニ云テ、申シ文ミ作リテ訴ヘケリ。院是ヲ御覧シテ、永観カ不法ハ、余人カ如法ニハ不レ如トテ、御咎メ无リケレバ、申ケル僧ハ皆白ケニケリ。

此人、終リニ臨」(59ウ)テ、サスガニ善智識无クテハ悪キトテ、聖人一人喚タリケルニ、律師大乗十二部経ノ首題ノ名字ヲ唱ヘ給ヘト云ハレケレハ、聖人修多羅祇耶ナト云フ十二部経ノ名字ヲ唱ヘケレバ、是《ヲ》聞□(「テ」カ)十二部経ノ名字トハ、是ヲ云トシリ給ヘルカトテ、ワロケニ思ハレタリケリ。サテ正キ折ニハ、我ハ声ニモ出サズ念仏申サセテ、目ヲ閉チ心ヲ澄テ聞テ、但聞《テ》二仏名一菩薩名《ノ》一除《ク》二无量生死ノ罪《ヲ》一。何ニ況ヤ憶念センヲヤト、此句ヲ度々云テ、往生シ給ヒケリ。大乗十二部経《ノ》名字ヲ□(「唱」カ)ヘヨト云ハ、、只華厳大集大品法華涅槃ナドノ題名ヲ唱フヘシト思ハレケル」(60オ)ナリ。十二部経トハ、小乗ニハ九部有リ。十二部ハ、大乗ニコソ有レバ、大乗ヲ十二部経ト云ナリ。サレ□(「バ」カ)トテ、正キ本事問答等ノ名ヲ唱ルハ、浅《アサマ》シキ態也。彼《ノ》聖人誰レニカハ善知識モ々々々ニヨルヘシ。無案内ナルカ、イシヤク无用大事《ノ》事也。

(奥書)此書尤可尊貴。道者之模範也。不可聊爾。

南无阿弥陀仏。」(60ウ)

考証篇

山鹿文庫本解題

一、書誌

山鹿文庫本は、国文学研究資料館所蔵の特殊コレクションの一つ、山鹿素行以来山鹿家所蔵の資料を収める山鹿積徳堂文庫の一本（A二二三）で、五巻二冊の袋綴冊子本である。二冊とも旧表紙は本紙共紙であるが、現表紙は本紙と異なる一枚の素紙で、背表紙をくるむ包背装である。綴じ糸は後補。書写は一筆と思われる。状態、筆跡等より見るに江戸期の写本である。

第一冊は、巻一から三を収める。法量は縦二五・三糎、横一九・〇糎。現表紙左端に「発心集　一二三」と打付書（本文と同筆か）にする。表紙右肩に墨書きの蔵書票（「オ―6―1／2―通273」）があり、現表紙をめくると見返しは余白であり、次に旧表紙がある。ここにも左端に「発心集　一二三」と打付書にする（これも本文と同筆か）。旧表紙見返しは余白で、さらに余白一丁を置き、第一丁表は巻一の目録を置く。初めに「発心集巻第一」と目録題を記し、半葉九行書きにする。目録は第一丁裏第三行目で終わり、以下は余白。第二丁表第一行に「発心集序　　鴨長明撰」と記し、以下に序文を記す。一行あたり約三十字前後。序文は第三丁表第五行目で終わり、以下を余白とし、三丁裏も余白。第四丁表第一行目より巻一本文。内題はなし。半葉あたりの行数は前に同じ。一行あたりの字数は二十字前後（以下、本文は同じ）。各話見出しは一字下げに記す。第二十六丁裏第七行目で巻一を終え、以下は余白である。

第二十七丁表より巻二目録。目録題「発心集巻第二」。二十七丁裏第七行目で目録を終え、以下は余白。第二十八丁表より巻二本文。内題はなし。第五十六丁裏第二行で巻二を終え、以下は余白とする。

第五十七丁表より巻三目録。目録題「発心集巻第三」。同丁裏第一行目で目録を終え、以下は余白。第五十八丁表より巻三本文。内題はなし。第八十一丁表第七行目にて巻三を終え、以下は余白。同丁裏も余白。次いで旧裏表紙、現裏表紙がある。いずれも他筆による書入等は見えない。

第二冊は、巻四・五を収める。法量は縦二五・四糎、横一九・二糎。現表紙に外題はなく、右肩に墨書きの蔵書票「オ—6—2／2—通274」があるのみである。現表紙をめくると見返しは余白であり、次に旧表紙がある。左端に「発心集　四五終」と打付書にする（本文と同筆か）。旧表紙見返しは余白で、第一丁表は巻四目録。「発心集巻第四」と目録題を記し、半葉九行書き。同丁裏第九行目で巻四目録を終え、第二丁表第一行より巻四本文。各話見出しは一字下げに記す。第三十三丁表第八行目で本文を終え、以下は余白。三十三丁裏も余白。

第三十四丁表は巻五目録。目録題「発心集巻第五」。同丁裏第三行目で目録を終え、以下は余白。第三十五丁表第一行目より本文。内題はなし。第六十丁（これは旧裏表紙にあたる）裏第四行目で本文を終え、一行余白を隔てて、「此書尤可尊貴道者之模範也不可聊爾／南无阿弥陀仏」（此の書、尤も尊貴すべし。道の者の模範なり。聊爾すべからず。南無阿弥陀仏）と奥書を記す（本文と同筆）。以下は余白。次いで、現裏表紙がある。書入等はない。

次に、なお考証の必要がある書誌の問題を記しておく。

＊

（1）筆跡について

山鹿本の筆跡については、神宮文庫本の影印を収める神宮古典籍影印叢刊『西公談抄・発心集・和歌色葉集抄書』の解説に、山内益次郎氏が次のように指摘しておられる。

（前略）山鹿素行の書写本の翻刻に携わって居られる川瀬一馬氏は、山鹿素行（一六二四〜一六八五）の若い頃の書写であると述べられた（昭和五十八年七月於素行文庫直接談話）。もし素行二十歳の書写とすれば一六四四年に当る。[1]

これによれば、川瀬一馬氏は、山鹿本は素行の若い頃の書写に係るといい、素行自筆本であると述べられたという。そこで、現在国文研の同じ山鹿文庫に所蔵する『師鑑抄』（各巻末尾に素行の署名と捺印があり、素行自筆本と認められているもの[2]）の筆跡と比較してみると、次の表1のようになる。

これを見ると、たしかに同筆と見てよいと判断できる。ただ、『師鑑抄』の書写年次は明らかでなく、またこれが素行の若い頃の筆跡かどうかについては、なお山鹿文庫資料全体への調査を必要とするから、まだ不明とせざるを得ないが、これにより山鹿本『発心集』が素行自身の書写であること、またそのことにより江戸前期の写本であることはいえよう。なお、仮に川瀬氏の指摘に従い、素行二十代のものとするならば、一六四〇年代の写本ということになる。

表1　筆跡の比較

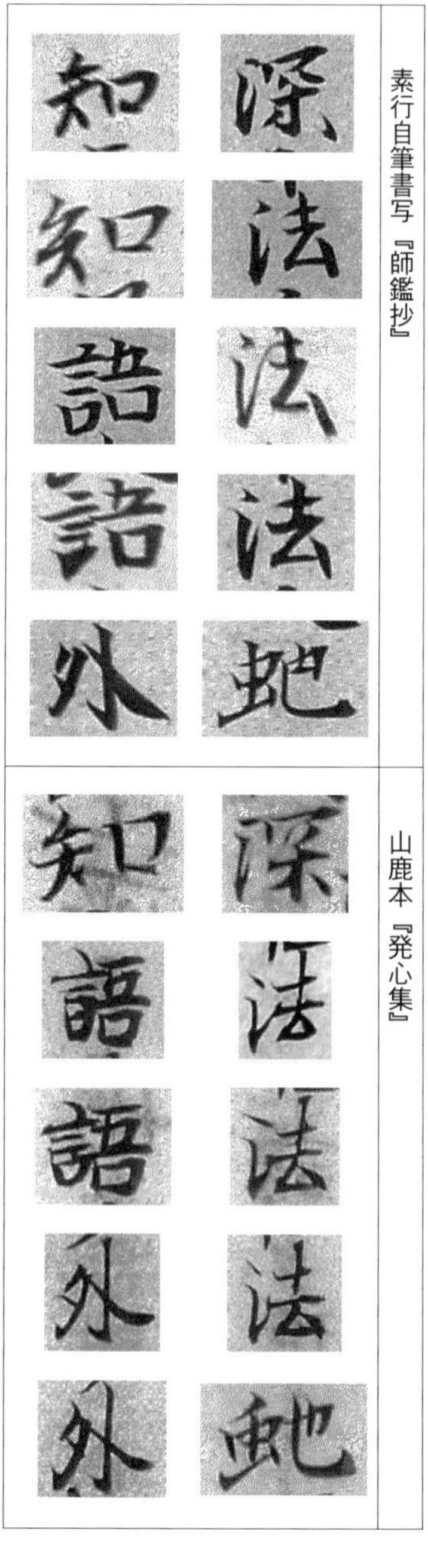

（2）島津忠夫氏の調査結果との相違点について

ところで、山鹿本をはじめて紹介された島津忠夫氏の解題（本書「序にかえて」に既述）を参照すると、筆者の調査結果とは相違する箇所も認められる。島津氏は、

（※山鹿本には）「或ル女房天王寺エ参テ海ニ入リタル事」（巻三）で、「サテ我カ家ニ帰ヘリテ跡ヲ見ルニ彼ノ女房ノ手ニテ霊夢ヲ」のあとが、一丁白紙のまゝになつていて、「レバ死期ノ近付ク事不可疑フ終リ」に続き、こゝに神宮本で約十一行に当る脱落が見られる。[3]　（※印以下は筆者注）

として、山鹿本に大きな脱落を指摘されている。

しかし、筆者が調査した山鹿本にこの脱落は見当たらず、「一丁白紙のまゝになつてい」るという白丁も見当たらない。本書収録の影印でいうと、脱落というのは一四五頁に掲載の、第一冊第六十三丁表にあたり、ちょうど半丁にあたるから、半丁を書き落とすということはいかにもありそうなことで、そこに白紙一丁が綴じられているというのも、書き落とした部分をあとから補うために用意したものかと想像されるが、いずれにせよ、筆者が調査した山鹿本にはないもので、島津氏の解題とは食い違う。

ちなみに、この島津氏指摘の脱落については、簗瀬一雄氏の『異本発心集』所収の山鹿本の校異でも指摘がない(4)。もし、島津氏が指摘されるように、脱落して本文が失われていたのであれば、当然そのことについて校異が示されていてよいはずであるが、それはなく、簗瀬氏の校異には、島津氏が脱落と述べている部分にも、本文の異同が掲出されているのである(5)。

なお、簗瀬氏の『異本発心集』には、巻末に、神宮文庫本の書誌とともに、山鹿本の書誌も記されているが、そこには、冒頭に「素行文庫本については、島津氏の調査を借用したものである(6)」との断りがあるものの、この脱落については触れていないから、やはり簗瀬氏の見た本は、島津氏の見た本とは別物で、筆者が調査した本と同じ脱落のない本であったと解される。

ただ、島津氏の調査結果と筆者のそれとを付き合わせると、墨付丁数や一面あたりの行数が一致すること、島津氏の指摘される脱落がちょうど半丁分にあたっており（前述）、両者は行取り、丁取りが同じであったと解されること等より推せば、両者は極めて近い関係にある写本であるといえる。想像を逞しくすれば、両者は同じ山鹿文庫内にあって、正本と副本の関係にあったものか、あるいは下書き本と清書本の関係にあったものであろうかとも推測できる。島津氏の見られた山鹿本に半丁の脱落があり、そこに白丁が一丁綴じられていることからすると、それが下書き本であり、簗瀬氏や筆者が見た山鹿本が清書本であろうか。

なお、山鹿文庫には、次表2に記すように、筆者が確認できたものだけでも、七種の蔵書目録が確認でき、山鹿本『発心集』は、イの『惟揚庫書籍目録』から確認できるが、いずれにも『発心集』は一点を数えるのみである。エ以降の近代の目録には、山鹿文庫内で付けられたと思われる図書番号が記されているが、これは筆者が調査した本の表紙に貼られているラベルの番号（前掲の書誌中に記載）と一致する。

表2　山鹿文庫書籍目録一覧　　＊は『発心集』を著録するもの

ア、積徳堂書籍目録 延宝三年（一六七五）門人儀谷義言作成、天和二年（一六八二）追加。素行加筆訂正あり。山鹿文庫に嘉永七年（一八五四）写本あり。翻刻は、後掲オ及び『山鹿素行全集』にあり。
イ、惟揚庫書籍目録　＊ 幕末、文久元年（一八六一）作成。山鹿文庫に稿本・清書本あり。翻刻は、後掲オにあり。
ウ、山鹿家所蔵文書目録 昭和十一年（一九三六）八月、広瀬豊作成。東京の松浦伯爵家に寄託後、平戸の山鹿家に残った資料の目録。後掲オに収録。
エ、山鹿家伝来蔵書略説　＊ 昭和十三年（一九三八）二月、広瀬豊解説。東京の松浦家及び平戸山鹿家所蔵の資料から主だったものを選び、これに解説を付したもの。後掲オに収録。
オ、山鹿素行先生著述及旧蔵書目録　＊ 昭和十三年（一九三八）三月、広瀬豊編、軍事史学会刊。前項ア・イを翻刻、昭和の再調査の結果を加え、前項ウ・エとともに公刊したもの。

カ、素行文庫目録　＊
昭和十九年（一九四四）九月、平戸素行会編・刊。前項オのあと、疎開のため、東京の松浦家より引き揚げた際に作成した目録。

キ、山鹿積徳堂文庫目録　＊
国文研において、受入れの際、平戸山鹿家より三度に分けて運搬されてきた資料を、それぞれAリスト、Bリスト、別リストとして目録化したものという（したがって、分類目録や書名五十音順ではない）。井田太郎氏作成。国文研蔵。

したがって、簗瀬氏と筆者が調査した山鹿本は、近代以降、蔵書目録に著録されてきた一本であり、島津氏が見た一本はそれとは別の本であった可能性が高いといえる。

以上のことから、ここでは今回調査した一本を山鹿文庫本として考察を進める。

二、神宮文庫本との比較、検討

では、次に山鹿本と神宮文庫本との関係について検討したい。

山鹿本は、先行の解説等ですでに指摘されているとおり、巻数、収録説話数、説話配列が神宮文庫本と同じであり、また両者には共通する異同注記や傍注が見られることや、各話末に見える「南無阿弥陀仏」等の所謂説教者的口吻も同じである(7)。

また、最終巻の巻五巻末に見える奥書が同じであること、本文異同の状況から、一方から一方への直接転写の関係にはないと考えられること（詳細は後述）等から両者には同一の親本、ないしは祖本が想定され、山鹿本と神宮文庫本は、同じ親本、ないしは同じ祖本から出た伝本であると考えられる。

そこで、まず、神宮文庫本との本文異同についてであるが、巻一の主な例を挙げれば、次のようになる。

神宮文庫本との主な異同の例（序と巻一から）　※文意、表現が相違する場合のみを挙げた
※文字の大小の別、送り仮名の有無等は除く

序　※山…山鹿本　神…神宮文庫本（以下同）

（ア）
山　世ノ塵ニ汚カサレサル人スラ野ノ鹿繋カタク
神　世ノ塵《チリ》ニ汚カサレザル人　野《スラ》ノ鹿繋カタク　▼「スラ」を「野」の振り仮名に誤ったか

（イ）
山　我等《ラ》仏《ニ》遇奉《ラ》マシカハ
神　我等仏過奉マシカハ　▼「遇」を「過」と誤写か

（ウ）
山　只《タ》　我国《カノ》　人耳《ノミ、》　近《キヲ》　先《キ》　トシテ
神　只タ《ヒ》我国ノ人ノミ近キヲ先キトシテ　※「ヒ」はミセケチ、以下同　▼「ミヽ」とあるべきを「ヽ」を書き落としたか

（エ）
山　雲《ヲ》取《リ》風《ヲ》結《ヘルカ》　如《シ》
神　雲取リ風ヲ結ヘルカ如シ　※「雲ヲ」の「ヲ」なし　▼「ヲ」の書き落としか

巻一

（オ）第二話「同人宮二仕《フ》伊賀《ノ》郡司《ニ》一事」

山　有リ　マヽニ語タル　▼「ノ」の書き落しか

神　有ノマヽニ語タル

（カ）同右

山　是モ玄賓僧都ノシ態ニナン

神　是モ玄賓僧都ノシ熊ニナン　▼「態」を「熊」と誤写か

（キ）第三話「平燈供奉晦《クラクシテ》レ跡趣《ヲムク》ニ与州《エ》一事」

山　泣々跡ノ態ヲソ　営《イトナミ》　アリケル

神　泣々跡ノ熊ヲソ　営《イトナミ》　アリケル　▼「態」を「熊」と誤写か

（ク）同右

山　人モ通《カヨハ》ス深山ノ奥ノ　▼「ス」は「ヌ」の誤写か

神　人モ通《カヨハ》ヌ深山ノ奥ノ

（ケ）同右

山　泣々兎角ノ　態トモ営《ナミ》ニケリ

神　泣々兎角ノ熊トモ営《イトナミ》ニケリ　▼「態」を「熊」と誤写か

（コ）第四話「千観内供遁世事」

山　元ヨリ道心深カリケレド

神　元ヨリ道心深アリケレド　▼「カ」を「ア」と誤写か

（サ）第五話「僧賀上人遁世事」

山　碩徳人ニ勝タリケレハ行末《ハ》ヤコトナキ人ナラン　ド　▼「ナン」の誤脱か

神　碩徳人ニ勝タリケレハ行末《スヘヤ》ヤコトナキ人ナランナンド

（シ）同右

山　后宮《キサキノミヤノ》　戒師ニ召シケレハ

神　后宮《キサキノミヤ》　戒師ニ召シケレハ　※「キサキノミヤ」のあとに「ノ」なし　▼誤脱か

（ス）第六話「高野南筑紫《ノ》上人《ノ》発心《ノ》事」

山　釈迦遺法《ノ》　弟子是《ヲ》為《カ》ニ戒ヲ破リ

神　釈迦貴法ノ弟子是為ニ戒ヲ破リ　▼「遺」を「貴」と誤写か

（セ）第七話「教懐上人水瓶破リタル事　付陽範事」

山　新シキ吉キ水瓶《カメ》ヲ儲ケテ

神　新シキ吉《キ》　水瓶《ミツカサ》ヲ儲ケテ　※「水瓶」のルビ「ミツカサ」▼誤写か

（ソ）第八話「佐国《サコク》花ヲ愛シテ蝶ト成事」　※「佐国」の振り仮名は両本とも「サコク」

山　態ト主ヲ喚出シテ

神　熊ト主ヲ喚出シテ　▼「態」を「熊」と誤写か

（タ）第九話「止水《シミツ》谷《ノ》上人魚食事」

山　二時計《キリ》ハ水ノミノユヤヲ廻リテ

神　二時計《キ》ハ水ノ三ノユヤヲ廻リテ　▼「ミ」を「三」と誤写か

（チ）同右

山　盗人猶ヲ恐レテ物ヲ捨テ行《キ》ケレバ袖ヲヒカヘテナントラセテヤリ　ケリ

神　盗人猶ヲ恐レテ物ヲ捨テ行《キ》ケレバ袖ヲヒカヘテナントラセテヤリニケリ　▼どちらが妥当か判断むずかしい

(ツ)第十話「天王寺瑠璃上人事　付仏性聖《ノ》事」

山　其《ノ》姿ハ布ノツヾリ紙衣ナドヤレワラメキタルヲイクツトモ无ク着《キフクレ》テ

神　其姿ハ布ノツヾリ紙衣ナドヤレワラメキタルヲイクツ　モ无ク着《キフクレ》テ　▼「ト」脱か

(テ)同右

山　童部《ワラヘ》イクラトモ无ク笑ヒアナツリケレド更ニトガメズ

神　童部イクラトモ无ク笑ヒアナツリケレバ更ニトガメス　▼「ケレド」を「ケレバ」と誤認か

(ト)第十一話「高野麓《ノ》上人偽ニ妻ヲ娶《メトリ》タル事」

山　露モ例《ヒ》ニ不レ違《ハ》

神　露モ例《ヒ》　不レ違《ハ》　▼「ニ」脱か

(ナ)同右

山　見シ人ヲハハカナク見成シ　侍レハ

神　見シ人ヲハハカナク見成シテ侍レハ　▼どちらが妥当か判断がむずかしい

(ニ)同右

山　チギリノ无ヿヲ不足トハ思ハス

神　チギリノ无フ　ヲ不足トハ思ハス　▼「ヿ（コトの合字）」を「フ」と誤認か　※なお、翻刻（三三一頁）では、現行の字体に統一した。

(ア)は、山鹿本で「世ノ塵ニ汚カサレサル人スラ野ノ鹿繋ガタク」とある箇所であるが、神宮文庫本では「スラ」の二字が直後の「野」の字の振り仮名になっている。「野」の字を「すら」と読む例は見出せず、また前後の文意から言っても、ここは山鹿本に妥当性があるといえるところである。

(イ)は、山鹿本で「我等仏ニ遇ヒ奉ラマシカバ」とよめる箇所であるが、神宮文庫本は「遇」の字を「過」の字に誤写している。

(ウ)は、山鹿本で「只タ我ガ国ノ人ノ耳近キヲ先トシテ」とある箇所である。神宮文庫本は「只タ我国ノ人ノミ近キヲ先キトシテ」としており、「ミヽ」とあるべきところの繰り返し記号を書き落としたものと見られる。

(エ)以下の説明は冗長になるから省くが、このように両者の異同を検討してゆくと、山鹿本は概して神宮文庫本より誤写・誤脱と思われる箇所が比較的少なく、神宮文庫本の誤写・誤脱を訂しうる伝本として貴重であるといえる。ただし、(オ)や(ク)、(サ)のように、山鹿本の誤写・脱落と思われる箇所もある。こうしたことから、山鹿本と神宮文庫本とは相補う関係であり、一方から一方への直接転写は考えにくいと推察される。ちなみに、簗瀬氏も前述の『異本発心集』解説で、「両本間に、相互の誤脱を補ふに足るものが、少しではあるけれども存在することによって、一方から一方への伝写ではあり得ない[8]」と指摘しておられる。したがって、同じ奥書をもつ山鹿本と神宮文庫本は、同じ親本、ないし祖本から出た伝本であり、その本文の状態は近いと考えられるが、直接の転写の関係にはないと解されるのである。

ただし、両者の関係について簗瀬氏は、前掲『異本発心集』解説において、

> 神宮文庫本の方が、いささかではあるけれども、親祖本の形態を保存してゐるかに見られる。それは活用語尾、捨て仮名及び巻によつて濃度の差の極端に見える批点からの事象的判断ではあるが、神宮文庫本の親本から素行

文庫本の如き伝写本が派生することは有り得ても、素行文庫本の親本から神宮文庫本の如き伝写本の生れる可能性は少いと、私には思はれるのである。(9)

として、活用語尾や捨て仮名の状態からは、山鹿本より神宮文庫本の方が親本ないし祖本の状態を留めているという趣旨の指摘をしておられる。このことは、二〇一二年、国文学研究資料館で、『方丈記』成立八百年記念の展示に、山鹿文庫本『発心集』が出陳された際、その展観図録に山鹿本の解説を寄せた新間水緒氏も、

活用語尾や捨て仮名を表記していない神宮文庫本の方が祖本に近いと考えられている。(10)

と、簗瀬氏の指摘に従うと思われる解説をされている。

山鹿文庫本が、神宮文庫本に比べ、送り仮名が多いことは、神宮文庫本の影印の解説（前述）を担当された山内益次郎氏も指摘されている。

この両書（※神宮文庫本・山鹿本）は表記特に仮名遣には相違が見られる。例えば、

仏ノ教給ル事アリ（神宮文庫本）

仏ノ教ヘ給ヘル事アリ（素行文庫本）

のように素行文庫本は活用語尾を完全に送る場合が多い。慶安四年版本の場合はその割合が半数程で、神宮文庫本は更に多く、素行文庫本では三分の二に及ぶ。反面素行文庫本には「注ルサ不」「月キ」「今マ」のように仮名の過剰使用も間々見られる。(11)（※印以下は筆者注）

これによれば、活用語尾を送る割合は、慶安版本が半分程度であるのに対し、神宮文庫本ではその割合が多く、山鹿本ではさらに多く、約三分の二に及ぶという。そこで、試みにいくつか例を挙げてカウントしてみると、次表3のようになる。

表3　活用語尾を送る割合の比較

	山鹿本	神宮文庫本	慶安版本
(1) 巻二第一話 活用語尾を送る割合	山鹿本＝85／110〈77.2%〉	神宮文庫本＝80／129〈62.0%〉	慶安版本＝50／86〈58.1%〉
捨て仮名	山鹿本＝24箇所	神宮文庫本＝5箇所 ※うち2箇所ミセケチ	慶安版本＝なし ※訓点（ルビ）は除いた
(2) 巻三第一話 活用語尾を送る割合	山鹿本＝157／216〈72.7%〉	神宮文庫本＝137／205〈66.8%〉	慶安版本＝60／111〈54.0%〉
捨て仮名	山鹿本＝32箇所	神宮文庫本＝19箇所 ※うち3箇所ミセケチ	慶安版本＝1箇所 ※訓点（ルビ）は除いた

巻二第一話「守輔発願往生事」では、活用語尾を送る割合は山鹿本が110箇所中85箇所で、その割合は77.2%。以下同様に、神宮文庫本は62.0%、流布本系統の慶安版本は58.1%となっており、確かに異本と流布本とでは異本の方が活用語尾を送る割合が高く、山鹿本と神宮文庫本とでは、10%程度山鹿本の方が割合が高いといえる。これは巻三第一話（「証空阿闍梨師匠命ニ替タル事」）の例でも同じ傾向を示している。

また、捨て仮名の数については、巻二第一話では山鹿本が24箇所、神宮文庫本が5箇所、慶安版本がゼロで、こちらも流布本より異本に多く見られる。巻三第一話では山鹿本が32箇所、神宮文庫本が19箇所、慶安版本が1箇所で、こちらも異本が圧倒的に多いという結果であり、山鹿本と神宮文庫本とでは山鹿本の方がさらに多くなっている。

では次に、山鹿本と神宮文庫本の送り仮名・捨て仮名の状況を、巻三第一～四話を例に実際に見てみると、左に示すようになる。なお、神宮文庫本に見えるミセケチはすべて文字の右側に付いているが、比較・対照のため、左側に付け替えて示した。

山鹿本と神宮文庫本に見られる送り仮名・捨て仮名の様相（巻三第一～四話を例に）

（ア）巻三第一話「証空阿闍梨師匠ノ命ニ替タル事」

山　能々理リヲ申シ聞セテ

神　能々理リヲ申　聞セテ

（イ）同右

山　後チニハ余人ニモ勝クレテ

神　後チニハ余人ニモ勝　レテ

（ウ）巻三第二話「或ル女房天王寺ェ参テ海ニ入リタル事」

山　一ト年セ二タ年セ過ヌ

神　一　年セ二　年セ過ヌ

（エ）巻三第三話「蓮華城入水事」

山　人ニ知フレタル聖リ有リ

神　人ニ知　レタル聖リ《ヒ》在

（オ）同右

山　身モ弱ク成リヌレバ

神　身モ弱ク成リ《ヒ》ヌレバ

※網掛け　は両者に共通する捨て仮名
※「ヒ」はミセケチ
※送り仮名は活用語尾を送るもの

（カ）同右

山　其時キ聞キ及フ人市ノ如ク集テ

神　其時キ《ヒ》聞　及　人市ノ如ク集テ

（キ）同右

山　発心ノ様マタヾナヲサリナラス

神　発心ノ様マタヾナヲサリナラズ

（ク）同右

山　物ノ恠云フ様ハ

神　物ノ《ヒ》恠云　様ハ

（ケ）同右

山　知ズ顔ヲニテ

神　知ズ顔ヲ《ヒ》ニテ

（コ）同右

山　我カ科カナレバ

神　我カ科カ《ヒ》ナレバ

（サ）同右

山　皆ナ我カ心ニ有リ

神　皆ナ《ヒ》我カ心ニ有リ

(シ)同右
山　若シ人ト仏道ヲ行ハン為　ニ
神　若シ人ト《ヒ》仏道ヲ行ハンタメニ
(ス)同右
山　人々語タリ示シ侍リシハ
神　人々語タ《ヒ》リ示シ侍リシハ
(セ)同右
山　尤モユ（マ、）ワリナリ
神　尤モ《ヒ》ユトワリナリ
(ソ)巻三第四話「仙命上人事」
山　山ニ仙命聖リトテ
神　山ニ仙命聖リトテ
(タ)同右
山　此ノ聖リ
神　此ノ聖リ
(チ)同右
山　聖リ是ヲ取テ
神　聖リ是ヲ取テ

（ツ）同右
山　夜ル来タリケルカ
神　夜ル来タ《ヒ》リケルガ
（テ）同右
山　符ヲ付シ程トノ工ミノ者ナレハ
神　符ヲ付シ程　ノ工ミノ者ナレハ

文中の網掛け箇所は、両者に共通する捨て仮名であるが、こうしてみると、これら捨て仮名の多くは、山鹿本と神宮文庫本に共通する親本、ないしは祖本からあった可能性が高いと考えられる。ただし、（エ）、（オ）、（カ）、（ケ）、（コ）、（サ）、（シ）、（ス）のように、神宮文庫本の捨て仮名にはミセケチが付けられている。こうしたミセケチは、ここに挙げた例のみならず、神宮文庫本の巻一から巻四までの各話に見られるものである（巻五は付いていない）。そこで、次の**表4**にこのミセケチ「ヒ」を、神宮文庫本の本文の「ヒ」と、原本を調査したうえで筆跡を比較してみると、このミセケチはその筆跡や墨の付き方などから、本文と同筆のものと判断され、このことは神宮文庫本の書写者が捨て仮名や送り仮名を減らす方向で、本文を書写・校訂したことを示すものと考えられる。

このように、山鹿本と神宮文庫本の捨て仮名・送り仮名を比較すると、かなりの箇所で一致するところがあることから、山鹿本と神宮文庫本に見られる捨て仮名や送り仮名の多くは、両者に共通する親本、ないしは祖本の状態を受け継いだものであると推察される。そして、神宮文庫本においてその中にミセケチを付けるところがあることから、書写者が捨て仮名や送り仮名を減らそうとしていたことが窺える。したがって、山鹿本に比べ神宮文庫本の方が捨て仮名・送り仮名が少ないのは、神宮文庫本の書写者が捨て仮名・送り仮名を減らす方向で書写・校訂したためではないかと解される。

表4　神宮文庫本に見えるミセケチについて

神宮文庫本の本文における片仮名の「ヒ」	神宮文庫本のミセケチ（いずれも墨書）
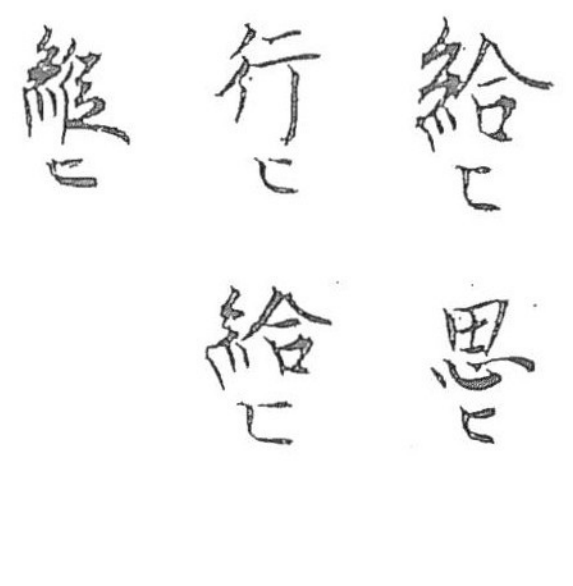	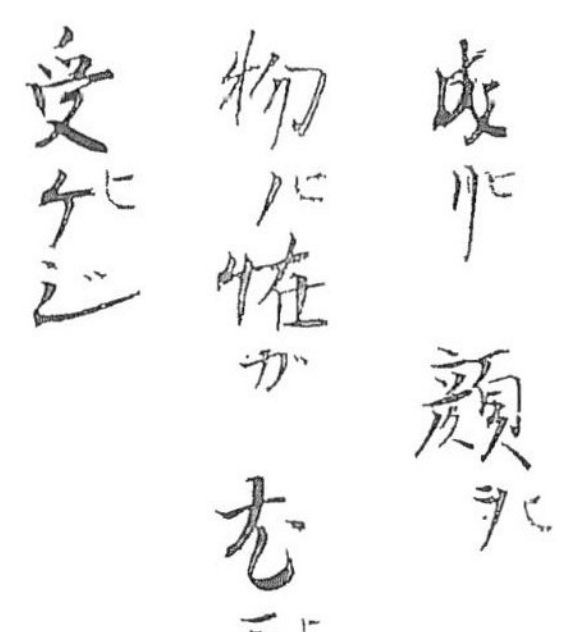

つまり、言い換えれば、山鹿本と神宮文庫本とに共通する親本ないし祖本は、山鹿本のように送り仮名や捨て仮名が多い本であったと考えられる。このことから、送り仮名・捨て仮名の使用状況という点については、神宮文庫本より山鹿本の方が、両者に共通する親本、ないしは祖本のかたちを比較的よく保存していると考えられる。

ただし、これは鴨長明自筆の原本の状態を示すものではないであろう。送り仮名や捨て仮名は、本文を正確に読むために付ける訓点の一種であるから、当初から付けられていたものは少なかったかと想像され、むしろ、享受されていく中で付けられていったと考えるべきものである。異本は、永積安明氏や簗瀬一雄氏ら以来、もとは流布本のような配列であったものが混乱をきたしたのち、説教用テキストとして手が加えられるなどの過程を経たものとされている（本書「序にかえて」に既述）が、そうした変遷の中で、読みを明確にするなどのために、送り仮名や捨て仮名も加えられたのではないかと推察する。つまり、山鹿本の状態は中世のそうした写本のひとつのかたちを窺わせるものであるように思われる。

また、そう考えると、江戸時代に刊行された流布本よりも、異本の方が送り仮名・捨て仮名が多いというのは頷けることだといえて、流布本にはほとんど捨て仮名が見られないという観点から見ても、当然のことではあるが、流布本は刊行にあたって本文が整備されたものと思われる。(12)

最後にもう一点、山鹿本と神宮文庫本の違いを挙げておきたい。山鹿本と神宮文庫本の文体・表記について比較してみると、次の表5に示す巻四第一話のように、山鹿本は助詞などを小書きにする箇所がしばしば見られるのに対し、神宮文庫本は大書きになっている（網掛け箇所）。次表5に、巻四第一話全体の小書き箇所を掲出してみると、山鹿本は18箇所、神宮文庫本は2箇所、慶安版本はゼロとなっており、山鹿本が突出している。また、助詞などを訓点として付ける箇所は、山鹿本が19箇所、神宮文庫本が1箇所、慶安版本は3箇所と、こちらも山鹿本が群を抜いて多いのがわかる。

これは例に挙げた巻四第一話以外の、各話にも観察される傾向で、助詞などを小書きにする書き方は、古代後期から中世にかけて見られる片仮名宣命書きの体裁を窺わせるものであって、助詞を訓点として付ける書き方も片仮名宣命書きや漢文に見られるものである。こうした山鹿本の特徴は、山鹿本が、部分的にではあるが、中世の写本の状態を残すものと思われ、山鹿本の方が、神宮文庫本より古いかたちを留めているといえるのではないかと思われる。

表5　山鹿本と神宮文庫本の表記・文体の比較例　　山…山鹿本　神…神宮文庫本　慶…慶安版本

巻四第一話「相真ト云フ僧没後ニ袈裟ヲ返シタル事」より冒頭
山　渡辺《ワタナベ》ト云所ニ長　柄ノ別所ト云寺有　ケリ此寺ノ近所ニ還俊《ゲンシュン》ト云僧有リケリ
神　渡辺ト云所ニ長　柄ノ別所ト云寺有　ケリ此寺ノ近所ニ還俊ト云僧有リケリ
〔慶　津国ノ渡辺ト云所ニナガラノ別所ト云寺アリ　其二　近比　暹俊ト云僧有　ケリ〕

巻四第一話全体
助詞や送り仮名を小書きにする箇所　山…18箇所　神…2箇所　慶…なし
助詞を訓点として付す箇所　山…19箇所　神…1箇所　慶…3箇所

※どちらにも小書きか大書きか、訓点か小書きかの判断がむずかしいものもある。数字は多少の誤差があるものとして考えられたい。

このことについて、もう一つ例を挙げれば、巻一第一話「玄賓僧都遁世逐電事」に、

山　在所ニ大キナル河ハアリ渡船侍得渡《シネリテル》程ニ
神　在所ニ大キナル河　アリ渡船侍得渡《シネリテル》程ニ

とある部分、ここはどちらも片仮名宣命書きの体裁を保っており、その意味で、こうしたかたちが、山鹿本と神宮文庫本の親本ないしは祖本のかたちを留めるものと考えられる。さて、「渡船侍得《シネリテ》」の箇所は文意から推して、「渡シ船ネ待チ得テ」とあるべきところで、いずれも「侍」は「待」の誤写であろう。そうしてみると、「待」の送り仮名「リ」は、「待」を「侍」と誤写したのちに付けられたものといえて、誤写する以前にはなかったものと解される。そうして見ると、こうした訓点は、山鹿本と神宮文庫本の親本ないしは祖本の段階か、いずれにしても長明の原本の時

点ではなく、転写される過程の中で付けられてきたものといえる。もっとも、長明の原本が片仮名交りであったのか、平仮名交りであったのかは明らかでなく、『発心集』の古写断簡と見られるものがいずれも平仮名交りであることから、仮に平仮名交りだとしても、仏者に享受される過程で、片仮名宣命書きに変換されたことは容易に考えられる。それは、金沢文庫等に伝存する説草が、いずれも片仮名宣命書きの表記・文体を用いていることからも想像しうることである。

話を巻四第一話の例に戻す。前掲表5に挙げた例では、山鹿本にのみ、「渡辺」や「還俊」といった固有名詞に振り仮名が付いている。こうした例は、ほかにも散見され、神宮文庫本と山鹿本とでは、若干ではあるが、山鹿本の方が振り仮名が多いようである。ただし、この振り仮名のうち、両本に共通する箇所については本文異同は見えないから、この振り仮名も、神宮文庫本と山鹿本の共通する親本、ないしは祖本から写し来たったものが多いのではないかと推察する。ただ、この振り仮名が史実や他の伝承等に照らして妥当であるか、あるいは長明の原本から付いていたかどうかは用例をひとつひとつ丹念に検討していくほかない。この点は今後の課題としたい。

三、おわりに

山鹿文庫本については、島津忠夫氏により紹介され、簗瀬一雄氏によって神宮文庫本との校異が示されていたわけであるが、こうして、山鹿本を調査し、全文を翻刻して、神宮文庫本との関係を考えてみると、山鹿本は再評価されるべき伝本であるといえる。神宮文庫本の誤写・脱落を補い得る伝本として貴重であり、かつ片仮名宣命書きや、送り仮名・捨て仮名等の状況から、山鹿本は、山鹿本と神宮文庫本に共通する親本ないしは祖本のかたちを留めるもので、中世の一写本のかたちを残すものではないかと考察する。

これらのことから、山鹿文庫本は、神宮文庫本に代わって、異本系統を代表する伝本として位置づけられるものである。山鹿本は神宮文庫本より発見が遅れたこともあってか、十分な検討がなされてこなかったし、神宮文庫本より劣るものと見られてきた感があった。しかし、それは改められなければならない。今後、異本の研究には、山鹿本と神宮文庫本とを校合して用いるべきであるし、『発心集』本文の校訂には、慶安・寛文の両版本と神宮文庫本に加え、山鹿本も用いる必要がある。山鹿本を加えることによって、これまで神宮文庫本のみによってイメージされてきた異本の姿は変わるであろう。異本は、片仮名宣命書きや捨て仮名など、もっと中世の写本のかたちを色濃く残すものだったのである。そして、山鹿本を加えることで、『発心集』本文の校訂がどう変わるか、あるいは流布本との関係や成立論を考えるとき、どのような変化をもたらすかは、今後検討されるべき課題である。筆者も機会を得られれば、別稿で検討してゆきたい。

付記

本稿は、二〇一五年九月十三日、近畿大学で行われた仏教文学会平成二十七年度大会での研究発表「山鹿文庫本『発心集』の調査と検討」に基づく。発表の折、ご質問、ご教示をいただいた田中宗博氏、新間水緒氏には、この場を借りてあらためて御礼申し上げる。

注

（1）神宮古典影印叢刊編集委員会編、皇學館大學、一九八四年五月、九・一〇頁。

（2）山鹿文庫所蔵（A八四）。四十二巻二十二冊。書写は一筆で、各冊末尾に本文同筆で「山鹿貞直渉筆」（貞直は素行の名）等と署名があり、その上に「若拙」の印（素行の号、素行所用）が捺されてあることから、素行自筆の写本と見られてい

る。内容は軍法書。寛永十二年（一六三五）、福聚院道人序。
（3）「説話文学会会報」第六号、説話文学会、一九六三年九月、二頁。
（4）古典文庫第三〇一冊、一九七二年六月、二五六・二五七頁。
（5）注（4）に同じ。
（6）注（4）の書、二八四頁。
（7）永積安明「長明発心集考」（「国語と国文学」第十巻第六・八号、東京帝国大学国語国文学会、一九三三年六月・八月、及び「異本「長明発心集」について」、岩波講座日本文学付録「文学」第二十号、岩波書店、一九三三年四月。いずれも、永積『中世文学論 鎌倉時代篇』日本評論社、一九四四年十一月に収録）。簗瀬一雄「発心集研究序説」（簗瀬『鴨長明の新研究』中文館書店、一九三八年四月。のちに簗瀬『発心集研究』簗瀬一雄著作集三、加藤中道館、一九七五年五月に補訂、再録）。貴志正造「〈発心集〉総説」（西尾光一・貴志正造編『中世説話集』鑑賞日本古典文学第二十三巻、角川書店、一九七七年五月）ほか。
（8）注（4）の書、二八二・二八三頁。
（9）注（4）の書、二八三頁。
（10）創立四〇周年特別展示『鴨長明とその時代　方丈記八〇〇年記念』国文学研究資料館、二〇一二年五月、三六頁。
（11）注（1）の書、九頁。
（12）こうした流布本の状態をあまり尊重しすぎる近年のいくつかの本文校訂のやり方には、もっと慎重さが求められるのではないかと思われる。たとえば、慶安版本についていえば、同本にはほとんど総ルビといってもよいほど、漢字に振り仮名が付けられているが、これは本文を読みやすくするために書肆が付けたものと思しく、この振り仮名をそのまま信用するわけにいかないことは、すでに貴志正造氏が、前掲注（7）の解説で指摘しておられる。

（補足1）簗瀬一雄氏の解釈について

簗瀬氏は『異本発心集』の解説において、山鹿本のことを、神宮文庫本の方がいささかではあるけれども、親祖本の形態を保存してゐるかに見られる。それは活用語尾、捨て仮名及び濃度の差の極端に見える批点からの事象的判断ではあるが、①神宮文庫本の親本から素行文庫本の如き伝写本が派生することは有り得ても、②素行文庫本の親本から神宮文庫本の如き伝写本の生れる可能性は少いと、私には思はれるのである。

（傍線・番号筆者）

と述べられ、これは、本稿の中で要約したように、活用語尾や捨て仮名の状態からは、山鹿本より神宮文庫本の方が、親本ないし祖本の状態を留めている、という趣旨の指摘かと察せられるものの、この文章の表現にはいくつか矛盾がある。

まず、傍線部①の内容をそのまま図式化すると、

〔図式A〕

神宮文庫本の親本
├ 神宮文庫本
└ 山鹿文庫本

となって、こうした図式は成り立つと言っておられる。つまり、神宮文庫本と山鹿文庫本とは同一の親本から出たものであり、両者が兄弟の関係にある可能性はありうるという。

ところが、傍線部②の内容をそのまま図式化すると、

〔図式B〕

山鹿文庫本の親本
├ 山鹿文庫本
└ 神宮文庫本

となるが、こうした関係である「可能性は少い」という。しかし、先の図式Aと見比べれば了解されるように、こちらも神宮文庫本と山鹿本は同じ親本から出た兄弟ということになって、意味するところは同じなのである。であるにもかかわらず、図式Aの関係はありえて、図式Bの関係になる可能性は少ないというのは矛盾している。

以上のことから、ここは表現の上での単なる破綻と見てよいように思われ、簗瀬氏の言わんとするところを推し量ると、本稿の中で引いたように、新間水緒氏の、

活用語尾や捨て仮名を表記していない神宮文庫本の方が祖本に近いと考えられている。

という理解になるのではないかと思われる。

ただ、こう言ってしまうと、「祖本」というものが不明確である。神宮文庫本の「祖本」とは、どの時点での「祖本」を指すのであろうか。もっとも遠い祖本ということなら、鴨長明自筆の原本ということになるであろうが、そういうことなら、それはおそらく送り仮名や捨て仮名が少ない本であったと想像されるから、簗瀬氏が指摘されるように送り仮名や捨て仮名が比較的少ない神宮文庫本が山鹿本より「祖本」に近いということになるように思える。しかし、本稿の中で示したように、神宮文庫本と山鹿本には共通する送り仮名や捨て仮名が相当数あることから、これらの多くは、神宮文庫本と山鹿本に「共通する親本ないしは祖本」にあったものと考えられ、両者に「共通する親本ないし祖本」のかたちを比較的留めているのは山鹿本の方だと考察されるのである。つまり、ここにいう「祖本」を長明自筆の本を指すものとするのか、それとも神宮文庫本と山鹿本に共通する祖本、つまり種々の脱落、錯簡が生じて五巻となり、かつ流布本のような配列であったものが乱れ、その後説教用テキストとして改変が加えられ、現在の配列に再編成された異本の形態を指すものとするのか、の違いということになるであろうか。簗瀬氏の指摘されることは、「祖本」が長明自筆本のことを指すのなら成り立つが、しかし、簗瀬氏自身は「親祖本」と述べているわけで、これは「親本ないし祖本」の意味であろうから、それは当然「神宮文庫本と山鹿本に共通する親本ないし祖本」ということになるはずである。ここにも表現に矛盾があるのではなかろうか。

そうして、最後にひとつ、これは想像であるが、島津氏や簗瀬氏が、山鹿本の評価に消極的であったのには、永積安明氏が、昭和八年に神宮文庫本をはじめて紹介され、その発見によって『発心集』研究が大きな躍進を遂げた、その功績に敬意を表してのことではなかったかと思われる。神宮文庫本の発見は、それまで長明仮託説、偽書説まで出ていた『発心集』を、長明の作品であることを証明するものであり、その衝撃、功績は大きかったと想像される。山鹿本が鎌倉・室町の古写本で、群を抜いて善本だということなら話は別であったろうが、山鹿本は神宮文庫本と相補う関係であったから、これを強く推すことは遠慮されたのではないかとも思われるのである。しかし、いまは、本稿に述べたように、山鹿本の方が古い形を留めていると思われる箇所が多いのである。神宮文庫本の発見から八十年余りが経ち、依然『発心集』の伝本は少なく、今日でも文意不通の箇所が少なくない現状にあっては、なおさら研究に使える資料は公開されるべきだと考えたのである。

（補足２）島津氏が紹介された山鹿本との相違点について

島津氏が紹介された山鹿本との相違点については、なおあるので、再度当該箇所を引用して、ここに記しておく。

> 大本①六巻二冊、墨付一四一枚。一面九行、約二十二字詰、片カナ交り。近世初期の写で、筆写年代も神宮本とほぼ同じころと思われる。表紙左肩に「発心集一二三（四五終）」と②書き題簽があり、③次に「発心集巻第一」として目録、次に「発心集巻第一」として目録、次に「発心集序　鴨長明撰」、半丁の余白をおいて「玄賓僧都遁世逐電事」の本文に続いている。
>
> （後略）
>
> （傍線・番号筆者）

右のうち、傍線①の「六巻二冊」というのは、「五巻二冊」の単純な誤記・誤植と思われるが、傍線②の、表紙左肩に「書き題簽」とあるのは、発表者の見たものは題簽ではなく、表紙に打ちつけ書きにしたものである。これは「書き外題」とすべきところを「書き題簽」と誤って記したものなのか、それともそのままであるのか、わからない。また、傍線③、表紙の「次に」目録があるということだが、発表者の見たそれには、間に一丁遊びがある。これも単に記載しなかっただけなのか、実際にそうであったのか明らかでないが、以上のような相違点があることを補足しておく。

神田 邦彦（かんだ くにひこ）
二松學舍大学文学部国文学科卒業
二松學舍大学大学院文学研究科博士後期課程修了
専攻 中世文学，説話文学，日本音楽史（雅楽）
学位 博士（文学）
論文 「『続教訓鈔』の本文批判に向けての一考察――日本古典全集本と曼殊院本――」（「中世文学」第59号，中世文学会，2014年6月），「『方丈記』諸本の再調査――延徳本・最簡略本――」（「国文学研究資料館紀要 文学研究篇」第40号，国文学研究資料館，2014年3月），ほか

新典社研究叢書285

山《やま》鹿《が》文《ぶん》庫《こ》本《ぼん》発《ほっ》心《しん》集《じゅう》
――影印と翻刻 付解題――

平成28年6月8日 初版発行

著者 神田邦彦
発行者 岡元学実
印刷所 惠友印刷㈱
製本所 牧製本印刷㈱
検印省略・不許複製

発行所 株式会社 新典社
東京都千代田区神田神保町一―四四―一
営業部＝〇三（三二三三）八〇五一番
編集部＝〇三（三二三三）八〇五二番
ＦＡＸ＝〇三（三二三三）八〇五三番
振替 〇〇一七〇―〇―二六九三二番
郵便番号一〇一―〇〇五一番

ISBN 978-4-7879-4285-2 C3395
http://www.shintensha.co.jp/ E-Mail:info@shintensha.co.jp